Elogios para *Grand Paloma Resort*

"*Grand Paloma Resort* es tan exuberante y fascinante como la isla misma. Esta profunda novela pone al descubierto los estratos del privilegio, el poder y la moral, demostrando que ni siquiera en el paraíso la gente es verdaderamente libre del caos que lleva dentro. Apasionante y estremecedora, la novela no solo cuenta una historia: te agarra por el cuello y no te deja ir".

—Angie Cruz, autora de *Cómo no ahogarse en un vaso de agua*

"*Grand Paloma Resort*, la ingeniosa segunda novela de Cleyvis Natera, es una historia hábilmente entretejida en un resort tropical, donde la violencia acecha bajo las impolutas aguas del Caribe. En este entorno, dos hermanas intentan vivir en una comunidad corroída por la codicia, las mentiras y los daños persistentes del colonialismo. Un libro emocionante que examina incansablemente las lealtades y la pertenencia, y quién decide cómo sobrevives. Muy recomendable".

—Cristina García, autora de *Mapas difusos*

"Natera regresa para llevarnos en un viaje salvaje y fascinante al Grand Paloma Resort, donde los turistas despreocupados se relajan al sol, ajenos al drama de alto riesgo que viven los trabajadores dominicanos que se esfuerzan por hacer que el paraíso parezca perfecto. Con personajes cautivadores y una narrativa que te deja sin aliento desde la primera página, Natera nos ofrece una historia inolvidable e inesperada que pondrá patas arriba las suposiciones de los lectores sobre el poder, el placer y la redención moral".

—Xochitl Gonzalez, autora de *Olga muere soñando*, bestseller del *New York Times*

"Trepidante es quedarse corto para describir la segunda novela de Natera, *Grand Paloma Resort*. De ritmo acelerado y ricamente detallada, esta es una narrativa que revela sin tapujos los deseos más íntimos, altruistas o de otro tipo, de algunos de los trabajadores más vulnerables de la República Dominicana, de los turistas que visitan los resorts para cumplir todas sus fantasías, y la multitud de personas comunes que se encuentran en medio. En pocas palabras, es una novela que no olvidaré pronto".

—Elizabeth Acevedo, autora del bestseller *Poet X*

Cleyvis Natera

Cleyvis Natera es la autora de *Neruda on the Park*. Nació en la República Dominicana, migró a los Estados Unidos a los diez años y creció en la ciudad de Nueva York. Tiene una licenciatura de Skidmore College y una maestría en artes de New York University. Ha ganado premios y becas del International Latino Book Awards, PEN America, Bread Loaf Writers' Conference, *The Kenyon Review*'s Writers Workshops, Vermont Studio Center, Hermitage Artist Retreat, Rowland Writers Retreat y Virginia Center for the Creative Arts. Actualmente es Especialista Fulbright. Vive con su esposo y sus dos hijos pequeños en Montclair, Nueva Jersey. *Grand Paloma Resort* es su segunda novela.

cleyvisnatera.com

Grand Paloma Resort

Grand Paloma Resort

Cleyvis Natera

Traducción de Erika Morillo

VINTAGE ESPAÑOL

Originalmente publicado en inglés bajo el título *The Grand Paloma Resort*
por Ballantine Books, una división de Penguin Random House LLC, Nueva York, en 2025.

Primera edición: agosto de 2025

Copyright © 2025, Cleyvis Natera Tucker
Todos los derechos reservados

Publicado por Vintage Español®, marca registrada de
Penguin Random House Grupo Editorial USA, LLC
8950 SW 74th Court, Suite 2010
Miami, FL 33156

Traducción: Erika Morillo
Copyright de la traducción © 2025, Penguin Random House Grupo Editorial

La editorial no se hace responsable por los contenidos u opiniones publicados en sitios web o plataformas digitales que se mencionan en este libro y que no son de su propiedad, así como de las opiniones expresadas por sus autores y colaboradores.

Penguin Random House Grupo Editorial apoya la protección de la propiedad intelectual y el derecho de autor. El derecho de autor estimula la creatividad, defiende la diversidad en el ámbito de las ideas y el conocimiento, promueve la libre expresión y favorece una cultura viva. Gracias por comprar una edición autorizada de este libro y por respetar las leyes del derecho de autor al no reproducir, escanear ni distribuir ninguna parte de esta obra por ningún medio sin permiso previo y expreso. Al hacerlo está respaldando a los autores y permitiendo que PRHGE continúe publicando libros para todos los lectores. Por favor, tenga en cuenta que ninguna parte de este libro puede usarse ni reproducirse, de ninguna manera, con el propósito de entrenar tecnologías o sistemas de inteligencia artificial ni de minería de textos y datos.
En caso de necesidad, contacte con: seguridadproductos@penguinrandomhouse.com.
El representante autorizado en el EEE es Penguin Random House Grupo Editorial, S. A. U.,
Travessera de Gràcia, 47-49. 08021 Barcelona, España.

Impreso en Colombia / *Printed in Colombia*

Información de catalogación de publicaciones disponible
en la Biblioteca del Congreso de los Estados Unidos

ISBN: 979-8-89098-368-8

25 26 27 28 29   10 9 8 7 6 5 4 3 2 1

Este libro está dedicado a los trabajadores y obreros que mantienen viva la industria turística del Caribe.

Para mi madre, Nicolasa "Fragancia" Lucas, quien me enseñó que el amor es trabajo, y el trabajo debe estar fundamentado en el amor.

Al fin y al cabo, ¿no se comporta todo el mundo vilmente, de presentarse la oportunidad?
—Jamaica Kincaid, *Un pequeño lugar*

Y en los ojos de Sylvie había un anhelo que conocía muy bien, porque recordaba cómo alguna vez estuvo grabado en mi rostro más joven: soportaré cualquier cosa, cargaré cualquier peso, sufriré cualquier vergüenza, caminaré con la mirada baja, solo por la mínima posibilidad de que algún día nuestros destinos se acerquen un poco y se me conceda, tras años de esfuerzo y deber, una vida honestamente ganada que, aunque de manera extremadamente modesta, comience a parecerse a la suya.
—Edwidge Danticat, *Cosecha de huesos*

Grand Paloma Resort
Cascada de la Paloma, República Dominicana

Le damos la bienvenida al Grand Paloma Resort. Nuestra lujosa propiedad, con todo incluido y con categoría Cuatro Diamantes, se posa en 2500 hectáreas de terreno frente al mar, en la Cascada de la Paloma en la República Dominicana. Aparte de nuestros alojamientos clasificados con categoría Cuatro Diamantes, contamos con un campo de golf aprobado por los Masters, un spa de fama mundial valorado con cinco estrellas según Forbes, un conjunto de canchas de tenis diseñadas por las hermanas Williams y once restaurantes, incluido el único restaurante con estrella Michelin de toda la región del Caribe, Mondongo. Todas las zonas del resort están a disposición de nuestros huéspedes Platino y Platino Ejecutivo. Disfrute de talleres para expansión de la conciencia, yoga, meditación, baños de barro, sesiones de curación con chamanes, talleres para cambio de energía y una dieta crudívora de la granja a la mesa (clasificada como la número 1 en preparación para bodas por la revista *New Bride*) junto con nuestros revolucionarios paseos de vuelta a la naturaleza guiados por nuestro equipo de conservacionistas. En la página siguiente encontrará un mapa del resort. Si lo solicita, también le podemos brindar datos históricos sobre la República Dominicana.

La pulsera de platino exclusiva del Paloma

La exclusiva pulsera de platino del Grand Paloma Resort es fruto de la colaboración entre artesanos locales y nuestros propios joyeros. Su diseño tiene una banda trenzada hecha con fibras de algodón de origen local mezcladas con seda egipcia e hilos de oro para mayor durabilidad. La paloma de platino en pleno vuelo es un símbolo de la libertad y la alegría que esperamos que usted sienta mientras se hospeda con nosotros. Si pierde la pulsera, el costo de sustitución es de 1,500 USD. *Las pulseras deben llevarse en todo momento dentro y fuera del resort.*

SEGURIDAD

En el Grand Paloma Resort, nuestra prioridad principal es velar por su seguridad y la de los suyos. A continuación, le brindamos algunos consejos:

1. No salga del resort.
2. Si tiene que salir del resort, hágalo en compañía de uno de los acompañantes de nuestro resort.
3. El consumo o la venta de drogas ilícitas tiene consecuencias legales y penas severas.
4. Tenga en cuenta que no se permite la entrada en el hotel a nadie excepto a los huéspedes registrados.
5. No se pueden añadir huéspedes no registrados a una reserva existente.

El Departamento de Estado de Estados Unidos ha pedido precaución al viajar a destinos caribeños, incluyendo una advertencia de nivel 4 emitida recientemente en la República Dominicana. Son frecuentes los disturbios civiles, los allanamientos violentos de morada, los robos a mano armada, las agresiones sexuales y los homicidios. Nuestro resort nunca ha sufrido un solo incidente de violencia. No hay lugar más seguro para descansar, jugar y trabajar que los confines del Grand Paloma Resort. Pero es importante recordar que usted debe vigilar su seguridad. Cualquier cosa que desee está a su alcance en nuestro resort. No hay petición que no podamos satisfacer. Ofrecemos una experiencia extraordinaria y exclusiva a nuestros huéspedes, en todo momento.

Esperamos que tenga una placentera estadía con nosotros.
¡Bienvenidos, parásitos!
Su equipo en el Grand Paloma Resort

JUEVES

Capítulo 1

El cuerpo bañado en barro de la niña turista se había vuelto pesado y el sudor la hacía resbalarse en los brazos de Elena. Al salir del bosque tropical que había detrás del Grand Paloma Resort, Elena no se dirigió hacia los jardines bien cuidados, sino rumbo al terreno árido y agrietado donde se alojaban los empleados. Mirando a la niña inconsciente, le susurró:

—Por favor, por favor, no te me mueras.

Atravesó una hilera tras otra de preciosas casitas. Se alternaban un color turquesa vívido contra el amarillo más brillante, un destello de rosa vivo cada cuatro o cinco casitas, todas decoradas con lechos de flores repletos de aves del paraíso y arbustos de hibiscos color lila. Este era el tipo de vista que haría suspirar de placer a cualquier visitante. A menos que tocaran las plantas y se dieran cuenta de que eran de plástico. En esta parte del resort no se regaba nada.

Una vez dentro de la casita que compartía con Laura, su hermana mayor, Elena respiró hondo y miró a su alrededor, decidiendo si debía acostar a la niña en su cama o en la de su hermana. Sintió un gran alivio. Nadie la había visto. Era como si el suelo polvoriento de aquel bosque se hubiera levantado y la hubiera cubierto.

El peso del cuerpo de la niña la paralizó momentáneamente. ¿Cuánto pesaba? ¿Treinta kilos? ¿Cien? Elena estaba mareada por el calor y la humedad. La habían contratado para cuidar de la niña, que ahora estaba herida e inconsciente. Durante el día la cuidaba y por la noche dormía en una diminuta habitación detrás de la cocina del penthouse que ocupaban la niña y sus padres. Elena no había estado en su casita en toda la semana. Su lado estaba tan desordenado como lo había dejado: la cama sin hacer, la ropa tirada, los zapatos por todas partes. Un reguero espantoso. Su hermana era siempre la que limpiaba su desorden.

Elena acostó a la niña en la cama limpia y ordenada de Laura. La llamó por su nombre y la sacudió suavemente. La niña no respondió. Sus rizos rubios y ondulados que saltaban cuando hicieron el último baile viral de TikTok esa mañana, antes de su excursión al bosque, ahora estaban manchados de barro y sangre. El pecho de la niña lucía inmóvil. ¿Había sido un error haberla movido de lugar?

Elena se miró en el espejo de cuerpo entero. Su piel morena brillaba por el esfuerzo de cargar a la niña. Su cabeza calva , que se había afeitado para celebrar su libertad de la academia global, desde esta casita lucía más grande de lo normal. Sus ojos enormes, motivo de muchos cumplidos, estaban llenos de lágrimas. Su figura esbelta, que cuidaba nadando dos o tres veces al día cuando no tenía que trabajar a jornada completa como niñera, le daba un aspecto de preadolescente. Tenía diecisiete años pero parecía una niña de catorce. El uniforme color rosa que la identificaba inmediatamente como niñera ante todos los huéspedes, acentuaba su apariencia jovial, dándole un aire de ternura. Ella se había esforzado mucho por parecer revolucionaria, pero mírenla ahora, una niña aterrorizada.

Elena se sentó en la cama para recuperar el aliento. La reconfortó el olor del perfume amaderado de su hermana. Los uniformes blancos, que denotaban su rango como parte del equipo de alta dirección de la gerencia del resort, estaban perfectamente planchados y colgados en fila en el clóset. En la mesita de noche de su hermana, se hallaba el trabajo final de Elena, el que había escrito hacía apenas dos meses como requisito para graduarse en el instituto internacional: "El caso contra la apatridia". Su profesora había dicho que estaba muy bien escrito, pero que tenía conclusiones predecibles: "Las preguntas que planteas son importantes, realmente excelentes, pero ¿cuáles son las resoluciones? ¿Hay alguna solución?", le dijo. Aun así, había obtenido la calificación máxima. Las paredes estaban decoradas con pósteres de las ciudades que las hermanas deseaban visitar juntas algún día: Londres, Nueva York, Milán, París.

Elena llamó a su hermana, pero Laura no contestaba el celular. La llamó una y otra vez.

—Estoy ocupada, Elena —dijo Laura tajantemente antes de colgarle.

Elena se arrodilló junto a la cama. Besó la frente de la niña, sintiendo el sabor cobrizo del barro de la montaña. También tenía un sabor algo dulce. Recordó lo cálido que estaba el barro cuando le sugirió por primera vez que se hicieran mascarillas con este. La piel de la niña había perdido su calidez. Ahora estaba fría y pegajosa. Algo estaba cambiando. El barro se había secado, formando una costra agrietada sobre su piel. Los párpados de la niña comenzaron a agitarse. Elena contuvo la respiración cuando la vio a punto de despertar. Pero de repente, la niña se quedó inmóvil, y bajo la piel suave y casi transparente de sus párpados, comenzaron a develarse diminutas venas rojas y azules.

Elena hurgó en el bolsillo de sus pantalones. Encontró la última pastilla amarilla de éxtasis que había estado guardando, la que planeaba masticar más tarde cuando llevara a la niña a la playa. Había tomado otra pastilla igual cuando estaban en lo profundo del bosque, triturándola con los dientes, tragando el polvo arenoso, sintiendo el sabor amargo que le cubría la lengua. Cuando la niña se cayó, Elena estaba acostada boca arriba sobre la tierra seca, feliz de sentir que su desesperanza estuviese lejos, en otra galaxia distante. Como prometía la marca CIELO, la sensación era como flotar en el cielo, pero a la vez permaneciendo plenamente presente en el cuerpo, maravillada por la belleza de los árboles que las cubrían con un cálido resplandor, sintiendo la pulsación vibrante de estar conectada con todo a su alrededor. La niña y ella eran parte de todo. La armonía era palpable.

Se sintió tentada a tomar esta pastilla ahora, para escapar de la terrible situación en la que estaba. Pero sabía que era una mala idea. La euforia de la droga recién empezaba a bajar. Se la tomaría más tarde, como recompensa cuando encontrara cómo salir de esta situación. La pastilla en sus manos la hizo sentir audaz, la llenó de valentía. Era hora de actuar.

Elena llamó a su amigo Pablo, rezando para que cogiera el teléfono al primer timbrazo.

—Dímelo, loca —dijo Pablo, risueño al otro lado del teléfono—. ¿En qué lío te metiste ahora?

Elena se sintió indignada por la forma en que recalcó "ahora".

Se dio cuenta de que llamar a Pablo para pedirle ayuda había sido una mala idea. Era a Laura a quien necesitaba.

—¿Tienes más de las pastillas amarillas? —le preguntó en su lugar.

—Muchacha, ¿qué te pasa? No menciones eso por teléfono. Si quieres, date una vuelta por aquí. Estoy quitándole las escamas al pescado.

Pablo no había mencionado nada, así que, al parecer, los padres de la niña inconsciente aún no habían dado la voz de alarma, exigiendo saber qué demonios le había pasado a su hija de ocho años. Al igual que la mayoría de los que visitaban el Grand Paloma Resort para olvidar sus vidas privilegiadas y aburridas, para experimentar algo impactante y sorprendente, quizá incluso trascendental, Elena supuso que los padres de la niña inconsciente estarían sentados junto a la piscina bajo el sofocante calor de agosto, para quemarse la piel, para tener esa deliciosa sensación de hormigueo que acababa elevando su temperatura corporal, que les hacía desear tocarse, lamerse; para sentir una ráfaga de aire acondicionado recorriendo sus extremidades desnudas, de modo que cuando volvieran a casa al final de sus vacaciones pudieran decirles a sus amigos: "Sí, la República Dominicana es realmente el paraíso. Estoy feliz de haberme escapado".

¡Contrólate!, se dijo a sí misma. *Sus padres pueden llamar en cualquier momento para preguntar por su hija.*

Elena volvió a llamar a Laura y dejó que el teléfono sonara unayotravezunayotravez. Luego decidió llamarla a su oficina.

—Laura Moreno —contestó Laura con un tono sofisticado.

—Soy yo —dijo Elena.

—¡¿Qué pasa?! —respondió Laura, molesta.

—¡Tienes que venir a nuestra habitación *ahora mismo*!

—Cálmate. ¿Qué pasó?

—Hubo un accidente con la muchachita del PH7.

Capítulo 2

Vida, la curandera del pueblo, se paró frente a la cama donde descansaba el cuerpo de la niña turista. Aún no la había tocado. Se veía tan preciosa, tan pequeña. Parecía dormida, salvo por el barro encostrado y la sangre seca. Vida se frotó las manos haciendo con estas pequeños círculos. La desesperanza era un imán que tiraba de ella como una corriente.

—¿Qué le pasó a esta niña?

Elena y su hermana mayor, Laura, observaban a Vida con una inmensa esperanza, como si ella fuera un salvavidas. Vida hizo un sonido con su garganta.

—Solo aparté mi vista de ella por un minuto —dijo Elena finalmente.

Presionó la lengua contra el espacio entre sus dientes frontales; un espacio que hoy parecía gigantesco, como si pudiera acomodar toda su lengua si la apretaba con suficiente fuerza. Sus ojos grandes y profundos no dejaban de moverse, al igual que sus pies. Al notarlo, Elena intentó controlar su cuerpo para que permaneciera quieto.

—Dile lo que me dijiste —le ordenó Laura.

Laura, una década mayor que Elena, tenía rasgos faciales asombrosamente similares a los de su hermana. Esa frente ancha, la nariz pequeña, la boca grande, la piel morena y resplandeciente. Pero su cuerpo era el de una mujer adulta; tenía caderas anchas y piernas gruesas que parecían capaces de soportar un enorme peso. También llevaba costosas extensiones de cabello largo, uñas acrílicas y una pulsera que colgaba de su muñeca derecha, sorprendentemente pequeña, llena de puntas y bordes afilados. Miró a su hermana menor fijamente.

Elena no sabía qué decir. Vida intuyó la forma monumental en que la vida de Elena estaba a punto de cambiar. No había manera de que pudiera salir ilesa del desastre en que se encontraban. La niña no se había movido en los minutos que llevaban allí.

—Dime exactamente qué pasó —insistió Vida.

—Solo cerré los ojos por un minuto —repitió Elena.

—No —dijo Vida suavemente—, cuando la encontraste. Cuéntame esa parte.

—Vida, no tenemos tiempo para esto —dijo Laura.

—Se cayó en un hoyo en el bosque —dijo Elena—. Se golpeó la cabeza. La levanté. La puse sobre mis piernas. Le toqué la parte de atrás de la cabeza.

Elena miró sus dedos mientras hablaba. Vida se acercó a ella, escuchándola atentamente. Elena no se había lavado las manos. La sangre gelatinosa había pegado sus dedos unos con otros.

—Ella sangraba por la nariz —dijo Elena, sus palabras saliendo ahora a borbotones—. Tanta sangre. Limpié la sangre con la camisa de mi uniforme.

Elena tomó esa esquina de su camisa y se la mostró a las dos mujeres. El barro y la sangre se confundían en la tela.

—La tomé en brazos y corrí hasta aquí.

—¿Ella abrió los ojos en algún momento? ¿Respondió de alguna manera? —preguntó Vida.

Elena estaba casi segura de que los párpados de la niña turista se habían movido cuando la acostó en la cama de Laura. Elena respiró hondo y dijo que no con la cabeza.

—Le dije que se quedara cerca de mí. Yo no había dormido la noche anterior. Te lo juro, cerré los ojos por un minuto. Tal vez dos.

—Con los niños, basta con unos segundos para que ocurra una tragedia —dijo Laura—. Debiste ser más responsable. ¿Por qué la llevaste al bosque?

Elena recordó la foto colorida que anunciaba el futuro parque acuático. Los niños jugaban, reían, se caían. Pero sabía que Laura se enojaría si se enteraba de que habían estado en esa parte del bosque. "Niña estúpida. Eso te pasa por no escucharme".

—Lo siento —dijo Vida—. Quiero ayudarla, pero no puedo. ¿Por qué no la llevan al hospital? Ya hemos perdido demasiado tiempo.

Los ojos de Elena buscaron ansiosamente los de Laura, quien se desabotonaba la chaqueta de su traje. La camisa que llevaba debajo era de un blanco tan resplandeciente que le hacía arder los ojos. Si llevaban a la niña al médico, Laura y Elena se verían en serios problemas. El Grand Paloma Resort haría cualquier cosa por salvar su reputación como el resort más seguro de toda la República Dominicana. La tensión entre las dos hermanas, todos esos silencios y secretos, absorbían el poco oxígeno que quedaba en la habitación.

—Nadie irá al hospital —dijo Laura.

—Quizás Vida tiene razón. Deberíamos ir al hospital —dijo Elena con voz de pánico.

—¿Ahora quieres hacer lo correcto? —dijo Laura—. ¿Ahora quieres usar el sentido común?

Vida ignoró a las hermanas. Acercó su oído a la boca de la niña inconsciente. Presionó el pulgar contra su muñeca. Su corazón latía. Aún estaba viva.

—¿Dónde están los padres de la niña? —preguntó Vida—. Deben estar locos buscándola.

—No son ese tipo de padres —dijo Elena—. He estado cuidándola toda la semana y casi nunca preguntan por ella. Les mando fotos todo el día. Ni siquiera le dan "me gusta" a las fotos.

—Pobrecita —dijo Vida.

—Reservaron una estadía de dos semanas en la suite presidencial. ¿Puedes creerlo? Dos semanas, así de ricos son —dijo Elena.

—Vida, tienes que ayudarnos —dijo Laura, molesta, mientras negaba con la cabeza por las tonterías que decía Elena. Todos los huéspedes eran insufriblemente ricos. Laura se alejó de ambas. Se acercó a la ventana y cerró las cortinas, preocupada de que alguien las hubiera visto llegar a los dormitorios de los empleados. Respiró hondo, agradecida de que, por esta vez, todo lo que inhalaba fuera solo el aire salino. No podía negar que su hermana menor estaba en el último peldaño de una espiral cuesta abajo que llevaba ya un año. Sintió cómo el pánico subía por su pecho y amenazaba con asfixiarla. Laura era responsable de la imprudencia de su hermana, de su naturaleza volátil. Ahora debía fingir calma; de lo contrario, se arriesgaba a que Vida se fuera. Vida era la única oportunidad que tenían para salir de este desastre. No entendía por qué Vida dudaba, por qué no ponía simplemente sus manos sobre la niña y hacía su misterioso ritual de sanación.

—Deberíamos avisarles a sus padres —insistió Vida.

—Vida, créeme —dijo Elena—. El primer día que llegaron aquí, sus padres se fueron de juerga con un fiestón que no se había visto en años. Alcohol, drogas, prostitutas... Tuvieron que llamar a Astrid, de servicios para huéspedes, para sacarlos de la comisaría de la Cascada de la Paloma. Esto no pasó una vez, ni dos, sino muchas veces en la última semana. Supe que había algo extraño en ellos desde el momento en que los conocí. Me contrataron para cuidar a la niña las veinticuatro horas del día durante catorce días. La mayoría de los huéspedes piden servicio de niñera por unas horas en la noche para salir a bailar mientras el bebé duerme, pero ellos simplemente me la entregaron.

Vida sintió cómo el temor se apoderaba de ella. ¿Debería realizar el ritual? ¿Sería seguro?

—¿Qué estás esperando? —dijo Laura—. Pon tus manos sobre ella.

Vida se sintió fuera de lugar con su vestido de algodón y sus chancletas de diario. Laura lucía tan elegante con su chaqueta estilo kimono y sus pantalones de pierna ancha, incluso cuando los tacones se le hundían en el suelo de tierra. Las largas extensiones que tenía puestas cumplían su propósito. Se veía impecable, autoritaria, como parecían serlo solo las mujeres que gastan sumas desmesuradas de dinero en su arreglo personal. "Gerente", decía la placa plateada debajo de su nombre. Todo el pueblo había estado tan orgulloso cuando la eligieron jefa de personal y programas de miembros Platino en el resort. Fue ella quien llamó a Vida, desesperada al otro lado del teléfono. Vida estaba en la playa, en el bar de su mejor amiga, trenzando el cabello de las hijas de Dulce con cintas de seda coloridas. Su teléfono sonó y, cuando lo ignoró, llegó un mensaje de Laura todo en mayúsculas.

TODO SE ESTÁ YENDO A LA MIERDA.
CONTESTA EL MALDITO TELÉFONO.

Vida se arrepintió de haber contestado, de haber regresado a ese lugar. Ella había realizado milagros grandes y pequeños. Laura y

Elena necesitaban un milagro, pero ahora que Vida estaba embarazada, su bebé era lo más importante. No era sorpresa que las hermanas estuvieran tan distraídas que no se dieran cuenta del estado de Vida. Ella intentó recordar si su madre alguna vez le había hablado sobre practicar la sanación durante el embarazo, pero no recordaba si era seguro. El deseo más profundo que había tenido a sus treinta y dos años era tener un bebé. Nunca se le había ocurrido que tendría que elegir entre su embarazo y continuar con su labor como sanadora. Desde que su madre había muerto años atrás, no tenía a nadie a quien consultar. No había otras curanderas en el pueblo de Pico Diablo. Se sentía demasiado nerviosa como para arriesgarse, así que había dejado de practicar la sanación por completo. Cuando supo que estaba embarazada, lo primero que hizo fue vender sus tinturas y remedios, y se negó a poner las manos sobre alguien más. El resort tenía un médico en plantilla, que atendía a los lugareños, si eran familiares de empleados en el hotel. En ese momento, Vida era la única persona en su pueblo que no trabajaba ni tenía parientes que trabajaran en el resort.

Laura hizo un sonido impaciente con su garganta, imitando el ruido que Vida había hecho momentos antes. Cuando las uñas acrílicas de Laura tocaron la pantalla de su celular, Vida supo que tenía que actuar. Debía decidir si ayudar a la niña o irse.

A lo lejos, el oleaje del mar se hizo más fuerte, acompañado de risas y aplausos. ¡Dale, dale, dale pa' bajo! La gente se divertía en la piscina de ese lado del resort. En la habitación, el silencio se volvió más denso.

Vida observó la sangre y la mugre incrustadas en el cabello enmarañado de la niña. La pequeña aún no había emitido ni un solo sonido. Quizás ya era demasiado tarde.

—Esta vez no te protegeré —le dijo Laura a Elena, furiosa.

Vida recordó que, tras la muerte de su madre, desde niña Laura había asumido el papel de madre, cargando con una responsabilidad que hizo que todo el pueblo de Pico Diablo la mirara con admiración, aunque también con un poco de lástima. En aquel entonces, Vida, cuatro años mayor que Laura, se había sentido afortunada por tener un padre que, aunque mujeriego e irresponsable, al menos no era un desastre tan grande como Ezequiel Moreno, el padre de Laura y Elena. Todo el mundo sabía que Ezequiel Moreno era un jugador, un borracho, un soñador cuyo único objetivo en la vida era llegar a Estados Unidos. Laura siempre había sido dulce y trabajadora, aunque un poco intensa, pero nunca tan brusca e impaciente como ahora. Había en ella una dureza, una firmeza que antes no existía. Vida sabía que todo se debía al lugar donde trabajaban. Era el tipo de lugar que cambiaba a las personas, que alteraba sus prioridades y valores. ¿En qué otro lugar alguien no llamaría de inmediato a un médico o a una ambulancia cuando un niño se caía y se lastimaba?

—Ya es demasiado tarde —dijo Laura firmemente—. Nos toca a nosotras salvar a la niña. Te toca a ti, Vida. Sabes que nunca podrás perdonarte si no haces todo lo posible por sanarla.

Vida suspiró y cerró los ojos brevemente mientras decidía qué hacer.

—Voy a pedirles a las dos que salgan para ponerme a trabajar —dijo. Siempre era mejor hacer la parte más peligrosa de su ritual de sanación a solas.

Vida aprendió de su madre a usar el calor cuando era una niña no más grande que la que tenía frente a ella. Hurgó en su bolso, apartó los ungüentos curativos por los que era conocida, encontró la pequeña bolsa que necesitaba y comenzó a frotar semillas de bija en sus manos. Las diminutas semillas rojas impregnaron la habitación con un olor cobrizo y amargo. Cuando terminó, sus manos estaban teñidas de un rojo intenso, como si estuvieran húmedas de sangre. Pero no sangre marrón y seca. Una sangre recién nacida.

La madre de Vida había estado muy seria cuando le enseñó por primera vez a trabajar el dolor, a convertirlo en otra cosa. "Escucha con atención", le había dicho su madre. "Debes tener cuidado cuando hagas esto, porque el calor sale del interior del cuerpo y puede quemarte las manos. Por eso las cubro con bija, para proteger la piel. Pero tu verdadera fortaleza está en tu mente. ¿Entiendes?".

Vida había asentido con entusiasmo mientras su madre hablaba, aunque en realidad, no entendía sus enseñanzas del todo. Ahora sentía cómo pequeñas ondas de calor emanaban del cuerpo de la niña. Deseó haberle preguntado a Elena el nombre de la pequeña.

Las palabras de su madre siempre la abrumaban en esta parte del ritual. Una letanía: "Lo que debes hacer es atrapar el dolor, donde sea que esté, y sacarlo del cuerpo. Toma ese dolor y dirígelo hacia ti, para convertirlo en otra cosa".

A unos cuantos metros de distancia quedaba el centro de bienestar inspirado en los taínos, que ofrecía Reiki, una práctica espiritual *new wave*. Cuando la relación de ambos se volvió seria, Pablo trató de convencer a Vida de trabajar en el resort para que pudieran estar juntos todo el tiempo. Vida lo intentó, pero al cabo de un solo día en el trabajo, supo que no era el ambiente para ella. Su labor como sanadora era lo importante. Lo que los turistas buscaban eran masajes con un toque de misticismo. Su labor era sagrada, le explicó a Pablo, y no debía realizarse por el capricho de un extranjero aburrido. Sacó a Pablo de su mente. Vida podía oír las palabras de su madre, claras y precisas: "El dolor va a tu cabeza o a tu corazón. Lo transformas en alegría, en amor, en lo que quieras". Pero, después de más de dos décadas de práctica, Vida sabía que esto no siempre era cierto. En ocasiones, en los días después de sanar a alguien, caminaba con las manos rojas, manchadas de bija, llorando sin motivo, sintiendo cómo una mancha aún más grande se expandía lentamente dentro de su cuerpo.

Vida concentró el calor en el centro del vientre de la niña y, muy lentamente, lo dejó entrar en su propio cuerpo. La respiración de la niña se aceleró; su cuerpo comenzó a convulsionar. Sanar a los niños siempre era lo más difícil. Pero Vida se relajó cuando el conocimiento sagrado comenzó a fluir en su interior. Ahora que ella y la niña estaban completamente abiertas la una a la otra, Vida se sintió capaz, lo comprendió todo. El dolor que entraba en su cuerpo era algo que reconocía, algo que sabía cómo manejar. La negligencia siempre se sentía como una ráfaga fría. El peligro, por supuesto, eran sus propios tormentos, que podía traspasar de su mente a este cuerpo frágil. "No puedes confrontar el dolor de alguien más sin enfrentarte al tuyo", su madre solía decirle.

El calor en sus manos obligó a Vida a abrir los ojos. Había una resistencia; esta niña no quería soltar todo su dolor. Vida la entendía. Aferrarse a la miseria puede ser extrañamente reconfortante. Pero de manera amorosa, persuadió a la niña para que soltara. De las manos de Vida cayeron gotas de bija sobre la niña, cuyo cuerpo resplandecía con su sudor. Las gotas rojas brillaban intensamente y no se disolvían ni resbalaban por sus brazos, su cuello o su rostro. En cambio, adornaban su piel como joyas en una cadena de oro. Vida sintió un frío creciente en su vientre y notó el aleteo del feto dentro de ella.

—Las tres estaremos bien —dijo en voz alta, con el cuerpo temblando.

Siguió adelante, aunque en su interior sabía que lo que acababa de decir quizás era una mentira.

Capítulo 3

Laura le dijo a su hermana que se quedara justo fuera de la puerta de la casita. Tenía que volver al trabajo, pero regresaría tan pronto pudiera. Elena asintió mientras miraba, absorta, sus propias manos. Estaban temblando.

Laura sintió como su ira se desvanecía. Se acercó a su hermana, deseando poder abrazarla. Pero Elena estaba sucia. Entonces le acarició la mejilla.

—¿Por qué no usas la manguera para limpiarte un poco?

Elena volvió a asentir. Luego miró a Laura, con los ojos llenos de lágrimas, a punto de romper en llanto.

—¿Tienes que irte? —le preguntó.

—Volveré tan pronto como pueda —dijo Laura.

Laura se dio vuelta, dio unos pasos y luego se volvió hacia su hermana. Elena miraba por la ventana, aterrada, intentando ver lo que hacía Vida. Al notar lo asustada que estaba Elena, Laura pensó que quizá su hermana finalmente había aprendido la lección. Los dormitorios de los empleados estaban al pie de Pico Diablo, tierra adentro, bastante lejos del área de huéspedes del resort, que cubría cuatro millas de propiedad frente al mar. Dándose la vuelta,

Laura subió al carrito de golf y se alejó, transitando un camino lleno de curvas. Planeaba entrar al resort por el vestíbulo y la recepción. No quería que nadie pudiera rastrear sus movimientos hacia los dormitorios de los empleados. Si Elena y Vida decidían que era necesario llamar al médico, su jefa la regañaría por haber estado cerca y no pedir ayuda médica de inmediato. Laura apretó con fuerza el volante rígido, tratando de calmar el temblor en su cuerpo.

Cuando estuvo a unos metros de la entrada principal, estacionó el carrito de golf y caminó el resto del camino. Le costaba avanzar más rápido por el sendero de adoquines, que, aunque pintoresco, resultaba poco práctico para caminar. Al acercarse a la entrada circular, vio a los cuatro vicepresidentes que dirigían el resort junto a ella subiendo a su propio carrito de golf. ¿A dónde demonios se dirigían? La reunión del personal estaba programada para comenzar en quince minutos. Mientras se alejaban, notó los palos de golf en la parte trasera del carrito.

Se detuvo en un área sombreada del camino y revisó su email para ver si la reunión había sido cancelada. Quizás la partida de sus colegas a jugar golf significaría que ella también podría regresar a vigilar a la niña hasta que estuviera fuera de peligro. Pero no, la reunión seguía en pie. Su jefa había enviado la agenda hacía apenas unos minutos.

Frente a ella se encontraba el edificio principal del Grand Paloma Resort. La estructura de doce pisos estaba hecha de vidrio y metal, con enormes ventanales reflectantes que replicaban el exuberante bosque verde y un cielo azul despejado. Entró en el vestíbulo y sintió la ráfaga de aire frío, un derroche descomunal considerando que todas las puertas estaban abiertas y dejaban salir el aire acondicionado hacia el calor pegajoso y húmedo del exterior. Unos pasos delante de ella caminaban dos mujeres negras y delgadas, acompañadas por un maletero que empujaba un carrito con su costoso equipaje. Ellas tenían un porte rígido y formal. Probablemente estaban allí para uno de los retiros de negocios programados en el hotel. Sin embargo, vestían atuendos coloridos y estampados, y sus trenzas gruesas e impecables les acariciaban la parte baja de la espalda. Al cruzarse con ellas, Laura las saludó: "Bienvenidas al Grand Paloma Resort", justo cuando Pasofino, uno de los anfitriones, se acercaba con una bandeja de cócteles de bienvenida. Con la mirada, las mujeres expresaron su agradecimiento mientras él les acercaba la bandeja. Si él resultaba ser su tipo, se deleitarían mirándolo durante su estadía. Y eso que Pasofino ni siquiera era de los empleados más atractivos del resort.

—Gracias —respondieron al unísono con acento americano, lo que irritó a Laura. ¿Cuántos turistas americanos más podía albergar este resort? Las mujeres preguntaron qué había en la bandeja. Pasofino señaló cada opción con el dedo índice: Paloma Palomas, Mango Paradise, Cuba Libres. Cada una tomó un trago y luego se giraron para apreciar la vista.

—*Wow* —dijo una de ellas.

—¡Qué vista tan increíble! —exclamó la otra.

Frente a ellas, más allá del enorme arreglo floral, el vestíbulo se abría a una galería con mesas a ambos lados de una escalera blanca estilo Santorini, que descendía a una piscina infinita. Los azulejos color celadón brillaban bajo la superficie de agua salada. A ambos lados de la piscina había palmeras de más de dieciocho metros de altura que se alzaban hacia el cielo, y en la base de sus troncos, pequeñas palmas enanas se encorvaban, invitando a ser tocadas por las personas que se relajaban a su alrededor.

Al otro lado de la piscina, el mar se extendía hasta el infinito. El paisaje había sido diseñado para ser impresionante, y estas turistas no eran inmunes a su impacto. Quedaron hipnotizadas frente a la vista, en silencio reverencial, incluso cuando Pasofino las instó suavemente a dirigirse a la recepción. Un autobús lleno de nuevos huéspedes estaba por llegar, les dijo. Era mejor que se apresuraran para evitar la fila.

Las mujeres no se dejaron apresurar. Seguían deslumbradas por el paisaje.

La mirada de Laura no siguió la de las turistas, quienes admiraban los techos palaciegos y las inspiradoras vistas del mar y el cielo. Sus ojos permanecieron fijos en sus expresiones, luego se desplazaron hacia arriba, hacia la escultura de un ave suspendida a sesenta metros sobre sus cabezas por un alambre invisible e intricado. Hoy, los fragmentos de vidrio negro espejado parecían aún más majestuosos, sus alas extendiéndose casi por todo el vestíbulo. Encima del pájaro, a través de una claraboya en el techo, se divisaba un cielo perfecto y sin nubes, haciendo que el ave fragmentada pareciera estar en pleno vuelo, mirando todo como si fuera un tapiz: trabajadores y huéspedes; el interior del hotel, con sus muebles y plantas costosas; el cielo sobre ellos e incluso el aire frío, que cubría todo lo visible con una escarcha frígida, tornándolo invisible. Laura sintió una leve opresión en el pecho.

Si no hubiese estado tan estresada, quizás admiraría las altas columnas del resort y su decoración completamente blanca; los difusores que cada diez minutos rociaban un aroma único en todas las áreas públicas, inspirado en la flora local; y la manera ordenada en que los empleados realizaban su trabajo. Pero lo cierto era que últimamente, el resort se sentía como una prisión, un campo laboral insoportable. En agosto, con el incesante ciclo de llegadas y salidas, las demandas ridículas de los huéspedes a las que debía ceder, sin importar cuáles fueran, y la suma creciente de empleados temporales, Laura, con suerte, podía dormir cinco horas por noche hasta que terminara el mes. Desde agosto del año pasado, dormía incluso menos que eso.

Hoy, se recordó a sí misma que estaban a mediados de agosto. En dos semanas sabría si su solicitud de traslado había sido aprobada. Todo apuntaba a un sí rotundo. Pero ahora, con la niña inconsciente postrada en su colchón delgado dentro de la casita, volvía a darse cuenta de lo frágil que era su sustento, de lo fácil que podía perderlo, aunque no fuera su culpa. Revisó su teléfono, ansiosa porque Elena no había dado noticias. Le mandó un mensaje a Vida: **¿Cómo va todo?**

Esperó en vano una respuesta inmediata. Cuando su celular vibró momentos después, Laura pensó que era Vida quien le había escrito. Pero era solo el recordatorio de que faltaban diez minutos para la reunión. Se apresuró, sonriendo con ánimo al pasar junto a las dos mujeres negras, que seguían deslumbradas por el paisaje. Justo entonces, una ráfaga de aire acondicionado recorrió el vestíbulo y las largas extensiones de cabello de Laura se elevaron como si tuvieran vida propia, flotando sobre sus hombros y espalda, como en una sesión de fotos de una mujer que poseía lo que realmente importaba: si no poder, al menos control sobre los demás; si no belleza convencional, sí los accesorios que le decían al mundo que era digna de atención y respeto. El tipo de persona para quien ninguna puerta permanecía cerrada por mucho tiempo.

Laura estaba siendo considerada para un ascenso que incluiría un traslado. Si todo salía bien, ella y su hermana se mudarían a Portugal en cuestión de semanas. En Lisboa, comenzarían una nueva vida. Pero para irse, debía asegurarse de que el hotel siguiera prosperando; era la única manera de obtener una oportunidad en otro lugar. Con esa niña inconsciente en la cama, la sensación de que todo estaba a punto de desmoronarse se intensificó. El silencio de su hermana y de Vida la hizo temer que todo ya se había venido abajo.

Capítulo 4

El día estaba sofocantemente caluroso. Cuando Vida salió de la casita a ese calor, Elena ya no estaba allí, a pesar de que Laura le había indicado que esperara. Vida no había escuchado el intercambio entre las hermanas. Ahora que había terminado los pasos más peligrosos del ritual, tenía que limpiar a la niña y vendar sus heridas. Tomó una de las mangueras al costado de la casita y giró la perilla. El agua salió a borbotones; estaba hirviendo. La dejó correr hasta sentirla fría al tacto. Respiró hondo varias veces para calmarse y volvió a entrar con las toallas húmedas. Limpió el barro y la sangre del rostro de la niña e hizo su mejor esfuerzo para también limpiar la herida en su cabeza. La niña temblaba, gimiendo de dolor.

Vida sacó las tinturas de su bolso. Aplicó un bálsamo penetrante sobre la herida y la cubrió con una tela colorida que había heredado de su madre. Mientras lo hacía, recitó en voz alta la siguiente parte del ritual y, por un momento, sintió la voz de su madre junto a la suya, un coro de voces que se alzaba desde su garganta.

"Dolor por el daño, amor. Dolor por el abandono, amor. Dolor de huesos rotos, sangre que fluyes, que estás fluyendo, transfórmate en abundancia de salud. Perdona al cuerpo por ser tan frágil, tan fácil de quebrarse, tan vulnerable al daño. Perdona al espíritu por su miedo eterno, por su tendencia a esconderse, por su deseo de desaparecer. Elige el coraje, elige la fuerza, elige el poder de seguir adelante. Vamos, sigue. Cuando no puedas hablar, canta. Cuando no puedas cantar, sueña con un nosotros mejor".

Así concluyó el ritual. Solo faltaba esperar a que la sesión de sanación surtiera efecto, a que las heridas respondieran a la intervención espiritual. A veces, con los adultos, solo era cuestión de una o dos horas. Pero con los niños era difícil anticiparlo. Aun así, Vida ya veía cómo las mejillas de la niña recuperaban su color, cómo su respiración se normalizaba y se volvía más estable.

Vida se sentó en el suelo duro a esperar, apoyando la cabeza en el estante provisional que formaban sus rodillas dobladas. En solo un momento, recuperaría el aliento, reuniría un poco más de fuerzas y se pondría de pie para llamar a las hermanas. Elena o Laura volverían y entonces ella podría irse a casa a descansar.

Una ráfaga de viento entró en la habitación por la ventana sin postigos. El aire separó las cortinas y levantó el borde de la sábana amarilla sobre el suelo de tierra, pero Vida no levantó la cabeza. Con el viento llegó el olor repugnante a desechos humanos de los baños comunales de los empleados, que casi siempre estaban fuera de servicio. Algunos empleados seguían usándolos, aunque no pudieran tirar de la cadena. Desde lejos, se escuchaban ruidos leves provenientes del área principal del resort: las risas de los niños, el chapoteo en la piscina, la música interrumpida por los empleados del resort que animaban en voz alta a los huéspedes a bailar. "¡A bailar!", gritó alguien en un micrófono. ¿Era la voz de Pablo la que escuchaba? Cuando Vida levantó la cabeza de golpe, fijó su mirada en la sábana que el viento agitaba, llena de manchas marrones en el dobladillo. La tela cayó y se acomodó perfectamente sobre una mancha ya existente.

Desde la distancia, se volvió a escuchar al equipo de entretenimiento en la piscina. Estaban haciendo una rutina de aeróbicos.

La mano arriba,
cintura sola,
da media vuelta,
danza kuduro.

Las instructoras, con sus diminutos bikinis, y los hombres, mostrando aún más piel con sus bañadores Speedo, se exhibían para los turistas. Vida los veía como una especie de menú del que los huéspedes podían elegir cuando tuvieran un antojo a medianoche. Los empleados del resort hacían todo lo posible para satisfacer a los clientes. Sin embargo, Vida sabía que había reglas que debían respetar. Sabía que el sexo con los huéspedes estaba prohibido para todos los empleados del resort. Lo sabía porque, tiempo atrás, algunos lugareños habían perdido sus trabajos y a ciertos huéspedes se les había impedido regresar. Últimamente, sabía que las reglas se cumplían porque su mejor amiga estaba ofreciendo servicios sexuales a los huéspedes fuera del resort. Le costaba aceptar que la persona que más le importaba pudiera perder su trabajo por complacer a los huéspedes. Vida sintió la presencia de su exnovio, Pablo, a pocos metros de distancia. Aunque Pablo no era uno de los empleados con bañadores Speedo diminutos, estaba al alcance de las turistas hambrientas. Vida imaginó a esas mujeres turistas observándolo, deseándolo, devorándolo.

Cuando respondió a la llamada de Laura, ella podría haber llegado a la casita sin pasar por el puesto de trabajo de Pablo. Pero no pudo resistirse. Quería verlo. Había esperado poder hacerlo sin que él la notara. Se permitió observarlo por unos segundos, mirando cómo manejaba el cuchillo mientras desescamaba los peces. Un solo trazo y un arcoíris de diminutas escamas de colores caía hasta sus pies en la arena, brillando bajo el sol. Pablo dejó a un lado el cuchillo y le extendió la mano.

—Me has hecho mucha falta —dijo, pero Vida se alejó rápidamente sin responder, asegurándose de cubrir la silueta de su vientre con un brazo.

Ahora, mientras vigilaba la recuperación de la niña turista, se conectó con su propio cuerpo. Dentro de su vientre, el feto se movía de manera rápida y entrecortada, como un millón de alas de mariposas. Le vino a la mente la imagen de una persona luchando en aguas profundas, tratando de mantenerse a flote.

Capítulo 5

El teléfono de Laura vibró con una notificación de correo electrónico de Astrid, vicepresidenta de Servicios para Huéspedes y Relaciones con los Medios. Alguien había hackeado la carta de bienvenida. Rápidamente, Laura revisó la carta, notando las señales inconfundibles de una broma de Elena. ¡Parásitos!

Recorrió el pasillo hasta la oficina de Astrid, pero ella no estaba allí. Por supuesto, Astrid era una de las vicepresidentas que Laura había visto subirse al carrito de golf para jugar una o dos rondas. Allí estaba su computadora, con la pantalla apagada. Simplemente había programado el envío del correo a esta hora para pretender que estaba trabajando, incluso al estar fuera de su escritorio. Laura tomó una nota adhesiva y le escribió a Astrid que pasara por su oficina o la llamara cuando regresara.

Ya de vuelta en su escritorio, Laura estaba a punto de explotar; no podían permitirse un desastre público cuando estaban tan cerca de conseguir lo que habían querido durante tanto tiempo. Su rostro se enrojeció. Subió las persianas y miró más allá del césped perfectamente cuidado hasta la piscina más cercana al gimnasio y al spa. El equipo de aeróbicos bailaba con los huéspedes. Todos parecían estar pasándola de maravilla.

Faltaban cinco minutos para la reunión de los empleados.

Laura aprovechó la pausa para revisar su teléfono. Aún no había mensajes de Elena ni de Vida. No entendía por qué ninguna de las dos le había respondido todavía. Estaba considerando enviar a uno de sus empleados a averiguar qué estaba pasando. No quería correr el riesgo de que se difundiera la noticia de que una niña turista enferma estaba en los dormitorios de los empleados. Pero, en realidad, si la niña estaba muerta, iba a ser imposible ocultarlo. La idea de mantenerlo en secreto era una farsa. Se desataría un caos infernal. Agarró su *walkie-talkie*, cambió a un subcanal para garantizar privacidad y llamó a su jefe de mantenimiento, Gustavo, en quien confiaba plenamente. Le pidió que revisara su casita y le informara si Elena o alguien más estaba allí. En cuestión de segundos, su respuesta llegó con un crujido en el *walkie-talkie*. Vida estaba en la habitación cuidando a una niña blanca.

—Ella no se ve bien, jefa —le dijo.

—¿Quién? ¿La niña? —preguntó Laura.

—Parece que la niña está bien. Está durmiendo. Pero Vida se ve pálida —le dijo—. ¿Usted quiere que haga algo?

—¿Le preguntaste si está bien?

Al cabo de un momento de silencio, Gustavo respondió.

—Dice que está bien, solo que necesita irse a su casa pronto. ¿Hay algo más en lo que pueda ayudarla?

—No, no —dijo Laura rápidamente—. Dile a Vida que iré cuando termine esta reunión. Treinta minutos, máximo. Y no hables de esto con nadie. ¿Entendido?

—Copiado —dijo Gustavo.

Laura le envió un mensaje a Elena, desconcertada.

¡Elena! Llámame ahora mismo.

Cuando levantó la vista, vio a Elena acercándose a Pablo en su estación de preparación, cerca de los huéspedes que descansaban junto a la piscina.

¡Maldita sea, Elena!

Era la hora del almuerzo y había mucha actividad en el resort. En la planta baja del edificio donde estaba la oficina de Laura, los empleados se desplazaban apresurados. Unos equilibraban bandejas de ensaladas frescas y cócteles coloridos, mientras que otros cargaban montones de toallas esponjosas y fragantes. Todos sabían que no debían demorarse, ni quedarse hablando o perder el tiempo, ya que llevaban puesto un uniforme de manga larga, y el calor brutal de treinta y dos grados Celsius les pasaría factura.

La piscina infinita circular frente a ellos se desbordaba suave y silenciosamente; sus alrededores momentáneamente desprovistos de empleados. Las mujeres turistas, con sus trajes de baño blancos asimétricos y sandalias de plataforma, dejaban que la brisa del mar les levantara los pareos.

Pablo se preparó. Las hermanas Moreno se dirigían hacia él. Su estación de trabajo estaba en una pendiente entre la piscina y la playa. Era un bar sencillo y elegante. A los huéspedes les gustaba verlo trabajar. Llevaba en ello desde antes del amanecer: primero pescando, luego desescamando los peces que los huéspedes devorarían más tarde como sushi. Pablo abrió el mahi-mahi con su cuchillo más afilado, exponiendo la carne blanca y retirando delicadamente la piel y las entrañas. Lanzó las tripas a un cubo de metal a unos metros de distancia y falló. Las vísceras y la piel del pescado ahora ensuciaban la arena, y si no fuera por el repelente de insectos de grado comercial, el lugar estaría invadido de moscas. Se metería en problemas si Laura veía el desorden que había hecho. Pero no podía dejar lo que estaba haciendo para limpiarlo.

¿Ya se había metido en problemas? ¿Había descubierto Laura que le estaba dando pastillas de éxtasis a Elena? ¿Pasó algo con Vida? Se preguntaba por qué Vida había venido al hotel. Ya habían pasado tres meses desde su ruptura, y el dolor seguía intacto. Nunca había sentido algo así a sus treinta años. Seguía esperando que el dolor cediera, pero a medida que pasaban las semanas y los meses, su amor por Vida seguía creciendo dentro de él, llenando espacios vacíos, calcificándose.

Elena se dirigía hacia Pablo, como absorta en un trance zombi. Cuando miró por la ventana de la casita más temprano en el día, había visto a la niña convulsionando, luchando por respirar. Estaba horrorizada. Parecía que Vida no iba a poder salvarla. Había ido a los vestuarios de los empleados para bañarse y cambiarse, pero estaba demasiado alterada. Solo atinó a sentarse en un cubículo del baño, mirando sus tenis de uniforme embadurnados de barro. Luego decidió encontrar una manera de salir del resort. Solo necesitaba ver a Pablo antes de irse. No se dio cuenta de que su hermana se acercaba hasta que ambas estuvieron frente a la estación de Pablo.

La frustración se apoderaba de Laura. Su cuerpo ardía. Su mente ardía. Todo lo que había querido desde que tenía uso de razón era encontrar la manera de salir de este resort, lejos del infierno de país en el que nació. Pero Elena lo estaba arruinando todo. Laura abofeteó a Elena con fuerza. Elena no reaccionó, así que Laura la abofeteó de nuevo, pero esta vez con el dorso de la mano. Su pulsera arañó el rostro de Elena, enrojeciendo su piel al instante.

Pablo estaba petrificado; se había quedado sin palabras. Pero cuando algunos huéspedes, preocupados, presenciaron el incidente, él susurró: "¡Laura!".

Avergonzada, Laura le dio la espalda a Pablo. Con horror, se llevó las manos a la frente.

—¿Parásitos? ¿En serio? ¿Cuándo vas a madurar, Elena? —le dijo furiosa.

Me pegaste, pensó Elena.

Laura tampoco podía creer que le había pegado. De todas las promesas que se había hecho de niña, la más importante era no levantar la mano para lastimar a otra persona y mucho menos a la persona que más quería.

Si Pablo no hubiera estado allí, si no hubiera llamado su nombre, quizás Laura no habría podido contener su rabia. Allí, bajo la superficie, estaba ese impulso de castigar a la persona que más quería. Se daba asco a sí misma. ¿Había heredado lo peor de su difunto padre?

Laura se recompuso rápidamente y sonrió a los huéspedes cerca de ella. Parecía que ninguno había visto la escena. Casi inmediatamente, los huéspedes, con sus gafas de aviador y lentes enormes, fijaron la vista en sus teléfonos ultradelgados o en sus computadoras portátiles, mientras hablaban por auriculares sobre por qué las proyecciones de este trimestre habían estado tan desviadas. Estaban resolviendo crisis laborales que necesitaban atención inmediata, que exigían que trabajaran incluso durante sus vacaciones. Laura respiró hondo, aliviada de que el incidente hubiera pasado desapercibido. Tenía que controlarse.

Pablo señaló el rasguño en la mejilla de Elena.

—¿Estás bien? —le preguntó.

Elena tocó su rostro distraídamente. No respondió. Sus grandes ojos tristes reflejaban todo su sentir. Con su valentía y su papel entre los jóvenes como organizadora y mujer fuerte, a menudo parecía mayor, más seria, más madura.

—Si supieras —dijo Laura, pensando en la niña y en Vida. Tal vez se había excedido, pero el comportamiento de Elena justificaba una respuesta extrema, aunque esa respuesta la hiciera sentir vergüenza.

Pablo seguía cortando el pescado y colocando las finas rodajas sobre una tabla de madera dentro del enfriador, porque en unos momentos alguien de la cocina vendría a recoger el pescado fresco recién cortado. Más tarde, el pescado se deslizaría por la garganta de alguien, tan suave que ni siquiera haría falta masticarlo.

—Cógelo suave —dijo Pablo—. ¿Por qué siempre eres tan dura con ella?

—Si tanto te preocupa, cuídala *tú* —dijo Laura—. Y limpia tu espacio de trabajo. Esto es inaceptable. Luego se marchó, furiosa.

Pablo siguió trabajando, porque en el Grand Paloma Resort, podrías perder un pie y aun así tendrías que entregar las bebidas y servir el sushi. Pero después del espectáculo que acababa de presenciar, fue un alivio tener algo que hacer con las manos.

—¿Tienes la pastilla? —demandó Elena. El rasguño en su mejilla estaba sangrando.

—Déjame terminar esto —le dijo, señalando los tres peces que quedaban de los que había atrapado esa mañana.

—¿Estás bien? —le preguntó nuevamente.

Una mano perfectamente cuidada apareció de la nada y acarició la cabeza rapada de Elena.

—Eres tan hermosa —dijo una mujer con acento británico—. Te vi antes hoy, cuando nadabas con la niña rubia. Quería decírtelo entonces. Realmente tienes una estructura ósea maravillosa. Y esos ojos. Eres como una muñeca. Pero, ¿qué te pasó aquí? —Elena dio un paso atrás—. Te cortaste. ¿Lo sabías? Necesitas ir a la enfermería.

Elena bajó la mirada hacia la arena.

—Inmediatamente, señora.

Luego, la mujer miró a Pablo con complicidad.

—¿Tal vez otro masaje este fin de semana?

Pablo asintió, exagerando su sonrisa para destacar sus hoyuelos. Cuando había hundido su cabeza entre sus muslos ayer, se había sorprendido al descubrir que su olor natural se parecía a la canela y que tenía un piercing en el clítoris. La mujer extendió la mano sobre el mostrador, tomó una rodaja de pescado y la metió en su boca antes de preguntar:

—¿Puedo?

Él asintió nuevamente. Ella se alejó y caminó hacia el bar, muy segura de sí misma. Elena se estremeció. No estaba acostumbrada a que los turistas la tocaran. Pablo era el único hombre entre los empleados que, a veces se acostaba con los huéspedes, siempre asegurándose de que ninguno de sus compañeros lo supiera, de que la gerencia no sospechara nada. Con su mano, Elena recorrió la parte de su cabeza que la mujer había tocado, intentando borrar cualquier rastro de ella. Los pocos empleados que habían presenciado el intercambio mostraron su asombro levantando las cejas, apretando los labios hasta que formaron líneas irregulares.

—¿Por qué Laura está tan enojada? —preguntó Pablo.

—Ya se le pasará —dijo Elena con voz quebrada, dándole la espalda y refugiándose en su teléfono. Miró unos cuantos videos cortos y ruidosos en una aplicación antes de cambiar a otra.

—¿Puedes darme las pastillas? Tengo que subir a Pico Diablo.

—¿Ahora? ¿No estás cuidando a la niña del PH7?

Pablo, al igual que las demás personas nacidas en la montaña Pico Diablo, como las hermanas Moreno, trataba de no hacer viajes rutinarios a su pueblo durante la jornada laboral. Pablo tenía meses sin subir a su pueblo. Su última visita fue a la casa de Vida, cuando le suplicó que lo aceptara de nuevo. Su pueblo estaba a unas seis millas del Grand Paloma Resort, por un camino de tierra rocoso y sin pavimentar. Estar allá arriba era sentir el tiempo retroceder unos cien años. Había jabalíes salvajes, caballos, vacas y gallinas por todas partes. La electricidad era inestable, con más apagones que momentos de luz. El agua corriente se había detenido meses atrás, después de que la última sequía obligara a las autoridades a redirigir todos los cauces locales hacia el resort. Ahora, los lugareños se veían obligados a comprar agua por botellones o camiones completos.

Mientras tanto, las 2,500 hectáreas de tierra del resort prosperaban. Los arbustos de flores se regaban todos los días y los bebederos para pájaros se llenaban de agua fresca que se reemplazaba incluso con más frecuencia, para evitar que el agua estancada se convirtiera en un caldo de cultivo para bacterias y otras enfermedades peligrosas. El campo de golf disfrutaba de miles de galones de agua todas las noches para mantener el césped tupido y saludable. El aire era más limpio y fresco aquí abajo, y la humedad, casi nula, gracias a los nebulizadores y los centros de enfriamiento localizados.

Pablo no entendía por qué Elena estaba dispuesta a abandonar su responsabilidad y perder todo esto. Al satisfacer a los huéspedes, Pablo asumía otro riesgo, pero sabía que eso casi siempre aseguraba su regreso.

—¿Crees que es una buena idea? —insistió—. Te tomará al menos una hora ir y volver. Y eso si hay un auto disponible. Si te vas a pie, ¡podrían ser varias horas!

—Necesito ver si mi papá regresó. No he subido en una semana. La última vez que lo encontré, antes de su último viaje, pasó días sentado solo en esa casa caliente. Brugal, agua y pan. Eso es todo lo que tenía.

Elena no iba a contarle a Pablo que había cometido un grave error, que necesitaba huir y esconderse. El único lugar seguro al que podía ir era la casa que antes compartía con Laura. A Laura nunca se le ocurriría ir allí. Sin importar cómo acabara lo de la niña turista, Elena al menos se iría un tiempo de aquí. Tal vez su padre había regresado después de estar desaparecido por tanto tiempo y ella finalmente podría verlo. Él sabría qué hacer.

Pablo dejó de mirar a Elena y fijó la vista en el mar. Había cambiado de un azul claro, casi transparente, a un turquesa impresionante y luego a un índigo profundo.

—Puedo subir y ver por ti —dijo Pablo—. Después que termine mi trabajo en el Freedom Sunset Cruise, estaré libre hasta mañana. No deberías irte hasta que termines este trabajo.

Finalmente, después de terminar con el último pescado, Pablo se lavó las manos en un fregadero cercano.

—Por cierto —preguntó, fingiendo no estar demasiado interesado—. ¿Viste a Vida?

Elena estudió su cara cuidadosamente.

—No —dijo—. No he visto a Vida.

Si Pablo hubiera mirado a Elena en ese momento, se habría dado cuenta de que le temblaba la mejilla. También habría notado que estaba mintiendo. En lugar de eso, decepcionado, se secó las palmas y sacó un par de pastillas de su bolsillo, entregándoselas discretamente a Elena.

—¿Por qué eres tan tacaño? —ella le preguntó.

—Elena, las has estado usando todos los días —le dijo—. Cógelo con calma. Bájale algo.

—¿Ahora eres mi papá?

Elena se dio la vuelta y se marchó.

—¿Por qué no vienes conmigo al crucero al atardecer? —le gritó Pablo.

Ella dijo que *no* con la mano mientras se alejaba, apresurada.

—Tenemos que darnos apoyo —le gritó de nuevo. No estaba seguro de si ella lo había oído. Pero los huéspedes lo miraron, disgustados por los gritos. Pablo se encogió, avergonzado de haber olvidado momentáneamente su lugar.

Había sido responsabilidad de los empleados del resort vigilar a Elena mientras su hermana ascendía en rango. Pablo había sido al que ella más había acudido, especialmente en los últimos meses. Desde que Elena se graduó de la academia global, tenía un horario más flexible y Pablo también tenía más tiempo libre desde que Vida lo dejó. Habían paseado por el sendero de dos millas que llevaba del resort a la ciudad ficticia de Cascada de la Paloma, recorriendo las tiendas de lujo extravagantes, maravillándose con lugares como Hermès, Prada y Gucci, donde una bolsa o un par de zapatos costaban más que lo que ellos ganaban en un año. Aun así, Elena se sentía cómoda transitando esos lugares. Nunca notaba lo sorprendidos que estaban los huéspedes al verlos moverse entre ellos, como si sus uniformes del resort fueran una señal de transgresión. Pero esa era la cuestión con Elena. Se mudó aquí con Laura cuando tenía apenas siete u ocho años. Nunca pasó hambre ni sed. Era una anomalía. Una empleada como los demás, sí, pero, gracias a su educación y a los modales que había aprendido de los extranjeros con los que pasó tanto tiempo, tenía una fluidez que ninguno de los otros empleados poseía. Ni siquiera su hermana. Al observar el drama que se había desarrollado durante el último año, Pablo se preguntaba sobre el lugar miserable que ocupaba en la vida de las hermanas Moreno. ¿Por qué lo habían puesto en primera fila para presenciar todo lo terrible que les había sucedido?

Una vez que terminó de limpiar y desinfectar su estación, se agachó para recoger de la arena las entrañas y la sangre coagulada que había desechado sin cuidado, y dejó el lugar tan limpio, que parecía como si nunca hubiera trabajado allí.

Capítulo 6

En la sala de conferencias, Laura presionó un botón en un control remoto para cerrar todas las persianas, bloqueando la vista de los huéspedes que hacían paravelismo y montaban motos acuáticas a lo lejos. Se conectó a la videoconferencia, pero mantuvo la cámara del monitor apagada. Estaba intentando darles tiempo a sus holgazanes compañeros de trabajo para que llegaran.

Momentos después, todavía no había señales de sus colegas cuando Miranda, su jefa, dijo:

—¿Hay alguien conectado?

Laura encendió su cámara.

—Estás sola, ¿verdad? —preguntó Miranda, pasándose la mano por su corto cabello rubio. Se conectó a la reunión desde su celular y la cámara estaba tan cerca que Laura podía ver la piel de su rostro, despellejada e inflamada por el sol. Ese verano, el sol en Francia era tan letal como el del Caribe.

—Estoy segura de que llegarán pronto —dijo, pero Miranda la interrumpió antes de que pudiera intentar excusar a sus compañeros.

—Estamos en un *tour* nocturno muy interesante del Château du Clos Lucé. Déjame intentar encontrar un lugar tranquilo para hablar contigo. Es un sitio mágico.

Miranda era turista en cualquier lugar que visitaba. Pero, en parte, su éxito se debía a su capacidad de estar en constante movimiento. Trabajaba todo el tiempo, sin importar dónde estuviera, comenzando desde cero y resolviendo, ya fuera en un aeropuerto, un hotel, una playa o un spa. Su posición le permitía cruzar fronteras con facilidad, tan fácilmente como escanear la pantalla de su dispositivo en cualquier puerta de embarque.

Como lo había hecho muchas veces antes, Miranda dejó su cámara y micrófono encendidos mientras buscaba un lugar tranquilo. Relajó el brazo y llevó a Laura con ella. Bocabajo, Laura vio una estructura similar a un castillo con iluminación tenue, y escuchó la voz fuerte de una guía turística decir: "Debido a la sequía que ha durado meses, este año no habrá cosecha en Burdeos por primera vez en la historia. Pero no se preocupen, queridos, tenemos suficiente vino en reserva para que lo degusten. Bueno, no para ustedes, pequeños".

Laura se sorprendió de que la mujer no estuviera hablando en francés. Tal vez se trataba de un *tour* dirigido a turistas americanos. El teléfono de Miranda ahora apuntaba al suelo y la cámara en constante movimiento hizo que Laura se sintiera mareada. Se concentró en la superficie de la mesa de vidrio de la sala de conferencias para no sentir náusea. Miranda seguía murmurando: "Un minuto más, Laura. Aguanta, aguanta", con ese acento del sur de Estados Unidos que Laura había aprendido a apreciar.

Laura aprovechó la pausa para revisar su teléfono. Comenzó a escribirle un mensaje a su hermana. **No debí haberte golpeado**, le escribió. Pero luego se arrepintió, borró el mensaje y comenzó a escribir de nuevo. **¿Has hablado con Vida? ¿Dónde demonios estás?** Pero su tono todavía sonaba a reproche. Temía que Elena leyera el mensaje, lo borrara y se fuera a tomar más pastillas de éxtasis en el maldito invernadero. Borró el texto y lo estaba escribiendo de nuevo cuando la voz de Miranda rompió el silencio.

—Gracias por tu paciencia —dijo Miranda, jadeando.

Laura colocó el teléfono boca abajo sobre la mesa de conferencias.

—Discúlpame —dijo Laura.

—Tu teléfono está en silencio —la interrumpió Miranda.

Laura desactivó el modo silencio.

—Maldita sea —dijo Miranda—. Ahora tengo que ir al baño. Quédate ahí.

Laura obedeció. Se quedó inmóvil, mirando el candelabro ornamentado que brillaba con una llama falsa en la pantalla. Las paredes estaban cubiertas de marcos antiguos con imágenes de racimos de uvas.

Elena. Ve a nuestra habitación ahora mismo.

Deja de actuar como una maldita niña.

Laura envió el mensaje. Esperó una respuesta. Debajo de la mesa de conferencias, su rodilla se movía incesantemente por los nervios.

La pantalla frente a ella seguía sin mostrar señales de su jefa. Cuando Laura conoció a Miranda por primera vez, sintió algo de desconfianza. Laura albergaba un profundo rechazo hacia todos los americanos debido a la manera en que trataban a los empleados del resort. Pero Miranda y Laura parecían hermanas separadas al nacer, de padres diferentes y de países distintos, por supuesto. Ambas eran de estatura baja, menos de cinco pies, y tenían lo que, en estos espacios de alta gerencia, parecía casi extinto: una figura curvilínea con forma de pera (ninguna de las dos haría dieta ni muerta). Pero, sobre todo, ambas eran muy dedicadas a su trabajo, en un ambiente que parecía favorecer a aquellos que no tomaban el resort en serio y lo veían como su propia plataforma de networking para ascender en los rangos.

Miranda también fue la primera y única jefa que se convirtió en la mayor defensora de Laura. Fue ella quien le dijo que, a pesar de ser la persona más trabajadora del resort, le estaban robando el título que le correspondía en el equipo de alta gerencia. Con sus ojos azules, su cabello rubio y un título de la Wharton School of Business, Miranda le mostró que la meritocracia no existía. Le explicó que había sido injusto cuando el hombre que antes ocupaba su puesto cambió las reglas y nombró a Laura directora de alta gerencia del personal en lugar de vicepresidenta, cargo que había tenido su predecesor. No existía un requisito educativo para el puesto. Miranda había trabajado en el Sapphire Paloma en Singapur y en el Dok Khun Paloma en Tailandia, lugares donde los lugareños habían sido ascendidos a puestos de vicepresidencia sin credenciales académicas prestigiosas y con menos experiencia que ella. Miranda fue quien demostró con su ejemplo que era una pérdida de tiempo asistir a las salidas de golf o unirse a las visitas a casinos y clubes de striptease solo para que los hombres pensaran que ellas formaban parte del grupo. Cuando asumió el mando en el Grand Paloma hacía apenas dieciocho meses, le dijo a Laura que su camino hacia el éxito consistía en hacer unas pocas jugadas estratégicas que generaran márgenes de ganancia altos a corto plazo y atrajeran atención a nivel hemisférico. Le pidió a Laura que ideara una gran propuesta para elevar su perfil entre los gerentes de la organización, y cuando Laura presentó el Platinum Member Companion Program, Miranda no solo la nominó rápidamente para que ganara el Premio Paloma en Pleno Vuelo ese año, sino que también influyó en su victoria.

Laura haría cualquier cosa por Miranda, porque ella le había demostrado que era diferente a los demás jefes para los que había trabajado, léase *hombres*, que le robaban sus ideas y se beneficiaban de su esfuerzo, y que veían al Grand Paloma como un simple lugar de entrenamiento para ascensos más impresionantes. Miranda era confiable, leal y se preocupaba genuinamente por el trabajo. A sus veintisiete años, Laura veía a Miranda, que estaba en sus cuarenta, como su madre laboral.

Pero Laura sabía que ese pedestal sobre el que la había colocado no significaba que los esfuerzos de Miranda fueran especiales. Miranda motivaba y ayudaba a crecer a todos sus subordinados en Estados Unidos, Centroamérica, Sudamérica y el Caribe, impulsándolos a romper barreras, porque sabía que su éxito aceleraría su propia ascensión. Su lema era: "Si tú creces, yo subo". Pero a Laura no le cabía duda de que ella ocupaba un lugar especial para Miranda. La mayoría de las personas que llegaban a este equipo, trataban esa oportunidad como unas vacaciones. El Caribe era visto como un mercado emergente, un lugar con el potencial no desarrollado de atraer a los más ricos del mundo. Así que los períodos de uno o dos años en el resort generalmente se consideraban una oportunidad para que personas con poca experiencia aprendieran sobre gestión y comprendieran las complejidades de dirigir un resort de lujo para los más adinerados. "Tan fácil que hasta un mono podría hacerlo", solían decir los nuevos ejecutivos.

Después de solo un par de semanas en el resort, Miranda miró a Laura y le dijo:

—¿Manejas este lugar prácticamente sola y, aun así, eres la de menor rango en el equipo? ¿Me estás tomando el pelo? —Y, sin esperar respuesta, añadió—: Eso está a punto de cambiar.

Su jefa intentó abrirle los ojos a otras desigualdades a las que estaba expuesta. Para Miranda, las diferencias salariales eran criminales. A los extranjeros se les pagaba en dólares porque Paloma

Enterprises tenía su sede en Estados Unidos, pero sus salarios se calculaban con base en los datos salariales de sus países de origen. En cambio, los empleados nacionales recibían su sueldo en la moneda local, según el mercado laboral de su país, lo que a menudo significaba que ganaban significativamente menos que sus pares extranjeros. Miranda giró su computadora portátil y le mostró a Laura que su sueldo era una décima parte del de su colega extranjero peor pagado. Ante la indignación de Miranda, Laura negó con la cabeza, sintiendo que debía hablar con su jefa como solía hacerlo con su ingenua hermana menor. Estaba agradecida, le explicó a su nueva jefa. ¿Cómo podría explicarle que había sido elegida y moldeada para esa posición? Había que valorar los beneficios de un trabajo más allá del salario.

Cuando comenzó como mesera, asistió a cumbres empresariales de una semana de duración donde aprendió los fundamentos sobre marketing, previsión empresarial, satisfacción del cliente y expansión estratégica. A lo largo de muchos años, mientras presenciaba cómo las mismas empresas contrataban y reemplazaban ejecutivos, y luego lanzaban iniciativas estratégicas para cambiarlas poco después, Laura había estado aprendiendo enormemente. Se había entrenado con directores ejecutivos globales en las reglas sutiles de la negociación, la comunicación, cómo destacar, sobresalir, desarrollar inteligencia emocional para manipular a los empleados y hacer exactamente lo que la empresa requería. Con su ascenso más reciente, logró que su hermana fuera admitida en la academia global virtual para obtener su diploma de secundaria, una institución respetada y acreditada tanto en Estados Unidos como en Europa. Los miembros con más rango de Paloma Enterprises enviaban allí a sus hijos. Elena podría elegir cualquier universidad, un futuro que la apartaría de la necesidad de trabajar en un hotel o en el sector de servicios. Solía bromear que Laura tenía un doctorado en capitalismo, pues la educación que recibió allí, mientras recogía servilletas sucias y colas de camarón mordidas, mientras retiraba tazas frías de café cultivado éticamente y las reemplazaba con cócteles de happy hour, era una que nadie en el mundo podría haber pagado.

Miranda asintió, como si estuviera de acuerdo.

—Te explotaron y estás agradecida por ello —dijo—. Así es como ellos nos atrapan.

Laura se encogió de hombros, sin entender del todo a qué se refería Miranda con "ellos" o "nos", pero consciente de que la regla de oro para una estrella en ascenso, como había aprendido en múltiples reuniones, era nunca corregir a un jefe. También reconoció que a Miranda la limitaban sus propios privilegios. Ella veía a Laura como si estuviera en la parte inferior del equipo directivo, sin darse cuenta de que Laura estaba en la cima del rango de empleados nacionales. Pero había pocos datos sobre los rangos de los empleados. Si Miranda se hubiera tomado el tiempo de averiguar cuánto les pagaban a los trabajadores haitianos indocumentados que cuidaban los jardines, se daría cuenta de que Laura ocupaba una posición envidiada por los lugareños. Aunque las condiciones laborales favorecieran a otros, la explotación no se aplicaba a su caso. ¿No se necesitaba ser una víctima para ser explotado? Laura no era una víctima.

Miranda apareció en la pantalla de nuevo, con la cara enrojecida por el ajetreo. Levantó un dedo y bebió agua de una botella, cerrando los ojos mientras tragaba. Desde la distancia, la voz de la guía turística regresó, explicando que Leonardo da Vinci había tomado su último aliento justo allí.

Nadie más se había unido a la reunión. Si había algo que Miranda no toleraba, era la falta de disciplina en el cumplimiento de las normas. Una vez había despedido a alguien en el acto cuando supo que se había saltado los procedimientos para obtener alojamiento gratuito para sus padres. Sin embargo, lo que más detestaba era la impuntualidad. Laura estaba sorprendida de que sus colegas hubieran faltado a la reunión, sabiendo que tendrían que enfrentar la ira de Miranda después.

—Esta reunión será breve —dijo Miranda, mientras su rostro recuperaba el tono pálido habitual.

Laura asintió.

—Todos los comentarios de nuestros hoteles hermanos donde hemos puesto a prueba el Platinum Member Companion Program han sido excelentes. La productividad y la competencia aumentaron inmediatamente. La satisfacción neta del cliente está por las nubes. En algunos lugares, incluso ascendieron a ciertos empleados.

Laura frunció el ceño. El propósito del programa era, supuestamente, incentivar a los empleados a esforzarse por obtener buenas calificaciones de los huéspedes, acompañándolos las veinticuatro horas del día o cumpliendo sus deseos, a cambio de beneficios como mejores alojamientos, menos horas de trabajo y reembolsos por gastos de educación, normalmente reservados para directores y ejecutivos. Pero a esos empleados jamás se les ascendería.

—Lo sé —dijo Miranda—. Hicieron todo mal.

—¿Quieres que hable con ellos? He logrado ejecutar el programa aquí por un año sin tener que ascender a nadie.

—Estoy al tanto —respondió Miranda.

Laura tragó en seco y se enderezó, recordándose que no debía cruzar los límites de la jerarquía. "No seas igualada", se dijo.

—El problema —continuó Miranda— es que, en algunos de esos hoteles, los empleados se dieron cuenta de la mentira más rápido que en el Grand Paloma.

Laura había ocultado detalles sobre cuántos empleados habían renunciado al programa. A ella no le preocupaba esa tendencia; por cada uno que se iba, otro se unía. Pero ahora que circulaba el rumor de que en otros hoteles habían ascendido a empleados antes que en el suyo, donde nació el programa, sabía que esto podría causar problemas.

—¿Qué quieres hacer al respecto? —preguntó Miranda.

—Hay varios empleados que están por encima. Los he estado supervisando por un tiempo.

—Asciende a alguien —dijo Miranda con firmeza—. Mándame una nota mañana antes de que termine el día con el nombre de quien elijas. No necesito aprobarlo. Confío en ti.

Fuera de la pantalla, Laura oyó el suspiro exagerado de Jacques. Incluso a la distancia, su suspiro sonaba elegante y refinado. El esposo francés de Miranda le reclamaba por trabajar durante sus vacaciones de agosto. Miranda se había comprometido a tomarse un verdadero descanso este año, por lo que Laura se ofreció a estar de turno todos los fines de semana de agosto. Con la naturaleza controladora de Miranda, ella aún examinaría cuidadosamente cada decisión tomada, y Laura consideraba esa meticulosidad una ventaja a su favor. Laura no cometía errores. Miranda le brindaría su apoyo para el ascenso y la transferencia una vez que viera de primera mano todo lo que Laura podía hacer, incluso ahora que tenía más obligaciones y responsabilidades que nunca. Cuando Miranda exclamó que prescindiría de revisar al candidato para el ascenso, Laura lo interpretó como una señal de que estaba haciendo las cosas increíblemente bien.

—Lo haremos con discreción, sin demasiado alboroto; de lo contrario, la gente notará que solo hemos ascendido a una persona en todo un año.

—Sí —dijo Laura firmemente.

—Solo dos semanas más, Laura. Ya hice la solicitud de tu traslado a Portugal para que trabajes conmigo. Te encargarás del Platinum Member Companion Program a nivel internacional. Va a ser increíble.

Miranda irradiaba orgullo. Laura sintió cómo su pecho se inflaba. Esa declaración significaba que a Miranda también la habían ascendido, que ahora supervisaría los hoteles en Europa. Esto era lo que habían estado esperando. Laura se ruborizó de emoción. Esta mujer la había visto, la había reconocido, había creído en ella y ahora estaba a punto de cambiarle la vida.

—¿Hay algo más que deba saber? —preguntó Miranda, acercándose al teléfono para desconectarse.

Un enorme pájaro chocó contra el cristal de la sala de conferencias donde Laura estaba sentada. El golpe la sobresaltó y su piel se erizó, sintiendo un escalofrío recorrerle los brazos.

—Aparte de que tu equipo prefirió irse a jugar golf en vez de asistir a esta reunión, todo está bajo control.

Miranda frunció los labios, claramente molesta. Odiaba el chisme.

—Laura, lo siento. Olvidé incluirte en el correo que les envié. Les avisé que prefería enfocarme en una reunión individual contigo.

Laura tragó en seco.

—¿Algo más?

Laura debió haber dicho que no había nada más, pero vaciló. Si había algo que Miranda odiaba más que la impuntualidad y los chismes, eran las sorpresas. Estaba casi segura de que Vida las sacaría del aprieto con la niña turista herida. Pero, ¿y si la niña no se recuperaba? ¿Y si los padres se enteraban y armaban un escándalo?

—¿Qué pasa, Laura? —preguntó Miranda.

A falta de algo mejor, soltó otro chisme.

—No es que preste atención a los rumores, pero deberías saber que se dice que hay inversionistas interesados en comprar este hotel a Paloma Enterprises.

Miranda enfocó la vista, levantó el teléfono y se lo acercó al rostro en un gesto exagerado de frustración.

—Me alegra que no escuches tonterías —dijo, y rápidamente buscó una excusa para colgar.

Pero en lugar de salir de la videollamada, solo apagó la cámara. Laura se quedó escuchando sus pasos apresurados, las disculpas a su esposo e hijos por haberse perdido la mayor parte del *tour*. Laura no se había dado cuenta de que estaban en un *tour* privado del lugar.

Se quedó el tiempo suficiente para escuchar a la guía dar una explicación de por qué *La última cena* de Leonardo había sido revolucionaria en su época. Una pintura que ofreciera una visión más amplia y abarcadora de la escena, en lugar de centrarse en un solo protagonista, parecía más fiel a la manera en que funcionaba el mundo real.

—¿Cómo estuvo tu reunión? —preguntó Jacques.

—Ya conoces a Laura. Tiene buenas intenciones, pero es tan pendeja. La gente está hablando de la venta. Eso no es bueno.

Laura se obligó a presionar el botón que la sacó de la reunión virtual. Estaba sorprendida de que los rumores sobre la venta fueran ciertos. "Eso no es problema mío", se dijo a sí misma. Una vez terminada la temporada alta, tomaría un avión a Portugal con su hermana, lista para despedirse de este país y de su pasado, ambos demasiado dolorosos para cargar a cuestas.

Aun así, mientras permanecía en la fría sala de conferencias, sentía cómo el calor le subía por el cuerpo, a pesar del aire acondicionado. Escribió un correo a Miranda nombrando a Pablo como el empleado que recibiría el ascenso y lo programó para enviarse a la mañana siguiente. No podía arriesgarse a olvidar este paso. Luego envió una solicitud para actualizar la identificación de Pablo, estableciendo cuidadosamente su nuevo título como encargado, como gerente. Esto no significaría nada para los extranjeros en la nómina, pero para los dominicanos, dejaría claro que Pablo era su segundo al mando.

Laura no tenía intención de ascender a nadie más que estuviera participando en el Platinum Member Companion Program. Haría esto para calmar a Miranda y evitar cualquier descontento si los empleados se enteraban de que en otros hoteles habían ascendido a personas del programa. Luego, Laura programó el traslado de Pablo de los dormitorios de los empleados a una habitación en el jardín para la noche siguiente. Fecha de salida: indefinida. Hizo una nota mental para avisar a Pablo que sería ascendido al día siguiente. Se lo merecía. No había nadie tan dedicado como Pablo. Años atrás, cuando Laura fue ascendida a gerente, también tuvo la oportunidad de mudarse al resort. Pero eso hubiera significado dejar a su hermana sola en la casita. La gerencia rechazó su solicitud de que Elena se mudara con ella porque temían que, si una niñera se mudaba al resort, otros empleados comenzarían a pedir lo mismo. En lugar de arriesgar eso, Laura rechazó la mudanza por completo, sabiendo que nunca iría a ningún lugar sin Elena.

Elena, que aún no había respondido a su último mensaje.

Laura tenía que ver cómo iba todo con la niña turista, con Vida, con su hermana, pero no podía moverse. Si algo sucediera y no pudieran irse, o si vendieran el resort a un nuevo propietario al que no le importara el trayecto de superación de Laura, ¿qué haría? Ella ya había intentado encontrar otro trabajo antes. Miranda creía que el trabajo duro debería ser la clave para obtener oportunidades, pero el resto del mundo no lo veía de esa manera. Laura sabía que era excepcionalmente capaz. Pero también era una persona común, de un lugar que la mayoría de la gente consideraba un país del tercer mundo. No tenía título universitario. La educación que había recibido en Pico Diablo no era reconocida como legítima. Había aprendido muy rápido que la experiencia llegaba solo hasta cierto punto, que sus excepcionales evaluaciones anuales de desempeño, que regularmente superaban las expectativas, no significaban gran cosa. A nadie le impresionaba que, a pesar de las adversidades, hubiera logrado lo que ningún local había alcanzado jamás.

Laura no se inmutó por el comentario de Miranda llamándola pendeja. Sabía que sus colegas la veían como una blandengue, pero había cultivado esa impresión a propósito. Con su equipo, era dura e implacable, pero con sus colegas y su jefa, siendo la única mujer afrolatina en la gerencia, le convenía más ser dócil. Cualquier dureza en su personalidad se interpretaría rápidamente como agresión, hostilidad, y la tildarían de incapaz de liderazgo, de planificar o de crecer. Sabía que preocuparse por la venta del resort no le serviría de nada. Tenía que enfocarse en la crisis que tenía entre manos.

Capítulo 7

De regreso en los dormitorios de los empleados, Laura encontró a Vida sentada en el suelo, pálida y con los ojos cerrados. La niña, en cambio, había recuperado el color en sus mejillas y lucía tranquila.

—¿Estás bien? —preguntó Laura.

Vida estaba ronca.

—Usualmente me toma un tiempo recuperarme. Necesito irme a casa.

—No estás en condiciones para manejar tu pasola. Necesito encontrar a Elena. ¿Por qué no descansas aquí? Déjame ir a buscar a Elena y luego te llevo a tu casa.

Laura ayudó a Vida a ponerse de pie y la acostó en la cama desordenada de Elena.

—Dulce me está esperando en su bar. Le dije que pasaríamos el día juntas.

Laura asintió. Dulce, su amiga de infancia, estaba a solo unas millas de distancia.

—Estoy en deuda contigo —dijo Laura—. Y no me gusta tener que pedirte otro favor. Pero, ¿puedes esperar un poco? Envíame un mensaje si pasa algo con la niña. No quiero involucrar a más nadie en esto. Elena está fuera de control. No sé qué voy a hacer con ella. Parece que está tratando de sabotear a propósito nuestra oportunidad de salir de este lugar.

Vida tragó con dificultad.

—Me quedaré —dijo—. Mi cuerpo necesita descansar. Pero si me permites darte un consejo, mientras más actúes como su madre, diciendo mentiras por ella, limpiando cada desastre que hace por sus errores, menos la ayudas a madurar.

Laura comenzó a protestar en su cabeza. ¿Acaso Vida no veía esta habitación? Ya no recogía el reguero de Elena; estaba tratando de ayudarla a madurar. Pero decidió no decir nada. ¿De qué serviría ponerse a la defensiva?

—Regresaré tan pronto pueda. Avísame si pasa algo.

Sabía exactamente dónde encontrar a su hermana.

Laura siempre había temido que así es como perdería a su hermana: flotando en la misma piscina de agua verde de la cascada donde ambas aprendieron a nadar. Pero el cuerpo de su hermana no estaba suspendido en el agua boca arriba, como habían flotado incontables veces cuando eran niñas. Estaba boca abajo, completamente desnuda, y sus extremidades se movían lánguidamente con la corriente por la fuerza del agua que caía. En la misma posición en la que habían encontrado a su madre cuando se ahogó tantos años atrás. Solo que los dos brazos de su madre habían estado cubiertos con yesos.

El sonido del agua estrellándose era ensordecedor. Ahogaba su voz, su histeria que subía a borbotones mientras miraba a su alrededor y pedía ayuda a gritos. En este día despejado, el sol era una mancha de luz amarilla en el cielo y no había ni un solo turista con un ridículo sombrero de sol y bermudas cargo. Laura se lanzó al agua.

Sin pensar dos veces en el teléfono en su bolsillo ni en las extensiones que llevaba puestas, una melena que le había costado a ella y a su hermana casi un año de ahorros, Laura saltó al agua para salvarla. Agarró a Elena por el pie y la arrastró con fuerza hacia la orilla.

—Suéltame —dijo Elena, mientras se retorcía, dándole una patada en la cara con su pie libre. Quizás por accidente.

—Pensé que estabas muerta —dijo Laura, soltando el pie inmediatamente y tocándose la parte de la cabeza donde la había golpeado. El dolor, que apareció por un momento, desapareció enseguida.

—¿Qué haces aquí? —le dijo, su voz perdiéndose en el torrente ensordecedor—. Tienes que volver al trabajo.

Las dos nadaron en sincronía, con brazadas elegantes, sus siluetas una línea suave que recorría la longitud de sus cuerpos.

—No voy a volver al hotel —dijo Elena. Salió del agua primero y le dio la espalda a su hermana, mientras se ponía el uniforme color rosa de Medline.

—¿Por qué decidiste nadar desnuda en un lugar donde cualquier turista podría verte y publicar tu foto en su Insta? —preguntó Laura, mirando la espalda de Elena.

—Tenía mucho calor. Eso es todo —dijo Elena en voz baja.

Elena caminaba descalza. Sus pies mojados se hundían con un sonido suave en el suelo de barro. Laura notó una salpicadura de sangre en el uniforme, a lo largo de su pecho. Por un momento, volvió a lamentarse por haber explotado con su hermana. En los dormitorios de los empleados, al ver a aquella niña acostada en la cama, había sentido una oleada de furia, un deseo incontrolable de encontrar a su hermana, darle un puñetazo en la boca y sacudirla hasta que dejara de comportarse como una idiota. "Tienes diecisiete años", había querido gritarle. *"¿Sabes todo lo que yo ya había hecho a tu edad para asegurarme de que estuviéramos bien?"*. Pero al ver la cara de su hermana ahora, supo que se había pasado de la raya.

Elena se agachó, y Laura se sorprendió al notar un bolso pequeño que no había visto antes. Era un bolso que Elena guardaba en su antigua casa en Pico Diablo. ¿A dónde iba su hermana? Casi se rio, pensando que su hermana todavía sentía pánico por la niña turista, sin saber que Vida había hecho su magia, que la niña probablemente estaría bien.

Elena se alejó de la cascada por un sendero poco transitado en el bosque. Al otro lado del matorral a su derecha, había una apertura hacia las cuevas de estalagmitas.

—La niña no se veía bien cuando me fui —dijo Elena en el medio del bosque. Era su manera de preguntarle a Laura qué había pasado después de que huyó de la escena del crimen. Laura se detuvo. Cuando su hermana intentó seguir caminando, la agarró del antebrazo. Otra vez era ella la que ejercía presión.

—Vida hizo lo mejor que pudo —dijo Laura. Luego sacudió la cabeza con pesar, insinuando que la niña no había sobrevivido. Laura le soltó el brazo a su hermana, pensando en lo que significaría para ella, para el resort, para todas, la muerte de una niña turista americana. Su rostro ardía con solo pensarlo. La simple posibilidad de que esto pasara la hacía sentir mareada.

Elena jadeó mientras negaba con la cabeza una y otra vez. Sus ojos se llenaron de lágrimas que caían en su rostro rápidamente. Sus hombros temblaban como cuando era una niña. En aquel entonces, Laura la abrazaba en su regazo y le decía que todo iba a estar bien. Ahora, Laura resistió ese impulso. Era precisamente esa tendencia la que las había llevado a esta situación. Tenía que ser dura.

—¿Qué piensas hacer ahora? —preguntó Laura.

Elena susurró, sin mirar a su hermana. Le dijo que pensaba que lo mejor era salir del pueblo. Tenía su pasaporte con una visa que le permitía viajar a Estados Unidos y Europa.

—¿Vas a irte del país? —preguntó Laura, incrédula.

Elena asintió.

—¿De dónde diablos crees que vas a sacar el dinero?

Sería imposible conseguir dinero para un boleto el mismo día. La pregunta rompió la máscara de autocontrol que Elena llevaba puesta.

—Yo resuelvo —murmuró entre lágrimas—. Solo tengo que conseguir un préstamo hasta encontrar trabajo.

Laura supo que este era un momento importante. Su hermana necesitaba aprender una lección dura. Era mejor que pensara que había metido la pata con la niña turista, que había cometido un error lo suficientemente grave como para arruinar su vida para siempre. Laura le había rogado a su hermana que se mantuviera alejada de las pastillas. Las mujeres morenas no podían darse el lujo de consumir drogas por diversión, de experimentar solo para ver qué se siente, solo por ser jóvenes. ¿Por qué Elena no podía entender lo que estaba en juego?

Cuando Laura vio por primera vez a aquella niña blanca inconsciente sobre su cama, sintió que el suelo se desplomaba bajo sus pies; sintió su cuerpo en el ojo de un tornado que la succionaba, estirándola hasta casi desgarrarla. Esta vez habían tenido suerte. ¿Y la próxima?

Elena, ajena al estado de agitación de su hermana, apoyó una mano en el hombro de Laura para mantener el equilibrio. Se puso los tenis del resort. Cuando miró el rostro de su hermana, Laura le reflejó su misma expresión desolada. Parecía que ambas estaban tambaleándose sobre un terreno inestable a punto de colapsar. Ver esa fragilidad tan palpable en su hermana, quien normalmente era tan fuerte y capaz, hizo que Elena sintiera miedo. Tanto que tuvo que apartar la mirada. Elena deseó poder decirle a su hermana la verdad que albergaba en su corazón. Quería encontrar la manera de expresar lo que sentía, de llegar a un punto en común. No quería que Laura cargara constantemente con el estrés de tener que cuidarla. Pero en ese momento, las palabras le fallaron. Si su hermana no la protegía, ¿qué sería de ella?

Por encima de ambas, en uno de los árboles, Elena vio una enorme chichigua. Señaló hacia arriba para que su hermana también pudiera verla. Tenía forma de mariposa gigante, y sus colores, morado y el amarillo pálido del sol, bordeados con gruesas líneas negras, encajaban de manera perfecta entre tanto verdor. Le sonrió a su hermana, y Laura le devolvió una leve sonrisa. Algún pendejo turista probablemente había intentado volar la chichigua en medio del bosque. Las hermanas pensaron en esa imagen al mismo tiempo, sin necesidad de decir una palabra. Les sorprendió que nadie hubiera enviado un mensaje de SOS al PALOMA pidiendo ayuda inmediata para bajar la chichigua.

Laura tomó la mano de su hermana y la apretó con fuerza.

—¿Por qué estabas en la cascada? —preguntó, aunque ya sabía la respuesta.

—Estaba tratando de hundirme una última vez —respondió Elena en lugar de decir la verdad. La verdad habría significado decirle que intentaba despedirse del espíritu de su madre.

Las hermanas guardaron silencio por un momento, recordando el mismo instante en que habían encontrado el cuerpo de su madre flotando, lo bonito que se veía su cabello, recorriendo las corrientes de agua como elegantes serpientes. Recordaron cómo ninguna de las dos se había atrevido a saltar, pues estaban demasiado aterradas. Pero había sido Laura quien se agachó y sostuvo la mano de su hermana de cuatro años. Había sido Laura quien, con solo catorce años, entendió que a partir de ese momento, era su deber cuidar de su hermana.

—Si crees que irte es lo correcto, vete —dijo Laura.

Elena la miró sorprendida. Ahora le tocaba a Laura encogerse de hombros.

—Te llevaré hasta el borde —le dijo.

Capítulo 8

Treinta minutos después, las hermanas estaban en el borde de la propiedad del resort. Laura apagó el auto y lo estacionó. Ninguna de las dos se movió ni habló. Cuando Laura presionó el botón para apagar el motor, Elena entendió que su hermana tenía que irse. Laura salió del auto primero y cerró la puerta de golpe. Elena retiró los dedos de la rejilla del aire acondicionado cuando sintió que ya no salía aire frío. En la manija plateada de la puerta del auto, la huella fría de sus dedos desapareció lentamente. Afuera, el calor del día las dejó aturdidas en un silencio momentáneo aún más profundo.

Las rodeaban acantilados marinos, hermosas nubes esponjosas y algunas cabras perezosas que vagaban, comían y deambulaban únicamente para la sorpresa y el deleite de los niños turistas. Elena solía llevar a los niños a su cargo por esta colina cuando quería escapar de las insoportables actividades del club infantil.

El bloque de luz que flotaba sobre el mar era hermoso, incluso ese día. Elena notó una única nube oscura entre todas las demás esponjosas y sintió una semilla que reconoció como temor en su cuerpo.

—¿A quién le pedirás ayuda? —preguntó Laura.

—Estaba recordando —respondió Elena, tocando el cabello anudado de su hermana—, todo el tiempo que desperdiciamos de niñas, tratando de hundirnos en el agua.

Elena descansó su mano en el cabello cosido de su hermana. Los ojos de Laura se suavizaron como lo hacían siempre que Elena mencionaba a su madre. Pero en ese momento, Elena no estaba pensando en su madre muerta. Pensaba en cómo la parte más profunda de la piscina natural de la cascada tenía al menos diez metros de profundidad. Debido a la fuerza del agua que caía desde tal altura, era imposible hundirse, sin importar los trucos que intentaran: saltar con una enorme roca, empujarse con todas sus fuerzas. La última pastilla, la que había tomado horas antes, cuando ella y la niña turista habían entrado al bosque, seguía surtiendo su efecto. Por eso podía enfocarse en un solo pensamiento por tanto tiempo, ignorando la preocupación por la niña, la sangre en la parte trasera de su cabeza, viscosa como una gelatina que no ha cuajado por completo. Esa misma mañana, la niña le había confesado que cada vez que comía gelatina, su caca salía de colores. Al recordarlo, Elena soltó una risa leve.

Laura apretó los dientes al escucharla. Una vena en su cuello se hinchó, como si fuera a estallar. Probablemente se había dado cuenta de que Elena seguía drogada. Elena intentó poner una expresión seria, pero su cara se relajó de inmediato. Durante muchos años después de la muerte de su madre, Laura había sido dulce, cariñosa, una mejor madre que la que habían perdido. Pero últimamente, esto era lo único que quedaba de su hermana. Una eficiencia fría, la rapidez del corte de un machete. Elena notaba que Laura estaba esperando algo más de ella. ¿Qué? ¿Quizás una disculpa? ¿Una promesa de que sería más cuidadosa? Pero Laura siempre la cubría. Siempre arreglaba sus errores. Elena volteó la cara para que su hermana viera la herida en su mejilla. Laura necesitaba un recordatorio de que la había lastimado.

Laura sabía que sería completamente imposible para Elena conseguir un vuelo. ¿Con qué dinero? Sin embargo, la angustia de buscar una solución sería suficiente para hacerla reaccionar, para recordarle que debía pensar en cada paso.

Elena, al igual que Laura, a menudo veía el resort como una prisión. Pero no era lo suficientemente ingenua como para creer, ni por un momento, que sobreviviría en una prisión real. Recordó la única vez que su padre logró llegar a Estados Unidos y cómo le contó que terminó en un centro de detención en Texas, enjaulado como un perro callejero. A veces, cuando se aburría de la monotonía de sus vidas, Elena se imaginaba a sí misma acurrucada junto a su padre en aquella jaula, ella como un caracol, y su padre, la concha que la protegía. Era su manera de llenar todos los silencios de su pasado, silencios que su hermana se negaba a llenar excepto con las advertencias más sombrías sobre la herencia que les había tocado: una madre suicida y un padre negligente y ausente.

Elena no creía que habían sido abandonadas. Cuando su padre desapareció el año anterior, pensó que tal vez lo habían arrestado de nuevo por intentar entrar ilegalmente a Estados Unidos y que, esta vez, quizás habían decidido encerrarlo indefinidamente al darse cuenta de que nunca se rendiría. Cada vez que Elena intentaba hablar con Laura sobre su padre, su hermana salía de la habitación abruptamente. Ni siquiera estaba dispuesta a considerar qué podrían hacer para encontrarlo.

Elena estaba convencida de que tanto ella como Laura necesitaban escapar de este lugar para convertirse en las mejores versiones de sí mismas. Debía ser el trabajo, el constante servilismo hacia otros, lo que las había cambiado tanto. Recordó cuando perdió de vista a una niña pequeña y, tras mucho buscar, la encontró en el bote de pesca de Pablo, asustada y enredada en las redes de pescar. Otra vez, había perdido a un par de gemelos en la cafetería y, por supuesto, habían ido directo a la absurda mesa de sushi, camarones, cangrejos y langostas. Uno de ellos tomó un enorme pulpo morado, lo colocó en su cabeza como un sombrero y jaló uno de sus tentáculos hacia su cara como si fuera un bigote, metiendo la punta en su boca. Elena llegó justo a tiempo para evitar una catástrofe: el niño era alérgico a los moluscos. Ella siempre lograba darle la vuelta a la situación y convertirla en una aventura. Cada año, las familias que regresaban pedían sus servicios de niñera. Los niños la adoraban.

Laura le había advertido muchas veces que, si seguía con las pastillas, cometería un error que no podría enmendar. Su hermana le había advertido que, tras la próxima infracción, por mínima que fuera, la trasladarían a limpieza. Así que, si no terminaba en la cárcel, si de alguna manera Laura lograba salvarla una vez más, terminaría limpiando la mugre de los turistas.

Aunque su hermana a veces le gritaba, nunca le había pegado. Pero lo que Elena había hecho era imperdonable. La posibilidad de que la niña turista estuviera muerta era aterradora. Recordó la furia de su hermana cuando le dio una bofetada, y luego otra, tratando torpemente de proteger esa vida. Una vida que ninguna de las dos quería.

Elena se convenció de que la punzada en su mejilla no era una gran molestia. Había evitado mirarse en el retrovisor mientras conducían; no tenía sentido preocuparse por su cara, con todo lo que ya llevaba encima. Se enfocó en la apariencia de su hermana. Su cabello era un desastre. La diferencia en textura era visible entre las raíces rizadas de Laura y las extensiones lisas y sintéticas, enredadas por el agua. La estafaron con esta peluca. No había forma de que ese cabello barato y propenso a los nudos fuera el mismo que usaba Rihanna. Tendría que ponerse acondicionador rápido y peinarlo antes de que se secara, o las extensiones se arruinarían y no servirían para nada.

—¿Y si me entrego? —dijo Elena—. Tal vez puedas convencer a Miranda de darme otra oportunidad, como lo hiciste antes.

Laura sintió una tensión en sus hombros.

—¿Después de lo que hiciste para fastidiar a todos? Hasta te atreviste a organizar esa huelga ridícula.

La huelga había ocurrido seis meses atrás. Elena no tuvo más opción que protestar contra las condiciones inhumanas hacia los trabajadores haitianos indocumentados. Cada semana había redadas de inmigración que separaban familias y enviaban a personas nacidas en la República Dominicana a Haití, un país que nunca habían pisado y cuyo idioma, el criollo, nunca habían hablado. Si los padres no podían mostrar prueba de su estatus legal, sus hijos, incluso aquellos nacidos aquí, eran considerados ilegales. No existía la ciudadanía por nacimiento. Los padres quedaban suspendidos en un tránsito indefinido. Meses antes de que Elena organizara la huelga, la situación había empeorado. Incluso aquellos con registros oficiales estaban siendo detenidos. Se les despojaba de sus documentos. Era casi imposible para un dominicano de ascendencia haitiana reemplazar dichos documentos una vez perdidos, debido al racismo tan fuerte. Elena tuvo que hacer algo. Si no lo hacía ella, ¿quién lo haría? Había muchos dominicanos que abogaban por la ciudadanía para los haitianos, pero ¿cómo podían hacer oír sus voces?

—Habría funcionado si hubiéramos seguido protestando —dijo Elena—. La gente vino y protestó. No estaba sola.

—Elena, solo empeoraste sus condiciones. Nada cambió para ellos y nunca cambiará. Vives en las nubes. Fue por tu estúpida protesta que detuvieron la construcción del parque acuático: menos trabajo para ellos. ¿Lo consideraste siquiera?

Su hermana tenía razón. Hoy, cuando Elena había ido al bosque con la niña turista, quería ver si había algo más que pudiera hacer para ayudar. Descubrió que las familias que habían decidido quedarse, que de alguna manera lograron evitar la deportación, habían creado una ciudad de carpas en los terrenos que se despejaron para el parque acuático. A poco más de dos millas dentro del bosque tropical, en un lugar destinado para el entretenimiento de los turistas, crearon un hogar temporal. Sospechaba que alguien se había dado cuenta de que ella y la niña se dirigían hacia allí, porque cuando llegó, no había nadie y las carpas estaban completamente vacías. La sobrecogió un sentimiento de vergüenza e impotencia. Fue en ese momento que se tomó la pastilla para sentirse mejor, pensando que, si no podía encontrar armonía en la vida real, la encontraría en forma sintética.

—Ya no hay más oportunidades para ti —dijo Laura—. Aquí no.

Elena asintió, parpadeando para disipar el ardor en sus ojos.

—Esa peluca costó cara —dijo, con la voz quebrantada—. Muy cara. Me comunicaré cuando encuentre un lugar donde aterrizar. No te preocupes por mí.

Laura había estado tan feliz cuando le pusieron la peluca. Elena casi lloró cuando su hermana le dijo que nunca se había sentido tan hermosa. Fue una de las pocas veces en que Elena vio a su hermana como alguien joven, lo suficientemente vanidosa como para preocuparse por lucir bonita.

Laura asintió en acuerdo, abandonándola con la mirada. Elena miró hacia el mar. Las olas estallaban contra las rocas afiladas, muy parecido al agua de la cascada, que se convertía en rocío antes de evaporarse en la nada.

¿Es que Laura no entendía que quizás nunca más se verían? La forma en que se metió en el auto, encendió el motor y dio un giro brusco decía que no, decía que su hermana pensaba que esto era solo otra de las tonterías de Elena. Que no consideraba a su hermanita capaz de salvarse a sí misma. La camioneta dobló por una esquina y desapareció de vista.

Laura tenía razón. Siempre tenía razón. Aquí no había más nada para Elena. Tenía que concentrarse en irse. El hecho de que aún no hubiera visto una ambulancia ni a la policía le indicó que solo tenía un par de horas para escapar. Un gran lío como este solo podía solucionarse utilizando a los empleados como ejemplo. Estaba dispuesta a todo, menos a convertirse en el centro de atención por su descuido.

Solo había un lugar donde podía conseguir dinero rápido, así que se dirigió al Beyond Proof Bar, segura de que, de alguna manera, el camino a seguir se revelaría.

Capítulo 9
Nosotros, los trabajadores

Cuando la jefa Laura entró por la puerta con el letrero PERSONAL AUTORIZADO en el Grand Paloma Resort, no hizo contacto visual con ninguno de nosotros. Como pasaba a menudo cuando ella entraba a cualquier espacio, todos nos pusimos en alerta, tratando de anticipar sus necesidades, asegurándonos de no caer en su lado malo. En cuestión de segundos, todos, hasta los que estábamos más atentos, quedamos asombrados. Nunca habíamos visto a Laura Moreno con ese aspecto.

Vale recalcar que, por más que Elena y Laura creyeran que estaban siendo discretas al meterse en problemas aquella tarde de jueves, nosotros vimos todo lo que sucedió. Uno de nosotros estaba limpiando un pasillo cuando vio a Elena corriendo como loca con esa niña turista. Vimos a Vida la Curandera dirigiéndose a su casita. Nos quedamos boquiabiertos cuando Laura abofeteó a Elena justo frente a los huéspedes en la piscina infinita.

¡Lo que han pasado esas dos! Primero, su madre se ahogó, un año después de que Laura tuvo su primera regla. La mayoría de nosotros no creía que hubiera sido un accidente. E.Z. Moreno tenía su lado cruel, sobre todo con su esposa. Especialmente cuando tenía una mala racha en el juego. ¿Acaso alguna vez lo vimos en una buena racha? No. Cuando E.Z. Moreno desapareció el año pasado, casi todos pensamos que las hermanas estarían mejor sin él. Nadie culpó a su madre por haber buscado una salida.

Debemos aclarar que, al principio, aunque todo lo que estaba pasando era un desastre provocado por un humano, *digo*, más bien, un desastre provocado por *Elena*, estábamos del lado de las hermanas. Esperábamos que las manos de Vida sanaran a la niña y que todo volviera a la normalidad.

Aquí no estamos reescribiendo la historia. Laura entró pálida, como si acabara de ver un fantasma, y nosotros actuamos de inmediato. Uno de nosotros corrió a planchar uno de los uniformes de repuesto que guardaba en el vestidor de los empleados. Otro convenció a Miosotis de desatarse el bonito pañuelo que llevaba al trabajo, aunque se suponía que el personal no debía usar telas culturales en la cabeza. Nos preocupó que Laura no la reprendiera por violar el estricto código de vestimenta.

Sin decir nada, Laura bajó la cabeza hasta la altura del pecho de Miosotis. En absoluto silencio, torcieron la tela, la anudaron, desplegaron y alzaron hasta que quedó como una corona en la cabeza de Laura. Ella asintió distraídamente en señal de agradecimiento, tomó el uniforme planchado de nuestras manos y se apresuró a un vestidor para cambiarse de ropa. Algo estaba pasando en el PH7. La esposa turista había salido al balcón a tomar el sol. ¿No era cuestión de tiempo antes de que la pareja notara que su hija llevaba horas desaparecida sin una foto de Elena? Habíamos estado observando de cerca la casita de las Moreno. La niña no se había movido de la cama.

Ya vestida, Laura se ajustó el *walkie-talkie* al cinturón. Con los dedos temblorosos, colocó la placa con su nombre en el uniforme. Agarró su teléfono, aliviada de que, aunque estuviera mojado, aún funcionara.

Se puso los tacones de aguja empapados, estremeciéndose de pies a cabeza, probablemente por la desagradable sensación de las plantillas de cuero sintético mojadas. No hay nada peor que caminar con los zapatos mojados. Se agachó y deslizó un dedo en la parte trasera de cada zapato para acomodar las plantillas. Luego, con un gesto distraído, se rascó la mejilla donde le picaba.

Cuando Laura salió del vestidor de los empleados y se dirigió con determinación hacia los dormitorios, todos le abrimos paso. Ninguno de nosotros fue lo suficientemente valiente de mencionarle que tenía algo blanco en la cara. Nos aliviaba verla de nuevo con su temple de acero. ¿Quién se arriesgaría a avergonzarla por un pegote que, sin querer, se había dejado en la mejilla? Eventualmente vería su reflejo en alguna superficie y se lo quitaría.

Capítulo 10

La niña turista tosió. Se sentó lentamente, buscando las manos teñidas de Vida. Ese toque insistente e impaciente sacó a Vida de su estado de somnolencia. Cuando la niña le dijo algunas palabras, con una sonrisa de oreja a oreja que mostraba esos dientes americanos aún imperfectos, los ojos de Vida recorrieron la habitación.

Ni Elena ni Laura habían regresado.

La niña intentó irse, pero Vida lo prohibió. Estaba mareada pero se levantó apresuradamente de la cama de Elena para tomarla por el brazo. Ella trató de soltarse, retrocediendo con fuerza, pero Vida la seguía agarrando firmemente. A Vida le disgustaba la actitud de la niña, su postura, su nariz respingada. Se alegró de poder hablar inglés con fluidez y entender cuando la niña dijo: "¿Dónde está Eli?".

—Tu niñera volverá pronto —dijo Vida—. Solo espera unos minutos.

La niña accedió, sentándose de nuevo en la cama donde había estado inconsciente durante horas. Se tocó la cabeza, quitándose la tela que Vida le había atado para asegurar que el ungüento se absorbiera en la herida. La tiró a un lado.

—¿Cómo te sientes? —preguntó Vida, aún sujetándole el brazo.

—Bien —dijo la pequeña—. Muy bien.

Vida la soltó. La niña se puso de pie de inmediato y salió corriendo de la habitación.

—Espera —llamó Vida, su cuerpo todavía débil—. Regresa.

No había manera de que Vida pudiera perseguirla. Se sentía demasiado enferma, demasiado débil. Ya recuperaría el aliento, reuniría algo de fuerza y se pondría de pie. Llamaría a Laura y a Elena. Alguien debía asegurarse de que la niña llegara sana y salva donde sus padres. Se recordó a sí misma que la pequeña había estado en el resort durante una semana entera, que para este punto ya conocía el terreno del lugar como la palma de su mano.

Cuando la puerta se abrió de golpe quince minutos después, estrellándose contra la pared de madera, Vida levantó la cabeza con esfuerzo y miró a Laura fijamente. Llevaba un tocado brillante y colorido. Se había cambiado de ropa.

—¿Qué pasó? —preguntó Laura—. ¿Dónde está la niña?

—Se fue —dijo Vida.

—¿Se fue? —repitió Laura—. ¿Cómo que se *fue*?

Los labios de Vida estaban secos y agrietados. Parecía estar a punto de vomitar.

—¡Maldita sea! ¿Estás bien? Necesitas que vaya a buscar a un médico?

—No, no. El primer día siempre es malo. Ve, ve a buscar a la niña.

Laura dudó. Se puso en cuclillas junto a Vida y le puso una mano en la frente.

—Tienes la piel tan fría y pegajosa como la niña cuando llegué.

—Estaré bien —dijo Vida—. ¡Vete! No tenemos tiempo.

Laura sabía que Vida tenía razón. Habían hecho todo lo posible para asegurarse de que la niña estuviera bien, y ahora que lo estaba, aún podían ser descubiertas por sus padres. Todavía estaban en riesgo de enfrentar una demanda, un escándalo mediático.

—Puedo llevarte a casa, después de que hable con sus padres.

—No estaré aquí —dijo Vida—. Necesito mi propia cama.

—No creo que debas manejar tu pasola. ¿Te llevo de vuelta a Pico Diablo?

—¿Por qué sigues aquí? —dijo Vida bruscamente—. Coño, ya lárgate.

Laura no tenía tiempo para discutir. Salió rápido de la casita para interceptar a la niña. Vida se quedó con una sensación de vacío. En su vientre, el feto ya no se movía. No había más aleteo de mariposas. Su bebé se había quedado completamente inmóvil.

Capítulo 11

Los turistas no estaban acostumbrados a burdeles como el Beyond Proof o, al menos, eso era lo que siempre le decían a Elena. Ella ganaba una comisión extra trayendo hombres: padres trabajadores y dedicados que, con cautela, le preguntaban al cabo de un día de conocerla si, *eh*, sabía dónde podrían conocer a una mujer local agradable, una mujer limpia y discreta para pasar una tarde divertida. "Claro que sí", decía Elena. Tenía una mejor amiga que encajaba perfectamente con esa descripción, aunque tal vez no pudiera arreglar un encuentro con ella porque estaba muy ocupada estudiando en la universidad, a punto de convertirse en maestra, enfermera o abogada. ¡Pero! Esta amiga también tenía un segundo trabajo como instructora de esnórquel, por si el padre estaba interesado en tomar una clase. Elena no podía hacer promesas, porque tenía que haber química genuina, una atracción verdadera. Pero si la había, todos pasarían un buen rato. ¿De acuerdo?

Los padres siempre quedaban asombrados, especialmente porque el Beyond Proof (conocido entre los lugareños como "La trampa para gringos") parecía completamente inofensivo. Era un bar junto a la playa, decorado con conchas marinas y taburetes coloridos, que ofrecía un menú "pague lo que quiera" con el pescado más fresco del día, sazonado solo con limón, sal y pimienta, además de la mamajuana casera más potente de la isla. Su secreto: la corteza de árbol que Dulce, la dueña, extraía de su propia finca en la montaña de Pico Diablo, a cinco millas de distancia. La misma Dulce que abastecía de ron local al Grand Paloma Resort.

Elena siempre aclaraba que no debía haber un intercambio de dinero directo entre el hombre y su querida amiga, quien se sentiría profundamente ofendida si interpretaba la tarde amorosa con un cliente privado de esnórquel como una simple transacción. Pero el pago era necesario. "Pon lo que quieras en el frasco de propinas", decía Elena, señalando distraídamente un viejo recipiente de hojalata. Los padres aceptaban encantados. En el Grand Paloma Resort —por lo menos en el de este lado de la isla— había normas estrictas contra el trabajo sexual para proteger a sus empleados. Pablo era el único que cruzaba esa línea con regularidad, aunque con tanta discreción que ni Laura ni el resto de la gerencia tenían idea.

Después que Laura la dejó en la carretera, Elena caminó un par de millas y descendió hasta la playa de arena blanca donde estaba el bar. Se detuvo para tocarse la mejilla palpitante, recordando a la niña turista con su cabello enmarañado y esos párpados translúcidos. El último día de vida de la niña había consistido en nadar en el mar, ponerse mascarillas de barro y perseguir abejorros, embelesada mientras Elena le contaba la historia de Pico Diablo: un pueblo fundado por esclavos fugitivos del propio país de la niña, que habían sobrevivido a vidas terribles y habían sido recompensados con esta hermosa tierra, una promesa de libertad eterna.

Al llegar a la orilla inclinada, Elena fijó la vista en el horizonte. Hacía un calor sofocante y, después de la caminata hasta el bar de Dulce, tenía todo el cuerpo bañado en sudor. Se adentró más en la playa hasta que las olas le alcanzaron las pantorrillas. Se agachó formando un cuenco con las manos, las llenó de agua salada y sumergió la cara en esa claridad. El agua salada se sintió momentáneamente refrescante antes de arderle en la piel. Luego la sintió tibia, como si alguien hubiese hecho gárgaras con esta. Era una sensación que le repugnaba. Ojalá pudiera transportarse al lugar más helado del mundo y envolverse en un frío ártico que le erizara la piel, como solo lo había visto en TikTok y videos de YouTube.

Dulce le gritó desde el bar: "¡Elena! ¿Eres tú?".

A regañadientes, se volteó para mirarla. La enorme figura de Dulce, quien medía casi seis pies de altura, estaba parcialmente oculta detrás de la barra. Pero su hermosa piel morena y sus mejillas con hoyuelos estaban a la vista y sus brillantes ojos castaños rebosaban de alegría.

El bar había sido renovado recientemente. Ahora tenía sofás para descansar y una barra de caoba natural con las curvas y nudos del árbol original. Estaba sellada con una gruesa capa de barniz brillante. Los diez taburetes estaban hechos del mismo material, aunque las patas estaban pintadas con las banderas coloridas y festivas del Caribe: Trinidad y Tobago, Jamaica, Nevis, Puerto Rico y Cuba.

—El señor Jesús te envió —gritó mientras hacía señas para que Elena se acercara, sin notar su expresión sombría ni su pequeña bolsa de viaje. Elena se preguntaba por qué el señor Jesús la enviaba a un bar tranquilo cuando ella no tenía tiempo que perder. Miró hacia la carretera, buscando un auto de policía o a su hermana, listos para arrastrarla de vuelta al resort y hacerla pagar por su error.

—¿Puedes quedarte un rato? —dijo Dulce—. ¿Podrías cuidar a las niñas y vigilar el bar?

Le explicó que debía salir de prisa para averiguar qué había pasado con una estudiante universitaria, instructora de esnórquel, desaparecida por más de las dos horas que duraba el recorrido. Las niñas a las que se refería Dulce eran sus hijas, de diez y nueve años, cuya piel dorada y ojos verde pálido evidenciaban que habían sido producto de las propias aventuras de esnórquel de Dulce, cuando guiaba los *tours* personalmente.

—No dejes que vayan a nadar —le dijo Dulce mientras se subía a una moto acuática—. Vida les acaba de hacer el pelo. Tiene que durarles hasta el domingo que vamos a la iglesia.

Elena agradeció la tranquilidad del bar vacío mientras veía a Dulce alejarse entre las olas. Tenía que preguntarse cosas importantes antes de decidir su próximo paso. ¿Hoy sería el día en que se acostaría con un hombre por dinero? ¿O podría convencer a Dulce de prestarle el dinero para huir? Sacó su celular y abrió Instagram. Deslizó por las publicaciones de un puñado de mujeres a las que había ayudado antes. Eran las que habían visto a los gringos como una vía de escape de una vida de servidumbre, las que habían dicho: "Sí, turista, me acostaré contigo. Tomaré tu dinero y haré mi propia vida". Elena nunca se había sentido tentada a hacerlo.

Siempre había creído que era feliz con su vida sencilla, con su hermana cuidando de ella mientras vivía como un agente del caos. Si era completamente honesta, su mente infantil no quería irse sin conquistar la cascada, sin descubrir el truco para hundirse, convencida de que eso la ayudaría a comprender a su madre que se ahogó allí. Tal vez la profundidad misteriosa del agua revelaría algo sobre la obsesión de su padre con marcharse.

Cogió un trapo húmedo y limpió la barra, que ya estaba impecable. Reorganizó los pocos souvenirs que Dulce había puesto para que los padres abnegados pudieran llevarse un grato recuerdo de regreso al resort: un collar de coral, una muñeca de cerámica sin rostro, una camiseta con las palabras *Paradise is the Dominican Republic* (El paraíso es la República Dominicana) sobre una puesta de sol, una pequeña isla flotando con mar, sol y arena. Se sirvió un trago de ron oscuro y lo dejó sobre la barra. Sobre la superficie del licor flotaban pequeños trozos de corteza de árbol. Ella metió el dedo índice en el trago, sacó los trocitos de madera y se lamió los dedos.

Elena se dijo a sí misma que el misterio de su padre ausente ya no importaba, al igual que las circunstancias que habían llevado a su madre a ahogarse: otro tema del que Laura se negaba a hablar. Cuando era más joven, Elena había esperado que su madre la visitara en sueños, pero nunca había soñado con ella. Por más que intentara conjurarla de algún modo, su madre seguía muerta.

A medida que se acercaba la graduación de Elena en la academia global, Laura se había sentido frustrada por la incertidumbre de su futuro. Confiaba en que conseguiría el ascenso que les permitiría viajar al extranjero. El plan entonces sería que Elena solicitara el ingreso en la universidad, preferiblemente dondequiera que aterrizaran. Laura había estado presionando a Elena para que aplicara a una agencia de *au pairs* que tenía oficinas en Lisboa, Londres y Nueva York, aunque Elena ya le había dicho que odiaba ser niñera y que no quería seguir cuidando niños. Ahora pensaba en quién podría darle alojamiento si lograba escapar. Sus amigos de la academia global eran una opción; con ellos había planeado recorrer Europa como mochilera. En su momento, se ofrecieron a pagarle el viaje, pero Laura se puso furiosa. "No somos casos de caridad", había gritado. Aun así, ¿podría unirse a ellos ahora? Revisó sus redes sociales y vio que estaban en Londres. En una foto, el grupo sonreía con expresión tonta junto a la Guardia de la Reina en la Torre de Londres. Pero Elena no era una turista más. Era una fugitiva. Qué vergonzoso sería que la capturaran, la arrestaran y la enviaran de vuelta mientras estaba con sus amigos.

Tal vez podría pedir ayuda a algunas de las mujeres que se habían ido de Pico Diablo. Socorro, alias La Gata, había sido una de sus mejores amigas. Si lograba llegar a Londres, se quedaría en su casa y luego decidiría si la ciudad era lo bastante segura para reunirse con sus amigas. Le envió un mensaje a La Gata.

Estoy de camino a Londres, escribió. ¿Hay alguna posibilidad de que me quede contigo unos días? Solo hasta que encuentre trabajo. La agencia de *au pairs* no tardará en encontrarme trabajo.

En cuestión de segundos, La Gata respondió. **Envíame la información de tu vuelo y te recogeré en Heathrow. A la mierda con la agencia de *au pairs*. Aquí te espera un hogar y trabajo conmigo.**

Elena entró al baño, una habitación diminuta que Dulce no permitía usar a nadie más, y se puso un vestido ligero que encontró colgado de un clavo oxidado. El vestido tenía unos bolsillos enormes, y se imaginó a Dulce, al final de cada turno, dando dinero a cada chica y guardándose la mayor parte para ella. Sería mejor que nadie viera el uniforme manchado de sangre, así que lo botó en un pequeño zafacón del baño. Se le antojó otro trago, pero decidió no beber más. Le convenía tomar una decisión sobria, antes de verse obligada a elegir bajo presión. Vio su imagen, complacida por cómo se reflejaba la luz en las tablas de madera de las paredes y trazaba líneas verticales en su cara. El arañazo en la mejilla no se veía tan mal como había temido. La piel estaba roja, pero no en carne viva. Nadar en la cascada le había ayudado a limpiar y sellar la herida. Si la cuidaba durante varios meses, poniéndole sábila y aceite de coco, eventualmente desaparecería.

Mientras se hidrataba la cara con una crema fragante que Dulce tenía en el borde de la ventana, oyó a las chicas de Dulce corriendo y riendo en algún lugar del piso de arriba, en el apartamento de la playa que quedaba encima del bar. Se recostó en la pared. Sí, hoy sería el día en que tendría sexo por primera vez. Y lo haría por dinero. Hasta ahora, había ocultado ese secreto a todo el mundo menos a su hermana. Le avergonzaba tener diecisiete años y seguir siendo virgen. Sus amigos de la academia, con los que había forjado relaciones a través de videoconferencias y grupos de Slack, habían tenido relaciones sexuales hace tiempo. Tal vez, si le confesaba al posible candidato que era su primera vez, ¿estaría dispuesto a pagar más? Pero ¿cuántas veces tendría que pasar por eso para ganar los miles de dólares, las decenas de miles de pesos, que necesitaría para un billete de avión para el mismo día? Toda esta situación parecía imposible.

Capítulo 12

El pañuelo que Miosotis le había puesto en la cabeza estaba tan apretado que, al salir del ascensor de empleados, Laura metió un dedo detrás de cada oreja para aflojarlo. Sentía las palpitaciones del inicio de una terrible jaqueca. Laura estaba preocupada por Vida, a quien había visto pálida y temblorosa y negada a esperar que se resolviera el problema con la niña turista para irse. ¿Qué pasaría si se desmayaba mientras manejaba su pasola? Subir las seis millas hasta Pico Diablo por ese terreno rocoso era difícil, incluso cuando uno se sentía en condición óptima. Se detuvo, sujetándose de los modernos pasamanos de metal. Frente a ella, en la enorme cavidad que descendía doce pisos hasta el vestíbulo, la escultura de vidrio de una paloma en el techo reflejaba su rostro fracturado, su mirada aterrorizada.

    Al salir del ascensor de huéspedes que llevaba al penthouse, Laura vio un par de pequeñas huellas de barro que marcaban el camino que debía seguir. Cada pocos pasos, había unas gotas de sangre. Cuando la niña se despertó, le había dicho a Vida que se sentía muy bien. Pero al ver las gotas de sangre perfectamente circulares frente a ella, Laura se sintió mareada y angustiada por la niña. Esto hizo que la preocupación que había sentido por Vida momentos antes desapareciera.

No había razón para tener miedo, se dijo a sí misma. La niña se había caído. "Fue un accidente desafortunado pero sin culpa", practicaba decir en voz alta. Laura encendió su *walkie-talkie*. Solicitó que un equipo subiera a limpiar las huellas de barro en el piso del penthouse.

—Asegúrense de dejar el piso impecable —ordenó. Lo que no dijo fue: "No deben quedar rastros de sangre en ningún lado".

La niña turista abrió la puerta, sin rastro de sangre ni de barro visible en el cuerpo. Laura la observó atentamente. Se había bañado, se cambió de ropa y sostenía una tableta contra su pecho. No parecía herida ni asustada. En la sala, decorada por completo en blanco, no había ningún adulto. Pero Laura pudo escuchar los sonidos de la caja fuerte provenientes de la habitación principal, y sí, a través de las cortinas translúcidas en el amplio balcón, vio a la madre tirada boca abajo, con el torso desnudo. Los padres ya estaban despiertos.

—¿Dónde está mi Eli? —preguntó la niña turista, mirando detrás de Laura como si esperara que Elena apareciera de repente. Esta era la parte que Laura nunca había entendido. A causa de los errores de Elena, uno pensaría que los niños no querrían tener nada que ver con ella. Pero la adoraban. Siempre la pedían una y otra vez

—Elena no se siente bien —dijo Laura—. Otra muchacha vendrá a cuidarte más tarde. ¿Puedo hablar con tus padres?

La niña negó con la cabeza. Laura frunció el ceño, confundida.

—¿Vas a contarles lo que me pasó? —dijo la niña con tono acusador.

—Estaba pensando en hacerlo —dijo Laura—. A menos que tú no quieras.

La niña sonrió. Giró la pantalla plana de la tableta hacia Laura, mostrándole el Water Park Extravaganza en el Yellow Paloma. La niña ya se imaginaba deslizándose por el tobogán de dos pisos y bailando bachata con los delfines en el acuario infantil. Laura se sintió aliviada al ver que la niña actuaba como cualquier niña astuta de ocho años. Estaba intentando negociar unas vacaciones mejores. Por la emoción, dejó caer la tableta, y al hacerlo, se reveló en su pecho un gran moretón rojo e inflamado.

—¿Te sientes bien? —preguntó Laura, alarmada.

La niña asintió.

—Mi nariz empezó a sangrar otra vez cuando venía para acá, pero dejó de sangrar cuando me bañé. No me duele nada. Solo quiero ir al parque acuático.

Al decir esto, cayeron unas gotas de agua de su cabello recogido. Laura observó aún más detenidamente a la niña. Elena había sido exactamente igual a esa edad: astuta, estratégica.

—¿Y tus padres van a querer cambiar de hotel? —preguntó Laura—. El Yellow Paloma está muy lejos de aquí, en otra parte del país. Está a casi seis horas en auto. Además, está rodeado de tierra. ¿Sabes lo que eso significa? No hay playa.

La niña lucía preocupada.

—Tú puedes convencerlos —dijo.

En ese momento, el padre salió de la habitación principal, sin camisa. Llevaba una bolsa cruzada de diseñador, con la cremallera a punto de romperse por lo que llevaba dentro. Con sus dientes blancos y sorprendentemente derechos, sostenía una de las patillas de sus lentes de sol de aviador.

—¿Adónde vas, papá? —preguntó la niña.

—Voy a explorar la vida real fuera del resort —dijo él.

Laura se sorprendió por el brillo de sus ojos verdes. Había algo eléctrico y a la vez muerto en su mirada.

—Señor —dijo Laura—. ¿Puedo hablar con usted un momento?

—Hay un problema con el lavamanos del baño principal —dijo él, ignorando su pregunta—. ¿Puedes ir a revisar?

—Le pido disculpas por el inconveniente —dijo Laura—. Me aseguraré de que uno de nuestros plomeros venga de inmediato.

—Ve a revisar —le ordenó.

A Laura no le sorprendió su tono. Los americanos siempre eran innecesariamente directos. Se dirigió a la habitación principal. Esta tenía un efecto de pecera, ya que tres cuartas partes de la pared eran de vidrio. La cama tamaño California King estaba frente al mar. Las ventanas tenían persianas automáticas programadas para abrirse al amanecer, permitiendo que la luz del sol iluminara la habitación de forma gradual y despertara a los huéspedes de manera natural. Laura evitó mirar el cielo. Fue directamente al baño, que era más grande que la casita donde dormía todas las noches. En su centro había una enorme bañera japonesa cuya altura llegaba hasta las caderas, lo suficientemente profunda y ancha como para sumergir a varios adultos a la vez. Laura sentía el cansancio acumulado de tantos meses sin dormir bien; solo conciliaba un descanso intranquilo con las pastillas recetadas que conseguía del médico del resort. Se imaginó quitándose la ropa, como su hermana había hecho para saltar a la cascada, y deslizándose en esta bañera. Si fuera una huésped y no una empleada, pondría su mano bajo el agua caliente que salía del grifo y dejaría que esta calidez abrazara su cuerpo mientras se llenara la bañera, hasta que los sensores automáticos se apagaran cuando estuviera tres cuartas partes llena. Permanecería en el baño caliente por horas, hasta que se le arrugara todo el cuerpo. Si tan solo fuera posible.

Laura pisó ropa tirada y toallas mojadas mientras entraba a otro espacio en el baño con lavamanos idénticos. Allí encontró el grifo defectuoso que goteaba. El mecanismo en la pared adyacente a los lavamanos se había quedado encendido en lugar de apagarse automáticamente, por lo que el agua seguiría corriendo todo el día a menos que se apagara. Bostezó mientras lo desactivaba, simplemente presionando el botón correcto. El agua se detuvo al instante.

Miró sus uñas durante unos segundos, dejando pasar el tiempo. Encima del tocador a su lado, había una variedad de perfumes y una bolsa elegante llena de maquillaje. Olió el protector solar, cuya fragancia indicaba que era caro. Cuando levantó el L'Or de Vie La Créme de Dior, no pudo evitar sonreír. En junio, justo cuando Elena y sus compañeros se estaban preparando para graduarse, empezaron a comparar sus rutinas de belleza en su grupo de chat. Una de las amigas de Elena, cuya madre era ejecutiva en el Arabian Paloma de Mumbai, había escrito con desdén que su abuela le había regalado esa misma crema antiarrugas. "Tengo dieciocho años", decía el mensaje de la chica. Elena le mostró el mensaje a Laura, donde decía que la crema valía más de mil dólares. "¿Sabes cuántas personas podrían alimentarse con lo que esa familia gasta en cosméticos?", le había preguntado.

Laura asintió en acuerdo. Los ricos, sin duda, eran desequilibrados. Pero también, si podías regalarle esa crema costosa a una niña de dieciocho años, algo habías hecho bien con tus finanzas. O quizás tus antepasados también habían tomado buenas decisiones.

Casi tomó una foto para enviársela a Elena; se imaginó que su hermana no había husmeado en la habitación de la pareja, ya que no le había enviado la foto primero. Cualquier otro día, habría metido sus dedos tercermundistas en la crema, se la habría untado por toda la cara y le habría enviado un mensaje a su hermana: "¿Ya me veo más joven?". Pero se recordó que este no era el momento para bromear con Elena. Se habían salvado de la posibilidad más terrible, pero aún no estaban fuera de peligro.

Laura decidió que ya había pasado suficiente tiempo.

Regresó a la gran bañera japonesa y encontró en su centro un extraño objeto cilíndrico, hecho de canicas de diferentes tamaños crecientes, la más grande del ancho del antebrazo de Laura. Eran de un verde marino resplandeciente con manchas doradas. Metió la mano en la bañera y sostuvo el extraño objeto en su mano; el plástico era más duro de lo que esperaba. Instintivamente, lo acercó a su nariz y, de inmediato sintió ganas de vomitar. No eran manchas doradas, era mierda.

Dejó caer las enormes cuentas anales de vuelta en la bañera. No podía creer que las hubiera tocado. Eso le pasa por estar husmeando. Se lavó las manos varias veces, usando más y más jabón con olor a eucalipto hasta que la espuma cubrió sus manos. Temía que esa pestilencia se quedara metida en sus fosas nasales todo el día. Pretendió llamar a los servicios de plomería en su *walkie-talkie*, hablando en un inglés exageradamente alto para que el hombre supiera que había atendido su solicitud. ¡Qué sinvergüenzas! Enviar a una extraña al baño sabiendo lo que iba a ver. Pero sabía que los huéspedes nunca esperaban que el personal los juzgara; ella solo era una empleada.

—¿Señor, puedo hablar con usted? —preguntó de nuevo cuando volvió a entrar en la sala. Al notar las caderas delgadas del hombre, se preguntó si era él quien disfrutaba tener ese objeto fálico absurdamente grande en su cavidad anal.

Él acercó una mano a su oreja, para escuchar y asegurarse de que el agua ya estaba apagada.

—Mira, lo arreglaste.

—Sí, señor —dijo Laura—. Subí hasta aquí porque hay un asunto importante que necesito discutir con usted.

—Sophie —llamó hacia el balcón—. Ven a lidiar con esto. Tengo que irme.

Se puso las sandalias más populares de Gucci de la temporada y se dio la vuelta. No dijo cuándo volvería. Tampoco besó la frente de la niña turista, que ahora estaba más cerca de las puertas del balcón. La madre no preguntó nada.

—Envíame un mensaje si quieres que te traiga algo del pueblo —dijo el padre mientras se dirigía al pasillo.

Cuando la puerta que daba al exterior se abrió, una ráfaga de viento agitó las cortinas transparentes. El aire olía salado y fresco. La madre tenía la mirada apagada de alguien que había tomado cócteles en el desayuno y, para esa hora de la tarde, ya necesitaba una siesta. Llevaba un diminuto bikini de hilo.

—Nos preguntábamos dónde habías ido —dijo Sophie. Agarró un camisón de algodón con botones y se cubrió la piel enrojecida. Se sentó sobre el brazo del sofá modular de bouclé color avena, terminando de abotonarse el camisón. Le quedaba como un vestido grande.

—No —dijo Laura, incapaz de ocultar su enojo. Todavía le sorprendía cuán a menudo los turistas y también sus colegas extranjeros, la confundían con otras personas. Y no solo con su hermana, lo cual tendría sentido, ya que había un parecido obvio. La habían confundido con mujeres tres veces mayores que ella, con diferentes tonos de piel, con una altura mucho mayor o más baja. La habían confundido con mujeres bonitas, mujeres mayores e incluso, una vez, con un hombre. La esposa turista levantó una ceja ante el tono de Laura.

—No —repitió, con un tono más suave—. No soy la niñera. Ella tuvo una emergencia personal. Me aseguraré de enviarle a otra niñera lo antes posible.

—Lo siento —dijo Sophie—. No me puse los lentes de contacto. No puedo ver nada a menos que esté directamente frente a mi cara.

Sophie desvió la mirada de la figura borrosa de Laura y la fijó en la pared de dieciocho pies de altura, decorada con imágenes de naturalezas muertas que recordaba pero no podía ver con claridad: un mango, una flor de ave del paraíso entre unos arbustos, una pirámide de piedras en la playa que parecía estar a punto de derrumbarse. Había visto una exposición de este fotógrafo en el Guggenheim el año pasado. El hotel debía haber pagado una fortuna por estas fotografías.

—Hoy queremos quedarnos en la habitación. El servicio realmente no ha sido el mejor en este Paloma. Primero, nadie viene en todo el día a arreglar el grifo que gotea. Segundo, ahora tenemos que lidiar con una nueva niñera a mitad del viaje. Nos queda solo una semana, ¿sabes?

Laura asintió, fascinada por los gestos de la mujer. Usaba su dedo índice para contar las infracciones del hotel con los dedos de la otra mano. Laura se preguntó si ella era la que disfrutaba tener esa monstruosidad de cuentas anales dentro de su trasero. Sacudió la cabeza, sintiéndose nuevamente asqueada al recordar lo mal que olía el objeto. Laura explicó que, para compensar los inconvenientes que habían experimentado, quería ofrecerles un traslado a su resort hermano, el Yellow Paloma, a seis horas de distancia. Mencionó el parque acuático y cómo había sido votado como el mejor resort familiar del Caribe por *Condé Nast Traveler* a principios de año. La madre no mostró interés ante este comentario. Laura sintió que la niña le tomaba la mano, tirando de ella suavemente, como si quisiera apoyarla. ¿Acaso la niña la estaba animando a presentar un mejor argumento? Casi se echó a reír. Agregó que el Yellow Paloma también tenía una zona exclusiva para adultos llamada La Paloma Negra, el lugar perfecto para cerrar el viaje con broche de oro.

—He oído que las fiestas allí son legendarias —añadió, recordando cómo Elena había descrito el lugar unas horas antes. La mujer ahora parecía un poco más interesada. La última vez que Laura visitó ese resort, un par de años atrás, como parte del Equipo de Liderazgo del Paloma, fue para celebrar su gran inauguración. En ese entonces, era el sueño de cualquier aventurero, diseñado para atraer a los amantes del ziplining y la observación de aves, quienes solían viajar a Costa Rica, uno de los pocos países donde Paloma Enterprises no había logrado abrir un resort. Pero desde entonces, el lugar se había hecho famoso como un refugio para los libertinos.

—¿Podemos responderte después? —preguntó Sophie.

Definitivamente eso no era un "sí".

—Tenemos un spa espectacular allá —continuó Laura—. Me encantaría ofrecerles a usted y a su esposo un tratamiento en pareja, cortesía nuestra. Y podemos asignar una niñera para que lleve a su hija a una habitación separada por la noche, así pueden disfrutar de un poco de diversión adulta sin esta preciosura por aquí. Laura le tocó la punta de la nariz a la niña, un gesto del que se arrepentiría después, y dijo: "Ella también podría tener su propia aventura".

La madre cambió de posición, metiendo un pie debajo de su cadera. Torció la boca, pensativa. Laura se preguntó si tenía el trasero adolorido.

—Si no les gusta, pueden regresar de inmediato —dijo Laura—. No hay ningún problema. Nosotros nos encargamos del transporte de ida y vuelta.

La madre dirigió su atención a la niña, quien soltó un quejido fuerte.

—Por favor, mamá —suplicó la niña—. Aquí es tan aburrido.

Tras unos momentos incómodos, Sophie dijo:

—Por supuesto. Podemos intentarlo. Si no nos gusta, simplemente regresamos.

Mientras escuchaba a la madre, Laura sintió una molestia en su cara, justo donde Elena la había golpeado con el pie. ¿Era posible que su hermana hubiera mentido sobre las costumbres fiesteras de la pareja? Esta mujer no le daba esa impresión. Pero, pensándolo bien, ya había sido engañada antes por huéspedes de apariencia inocente. Sin darse cuenta, llevó la mano a su cabeza, solo para encontrar el pañuelo que había olvidado que llevaba puesto. Imaginó la maraña de cabello debajo de la tela, enredándose aún más.

La niña turista soltó su mano y se dirigió al balcón frente al mar. Laura sintió un vago eco de alarma al notar que ninguno de los padres había visto el moretón en el pecho de la niña, ni el hecho de que, evidentemente, había estado cubierta de barro y sangre cuando regresó a la suite. La imagen le hizo un nudo en el estómago, recordándole a Elena cuando tenía unos años menos que esa niña. Habían salido en busca de ayuda durante el último gran huracán en la isla, y todos los vecinos les cerraron la puerta. Todavía la atormentaba que los adultos en Pico Diablo hubieran ignorado los golpes en la puerta, su desesperada necesidad de auxilio. Luego, todos dijeron que no era cierto. Que ninguno de ellos había escuchado sus frenéticos gritos pidiendo ayuda.

¿Qué pasaría si la niña tenía una lesión interna? ¿Y si necesitaba ver a un médico? Pero la niña había estado lo suficientemente bien como para bañarse, cambiarse de ropa y chantajearla para conseguir una reserva en el parque acuático.

Ahora, parada en la puerta con la brisa salada levantando sus rizos húmedos, la niña lucía completamente despreocupada. Laura se acercó a ella. El mar frente a ellas estaba increíblemente quieto, líneas color turquesa en un infinito azul marino. Las siluetas oscuras de las águilas pescadoras eran el único movimiento que interrumpía lo que, de otro modo, habría sido una imagen perfecta. Las aves se deslizaban cerca de la orilla, sumergiéndose en el agua para cazar su próxima comida.

—Mamá —dijo la niña—, ¿esas aves están matando a los peces?

La madre regresó a la tumbona y se recostó de lado. Se puso las gafas de sol y frunció el ceño ante la luz intensa del día mientras presionaba distintos botones en su tableta. Ni siquiera miró hacia el agua.

—Sí, cariño —respondió—. Ese es el ciclo de la vida.

—¿Entonces les avisamos cuál sería el mejor momento para irnos? —dijo sin mirar a Laura tampoco.

—Enviaré a alguien para limpiar los pisos. Parece que su hija trajo un poco de barro de afuera.

La madre no dijo nada. Laura pensó que tal vez se arrepentiría de lo que haría a continuación, pero no podía dejar las cosas así.

—Creo que su hija puede estar lastimada —dijo Laura. Sophie se paró de inmediato.

—¿Cómo así?

—Me acabo de dar cuenta de que tiene un ligero moretón en el pecho —respondió Laura, señalándolo.

—Ven aquí —le ordenó la madre. Se levantó las gafas de sol y observó de cerca el pecho de la niña. —Mi amor, esto se ve terrible. ¿Te duele?

La madre tocó suavemente la piel de la niña, justo en el área sensible. La niña negó con la cabeza, aunque hizo una mueca. Miró a Laura con los ojos muy abiertos, como si ambas hubieran metido la pata.

—¿Qué te pasó? —preguntó Sophie.

—No sé —respondió la niña—. Estábamos en la piscina y luego Eli y yo nos pusimos mascarillas de barro. Con barro de verdad. No me caí ni nada.

La madre suspiró y se volvió a poner las gafas de sol.

—Le diré al médico que venga —dijo Laura—. Cortesía de la casa. Es mejor asegurarnos de que esté bien.

—Lo agradecería —respondió la madre, recostándose en la tumbona. Tomó un par de audífonos inalámbricos y se los puso. Presionó play en su delgada tableta, y Laura escuchó el tema de una serie popular entre los huéspedes, sobre los visitantes de un lujoso resort ficticio. Laura había visto el primer episodio y lo había apagado de inmediato. Le parecía absurdo pensar que lo más interesante de un resort pudieran ser los propios huéspedes.

La niña se levantó del lado de su madre y, tras asegurarse de que ella estaba completamente absorta en la pantalla, levantó el dobladillo de su vestido y se lo quitó. Se roció con protector solar en todo el cuerpo y se acostó en la tumbona al lado de su madre. Tomó la toalla gruesa color marfil que estaba sobre la silla y la colocó sobre su cabeza para crear una sombra, acomodándose cada cierto tiempo para que su tableta estuviera fuera del sol. Al final, la toalla formó una especie de carpa sostenida por sus piernas extendidas.

La niña sacó la cabeza por debajo de la toalla y le regaló a Laura una gran sonrisa con todos los dientes y un pulgar hacia arriba. Luego hizo algunos gestos tontos como si estuviera nadando con brazos y piernas antes de desaparecer en la cueva de su enorme toalla.

Laura miró la larga orilla de la playa. Abajo, Pablo corría hacia el Freedom Sunset Cruise. Se movía rápido, pisando la arena con cautela como si le quemara. El sol ardiente generaba un calor tan intenso que se preguntó cómo la madre y la hija podían soportarlo. Ese clima implacable le recordó todos los días que había pasado en esa playa de la mano de su madre. Era la época en que su padre estaba obsesionado con llegar a los Estados Unidos. Cada vez que encontraba a alguien dispuesto a prestarle algo de dinero, a cambio de tierras, siempre un pedazo de tierra, lo intentaba de nuevo y desaparecía durante semanas o meses. Siempre volvía con daños irreparables: una lesión en el ojo que le robó la mitad de la vista, un dedo lastimado que tuvo que ser amputado. La gravedad de sus heridas nunca frenaba sus intentos. Cada vez que conseguía suficiente dinero para probar suerte, lo hacía con la esperanza de que esta vez lo lograría. Pronto las mandaría a buscar y tendrían una vida de lujo y libertad como nunca habían conocido. En los Estados Unidos, finalmente estarían a salvo.

En su ausencia, Laura y su madre pasaban la mayor parte del día tratando de vender comida a los visitantes de la playa. Por supuesto, en aquel entonces no había hotel en esa playa, y quienes la frecuentaban eran otros dominicanos, aquellos que venían de pueblos lejanos por los supuestos poderes medicinales de la Cascada de la Paloma. A menudo terminaban en esa playa después de sus visitas y compraban pastelitos, quipes, yaniqueques o platos de pescado frito con arroz, habichuelas y un poco de espaguetis preparados por su madre. Laura recordaba lo largos que eran esos días, lo caliente que estaba la arena, lo primero que siempre se vendía: las Presidentes frías. Algunos días no vendían absolutamente nada y caminaban las diez millas de playa hasta que Laura se dejaba caer, fingiendo desmayarse de agotamiento. La risa de su madre la hacía entreabrir un ojo. "*¿Vinimos hasta aquí para rendirnos?*", preguntaba, y Laura se levantaba con los brazos extendidos, fingiendo ser un zombi. Rara vez recordaba la dulzura de su madre sin pensar en las partes terribles que acompañaban su infancia: muerte, violencia, secretos. ¿Por qué recordaba ese día en particular? Entonces, se acordó de su madre tomando su mano de zombi y poniéndola sobre su vientre suave y abultado. "Vas a tener una hermanita en unos meses", le había dicho. "Desde que nazca, tendrás un gran trabajo: siempre mantenerla a salvo".

Laura sintió agradecimiento hacia la madre e hija turistas por evocar en ella un momento tan tierno. Ahora centró su atención en ambas.

—Si necesitan algo, solo háganmelo saber —dijo Laura.

—Hola —le dijo la madre por encima de su hombro puntiagudo, como si hubiera olvidado por completo qué hacía Laura en su suite—. Antes de salir, ¿puedes pedir que me traigan otra botella de Moët y unas Coca-Colas para mi Pelusita? No quiero botellas de plástico, solo de vidrio.

Laura asintió y salió atravesando la sala de la suite, agradecida por el breve respiro de sol ardiente. Debería sentirse aliviada. Debería estar eufórica de que todo hubiera salido tan bien. Pero su corazón acelerado le impedía dejar atrás por completo aquella escena desagradable. La plantilla suelta de su zapato derecho se había pegado a la planta de su pie y, mientras caminaba hacia el teléfono para pedir las bebidas, sintió una creciente sensación de impotencia. Su corazón seguía latiendo, haciéndole doler la cabeza. Esa sensación viscosa y desagradable en su pie era igual a cómo se sentía la tela mojada sobre su cabeza, empapándole el cabello y goteando sudor hacia la espalda. La angustia seguía ahí, atrapada en la superficie de su piel, desde los pies hasta el cuello, latiendo dentro de su cabeza. Algo estaba mal.

Se imaginó los ojos grandes y aterrorizados de Elena. Su hermana estaba angustiada al pensar que había lastimado a la niña. Debería llamarla y decirle que la pequeña estaba bien. Miró su teléfono y vio que la pantalla estaba negra. "Maldita sea".

Igual no iba a llamarla. Recordó la risa de su hermana al ver la chichigua y lo rápido que parecía transportarse a lunalandia, flotando sin preocupaciones, ajena a la gravedad de la situación. De una forma u otra, ella obligaría a su hermana a madurar.

Hizo el pedido del champán y los refrescos, colgó el teléfono y salió de la suite. Se sintió agradecida por el aire fresco y acondicionado del pasillo. Tal vez esa sensación incómoda no era más que un golpe de calor. Cuando había llevado a su hermana a las afueras del complejo, sintió que estaba a punto de desmayarse. Pero una vez que la dejó, se sintió mejor, más ligera. Quizá la sensación de angustia desaparecería en cuanto se asentara, cuando se arreglara el cabello. Se preguntó qué estaría haciendo Elena en ese momento, si habría sentido suficiente estrés como para comprender la gravedad de la situación.

Sacudió su teléfono, esperando que saliera cualquier exceso de agua, y encendió. Funcionaba. Le escribió a su hermana:

Ya no hay tiempo. No puedo seguir retrasando las cosas aquí. ¿Qué vas a resolver? Es hora de actuar.

Era hora de que Elena sintiera miedo. De que se estresara tanto como para entender que jugar con su trabajo podría poner en riesgo su futuro.

El carrito de limpieza frente a Laura había convertido las pisadas en dos rayas de lodo paralelas. Se acercó a la puerta de la siguiente suite y encontró a Arely, una empleada mayor, de rodillas, restregando vino tinto del suelo de porcelana blanca. Con firmeza, Laura le preguntó si no había escuchado su orden anterior.

—Limpia el maldito piso —le dijo—. ¿No ves que lo ensuciaste más?

Arely tomó unas toallas sucias del carrito. Con las rodillas y manos en el suelo, roció y frotó hasta que el piso quedó impecable. Tan limpio que se podría comer sobre este.

Dentro del ascensor panorámico de cristal, Laura admiró la escultura del pájaro en vuelo. Desde ese ángulo, los pequeños fragmentos de vidrio reflectante suspendidos en el aire reflejaban todo a su alrededor en diminutos detalles invertidos. A medida que Laura descendía en el ascensor, su reflejo mostraba que ascendía, hasta perderse en la inmensidad de las claraboyas sobre ella. Había una versión de sí misma en otro lugar, viajando en otra dirección, libre.

Capítulo 13

Elena llevaba casi una hora en el apartamento encima del Beyond Proof Bar. Niña y Perfecta, las hijas de Dulce, con su resplandeciente piel dorada y sus bonitos ojos verdes, estaban echadas en un sofá enorme. Llevaban camisetas de adulto del Leverkusen sobre sus trajes de baño: la de Niña era una camiseta negra de tirantes, y la de Perfecta, una camiseta roja con el emblema de los dos leones del equipo. Las niñas intentaron convencer a Elena de que las dejara ir a nadar. Ella les dijo que no valía la pena arruinar sus lindos peinados.

Llevaban en el cabello pompones idénticos, adornados con largas y extravagantes cintas de seda. Unas cintas inusuales, con un arcoíris dominado por el rojo. Elena supuso que podrían haber sido un regalo de Fabien, el padre extranjero de las niñas, quien adoraba enviarles obsequios lujosos. Pero las pequeñas le dijeron que fue Vida quien les puso las cintas antes de marcharse, prometiendo que volvería enseguida. Sus peinados eran exactamente como los que su madre solía hacerles a ella y a Laura, y que su hermana mayor detestaba. Laura, que siempre se quejaba de que ya estaba demasiado grande para ese peinado de niña pequeña. Elena recordó cuánto le dolió, incluso a sus cuatro años, que su hermana mayor no quisiera parecerse a ella.

Elena revisó los gabinetes y encontró papas fritas, dulces y refrescos. Ella y las niñas se atiborraron mientras veían videos graciosos en TikTok. Nadie había venido a buscarla todavía. Empezó a pensar que su hermana había exagerado sobre la situación en el resort. No había forma de que, si algo terrible le hubiera pasado a esa niña, no la estuvieran buscando por todas partes.

—Deberías venir a cuidarnos más seguido —dijo Perfecta.

—Me gusta más cuidarlas que estar en el resort. De verdad. ¡Quizás tu madre me dé trabajo!

—¿No vas a ir a la universidad? —preguntó Niña.

Elena pensó en la universidad. El plan era tomarse el próximo año libre y luego solicitar ingreso al siguiente. Quería estudiar en una universidad en Estados Unidos porque siempre había imaginado que, para entonces, su padre ya habría establecido un hogar allí y podrían estar juntos. Quería estudiar justicia social. Laura veía esa profesión como la de una persona pobre y pensaba que sería mejor que estudiara derecho o se convirtiera en doctora en Europa. No creía que Estados Unidos fuera un buen lugar para los inmigrantes y fantaseaba con que Elena llevara un estetoscopio al cuello o un mazo en la mano. Pero a Elena no le interesaban esos trabajos. Eventualmente convencería a Laura de que la dejara elegir su propio futuro. Una vez estuvieran en otro lugar, podría tomar la decisión correcta por sí misma. Pero el reembolso de su matrícula dependía del trabajo de su hermana. Así que Laura decidiría adónde iría y qué haría.

Dulce le envió un mensaje de texto a Elena. Le dijo que había encontrado a Toqui, quien no estaba en buen estado. Iban camino al hospital. Pero volvería pronto, en cuanto uno de sus otros empleados pudiera quedarse con Toqui. Elena le respondió: **No te preocupes. ¡Tómate tu tiempo!**

Tomó una foto en vivo de las niñas haciendo caras graciosas y se la envió a Dulce.

Dulce le dio "me gusta" a la foto de inmediato.

Cuando su teléfono vibró unos minutos después con un mensaje de Laura, Elena se puso de pie. Laura decía que ya no podía seguir conteniendo la situación. Elena tenía que resolver.

—Quédense aquí las dos —les dijo—. Tengo algo que resolver.

Un hombre blanco estaba de espaldas a Elena, mirando hacia la playa. Tal como ella había hecho cuando llegó a la orilla, él se agachó, hizo un cuenco con sus manos y se echó agua en la cara. Luego, como si hubiera sentido su presencia, se giró y le sonrió a Elena. Era el padre de la niña turista. Estaba sin camisa y su cabello rubio brillaba bajo el sol intenso. Elena no atinó a decir una palabra, no pudo moverse. Él se acercó a ella lentamente, como si no tuviera ninguna prisa. Ella miró disimuladamente hacia la pendiente que llevaba de regreso a la carretera, tratando de localizar a su esposa en duelo o a Laura con la policía pisándole los talones.

—Hola —dijo él—. ¡Qué bar tan increíble!

Claramente no la reconocía, a pesar de que ella había estado cuidando de su hija durante los últimos siete días. No le había pedido que le presentara a una chica local, ya que él y su esposa sabían exactamente a dónde ir para conseguir lo que querían.

Sacudiéndose el aturdimiento, Elena forzó las palabras, imitando la manera en que Dulce saludaba a todos los que se sentaban en la barra.

—¿Qué se te ofrece, lindo?

Él se giró y observó los estantes llenos de licor.

—¿Qué tiene esa botella de etiqueta roja? —preguntó.

Elena se volteó y vio que era la botella grande de Mamajuana's Beyond Proof.

—Esa es solo para decoración —dijo—. ¿Quizás escuchaste sobre esto en las noticias hace unos años? Un grupo de turistas que estaban alojados en los resorts de Punta Cana y Boca Chica se enfermaron tanto que tuvieron que ser trasladados en avión. Y esa botella fue la culpable. La bebida es tan potente que todos empezaron a llamarla Beyond Proof. Ahora está prohibida.

—Quiero un shot de esa bebida —dijo él.

Una de las cosas que Elena había aprendido sobre la gente adinerada, aquellos que habían heredado su dinero en lugar de trabajar duro para ganárselo, era que se sentían invencibles, con un poder absoluto. Como si el dinero significara que no estaban sujetos a las reglas que los demás seguían. ¿Acaso no acababa de decirle que la bebida era veneno?

—No tiene licor —mintió—. Es solo miel y agua. Pero puedo servírtela si quieres.

—Entonces dame tres shots de mamajuana normal con hielo —dijo él. Se giró nuevamente hacia el mar y suspiró profundamente, como lo hacían todos antes de pensar: "Miren este gran paraíso".

—Esto es el paraíso —dijo.

Elena miró el mismo cielo hermoso y el agua color turquesa que el hombre admiraba. Los pájaros se zambullían en el mar, atrapando peces con sus garras afiladas. Estaba cansada de ver lo mismo todos los días de su vida. Había trabajado tanto para marcar la diferencia, para mejorar las vidas de quienes merecían un mejor trato, pero todo su esfuerzo había sido en vano. Recordó aquella huelga que organizó para protestar contra las deportaciones masivas de haitianos y lo desastroso que había sido el resultado. Cuando la desesperanza le carcomió el alma, su hermana le dijo que tratar de frenar las injusticias aquí era como tratar de frenar un tsunami con un balde. "Buena suerte con marcar tu maldita diferencia". Elena había comenzado a ver la situación como si fuera arena movediza: cuanto más esfuerzo hacías, más rápido te hundías. Este era su hogar: un paraíso hermoso con un corazón podrido.

—No hay otro lugar como este —le dijo con el tono alegre que reservaba para los huéspedes del resort. Es una verdadera bendición vivir en un lugar tan hermoso.

Él la miró fijamente.

—Tu inglés es excelente —dijo—. Ni siquiera suenas como dominicana.

Elena recordó que él le había dicho exactamente lo mismo el primer día que la conoció, y lo rápido que perdió el interés en cuanto ella sonrió. Lo miró de vuelta con la misma intensidad, para ver si estaba bromeando. La primera vez que hizo ese comentario, Elena le explicó que en Pico Diablo los niños aprendían inglés antes que español, y él inmediatamente frunció los labios con disgusto. "Qué raro eso", había dicho, como si solo les enseñaran el idioma para servir a los turistas. Ella no había querido explicarle la verdad. Era una cuestión de legado: hablaban inglés porque lo habían heredado de sus antepasados, no porque sus padres anticiparan una vida de servidumbre.

—Nací en Boston —le dijo, mintiendo con facilidad—. Mi papá todavía vive allá.

Elena no estaba segura de por qué había metido a su padre en la conversación. Sintió vergüenza al pensar qué diría su padre si supiera lo que estaba a punto de hacer.

—Con razón dejaste ese lugar horrible para venir aquí —dijo el hombre.

Ella le sirvió la bebida rápidamente solo para que se callara. Tomó su vaso de shot vacío, lo llenó de nuevo, y ambos chocaron sus copas.

Ella bebió un sorbo mientras él se dio un trago largo. Sus manos eran enormes. Se preguntó si sería rudo, violento. Se preguntó si debía iniciar la transacción y luego se dio cuenta de que no tenía idea de cómo tener esa conversación. Siempre le había molestado que Dulce no fijara un precio específico por los servicios que ofrecían sus prostitutas. Si no había una tarifa establecida, el hombre fijaba el valor del cuerpo de una mujer con la cantidad de propina que dejaba. ¿Qué pensaría este hombre que valía el suyo? Pero no sería tonta ni correría ese riesgo. Ella fijaría su precio. Una vez, Elena renegó en voz alta que hubiera mujeres dispuestas a tener sexo como si fuera una transacción, y Dulce le dijo que ese trabajo no siempre era desagradable. Que podía brindar cierto tipo de libertad. Mientras habló, miró a sus muchachas con la ternura de alguien que no tenía remordimientos.

Una sola nube oscura apareció en el cielo sobre la playa y, aunque el sol todavía era visible a través de ella, comenzó a caer rápidamente una lluvia localizada sobre el bar. Las niñas de Dulce bajaron las escaleras corriendo y se metieron bajo la lluvia. Elena se alegró de que no se hubieran quitado las camisetas del equipo de fútbol alemán de su padre. Tal vez así no se les ocurriría meterse al agua. Corrían de un lado a otro en la arena, primero hacia la parte donde llovía y luego hacia la parte soleada.

La alegría de las pequeñas la tomó por sorpresa. Sacó su teléfono, tomó algunas fotos de ellas mientras corrían y se devolvían. Pero la cámara no le hizo justicia a ese momento tan especial. No había forma de saber por las fotos lo hermoso que era el paisaje, lo felices que estaban.

—No pueden ir a nadar —les dijo Elena en español cuando vio que se estaban acercando a la orilla. Publicó en sus redes sociales una foto de las niñas corriendo, la que mejor mostraba las cintas de seda flotando en el viento. Inmediatamente recibió algunos "me gusta", algunos corazones, algunos comentarios de "pero qué lindas y grandes esas niñas de Dulce", y esas respuestas la hicieron sentir viva, anclada en el momento.

El hombre terminó su bebida y dejó el vaso en la barra con un ruido fuerte. Elena se sobresaltó. Se había perdido en sus redes sociales por un momento. La expresión de él era indescifrable. Le pidió un trago doble. Ella se recordó a sí misma que tenía que estar presente. Él esperó a que ella se diera la vuelta y luego habló en voz baja.

—He oído que hay excursiones especiales de esnórquel —dijo.

—Sí —dijo Elena, sintiendo algo arenoso en el fondo de la garganta—. Yo me puedo encargar de ti.

—Si quisiera algo un poco más inusual... —dijo el hombre, dirigiendo su atención deliberadamente a las niñas mientras corrían de un lado a otro y dejó que sus palabras se desvanecieran.

—¿Cuál? —preguntó Elena, como si no fuera gran cosa. Como si los hombres vinieran y pidieran acostarse con niñas pequeñas todo el tiempo. Se frotó las yemas de los dedos en silencio debajo de la barra donde él no podía ver, recordando la humedad pegajosa y gelatinosa en la parte trasera de la cabeza de su hija.

—Las dos —dijo él.

—Me temo que eso sería muy caro —dijo Elena. Recordó la ternura con la que Dulce había mirado a sus hijas, una de diez años y la otra de nueve, dos recordatorios de que a veces los errores no se convierten en arrepentimiento.

—Nadie las ha tocado antes.

El hombre cogió su elegante bolso cruzado, lo abrió, sacó su pasaporte americano y las llaves del auto alquilado y, colocando ambos a un lado de la barra, pasó a contar diez mil dólares en billetes de cien.

—¿Esto sería suficiente?

Había algo de burla en su tono, como si se diera cuenta de que la cantidad de dinero era absurda. Elena miró las pilas de dólares y luego al hombre. Nunca había visto tanto dinero. Los ojos del hombre estaban vidriosos, con un aspecto familiar y febril que le recordaba a los suyos. Se preguntó qué drogas había tomado. Quizá estaba tan drogado que se quedaría dormido en cuanto bajara la cabeza. En el mar no había rastro de la moto acuática de Dulce. Detrás del bar, en la carretera, no había sirenas de policía, ni estaba Laura señalándola con el dedo, diciéndole que había hecho la última locura de su vida con la niña turista. Que ahora iría a la cárcel.

Por un momento pensó en su amigo Pablo, en lo preocupado que había estado por ella ese mismo día. Su voz parecía flotar hacia ella desde su propia cabeza, pero también desde fuera, desde algún lugar cercano. "Cualquier riesgo es demasiado grande con nuestras muchachas", diría él si estuviera aquí. Le recordaría que no debía preocuparse tanto por esos malditos gringos, sino más bien cuidar a los lugareños. "Tenemos que darnos apoyo", le había dicho antes.

Quizás debería haber ido con él al Freedom Sunset Cruise.

En la playa, la lluvia por fin cesó. Las niñas se acercaron al bar y se sentaron en taburetes a ambos lados del hombre. Estas pequeñas estaban acostumbradas a los cumplidos. Se sentaron junto a este desconocido, sonriendo, sin impresionarse por su dinero. Elena imaginó que habían visto montones de dinero en efectivo con su padre rico y su madre proxeneta.

Elena se dio cuenta de que los mechones de pelo de ambas niñas seguían secos, tal vez por todo lo que habían corrido en la playa. Varias gotas de lluvia reposaban perfectamente intactas sobre sus rizos, brillando por el sol que se reflejaba desde las tablas de madera en el baño hacia el bar. Esas gotas de lluvia, iluminadas y atravesadas por el sol, brillaban como joyas en las cabezas de las niñas. Se recordó a sí misma, tal y como Laura le había dicho tantas veces, que no era responsable de nadie más que de sí misma, sin importar lo bellas que fueran. Las nubes, esponjosas y bonitas, se movían rápidamente por el cielo. A lo lejos, oyó el balido de las cabras. *Meehhh. Meeeh. Meeeh.* Siempre le había encantado el sonido de estos animales. Pero ese amor nunca le había impedido comer con gusto su deliciosa carne.

Rellenó el vaso del hombre. Se sirvió un shot doble de ron. Esta vez, ninguno dijo "salud". Los párpados pesados del hombre estaban a punto de colapsar. Pronto se desmayaría. No habría absolutamente ningún peligro para las niñas. Ninguno-ninguno-ninguno-ninguno. Estas niñas estaban a salvo. Por supuesto, su madre volvería en cualquier momento. Y si Dulce se retrasaba en el hospital, seguramente Vida ya estaría de vuelta, porque se suponía que tenía que volver aquí después de pasar por el resort. Probablemente ahora estuviera terminando su declaración a la policía, contándoles lo mucho que había intentado salvar a la niña turista. Vida se subiría a su pasola y estaría aquí en cuestión de minutos. O una de las prostitutas que trabajaban para Dulce pasaría por allí en busca de algún trabajo no programado.

Elena cogió el dinero y lo metió en los bolsillos grandes del vestido que llevaba puesto. Le dijo al hombre que las escaleras estaban junto al baño, que la esperara en el apartamento, en la habitación grande a la izquierda. Ella le llevaría a las niñas en unos momentos. El hombre se fue y no se molestó en llevarse el bolso cruzado ni las llaves del auto. Había tanta arrogancia en ese acto de confianza. Sin saber por qué, puso el pasaporte en el área de objetos perdidos, tomó las llaves y cerró el bolso cruzado del hombre.

—A mami no le gusta que suban extraños allá arriba —dijo una de las niñas en un inglés perfecto—. Es un lugar para descansar. Solo para la familia, —añadió, repitiendo como un loro las palabras de su madre.

Elena asintió.

—Lo sé —dijo.

Elena les dijo algunas palabras a las niñas. Más tarde, intentaría recordar con precisión lo que había dicho. Tal vez mencionó que su madre les había pedido ayuda, y era importante que hicieran exactamente lo que les había pedido. Quizás les habría recordado que mientras estuvieran juntas, no les pasaría nada malo. ¿Le creyeron? Ambas niñas habían respondido que sí, porque conocían a Elena de toda la vida, porque todavía estaban aturdidas por brincar en la playa, por este increíble milagro que acababan de vivir, corriendo bajo la lluvia y el sol a la misma vez. Lo que recordaba con certeza, es que cuando les dijo qué hacer, nada les pasaría. Eran unas niñas mimadas. Su padre formaba parte del grupo de inversores que había financiado la creación de la Ciudad Cascada de la Paloma, con sus calles adoquinadas al estilo colonial y sus tiendas de lujo completamente blancas. Se dijo a sí misma que era cuestión de solo unos minutos antes de que alguien se acercara al bar. Era Locals' Night, y la gente empezaría a llegar en cuanto terminaran sus turnos en el resort.

—Necesito que se vayan lejos de aquí —dijo—. ¿Me oyen? Muy, muy lejos. Voy a enviar a alguien para que las busque. ¿Entendido?

Las niñas asintieron y, al mover la cabeza, todas esas joyas cayeron, brillando hasta que fueron absorbidas por la arena.

—Tengo que hacer pipí —dijo Perfecta, la más pequeña.

Ambas se fueron al baño.

—¿Todo bien ahí abajo? —resonó la voz del hombre turista desde el apartamento de arriba.

—Ahora subo —respondió Elena.

Durante el momento más largo de su vida, consideró qué hacer a continuación. Sabía que probablemente debería esperar a las niñas, pero no le daría tiempo a llevárselas y dejarlas antes de irse.

El aeropuerto estaba en la dirección opuesta al resort, demasiado lejos de Pico Diablo como para llevarlas allí sin arriesgarse a que la descubrieran.

Revisó el recipiente de hojalata, que aún contenía cientos de dólares en propinas. Dulce también había sido arrogante en su confianza. Probablemente, Dulce nunca había estado realmente desesperada. Elena cogió todo el dinero de la lata. Se dirigió al auto alquilado del hombre blanco justo cuando las niñas salían a la playa. Pero en lugar de subir la colina, lejos del peligro, se quitaron las camisetas y corrieron hacia el agua. El corazón de Elena le iba estallar en el pecho. Abrió la puerta para ir a buscarlas, pero entonces regresaron y se pusieron las camisetas de nuevo. Las pequeñas se quedaron allí, como si estuvieran decidiendo qué hacer a continuación.

El corazón de Elena latía con fuerza. Miró fijamente el último mensaje de texto de Laura en su teléfono.

¡Más te vale que resuelvas!

Con las manos temblorosas, le envió un mensaje de texto a Pablo. Miró hacia la playa. El turista no había bajado del apartamento de arriba.

Porfa, ven a donde Dulce, RÁPIDO. Es una emergencia.

Mientras encendía el auto y avanzaba cuesta arriba, no podía dejar de pensar en las gotas de lluvia en el cabello de las niñas. Estaba segura de que no les pasaría nada malo. Las niñas la obedecerían. Las miró fijamente mientras daban unos pasos. Antes de que pudiera saber a dónde iban, pisó el acelerador con fuerza, pisando-pisando-pisando todos los sentimientos que brotaban de ella. Pero hoy no podía ocultarlos, así que trató de recordar la chichigua en la cima del almendro. ¿Era del mismo amarillo pálido que el sol? El día que encontraron el cuerpo de su madre flotando en el agua, ella no quiso mirarla; en su lugar, fijó la vista en los árboles, que de repente parecían más altos, con hojas de un verde tan brillante como nunca había visto desde entonces. Laura la agarró de la mano y la tomó en brazos. Su hermana le había tapado el rostro con ternura, enterrando su mirada en los pliegues de un abrazo. Ahora, su mejilla ardía, y el rasguño que Laura le había hecho latía con fuerza. Justo antes de que Laura apareciera y tirara de su pierna, se había preguntado qué haría falta para que su cuerpo se volviera pesado y se hundiera en la densidad del agua fría. ¿Era esta extraña dificultad un rasgo hereditario? ¿Por qué sus cuerpos no se hundían?

Elena revisó si Pablo le había respondido. Él aún no había leído el mensaje, pero ella sabía que lo leería, que vendría pronto y la ayudaría. Pablo siempre era así de bueno.

El Grand Paloma Resort le invita cordialmente al Freedom Sunset Cruise

La Cascada de la Paloma fue fundada para honrar la extraordinaria historia de la tierra que la rodea. Únase a nuestro Freedom Sunset Cruise todos los jueves y brinde con una copa de champán en honor a este valioso legado.

Un pasado glorioso

Durante la invasión haitiana a la República Dominicana en la década de 1820 y la posterior ocupación de veintidós años, Jean-Pierre Boyer, entonces líder de Haití, extendió una invitación a los abolicionistas de Filadelfia: financiaría el viaje y el reasentamiento de todas las personas esclavizadas que pudieran reunir. ¿El resultado? Seis mil afroamericanos huyeron a la República Dominicana, y más de dos mil terminaron quedándose, sobreviviendo y prosperando. Se estima que, de ellos, un pequeño número de familias se estableció en la montaña Pico Diablo.

¡La historia sigue VIVA hasta el día de hoy!

¡Los lugareños celebran el Día de la Libertad con una divertida búsqueda del tesoro anual cada 2 de octubre! Siguiendo los pasos de sus ancestros, los lugareños van desde la playa hasta las cuevas de estalactitas, cruzando el bosque, y finalmente terminan haciendo senderismo hasta la cima de la montaña, donde se encuentra una formación rocosa que se asemeja al perfil de un diablo, ¡con su mentón puntiagudo y todo! Es debido a esta formación rocosa que los aldeanos locales apodaron la montaña Pico Diablo. Cada año, a los niños se les enseña su rica historia. Los pequeños cantan el mantra de la comunidad: *Soy un guerrero en busca de libertad. Ante la injusticia y la codicia, me mantengo firme, como mis ancestros.*

A medida que se completa cada parte del recorrido, los ancianos de la comunidad enseñan a sus miembros más jóvenes cómo buscar alimentos en el bosque y el propósito medicinal de las plantas. Los niños también buscan lugares ocultos donde los lugareños esconden comida, agua y golosinas durante todo el año. ¡Esta generosidad asegura que los visitantes cansados siempre puedan encontrar un dulce en lugares inesperados! ¡Qué hospitalidad! ¡Qué calidez! ¡Celebramos la libertad al estilo del Gran Paloma!

- Platos de langosta, atún rojo y caviar rinden homenaje a los viajes navales de los ancestros de esta idílica tierra.
- Con sus diversas opciones de picante en el borde, la bebida Vuelo del Diablo nos recuerda que incluso al diablo le gusta divertirse. Un ron de caña de azúcar fermentado y destilado localmente. ¡Ardiente!

¡Esperamos que disfrute esta historia tanto como nosotros!
Su equipo en el Grand Paloma Resort

Capítulo 14

Amber e Ida Vargas le gritaron a Laura mientras atravesaba el vestíbulo del hotel y se dirigía hacia el salón de belleza, tratando de pasar desapercibida.

—¿A dónde vas con tanta prisa? —dijo la señora mayor, Amber—. Deja de andar corriendo y mira este glorioso atardecer.

Laura respiró hondo y, al hacerlo, se calmó el temblor en sus piernas. La interacción con los padres de la niña herida había ido mejor de lo que esperaba. Ahora necesitaba arreglarse el cabello urgentemente. Pero primero debía calmarse, tomarse un momento para apaciguar su corazón que latía sin cesar.

Laura se acercó a la mesa donde estaban sentadas las hermanas. Aquellas dos señoras mayores eran sus huéspedes favoritas en el hotel. Tal vez eran sus personas favoritas en todo el mundo. Eran extranjeras que vivían en Cabarete y administraban una acogedora posada durante diez meses al año. En julio, las viudas regresaban a Mallorca, España, donde tenían un pequeño hotel gestionado por sus hijos y nietos, y luego volvían para las últimas dos semanas de agosto, a disfrutar del sofocante final del verano en el Grand Paloma. Habían empezado a venir aquí desde la inauguración del hotel, el mismo verano en que Laura había comenzado a trabajar en el resort como mesera. Ese verano celebraban su décimo aniversario juntas, las tres. Le sorprendía que, después de décadas viviendo en la isla, las hermanas aún se emocionaran con los cambiantes colores del cielo. Tenía tanto que agradecerles. Sintió un profundo afecto por ellas, a pesar de que a veces la sacaban de quicio.

Oye, es la verdad. Laura había dejado de mirar el cielo hacía mucho tiempo. Después de todo, el impacto deslumbrante de un atardecer dejaba de ser sobrecogedor después de la centésima vez. Había vivido en esta isla, aplastada bajo este cielo, cada día de sus veintisiete años de vida. Pero había algo más. Cada vez que alzaba la vista, el cielo traía consigo recuerdos tan dolorosos que se veía obligada a fingir una migraña, meterse en su habitación y esconderse en la oscuridad durante uno o dos días.

Ahora, bajo la presión de estas huéspedes, que insistían en que apreciara la belleza efímera del atardecer, Laura intentó disfrutar la vista, que, sin duda, era magnífica. Había morados profundos en un lado del cielo y un magenta vibrante en el otro. El centro era de un rojo sangre palpitante, que se desvanecía en gradaciones de rojos y naranjas hasta convertirse en el amarillo más dulce y sereno. A pesar de querer detenerse, de estar presente en el momento, su corazón se aceleró ligeramente al mirar el cielo. Los colores movían algo en su interior, algo en lo que no quería pensar, algo que prefería mantener enterrado.

—Nunca he visto algo tan hermoso —mintió mientras se volteaba para irse—. De verdad, Dios, deja de presumir tanto. Levantó la mirada hacia el techo del vestíbulo del Grand Paloma, que bloqueaba el cielo y, por un momento, pareció que le estaba rezando al edificio mismo: "¿No te cansas de tanta improvisación? ¿Cada día un cielo más espectacular? Estamos asombrados, sin aliento. Sí, claro, estamos impresionados. Pero bájale un poco".

Las señoras estaban encantadas.

Entonces, Ida, la más joven de las dos hermanas, le extendió su cálida y robusta mano. Con una mirada cariñosa, le dijo:

—Siéntate con nosotras, mija. Tómate una copa de champán. Trabajas demasiado.

—Ojalá pudiera —dijo Laura.

—No voy a aceptar un no por respuesta, Laura. ¿Cuál es tu lema? "¿Una experiencia maravillosa y exclusiva para los huéspedes cada vez?". Necesito que te sientes para que sea maravillosa.

Laura negó con la cabeza en resignación, sintiendo nuevamente el pañuelo húmedo mientras Río, el violinista, aparecía de la nada y sacaba una silla para que Laura pudiera acomodar su amplio trasero en ella. Tenía que ir rápido al salón de belleza. Pronto, los nudos no podrían desenmarañarse y se vería peor. Pero estaba atrapada por el momento; tendría que pasar unos minutos con las hermanas Vargas.

Su *walkie-talkie* emitió una serie de molestos sonidos de alerta. Bajó el volumen de los pitidos estáticos y entrecortados. Había un aviso meteorológico. La tormenta tropical Consuelo estaba prevista para tocar tierra en la costa occidental de Puerto Rico. Aunque el Grand Paloma no estaba en su trayectoria, al estar en el punto más al este de la costa, el más cercano a Puerto Rico, recibirían lluvia y viento. Laura se apartó un momento de las señoras. Habló con el jefe del equipo de mantenimiento por el *walkie-talkie*, ordenándole a Gustavo que se asegurara de que todos los paraguas, las tumbonas y el equipo de deportes acuáticos fueran guardados esa noche, y de que cualquier objeto que pudiera salir volando quedara bien asegurado. Convenía tomar precauciones adicionales, por si la tormenta cambiaba de rumbo y los vientos fuertes se dirigían hacia el resort. Rezó para que hubiera buen clima al día siguiente. Nada más molesto que un hotel lleno de huéspedes sin nada que hacer.

—Mija —dijo Amber—. Eres adicta al trabajo. Ven, ¡siéntate!

Laura asintió obedientemente y apagó el *walkie-talkie*.

A un lado, Río comenzó a tocar un repertorio de merengues de Juan Luis Guerra en su violín. Los huéspedes alrededor de Laura mostraban apreciación por la música, alzando sus copas. Las hermanas Vargas hicieron lo mismo, chocando sus copas y gritando ¡bravo, bravo! a Río. Llevaban bebiendo un buen rato. Laura pensó nuevamente en su hermana, preguntándose qué estaría haciendo Elena en ese momento. Se preguntaba si ella, o este maldito cabello, alguna vez podrían arreglarse. Sintió el pañuelo mojado en su cabeza y lo tocó con la mano. Su cuero cabelludo comenzaba a picarle.

Amber se dio cuenta.

—¿Estuviste nadando? Creo que nunca te hemos visto nadar.

Laura asintió, porque era más fácil que decir la verdad. ¿Cómo les explicaría que había saltado al lago para salvar a su hermana, pensando que se había ahogado justo como su madre trece años atrás?

—¿Dónde está Sammy? —dijo Ida—. Necesitas una copa.

—Usted sabe que no puedo beber en el trabajo —dijo Laura, mirando las botellas de champán en hielo. Ya casi habían terminado una. El ritual diario de las hermanas incluía mantener su corte junto a la majestuosa galería abierta que daba al mar, admirando el hermoso cielo, bebiendo y rememorando hasta que ambas se sentían un poco eufóricas. Las dos mujeres no estaban obsesionadas con nadar con delfines o besar mantarrayas, y les importaba muy poco hacer ziplining a través del bosque o tomarse selfies con la asombrosa y mundialmente famosa Cascada de la Paloma de fondo. Venían aquí a beber, hablar tonterías y comer hasta que ya no podían abrocharse los botones. Y no se disculpaban por nada de eso. Eso hacía que todos los empleados del resort las adoraran.

Laura tenía mucho que agradecerles a las hermanas. Habían incluido su nombre en todas las evaluaciones excepcionales del resort, a menudo animando a otros huéspedes a hacer lo mismo. Cinco años atrás, habían exigido una reunión con el director ejecutivo del hotel, aprovechando su ventaja después de un incidente racista que se volvió viral, donde uno de los ejecutivos más altos del hotel las había confundido con el personal de limpieza, sin importar que llevaban vestidos de brillo y tacones en la gala semanal. Habían aprovechado la situación vergonzosa para lograr el primer ascenso de Laura. Fueron las hermanas Vargas quienes, de alguna manera, supieron cómo mover las piezas, quienes supieron qué palanca accionar en el momento adecuado para catapultar a Laura a un puesto que ningún local había ocupado en el país, ni en el Grand Paloma ni en su hotel hermano al otro lado de la isla, el Yellow Paloma.

—Sammy —llamó Amber, pero el sonido del oleaje, cada vez más fuerte a medida que avanzaba la noche, ahogó su voz.

Sammy, la mesera, estaba al otro lado de la galería, con las clavículas expuestas mientras se reía con la cabeza hacia atrás, con una mano sobre el hombro de un tipo que parecía un joven en primer año de universidad. Laura escaneó la galería de lado a lado y notó que varios huéspedes miraban a Sammy, consternados. A los huéspedes no les gustaba cuando los empleados parecían estar pasándola demasiado bien. Vio a Patrick, el vicepresidente de interiores, con los labios apretados mientras observaba a los huéspedes observando a Sammy. Patrick sintió la mirada de Laura e hizo contacto visual con ella, compartiendo una sonrisa burlona. Llevaban semanas peleando por esto en las reuniones de empleados. Él seguía insistiendo en que había que despedir a Sammy, quien estaba trabajando ahí solo para encontrar un gringo y una green card. Y para colmo decía todo eso con su irritante acento gringo.

Esto le daría aún más munición. Su aire de superioridad era evidente en cómo levantaba su barbilla redonda. Y pensar que ella se había acostado con él, se dijo Laura, repugnada.

Tomó la campanita del centro de la mesa y la tocó. Sammy siguió el sonido, vio a Laura y se enderezó de inmediato, retirando su mano como si de repente hubiera tocado una llama. Cuando Sammy llegó, Laura le pidió una copa para el champán. Luego, cuando Sammy estaba a punto de irse, Laura le susurró:

—¿Cuántas veces te he dicho que te tranquilices? Compórtate.

Sammy la miró con odio; después de todo, ella no era mayor que el chico con el que había estado coqueteando, era una adolescente de dieciocho años. Pero rápidamente recuperó su compostura.

—Lo siento, jefa. Me comportaré.

Antes de que las hermanas Vargas pudieran dar otro sorbo, Sammy ya estaba de vuelta con la copa. Laura la acercó a la luz y la inspeccionó. Satisfecha con su brillo, extendió la copa para que Sammy la llenara.

—Relájate —le dijo a Sammy, para que todos los huéspedes que estaban cerca pudieran escuchar—. Estás haciendo un excelente trabajo.

Ese sorbo de champán fue justo lo que necesitaba. Esta marca era demasiado espumosa y las burbujas siempre se sentían desagradables y placenteras a la vez en su boca. El efecto fue casi instantáneo. Sintió sus hombros relajarse.

—¿No te alegra que te hayamos obligado a sentarte? —dijo Ida.

—Sí —respondió Laura, olvidándose de su cabello enredado por un momento. Cuando las hermanas comenzaron a encariñarse con Laura, ella lo recibió con brazos abiertos. Las señoras, negras y españolas, le reflejaban cómo ella deseaba que fuera la relación con su propia hermana. Se habían casado jóvenes y vivieron cerca la una de la otra la mayor parte de sus vidas. Aunque sus maridos no se llevaban bien al principio, lograron hacerlos mejores amigos, y tomaban vacaciones juntos cada año. Así fue como terminaron en la República Dominicana. Fueron los atardeceres, decían a menudo, que les hicieron enamorarse de este lugar. Fue lógico entonces que compraran un terreno en una de las zonas menos desarrolladas de la isla. Y cuando sus maridos murieron con pocos meses de diferencia, uno en un terrible accidente de tren y el otro por un ataque cardíaco, las hermanas decidieron que ya era hora de dejarlo todo. Sus hijos tendrían que resolver el cuidado de sus niños, las cenas del domingo y a quién llamar cuando tuvieran un problema de última hora. La culpa desapareció rápidamente, decían las hermanas, porque ambas tuvieron que entender que la vida es frágil, que puede terminar en cualquier momento. Se merecían pasar el mayor tiempo posible haciendo lo que amaban, lo cual incluía contemplar el mar alejarse y estrellarse contra la orilla.

Las hermanas decían que la única razón por la que seguían vivas era porque nacieron con dos almas gemelas: un amante y una hermana.

Las viudas eran más cercanas en edad que ella y Elena, y a veces se preguntaba si haber heredado el cuidado de su hermana cuando su madre murió fue lo que amargó su relación. Había sido aterrador que, a los catorce años, cuando su hermana tenía solo cuatro, tuviera que ayudar a su padre con el cuidado de sí misma y de su hermana menor. Un padre que estaba más interesado en beber y jugar que en criar a sus hijas.

A veces pensaba en lo diferente que habría sido su vida si su madre no se hubiera ahogado. Si hubieran tenido otro tipo de padre, uno que no hubiera estado aplastado por sus fracasos y deficiencias, alguien con buena fortuna. Si no hubiera tenido que madurar tan rápido. Otras veces culpaba a este lugar. Si hubiera nacido en un país donde el color de su piel no se viera como una desventaja, no habría pasado la mayor parte de su vida tratando de sobrevivir. Tal vez habría prosperado en una comunidad que no descuidara a sus miembros más vulnerables, donde el orgullo negro significara aferrarse a un mito del pasado y no armarse con lo que exige el momento presente. Una cosa que sabía con certeza era que no tendría este trabajo miserable ni viviría en esta isla miserable. Encontraría una manera de dejar este lugar, de hacer una nueva vida con su hermana.

—Aquí viene —dijo Amber, con una voz que era apenas un susurro.

Laura hizo un sonido con la lengua, con una gratitud ensayada, esperando voltearse y encontrar el mismo cielo de hace unos minutos. Pero hoy no pudo negar lo que tenía frente a ella. El cielo se había vuelto aún más intenso. Era la expresión más impactante de sí mismo que había visto. Cerró los ojos por un momento, sabiendo que lo que el cielo rojo sangre le mostraba eran las innumerables heridas en el rostro de su madre, un color rojo intenso que degradaba en tonos violeta, la hinchazón incontenible después de una patada, una bofetada, un puñetazo con mano cerrada, cada uno haciendo de la piel de su madre un lienzo debilitante.

"Qué linda mi mami como una pintura", solía decir, tocando la piel adolorida de su madre. En ese entonces, había sido demasiado joven para entender que existía una conexión entre las peleas de sus padres y los moretones que aparecían al día siguiente, y si un hueso se había roto, los moretones durarían varias semanas. Demasiado joven para entender que las manos hinchadas de su padre tenían algo que ver con eso. Laura, en ese entonces, había visto la conexión entre la piel de su madre y el cielo, maravillada de que los colores que florecían y cambiaban en el cuerpo de su madre fueran un regalo de Dios.

A su lado, las hermanas se deleitaban en el lenguaje universal de los turistas.

Cuando Laura levantó la vista, el sol ya se había hundido en el horizonte. Lo que había sido vibrante hace un momento, ahora había desaparecido.

Besó a las hermanas en cada mejilla y se fue rápido antes de que pudieran protestar.

Mirando el reloj, sabía que Carmen probablemente estaba barriendo, lista para dar por terminado el día.

La cojera de Carmen parecía dolorosa. Mientras barría el salón, se detenía cada pocos pasos, clavando un dedo en la articulación de la cadera de su pierna ligeramente más corta. Laura la observaba a través del vidrio transparente del salón del hotel. Sintió temor al considerar dejar las cosas así y permitir que Carmen terminara su día y se fuera a casa. Se quitó el pañuelo de la cabeza y tocó su cabello, tratando de evaluar si podría arreglárselas sola. Había un nudo en la coronilla, y supo, instintivamente, que sería imposible deshacerlo por sí misma. Respiró hondo y empujó la puerta batiente.

Carmen levantó la vista, sorprendida.

—¿Pero qué demonios? —dijo, encontrándola a mitad de camino y tocando su cabello inmediatamente—. Siéntate.

Laura se sentó en la silla giratoria. Aspiró las fragancias de espray para el cabello, crema de peinar y champú con aroma a eucalipto.

—¿Pero qué te pasó?

Laura no respondió. Buscó su teléfono en el bolsillo. La pantalla estaba oscura. Finalmente, el agua terminó por dañarlo. Usó su *walkie-talkie* para pedirle a alguien de la cocina que le trajera un cuenco lleno de arroz. Tendría que meter su teléfono en el arroz y esperar a que funcionara de nuevo.

Carmen suspiró.

—Esto va a tomar horas —dijo.

Laura sintió un calor subiéndole por el cuello. Pero no le serviría de nada mostrar remordimiento o mortificación. Las veces que había intentado ser una jefa decente y considerada siempre le había salido el tiro por la culata. Apretó con fuerza la mandíbula.

—Menos mal que no te pagan por hora —dijo.

Carmen sintió una ola de impotencia y frustración. Tenía a sus hijos pequeños esperándola en casa. Un esposo atractivo que trabajaba en las tierras de cultivo del Grand Paloma y que llegaría esperando la cena. Con cuidado y muy lentamente, Carmen aplicó acondicionador profundo, usando un cepillo mojado para desenredar el cabello. A veces, sentía lástima por Laura. Entendía que esa mujer estaba terriblemente sola, que la mayoría de la gente no confiaba en ella y solo la toleraba por el poder que tenía. Carmen sospechaba que Laura lo sabía. Tras la trágica pérdida de su madre y la desaparición de su padre, todos admiraban cuánto amaba y cuidaba a su hermana. Aun así, abusaba de todos.

Carmen peinó lentamente el cabello de adelante hacia atrás, avanzando en un patrón circular hasta llegar a la coronilla de Laura. Ese nudo seguía siendo impenetrable; no cedía ni con el peine ni con los dedos, sin importar cuánto acondicionador y desenredante usara. Un empleado trajo el cuenco lleno de arroz blanco. Laura se puso de pie, estiró el cuello y dejó caer el teléfono en el cuenco. Luego, volvió a sentarse y cruzó una pierna sobre la otra, esperando a que Carmen siguiera trabajando.

Después de una hora, Carmen había avanzado muy poco. Recogió el pañuelo que había caído al suelo.

—Es un estampado bonito —dijo.

Laura no respondió.

—¿Te lo prestó Miosotis? —preguntó Carmen.

Laura asintió.

—Ella es un amor —comentó Carmen.

—¿Qué es lo que quieres decir? —preguntó Laura, exasperada.

—¿Puedo cortarlo un poco? —preguntó Carmen.

Laura miró su propio perfil en el espejo. Su rostro redondo no se vería bien con un corte bob ni con un corte pixie. Su cabello, trenzado en un remolino alrededor de su cabeza, era áspero y escaso; llevarlo natural no sería opción. Como era una mujer más corpulenta, nunca podría lucir la cabeza rapada como Elena. Quizás podría ahorrarse el sufrimiento a ella misma y a Carmen y simplemente quitarse la peluca. Seguro que alguien del personal le podría prestar otra. Pero pensó en todo el dinero que había gastado, miles de dólares, la mayoría de los ahorros secretos de ella y su hermana. Todo porque el estilista de Rihanna había filtrado dónde la estrella caribeña compraba sus extensiones y había dicho que, si se cuidaban bien, ese cabello podía durar toda la vida. ¿Estaba bien asumir la pérdida, aceptar la derrota y seguir adelante? Si hubiera sido una pérdida personal, la habría podido aceptar. Pero había demasiado en juego. Siempre había demasiado en juego: ella era responsable del sustento de cientos de personas. Muy pocos entendían la presión constante bajo la que vivía, incluida Carmen, quien en ese momento le tiró del cabello con fuerza.

—Ay —dijo Laura.

Carmen le soltó el cabello y se retiró de la silla de estilista. Su rostro estaba tenso.

Laura mordió el interior de su mejilla. Sabía que todos los días debía tomar decisiones importantes y, aunque no quisiera admitirlo, su capacidad para conseguir apoyo, influenciar a sus colegas y mantener el aire de autoridad que tanto le había costado ganar dependía tanto de su apariencia como de lo que decía. A veces, sentía que su imagen era el elemento más importante de su identidad. La competencia solo llegaba hasta cierto punto en un lugar como el Grand Paloma Resort. Pensó en Astrid, la vicepresidenta de servicios para huéspedes y relaciones con los medios, una colombiana criada en Nueva York que tenía una melena rizada y hermosa. Al comienzo de la temporada alta, había decolorado su cabello con resultados desastrosos y pasó una semana usando un turbante. Tal vez Laura podría pedirle prestado ese accesorio. No recordaba que nadie hubiera hecho comentarios al respecto; las excepciones religiosas eran la única razón por la que alguien podía salirse con la suya usando algo en la cabeza. Astrid no era alguien en quien confiara, alguien a quien pudiera acudir en un momento difícil. Los intentos iniciales de Laura por hacerse amiga de la única otra latina en el equipo directivo habían sido recibidos con una indiferencia educada, y simplemente no podía creer que Astrid fuera una mujer que se llevara mejor con los hombres. Ni siquiera se había molestado en enviarle un mensaje o llamarla, como Laura le había pedido en una nota adhesiva horas atrás. No le sorprendería que hubiera sido idea de Astrid ir a jugar golf con los otros vicepresidentes cuando se canceló la reunión de los empleados.

Mirando fijamente su reflejo, notó un pegote pálido pegado a un lado de su boca. No le sorprendió que Vida no lo hubiera visto. Había estado completamente distraída. Las hermanas Vargas tampoco lo habían notado, pero la vista de las señoras era dudosa. Había hablado y pasado junto a docenas de empleados, y ninguno le había dicho que tenía algo en la cara; un simple gesto con la mano para indicarle dónde limpiarse habría bastado. Ni siquiera Carmen, que había estado trabajando en su cabello por más de una hora, se había molestado en advertirle que tenía lo que parecía ser un moco del tamaño de una moneda en la cara, que parecía una payasa asquerosa.

Se lamió el pulgar y se limpió la maldita mancha blanca de la cara.

—No me cortes ni un puto cabello —dijo Laura—. Solo haz tu trabajo.

Carmen paró. Lentamente, extendió una mano callosa hacia el teléfono que había estado vibrando sobre el mostrador. Meticulosamente escribió, borró y finalmente encontró las palabras adecuadas para explicar por qué no llegaría a casa a tiempo. Cuando volvió a mirar a Laura, quería envolver el cuello de su jefa con sus manos, estrangularla hasta que su rostro adquiriera el mismo color violeta pálido que tenía el cielo afuera.

Sabiendo que no podía permitirse que la despidieran, Carmen se apartó de Laura. Pero en los múltiples espejos del salón, Laura podía ver con claridad el rostro de Carmen. Ambas mujeres se observaron intensamente a través de los reflejos duplicados. Carmen pensaba: *A Laura no le importa lo que piensen de ella. No le importa nadie más que ella misma.* Laura pensaba: *Carmen me desprecia.*

Con una delicadeza ensayada, Carmen desenredó el cabello, mechón por mechón. El trabajo meticuloso permitió que el fuego en su estómago se propagara hacia su pecho y llegara a su corazón. Ella nunca había odiado tanto a otro ser humano.

La expresión de Carmen le resultaba familiar. Los labios apretados, la mirada recelosa, la respiración entrecortada. Laura estaba acostumbrada al efecto que su presencia tenía en los demás. Ya no le molestaba tanto. No realmente. El leve temblor en su párpado, que descendió hasta posarse sobre su mejilla, era solo una señal de agotamiento. A Laura no le importaba en lo absoluto que todos la odiaran a muerte.

Años atrás, sí le había importado. El aislamiento había sido aplastante. Nunca había molestado a su hermana con los verdaderos problemas del trabajo, primero porque el éxito de Elena en la academia global era demasiado importante y cualquier distracción sería inútil, pero también porque temía que su hermana relacionara sus conflictos con las dinámicas laborales que sostenían al capitalismo. Elena lo había dicho una y otra vez: los empleados necesitaban sindicalizarse. Los salarios injustos y las condiciones precarias no solo afectaban a los obreros de la construcción que eran deportados y explotados semanalmente. Su hermana insistía en que el sufrimiento individual siempre se traducía en sufrimiento colectivo.

En momentos en que no veía salida y la desesperanza se apoderaba de ella, a Laura le gustaba fantasear. Se preguntaba cómo sería vivir en el extranjero, no ir a Portugal por trabajo, sino irse de vacaciones a España con las hermanas Vargas. El primer verano que pasaron en el resort, invitaron a Laura a ver su suite y abrieron de golpe su vieja computadora portátil. El reflejo de la luz del sol hacía que la pantalla se viera completamente negra, imposible de distinguir. Las señoras le pidieron que la levantara y la llevara a la parte sombreada de la suite.

Era tan pesada que Laura casi la dejó caer.

—Parece que tiene un cadáver dentro —dijo.

—Tiene muchos cadáveres dentro —respondió una de las hermanas. Ambas mujeres se echaron a reír. Laura no entendió qué tenía de gracioso.

Las hermanas comenzaron con fotos de sus hijos y nietos, todos hermosos y de piel negra, luciendo tan genuinamente felices que

Laura brevemente se quedó sin aliento. ¿Había sido ella alguna vez así de feliz? No, nunca. Luego, las señoras empezaron a mostrar fotos de lo que llamaban su *pequeño hotel,* que en realidad no era tan pequeño. Las imágenes de Mallorca eran impresionantes. En la distancia, un mar de aguas cristalinas azul verdoso, tan limpio que parecía que nadie había puesto un pie en él. También había un jardín donde las hermanas cultivaban hermosos olivos.

—Tal vez algún día nos visitarás allá, dijo Amber. España tiene sus problemas de racismo, te advierto. Hay cosas de las que no se puede escapar. Pero una vez que tienes tu propio pedazo de tierra y haces un hogar en algún sitio, es más fácil vivir en paz. Tú creas tu propia paz.

Ellas creían fervientemente que, por muy horrible que fuera el mundo en el que habitaban, aún tenían la capacidad de crear burbujas, de solo dejar entrar a quienes quisieran. "Se puede estar en un lugar sin ser parte de él", insistían. Era un sentimiento que la antigua maestra de Laura, Doña Fella, compartía de vez en cuando en Pico Diablo.

Parte de su trabajo consistía en asentir a lo que los huéspedes dijeran. En seguirles la corriente, incluso cuando sus puntos de vista eran obviamente erróneos. En ese sentido, cada huésped del hotel era su jefe. Pero Laura no era tonta. Sabía que ningún empleado local estaba destinado a ascender socialmente a través del trabajo. Era simplemente un ejercicio de mantenerse a flote para sobrevivir. La mayoría de los empleados apenas lo lograba. A veces, trabajar en el resort se sentía como un ejercicio de agitación frenética hasta que, agotados, dejaban de luchar y se hundían en las profundidades del mar cristalino, con las palmeras oscilantes como testigos.

Excepto Laura. Ella y su hermana escalarían, saldrían adelante. Con la educación de la academia global, su hermana podría ingresar a una universidad de élite, y esa sería la vía de escape de Elena. Pero el boleto de Laura hacia la verdadera libertad era más complicado. Dependía de su relación con Paloma Enterprises, del patrocinio de alguien como Miranda. Con el éxito de su nuevo Platinum Member Companion Program, escribiría su propio destino y haría lo que finalmente condenó a su padre: irse de este lugar para siempre.

Carmen no había cambiado su expresión. Sus labios permanecían apretados, su frente arrugada. Pero sus manos eran suaves; su toque, el más delicado. Laura se obligó a recordar el agua azul verdosa de Mallorca. Sería lindo irse con las hermanas Vargas. ¿Qué se sentiría vivir en su burbuja, donde no tuviera que preocuparse por su hermana, este hotel o la historia del pueblo donde creció? ¿Poder desprenderse de todo el dolor de su infancia y de cada pérdida sufrida después?

Cuando Carmen le dio un golpecito en el hombro, Laura se despertó sobresaltada y descubrió un milagro. El cabello caía en cascada sobre sus hombros, sin nudos y luminoso, reflejando las luces fluorescentes sobre ellas. Se tocó el cuero cabelludo. La tensión del hilo que Carmen había usado, que ya conocía, tiraba de sus sienes, dándole a sus usuales ojos redondos una forma almendrada. Bajó la mirada, sin saber qué decir.

—Puedes tomarte el día libre mañana —dijo con voz pequeña, avergonzada al darse cuenta de que ya había caído la noche.

Carmen tenía los ojos irritados, pero logró murmurar su agradecimiento mientras se ponía de pie, favoreciendo su pierna más corta. Laura se quedó frente al espejo, girando de un lado a otro, admirando su cabello, hasta que vio a Carmen mirándola fijamente, esperando con los brazos cruzados a que se largara de una vez.

Laura tomó su teléfono del cuenco con arroz y se lo metió en el bolsillo para encenderlo una vez hubiera cruzado las puertas de cristal. Carmen la llamó por su nombre y le entregó el bonito pañuelo de inspiración africana que Laura había llevado puesto. Al sostenerlo en sus manos, vio lo dañado que estaba el tejido. Decidió que al día siguiente iría al pueblo y encontraría una pieza de tela más fina para reemplazarlo. Tal vez compraría suficiente tela para que Miosotis pudiera hacerse un vestido que le combinara. Arrugó la tela dañada y la arrojó a la basura.

Carmen quedó boquiabierta. Inhaló para estabilizar y calmar su respiración, pero se vio incapaz de retenerla.

—La manera en que tratas a la gente —dijo—. Tus padres estarían avergonzados.

Laura miró su reflejo. Echó el cabello sobre uno de sus hombros y se irguió.

—No —dijo—. Mis padres no estarían avergonzados, Carmen. Los muertos no sienten vergüenza.

Se dio la vuelta. Su corazón latía al darse cuenta de que había sido demasiado descuidada. Esperaba que Carmen no hubiera notado que se había referido a ambos padres como muertos. Todos estaban bajo la impresión de que su padre estaba desaparecido, no muerto.

Al pasar por el vestíbulo, varios huéspedes esperaban en fila para registrarse. Algunos le pidieron tomarse una foto con ella. Sonrió, una sonrisa forzada, pero lo suficientemente buena para los huéspedes.

—¿Está bien si la publicamos? —preguntaron.

Ella asintió con entusiasmo, aunque deseaba que la tierra se abriera y se los tragara a todos.

—Por favor, no olviden etiquetar el resort —dijo con entusiasmo.

De vuelta en el baño y los vestidores de los empleados, presionó el botón de encendido de su teléfono y esperó unos momentos, feliz cuando la pantalla cobró vida. Abrió la aplicación de mensajes y encontró varios textos de Dulce, cada uno más corto que el anterior, más frenético. El primero era una invitación para salir más tarde, hacía siglos que no participaba en el Locals' Night. Podían disfrutar de un pescado a la parrilla en la playa. Elena estaba cuidando a sus hijas. Unas horas después, una serie de preguntas. **¿Has sabido de Elena? ¿Adónde se fue con las niñas? POR FAVOR, llámame. ¡¡¡LLÁMAME AHORA!!!**

Laura llevó el teléfono a su oído, llamó a Elena. Su buzón de voz no estaba configurado. Le envió un mensaje. ¿Dónde estás? ¿Qué está pasando? Sus mensajes no aparecían como entregados. ¿El teléfono de Elena estaba apagado?

Llamó a Dulce, quien contestó de inmediato.

—¿Sabes dónde está Elena? ¿Dónde están mis hijas? —La voz de Dulce sonaba tensa, como si estuviera haciendo un gran esfuerzo por no parecer preocupada.

—No —dijo Laura—. Estaba en el salón. Pero me aseguraré de que revisemos por todos lados aquí. Te aviso en cuanto sepa algo.

Con su *walkie-talkie*, movilizó a todo su equipo de trabajo. Si Elena estaba en algún lugar de las 2500 hectáreas del resort, la encontrarían. Se dirigió a su casita, pensando que sería típico de Elena estar allí, dizque escondiéndose. Pero cuando entró, encontró la cama sin hacer, sin rastro de Elena en ninguna parte. Se quitó los zapatos de tacón alto, pero se quedó con el uniforme puesto. Decidió revisar la playa descalza. Podría moverse más rápido. A Elena le encantaba nadar; quizás había llevado a las niñas allí y, despistada, había perdido la noción del tiempo. Pero Elena no estaba en la playa. Y después de lo que había pasado con la niña turista, Laura dudaba que regresara al resort.

Su *walkie-talkie* comenzó a sonar, las voces de hombres y mujeres reportando los lugares donde habían buscado:

"No hay rastro de Elena en el gimnasio. No está en las canchas de tenis. No está en el spa ni en el Centro de Bienestar Taíno. No está en el invernadero, donde actualmente cultivaban peonías para un evento corporativo especial a finales de octubre. No está en la piscina olímpica. No está en el centro de negocios. No está en ninguna de las docenas de cocinas, ni en las pocas habitaciones desocupadas. No está en el sendero de dos millas hasta la Cascada de la Paloma. No está en Ciudad Cascada de la Paloma".

Entonces, desde la orilla, emergió una figura de piel oscura y el corazón de Laura saltó hasta que vio las trenzas largas. Una huésped del resort, ajustándose el traje de baño. Le guiñó un ojo a Laura mientras pasaba junto a ella. Laura la saludó cálidamente. Pocos momentos después, un huésped blanco y alto del resort pasó de largo, chocando contra ella sin darse cuenta.

Su *walkie-talkie* emitió los ruidos habituales de estática.

—Dímelo —dijo en el micrófono, con un destello de optimismo. ¿Quizás la habían encontrado?

—Disculpe la molestia, jefa. Hubo un pequeño incendio en la cocina de Mondongo. No hubo daños, pero Fernando se quemó el brazo y tuvo que ir a la enfermería. No hay otra persona en el turno de esta noche que sepa hacer el risotto de camarones.

—Yo sé hacerlo. Voy para allá. Ve a ver cómo está Fernando y avísame.

Tendría que hacerse cargo del servicio de cena. Quedaría atrapada en la cocina durante varias horas. No podría ir a ver a Dulce y averiguar qué había pasado.

Laura hundió los dedos de los pies en el alga fresca y espinosa, deseando un cielo despejado que transformara la luna en un reflector para iluminar su camino. En lo más profundo, sintió un terror expandiéndose, el mismo que había sentido la última vez que su padre se fue en un intento de entrar a los Estados Unidos. En aquel entonces, al igual que ahora, Laura había sentido el viento del mar frío envolviéndola, como la tela de una camisa de fuerza antes de ser atada. Mientras miraba la absoluta oscuridad, imaginó una ballena enorme nadando cerca de la superficie del mar, alejándose furiosamente de la orilla. Imaginó todas las demás criaturas marinas nadando junto y debajo de esa ballena, al mismo ritmo. Este pensamiento la estremeció. En lo más profundo de su ser, supo que era cierto: El aire traía consigo algún peligro.

Capítulo 15

Los huéspedes que regresaban del Freedom Sunset Cruise se tambaleaban por la playa hacia el resort en la colina. Pablo conocía a la mayoría de ellos por las bebidas que les había servido durante su segundo turno: vuelos de diablo picantes, ponche de ron, margaritas (sin sal) y whiskey (sin hielo). Ya el sol se había acostado hacía un buen rato y Pablo todavía no terminaba. La gerencia requería que esperara en la playa hasta que el último huésped saliera del barco.

Sus ojos descansaban en la oscuridad del mar mientras este se retiraba y luego golpeaba con fuerza la orilla. Había piedras afiladas donde esa mañana solo hubo arena y algas marinas, aunque las algas regresarían implacablemente. Si les hubieran consultado, los lugareños podrían haber dado consejos sobre cómo combatir las algas invasoras. El padre de Pablo, pescador de toda la vida antes de morir, habría sabido la respuesta. Su abuelo, que también había trabajado en el mar, lo habría sabido, y Pablo pensó que, si le preguntaban, él mismo recordaría lo que le habían enseñado de niño.

En el bolsillo trasero, su celular vibró y escuchó varios pitidos que señalaban mensajes de texto. Ninguno era de su exnovia, Vida. El

Wi-Fi había dejado de funcionar en el barco y los huéspedes estaban molestos. La razón principal para venir a este maldito crucero era publicarlo, habían dicho varios. Pablo sabía que, cada vez que los huéspedes comenzaban a impacientarse, era el momento de duplicar los tragos, subir el encanto y dirigir amablemente su atención hacia el entorno. Este lugar era un paraíso. Pero la mayoría actuaba como si el paisaje no tuviera importancia a menos que pudieran tomar una foto y publicarla de inmediato. Había sido una tarde agotadora.

Elena le había dejado un mensaje extraño pidiéndole que fuera al bar de su amiga Dulce, junto a la playa, alrededor de las 3 p. m. **Porfa, ven a donde Dulce, RÁPIDO**, había escrito. **Es una emergencia.** Eso había sido hace más de cinco horas.

Pero Elena sabía que él estaba en el Freedom Sunset Cruise. La había invitado a venir cuando pasó por su estación a buscar más pastillas. No había mensajes de seguimiento, ni un "olvídalo, ya lo resolví", ninguna de las cosas que a menudo añadía momentos después de escribirle pidiéndole pastillas. Seguramente habría contactado a otra persona si realmente fuera una emergencia. Justo cuando empezaba a escribirle para preguntarle qué pasaba, una de las dos últimas turistas que bajaban del barco lo interrumpió.

—*Bartender* —balbuceó la mujer—. ¿Estás libre esta noche? ¿Quieres ir con nosotras a la discoteca?

Cuando tropezó, las cuentas de colores brillantes en las puntas de sus trenzas hicieron el sonido de un grupo de niños jugando. Pablo la atrapó antes de que se cayera y la llevó a un lugar seguro, más allá de las piedras afiladas. Se veía ridícula con esas trenzas, que eran un peinado para niñas pequeñas. Su ropa, su maquillaje y su cabello carecían de la elegante naturalidad de los huéspedes más ricos; tal vez se había ganado el viaje en algún concurso. Aun así, a Pablo solo le faltaban dos reseñas para convertirse en Platinum Member

Companion y, aunque esta mujer no pudiera costear un masaje en la suite (con o sin sexo), sus reseñas eran tan valiosas como las de los huéspedes adinerados que frecuentaban el resort.

No me cuesta nada ser amable con ella, pensó, *pero algo bueno puede salir de esto, ¿quién sabe?* Si completaba una reseña, solo le faltaría una para acceder a un mundo nuevo. Ya no tendría que meter sus dedos en las bocas de mujeres que llevaban bebiendo desde el desayuno, cuyas lenguas babosas se retorcían sin parar. Esperaba que ser un Platinum Member Companion cambiara todo eso. Ya no estaría en un bar donde los huéspedes (sin importar lo ricos o refinados que aparentaran ser) se volvían desaliñados y calentones en unas pocas horas. En vez de esto, viviría en el hotel principal, con su propia habitación y su propia llave magnética. Tendría la oportunidad de entretener a los huéspedes durante las comidas con conversaciones ligeras y su amplio conocimiento de historia dominicana, conversar con ellos mientras les ofrecía bebidas que ellos rechazaban, porque realmente estaban allí para disfrutar de la orquesta en el auditorio del hotel. Tendría la estabilidad para hacer que Vida volviera, y si eso pasaba, cuando tuvieran hijos, podrían ir a la academia global de la que Elena se había graduado, donde los miembros más altos del personal del hotel educaban a sus hijos. Sus hijos, como los de los más privilegiados, nunca conocerían la escasez ni la pérdida.

Unos pasos detrás de ellos, otra mujer resopló, luego tosió con la tos seca de una fumadora.

—Cuidado, no te vayas a lastimar —le dijo a Pablo—. Que esa pesa por dos.

Ella tenía una voz honda y profunda; era sexy.

La mujer en sus brazos apoyó su cabeza en su hombro y suspiró. La brisa llevó el olor de su reciente vómito hacia otro lado. Llegaron al sendero de madera, cercado por luces en el suelo que iluminaban el camino hacia el resort. La puso de pie.

—Dios mío, Christine —dijo su amiga de voz sexy cuando los alcanzó—. ¿Por qué me haces pasar vergüenza? Es nuestra última noche. Compórtate.

—¿Por qué eres tan gruñona? —Las trenzas de Christine se balanceaban de un lado a otro mientras se agachaba para ponerse unas sandalias de plástico—. Este lugar es tan hermoso. ¿Por qué no puedes ser feliz?

En la cima de la colina, el resort era majestuoso. De noche, la estructura completamente de vidrio era de un negro brillante. Estaba construida como una corona sobre la cima y cada pico lucía espectacular con luces deslumbrantes. Los tres continuaron caminando en silencio y, en este silencio, la naturaleza que los rodeaba cobró vida. Había cigarras, ranas nocturnas, el extraño aleteo de un pequeño animal entre unos arbustos adelante.

La gruñona de voz sexy sacó un cigarro de su bolso y lo encendió. Pablo podía ver en la tenue luz que sus ojos estaban demasiado juntos. Su nariz era demasiado grande, su frente demasiado pequeña y hacía una mueca extraña con su boca. Ella lo miró a los ojos mientras fumaba, dejando el encendedor prendido incluso cuando ya no lo necesitaba. "Mírame bien", parecía decir.

Christine tiró de la manga de Pablo y puso su mano sobre su brazo.

—Entonces, ¿vas a ir? —preguntó cuando recuperó el aliento—. ¿Vendrás a la disco más tarde? ¿Tal vez me puedes enseñar a bailar *merenga*?

—Suena divertido —dijo Pablo, pensando aún en Vida.

En los últimos días de su padre, Vida había pasado casi todo el tiempo en su pequeña cabaña, tratando de animarlo a ponerse de pie, a bailar merengue con ella para que se mantuviera fuerte. Para ese entonces, ya no había necesidad de que ella preparara y le aplicara las pomadas curativas por las que era conocida. Estaba claro para los tres que su padre no duraría mucho tiempo, que ya estaba más allá de los poderes sanadores de una curandera. Pero cuando su padre le preguntó a Vida si quería aprender a pescar, ella aceptó con gusto. Ese día, el último de su padre en el mar, habían pescado un mahi-mahi, el favorito de su padre. Vida, encantada de haberlo atrapado, le pidió que devolviera el pez al mar. Su padre se rio y, para sorpresa de Pablo, aceptó.

La atención de Christine se desvió hacia el espectáculo semanal de fuegos artificiales que había comenzado. Las explosiones retumbantes partían el cielo oscuro en venas brillantes y salvajes. Ella movió la mano hacia la de él.

El teléfono de Pablo vibró. Lo sacó con su mano libre. Pasofino, su mejor amigo, le había enviado un mensaje: **Ven para donde Dulce YA. Coge para acá, loco.** ¿Qué diablos pasaba en el bar? Primero Elena, ahora Pasofino.

Antes de conocer a Vida, él, Elena y Pasofino se escapaban del resort y se iban a la Trampa para gringos a hablar mal del trabajo hasta que Dulce los echaba. Después de que la relación con Vida se volvió más seria, seguía yendo, a veces con ella, pero con menos frecuencia. Últimamente, prefería quedarse en el resort, esforzándose para lograr su meta. Pero algo estaba pasando y, ¿quién sabe?, tal vez Vida estaría allí. **En camino**, respondió.

Christine apretó su mano y le sonrió.

—¡Llegamos a casa! ¿Qué dices? ¿Cita en la disco?

—Claro, claro —dijo él, esperando que se callara. Funcionó. Christine finalmente soltó su mano y comenzó a dirigirse al vestíbulo.

Pablo se quedó afuera y miró la fachada del edificio de doce pisos. Se movían sombras pequeñas en cada piso. Algunos se apoyaban perezosamente en los balcones, bebiendo copas de vino, fumando cigarrillos, sus miradas perdiéndose en la oscuridad. Otros, uniformados, corrían de habitación en habitación mientras empujaban carritos con bandejas de servicio a la habitación, suministros de limpieza, toallas y sábanas. En el patio exterior del piso del vestíbulo, ondulaban telas blancas en la brisa mientras los huéspedes con esmoquin y vestidos brillantes se paraban alrededor de Río, el violinista, que tocaba una hermosa melodía, suave y romántica. Entrecortando esa música, vibraba el reggaetón, proveniente de la fiesta en la piscina que siempre ocurría al atardecer y se extendía por muchas horas. Christine y su amiga se detuvieron a bailar un poco.

—Te estaré esperando —gritó Christine, incomodando a los otros huéspedes, que se tensaron de hombros. Las dos amigas chocaron sus manos y se dirigieron torpemente hacia la entrada.

Pablo sacudió la cabeza y se dio vuelta para irse; lo último que necesitaba era estar asociado con esas mujeres. Se concentró en la música proveniente de la piscina. Era una canción que él y Vida habían bailado muchas veces. *La mano arriba, cintura sola, da media vuelta...*

Metió la mano en su bolsillo, sacó su teléfono y buscó fotos viejas de Vida. Ahí estaba, la imagen que buscaba. Una foto que les tomó Pasofino la última vez que estuvieron juntos en el Beyond Proof Bar. Vida frotaba su trasero contra Pablo mientras él le miraba el cuello. Se había sorprendido cuando Pasofino le envió la foto porque el deseo era tan claro. Pero lo que aún era más claro no se había capturado en la foto: cuánto la adoraba. Habían estado saliendo durante unos meses, menos de un año. Pasaron todo su tiempo libre juntos una vez que murió su padre. Pablo a menudo pensó que ese fue el regalo que su padre le había dejado: esa invitación para llevarla al mar, una forma de asegurarse de que no estaría solo. La curandera que trató sin éxito de salvar a su padre, quizás podría salvarlo a él de tanto dolor.

Sentía que se conocieron en el momento exacto. Vida, a principios de sus treinta, prefería una vida tranquila, mayormente al aire libre. Cuando él llegó a los treinta, ya eran pareja, y él sabía que quería la estabilidad de formar su propia familia.

La última vez que Vida pasó la noche en su casa, él estaba trabajando en la fiesta en la piscina. Ella se había sentado en el bar, maravillada por la música vulgar y por todos los empleados dominicanos que se esforzaban para que los turistas se divirtieran. *"¿Esto es trabajar?"*, le había preguntado mientras hacía complicadas cintas para el cabello. El lazo para el cabello que había creado era flexible, y él vio cómo algunos de los trozos de tela colgando de este eran sedosos y rectos, mientras que otras secciones estaban trenzadas y eran tan brillantes. El trabajo en el resort le parecía tan fácil porque el suyo era un trabajo tan físico. Como curandera, usaba sus manos, su cuerpo entero para curar a las personas de males grandes y pequeños. Unas semanas después de su excursión de pesca, cuando el padre de Pablo había muerto, Vida decidió abruptamente dejar de trabajar como curandera. Se negó a beber, diciendo que debía tener una extraña gripe estomacal porque también se sentía mareada.

Pablo tenía la extraña sensación de que Vida le estaba ocultando algo importante. Cuando le preguntó si estaba embarazada, ella respondió de inmediato que no. Él quiso mostrarle que estaba preparado para algo así; si no ahora, entonces pronto. Como ella era dos años mayor, le preocupaba que lo viera como alguien inmaduro. A él le parecía un buen momento para empezar una familia. ¿Había dejado su trabajo, tan duro para su cuerpo, porque quería que esta relación fuera el centro de su vida? No sabía cómo plantearle esa pregunta directamente, así que, en su lugar, mientras estaban en la sala de descanso de piso de tierra, le preguntó por qué había decidido dejar de trabajar. Pero ella esquivó la pregunta, enfocándose en él y en su ambición de convertirse en un Platinum Member Companion. ¿Qué tenía de atractivo estar atado a otro ser humano, a un extraño, durante días enteros? ¿Seguirle los caprichos, como esos perritos falderos que las clientas adoraban llevar de viaje? Él le explicó los beneficios: era lo más parecido a una garantía de empleo a largo plazo en el resort, siempre y cuando las encuestas mostraran satisfacción. Le habló de cómo podría trabajar solo una cuarta parte de las horas que trabajaba ahora y tener su propia habitación en el mismo edificio donde se alojaban los huéspedes.

—Eventualmente, tal vez, podré dejar a estas mujeres —dijo sin pensar.

—¿Qué tienes con estas mujeres? —le preguntó con cautela.

Su silencio creó un abismo enorme entre ellos. Ella se levantó muy lentamente y se fue.

Pablo se había castigado por su descuido. ¿Cómo pudo haber dicho algo así frente a Vida, que valoraba la lealtad por encima de todo? A veces, temía estar mintiéndose a sí mismo al pretender que había sido un error. Había una parte de él que esperaba nunca tener que ocultarle nada a Vida. Quería que ella aceptara su comportamiento como una parte desagradable pero llevadera de sus obligaciones. Días después, cuando reunió el valor para presentarse en su casa en el acantilado al borde de la montaña Pico Diablo, ella le preguntó de frente: ¿Estás listo para dejarlas? Pero, ¿podía hacerlo? Había tantas personas esperando por un trabajo como el suyo, dispuestas a hacer cualquier cosa. ¿Acaso no entendía que dedicarse a la única habilidad útil que tenía, pescar, era imposible ahora que el resort tenía sus propios botes de pesca? ¿Que no importaba que amara el mar si no le ofrecía ningún sustento? Ella lo empujó con fuerza hacia la puerta de entrada, gritó que no era cierto, que había muchas maneras de ganarse la vida. Le dijo que su meta era una *porquería,* que estaba claro que lo que él deseaba era la vida privilegiada del resort. Sorprendido, se fue sin decir lo que había ido a contarle: sus planes para las escuelas de sus futuros hijos. Se había sorprendido al ver que ella no parecía querer lo mismo.

Frente a él, el violín de Río eclipsaba todos los demás sonidos. La música ya no era relajante, ni romántica. Tocaba magistralmente, con una intensidad que capturaba lo que la mayoría de los empleados debía estar sintiendo en ese momento. Pablo se preguntó si Río y Pasofino estaban disgustados. Por un tiempo, parecía que su romance sería el de las leyendas, pero ahora, la canción que tocaba Río transmitía soledad y tristeza. ¿O solo él lo sentía así? A veces, todo este lugar parecía imposible de entender.

Capítulo 16

En la cima de Pico Diablo, Vida se levantó de su cama por enésima vez. Llegó al baño, donde había estado vomitando desde que regresó a casa. Tan pronto como terminara, llamaría a Dulce y le pediría que viniera a recogerla. No debía pasar la noche sola. Nunca había estado tan enferma después de sanar a alguien. Tal vez necesitaba ir al hospital. Colocó su mano sobre su vientre.

—Espera —susurró—. Sé fuerte.

Pero esta vez, se desplomó tan pronto llegó al baño. Intentó levantarse del suelo, pero se dio cuenta de que no tenía fuerzas. El último pensamiento consciente que tuvo antes de desmayarse fue pedirle ayuda a su madre muerta.

Capítulo 17

El letrero pintado a mano decía "Jueves por la noche, solo para lugareños" en inglés, para dejar claro quiénes no eran bienvenidos. En el Beyond Proof de Dulce, la música en vivo estaba en pleno auge y los empleados del resort que tenían la noche libre estaban allí, pasándola bien. Había tambores, una güira, una guitarra eléctrica y una cantante que le estremeció el corazón. De perfil, tenía la barbilla puntiaguda de Vida. Pasofino estaba sentado en la barra tomando una Presidente. Se conocían desde que eran tan pequeños como las hijas de Dulce.

Pablo miró a su alrededor, buscando a Elena, pero no la vio por ninguna parte.

Detrás de la barra, Dulce frunció el ceño mientras miraba su teléfono.

—Lo sé —decía Pasofino en tono bajo—, pero si están con Elena, están bien. Probablemente se le pasó el tiempo. Seguro están en la cascada y el teléfono se quedó sin batería.

Pablo se sentó en el taburete vacío junto a Pasofino, quien lo saludó con una fuerte palmada en la espalda.

—¿Qué pasó? —preguntó Pablo.

—Dejé a las niñas con Elena esta tarde —dijo Dulce—. Pero cuando regresé, ya no estaban. No responde el teléfono. No ha respondido los mensajes. Si algo les pasa a mis niñas...

—Déjame llamarla —dijo Pablo, marcando el número de Elena.

No sabía por qué dudaba en contarle a Dulce y Pasofino que Elena le había enviado un mensaje más temprano ese día y que incluso antes de eso, ella lo había encontrado y le había pedido más pastillas con una urgencia preocupante. Dulce lo miraba, esperando una respuesta. En su oído, el teléfono de Elena sonaba. Ni siquiera tenía el correo de voz configurado.

—Que se vaya a la mierda —dijo Dulce, y le pidió a Pasofino que tomara su turno en la barra. Ella iría a su casa, que quedaba cerca, donde podría pensar con claridad y llamar a la policía.

—¿Por eso me enviaste el mensaje? —preguntó Pablo mientras observaban cómo ella se movía entre las personas que los rodeaban.

Pasofino asintió.

—¿Estás preocupado?

Pasofino volvió a asentir.

Pablo no era tan cercano a Dulce. Ella estaba en sus cuarenta y la diferencia de edad hacía que se movieran en círculos distintos. Pero Vida y ella eran muy cercanas, así que él se había acercado más a ella desde que estaba con Vida. Además, todos eran de Pico Diablo. Eran una comunidad. Las dos hijas de Dulce, Niña y Perfecta, tenían diez y nueve años, y rara vez se veían por el bar. Intentó sin éxito recordar la última vez que las vio por allí.

Al final de la barra, las mujeres que trabajaban para Dulce se agruparon y Pablo supuso que una de ellas estaría contando un chiste o compartiendo la última historia escandalosa sobre los deseos pervertidos de algún cliente. Joven o vieja, amable o dura, todas tenían una historia que contar. A menudo, sus ojos las delataban. En ellos había un vacío, una dureza que las diferenciaba. A veces deseaba poder preguntarles cómo era tener sexo con extraños. Quería preguntarles a las mayores si con el tiempo la labor se había vuelto más fácil. A menudo pensaba que tener sexo gratis con esas mujeres empeoraba las cosas. ¿Sería menos grave si obtuviera algún beneficio de su trabajo?

—¿Estás bien? —preguntó Pasofino.

—Sí —dijo él—, solo tengo hambre.

A un lado, alguien asaba plátanos maduros en palos sobre una fogata. Había mucho humo, pero debajo de este se sentía una dulzura. Se puso de pie y se acercó a la comida. Agarró lo que ya estaba listo y comió, mientras buscaba entre las personas que llegaban cada pocos minutos. Había tantos empleados del resort, decenas que eran parte del personal temporal contratado solo durante la temporada alta de verano. Algunos estaban recién bañados y arreglados. Se dio cuenta de lo mal que olía, a tripas de pescado y alcohol, una combinación letal. ¿Por qué no había ido a su habitación a cambiarse? Seguramente, Vida llegaría en cualquier momento.

Sacó su teléfono y llamó primero a Vida, y cuando no contestó, llamó a Elena otra vez.

El teléfono sonó, sonó.

—Yo invito una ronda de tragos —dijo Pasofino, mirándolo—. Apuesto veinte dólares americanos a que Elena llegará en la próxima hora con las niñas.

Pasofino metió la mano en la nevera debajo de la barra y le pasó una cerveza a Pablo. Luego, con un recipiente lleno de un líquido amarillo brillante en la mano, les sirvió shots a todas las personas que estaban en la barra. Dentro de la nevera, se oía el crujir de varios bloques de hielo, un sonido exagerado por la pausa en la música en vivo. Las semillas de chinola flotaban en el vaso que Pasofino le entregó a Pablo. Él tomó el trago y sintió las semillas deslizarse por su garganta. Una calidez se esparció por su cuerpo, haciéndolo sentir mejor al instante.

—¿Tú y Río pelearon? —preguntó Pablo.

Pasofino frunció el ceño.

—No, no fue una pelea. Es la misma conversación de siempre. Él quiere volver a Nueva York y yo no quiero. No creo que estemos mejor allá.

Su pequeña comunidad en Pico Diablo apoyaba a las parejas gay, a pesar de la naturaleza conservadora de la mayoría de los dominicanos. Muchas personas habían vivido allí abiertamente como parejas del mismo sexo, sin acoso ni chismes. En el Grand Paloma Resort, sin embargo, las parejas homosexuales no eran tan comunes como las heterosexuales, y la actitud general entre los huéspedes parecía ser una indiferencia cultivada como muestra de mente abierta. Pero fuera de esos lugares, ser un hombre abiertamente gay seguía siendo peligroso: siempre ocurría algún acto de violencia indescriptible cada pocos meses en otras partes.

Pablo había escuchado a Río hablar de Nueva York, donde podías vivir toda tu vida abiertamente sin miedo a la violencia. Pablo suponía que también tenía que ver con un cierto estilo de vida. Río había venido a la República Dominicana para reconectarse con la tierra donde nacieron sus padres después de que su madre muriera de cáncer. Tenía una vida exitosa como músico formado en Juilliard a la que quería regresar.

Pablo se alegraba de que su amigo se mantuviera firme. Le gustaba tener a Pasofino cerca. Aunque ya no pasaban tanto tiempo juntos como antes, seguía siendo su mejor amigo.

Pablo se giró en su asiento. Sus ojos recorrieron la multitud.

Pronto, Dulce regresó.

—La policía dijo que las niñas no están desaparecidas a menos que hayan pasado veinticuatro horas —dijo mientras tomaba el taburete junto a Pablo. Se agarró la cara con ambas manos y apoyó la frente contra la barra—. Veinticuatro horas.

—¿Qué quieres hacer? —preguntó Pasofino.

La luna emergió detrás de las nubes, proyectando una luz blanca brillante sobre la oscuridad del mar. La luz se movía en curvas, luego formó surcos. Se extendió sobre los cuerpos de las personas en la playa. La mayoría eran adolescentes o veinteañeros. Todos esos cuerpos se movían al unísono, un amasijo de brazos y piernas desnudos. Pablo se sintió como un canalla. Sabía que Dulce estaba muy preocupada. Pero le gustaba moverse; se sentía ligero, como si hubiera encontrado sombra en un día caluroso y los tambores y la güira lo empujaran a bailar.

—Voy a volverme loca si tengo que esperar un día entero —dijo Dulce.

—¿Cuánto tiempo ha pasado? —preguntó Pablo.

—Las dejé poco antes de las tres de la tarde.

—Recién son las nueve. No ha pasado suficiente tiempo para preocuparse.

—Ya es su hora de dormir —dijo Dulce.

—No ha pasado suficiente tiempo para preocuparse —insistió Pablo.

Dulce lo miró cortantemente.

—Pablo, tú sabes de lo que estos malditos turistas son capaces.

El grupo de mujeres reunidas se volteó al escuchar a Dulce. Varias murmuraron en señal de acuerdo. En la arena, el grupo calló cuando Dulce elevó la voz. Pronto, estaba gritando.

—Toqui no regresó a tiempo… Si no hubiera atrapado a ese desgraciado y la hubiera llevado al hospital, estaría muerta. Le dio tantas drogas que es un milagro que siga respirando. Pregúntame si la policía fue a buscarlo.

Pablo no supo qué decir. La ausencia de Vida lo tenía ensimismado, pero ahora se dio cuenta de que entre las mujeres había un espacio vacío que pertenecía a Toqui. Dulce, visiblemente molesta por su silencio, recorrió la barra y después de un breve intercambio muchas de las mujeres se fueron, murmurando a dónde irían a buscar a Elena y a las chicas.

—¿Quieres ir a buscarlas? —le preguntó Pasofino a Dulce.

Pablo decidió llamar a Vida una última vez. Si no contestaba, daría por terminada la noche. Regresaría a su habitación con piso de tierra en los dormitorios de los empleados del resort.

El teléfono sonó y sonó. Cuando entró al buzón de voz, se deleitó escuchando la voz de Vida en el mensaje. Colgó antes de que terminara.

—¿Y si Elena aparece?

—Podemos ir —le dijo Pasofino, mirando a Pablo.

—Sí —dijo ella—. Pueden ir ustedes alante. Luego iremos todos. Laura debe estar por llegar.

Pablo le envió un mensaje a Elena alertándola de que Dulce estaba preocupada y preguntándole dónde estaba. Luego volvió su atención a su carrusel de fotos de Vida. Las que le había tomado en la playa, con la boca llena de espaguetis y arroz blanco. Luego una foto de ella corriendo hacia las olas furiosas, vistiendo solo la parte inferior de un bikini. Las palabras que ella le había dicho por encima del hombro le llegaron suavemente, obligándolo a guardar el teléfono. "Pablo, ¿vas a seguir tomando fotos o vas a hacer algo que valga la pena filmar?".

—Espera —dijo, girándose hacia Dulce y Pasofino—. ¿Y las cámaras? ¿Aquí no hay cámaras que graben lo que está pasando?

Solo hay que revisar las cintas y ver si hay algo de qué preocuparse. Dulce negó con la cabeza.

—Tuvimos un problema técnico hace meses. Nunca lo arreglé.

Pablo asintió y volvió su atención a las fotos, recordando lo que faltaba en ese carrusel. La boca de Vida contra la suya, el sabor salado del mar mientras sus piernas rodeaban sus caderas. La sensación de ella, un calor y una humedad tan distintos a los del mar. Sentía que casi podía tocarla en ese momento, así de intenso era su deseo.

—Miren a este —dijo Pasofino, golpeando la barra cerca del brazo de Pablo—. ¿Todavía tienes el corazón roto porque Vida no quiere volver contigo? ¿Estás oyendo su buzón de voz otra vez?

Dulce puso su mano sobre la de Pablo.

—¿Sabías que Laura le escribió para decirle que una niña estaba enferma en el resort? Eso fue alrededor del mediodía. Luego Vida me mandó un mensaje en la tarde diciendo que no volvería hoy. Y tú aquí esperando como un pendejo. ¿Por qué no vas a su casa?

—Justo lo que nos faltaba —dijo Pasofino, interrumpiendo a Dulce y dándole un codazo a Pablo en las costillas—. Los gringos se han infiltrado en el corito.

Cuando Pablo levantó la vista, se sorprendió al ver a las dos mujeres del Freedom Sunset Cruise. Había asumido que se quedarían dormidas en sus habitaciones y olvidarían sus planes de baile, pero ahí estaban. Christine, la de las trenzas con cuentas, llevaba un vestido azul brillante con cuello halter. La otra ni siquiera se había molestado en cambiarse. Ambas sonrieron al verlo.

—Ni de vaina —dijo Dulce—. "Locals only" significa *sololugareños*.

—Ellas no son como los demás —le dijo Pablo a Dulce en voz baja. Si Vida realmente no iba a venir, tal vez la noche aún podía servir de algo. Se aseguraría de que las gringas la pasaran tan bien que le dejarían las últimas dos reseñas que necesitaba.

—¡*Bartender*! —llamó Christine.

—Elena no dejaría que les pasara nada —le dijo Dulce a Pasofino, con la mirada fija en las recién llegadas—. ¿Verdad?

—Claro que no —dijo él, y Pablo sintió una punzada de culpa, preguntándose si Pasofino realmente no sabía nada sobre las pastillas. Casi lo mencionó en ese momento, pero al ver lo preocupada que estaba Dulce por las niñas, pensó que era mejor callar. Esto probablemente solo empeoraría las cosas.

—Vamos —dijo Pasofino—. Deberíamos empezar por la ciudad de carpas. Nunca se sabe en qué andarán esos haitianos.

Pablo conocía a muchos de los trabajadores haitianos. Los que se habían quedado después de que paró la construcción vivían aterrados por las redadas migratorias. Mantenían la cabeza baja y trabajaban duro para cuidar a sus familias. Dudaba que fueran un peligro. Pero no corrigió a Pasofino. ¿Con qué tiempo? Tenía que encargarse de estas turistas. Con una exagerada expresión de afecto, las envolvió a ambas en un gran abrazo. Tenían un olor dulce y empalagoso, quizás era un perfume o una loción, algo que intentaba oler a flores tropicales, pero que apenas disfrazaba el sudor del día. Christine hizo una pequeña reverencia y él le dio un pulgar arriba, deduciendo que ella y la gruñona, con sus ojos vidriosos, habían vaciado el minibar en su tiempo libre.

—El violinista nos dijo que podríamos encontrarte aquí —dijo la otra con una sonrisa burlona.

—¿Listo para enseñarnos a bailar? —preguntó Christine.

Pablo se inclinó hacia el oído de Pasofino y le dijo rápidamente que no iría con él en ese momento. Lo alcanzaría cuando Dulce se le uniera más tarde. Pasofino arqueó una ceja y luego asintió bruscamente antes de irse. Todos los lugareños de Pico Diablo salieron con Pasofino. Varios de los empleados temporales del resort, al enterarse de que un par de niñas estaban desaparecidas, también lo acompañaron.

Pablo pensó que todos estaban exagerando con sus reacciones. Elena tenía diecisiete años. Un teléfono descargado y un momento de distracción no significaban que algo malo hubiera sucedido.

Pablo tomó a las dos mujeres de la mano, se adentró en la multitud más pequeña y no se detuvo hasta que estuvieron justo en el medio. Allí los esperaba un hedor, claro, pero no era nada de qué avergonzarse. Bajo ese mal olor, todos olían a lo que hacían para ganarse la vida: detergente de lavandería, Fabuloso para trapear, tierra de la jardinería. Su propio olor era familiar para todos, un hedor más fuerte. El acto del sexo, la promesa del sexo, el arrepentimiento del sexo. No podía negarlo. Le encantaba cómo cada cuerpo tocaba a otro cuerpo. Estaban sudorosos y borrachos. Se sentía feliz y libre. Bailó y bebió. Bailó y bebió, por mucho tiempo.

Un par de horas después, entre los cuerpos de las personas que quedaban, vio el deslumbrante traje blanco y supo de inmediato que era Laura. La vio abrazar a Dulce, acercarse a su oído para escuchar lo que tenía que decir. Con alivio, sacó a Elena de su mente. Laura estaba allí. Debía saber todo lo que había sucedido con su hermana. Y si no, tenía influencia y poder para resolver la situación.

Pasofino le tiró del brazo cuando regresó de la búsqueda. Señaló la barra y Pablo vio a Dulce con el uniforme rosado sucio de Elena en sus manos. Estaba llorando.

—El uniforme de Elena tiene sangre —dijo Pasofino, alarmado. Pablo negó con la cabeza y caminó la corta distancia hasta donde estaba Dulce—. Laura la había golpeado. La rasguñó en la mejilla con su pulsera por accidente. Esa sangre es vieja.

Laura le lanzó una mirada que dejaba claro que no hacía falta exponerla así. Pero Dulce y Pasofino suspiraron aliviados.

—Vamos —dijo Laura.

Pablo no se movió.

—No hay señales de ellas en la ciudad de carpas —dijo Pasofino, dando un paso atrás—. ¿Alguna idea de dónde deberíamos buscar ahora? Tú conoces a Elena.

Pasofino miró por encima del hombro, sorprendido de que Pablo no se hubiera movido.

—No sé dónde está —dijo Pablo—. Llámame si me necesitas —agregó, y luego se dirigió a las turistas. Se negó a enfrentar la expresión de Pasofino, que seguramente reflejaba su decepción.

Momentos después de que el grupo se fuera, su teléfono vibró con una alerta. Miró la pantalla distraídamente, tan entumecido por el alcohol que ni siquiera estaba pensando en Vida. El mensaje era de Elena. **Tuve que irme**, había escrito.

Esta vez, cuando intentó llamarla, su teléfono ni siquiera sonó. Solo encontró un vacío donde debería haber sonido. La buscó en las redes sociales y vio que había actualizado su estado. La imagen era inconfundible: la vista desde la ventana de un avión, un ala, y más allá del ala, una alfombra infinita de nubes blancas y esponjosas. Deslizó la pantalla hacia abajo y, efectivamente, había una publicación de más temprano, una imagen de las niñas corriendo por la playa, con las cintas de colores ondulando en el viento. Cuando volvió a deslizar hacia arriba, la imagen de las nubes había desaparecido. Eliminada.

¿Había sacado a las niñas del país? ¿Qué demonios había hecho?

Pablo salió tambaleándose de la multitud. Se sentía confundido. Nunca había querido irse. Ni a Nueva York con sus dólares verdes, ni a España con sus euros, ni a Argentina, donde una de sus clientes le había dicho una vez que nunca tendría que volver a trabajar, que podría darse un festín con los bistecs más jugosos hasta que sus arterias explotaran. Nunca había sentido el deseo de abandonar esta tierra, este calor, esta gente con la que había crecido. Se imaginó a Elena finalmente encontrando un lugar donde asentarse, echar raíces y dejar las pastillas. Pero era tan joven, ni siquiera tenía dieciocho años. Ojalá hubiera acudido a él antes de subirse al avión. Se lo habría explicado. Ella estaba cambiando un tipo de humillación por otro.

Pablo caminó hacia la playa para lavarse la cara y despejar la mente. La presencia de Laura había acabado con la fiesta. La mayoría de la gente se había unido a la búsqueda o se había ido.

Golpeó el teclado de su teléfono con rabia. **¿Dónde están las niñas?**, le escribió a Elena.

Elena está escribiendo, decía la pantalla de su teléfono. Luego se detuvo. No llegó ningún mensaje.

Pensó en llamar a Dulce y a Pasofino, que aún no regresaban. Pero ¿de qué serviría llamarlos? Él no sabía nada todavía.

Cuando regresó a la barra, las turistas habían desaparecido. Las buscó y vio sus figuras a lo lejos, caminando por la playa. Volvió a la barra para cargar su teléfono y esperarlas. Las llevaría de vuelta al resort y luego se uniría al grupo de búsqueda. A tientas, encontró una botella de agua. Cuando se puso de pie, un hombre blanco estaba sentado allí. Le parecía conocido y Pablo intentó recordar dónde lo había visto. Tal vez había estado en el Freedom Sunset Cruise ese día.

—Dejé mi pasaporte aquí hace un rato —le dijo el hombre a Pablo. No parpadeó al hablar y su tono exigía una acción rápida.

Pablo lo encontró rápidamente en la caja de objetos perdidos al otro lado de la barra.

—Puede confiar en nosotros, los lugareños —le dijo.

Cuando se lo entregó, notó las yemas arrugadas de los dedos del hombre, las marcas de alguien que había pasado horas en el mar. Miró fijamente sus ojos sorprendentemente verdes y brillantes y le impactó la frialdad que encontró en su mirada. Ni un ápice de gratitud o alivio. Un escalofrío le recorrió la espalda.

—¿Se divirtió en la playa hoy? —preguntó Pablo.

El hombre se puso de pie y se alejó sin molestarse en responder.

En la playa, la gruñona le gritaba a Christine que perderían su vuelo si no volvían de inmediato, empacaban sus cosas y salían para el aeropuerto. Christine le gritaba de vuelta, diciéndole que se relajara, que aún tenían casi cuatro horas. Su vuelo saldría a las tres de la madrugada. Estarían bien si registraban su equipaje en la acera.

Cuando Pablo intentó encontrar la silueta del hombre alejándose, ya había desaparecido. Bebió un sorbo de su botella de agua y se recordó a sí mismo que debía salir de su aturdimiento. Había bebido demasiado, eso era todo. ¿Por qué diablos pensaba que el hombre tenía algo que ver con las niñas desaparecidas?

—No se preocupen —les dijo a Christine y a la gruñona—. Conozco un camino más corto para llegar al aeropuerto en una hora en vez de dos.

—Ya solicitamos un transporte —dijo la gruñona.

Cuando Pablo se disponía a irse, Pasofino regresó con Dulce, quien todavía estaba llorando. Laura ya no estaba con ellos. Habían visto la publicación de Elena en las redes sociales y dieron la vuelta para buscar el auto de Dulce. Iban camino al aeropuerto, para averiguar si alguien había visto a Elena salir con las niñas de Dulce.

—Laura volvió al hotel —le dijo Dulce a Pablo—. Quería ver si alguien había escuchado algo. ¿Puedes encontrarla? Llámame cuando lo hagas.

—Tenemos que irnos —dijo la gruñona.

—Voy a buscar a Laura —dijo Pablo—. Averiguaré todo lo que pueda.

Christine y la gruñona se abrocharon el cinturón en la parte trasera de la camioneta del resort que Pablo había tomado prestada. Ninguna se sentó adelante con él. Por un momento, se sintió humillado. Se enderezó un poco, aceleró el auto y se recordó a sí mismo que debía sonreír. Se sentiría mucho mejor después de una ducha y un café, cuando estuviera sobrio.

Las mujeres conversaban sobre lo que les esperaba en casa: "Limpiar culos viejos y sucios", dijeron ambas.

—Esperen a que les contemos a las chicas del trabajo —agregaron—. ¿Quién se ríe ahora de nuestro paquete de vacaciones de último minuto en Costco que parecía demasiado bueno para ser verdad? Nada mal para dos viejas, ¿eh, Pablo?

Ellas por lo menos sabían su nombre. Eso ya era algo. Las miró por el espejo retrovisor, sonriendo afectuosamente como ellas. ¿Cuánto tiempo duraría esa felicidad? Ambas estaban rojas como tomates pelados. La piel les dolería por semanas, despellejándose capa por capa. ¿Valdría la pena para ellas? Pablo sintió el impulso de explicarles que esta tierra era más que sol y fiestas.—Este no es solo un lugar hermoso —dijo Pablo—. También fue fundado por esclavos fugitivos. Esta tierra representa libertad en todo el sentido de la palabra.

—Ya escuchamos el discurso en el crucero —dijo Christine, bostezando.

—¿No te parece una locura que esta ciudad celebre el Día de la Libertad el mismo día que comenzó la Masacre del Perejil? —dijo la gruñona.

—No le hagas caso a Abigail —dijo Christine—. Le encanta la historia. Pasó demasiado tiempo aprendiendo sobre tu país. Ha sido una sabelotodo y la consentida de los profesores desde que estábamos en segundo grado.

Pero Pablo vio una curiosidad auténtica en la mirada de Abigail.

—Dos cosas sin relación pueden suceder en el mismo país el mismo día, con siglos de diferencia —dijo, repitiendo lo que solía decir Doña Fella cada vez que el tema surgía en clase—. Se puede estar en un lugar sin ser parte de él —concluyó.—¿Qué significa eso? —preguntó Abigail.

—¿Qué podemos hacer por ti? —interrumpió Christine con tono insinuante.

Se alegró de cambiar de tema. Las partes horribles de la historia estaban en el pasado. En realidad, no tenían impacto en el presente. Les habló sobre las reseñas, sobre lo cerca que estaba de poder pasar más tiempo entreteniendo a los huéspedes.

—La próxima vez que vengan, podré pasar todo el día con ustedes —dijo, mirando a las mujeres a través del espejo retrovisor.—Primera reseña de cinco estrellas, lista —dijo Abigail unos minutos después, su rostro todavía iluminado por la luz de su teléfono.

Christine se rio de una manera extraña.

—Lo que sea por ti, mi amor. ¿Podrías ayudarme con mi equipaje? Lo haré después de eso.

Pablo sintió que el mundo a su alrededor giraba. Por supuesto que Christine querría que la acompañara a su habitación. Por supuesto que él no intentaría hablar con Laura de inmediato.

—Será un placer —dijo—. Solo necesito pasar por mi habitación para refrescarme, si no te molesta.

Pablo pensó en las largas horas que había trabajado para llegar hasta aquí. Cómo cada momento de placer que él brindara haría que todas las dificultades fueran insignificantes si eso conducía a una vida mejor.

—Preferiría que no te bañaras —le dijo, risueña.

Abigail silbó y luego, en voz muy alta, dijo:

—Eres una maldita pervertida.

VIERNES

Capítulo 18

Laura se sentó en el suelo de la casita que compartía con su hermana. Sentía como los pósteres de las ciudades alrededor del mundo en la pared se alzaban sobre ella. Había dejado este pequeño espacio patas arriba. Revisó los cajones de Elena, hurgó en sus bolsillos, hojeó sus muchos libros. No había encontrado ni una sola pista.

Laura no creía que su hermana se hubiera ido. No creía que su hermana hubiera hecho algo que pusiera en peligro a dos pequeñas a quienes conocían desde que nacieron. Simplemente, creía que algo inesperado le había sucedido a su hermana. Que Elena, al igual que Niña y Perfecta, estaba desaparecida.

Pero, ¿cómo explicar esa foto desde la ventana de un avión? ¿Cómo darle sentido a la rapidez con la que Elena había borrado la publicación? Laura dudaba en llamar a la policía, en involucrar a alguien del hotel.

Se levantó y notó que todo su cuerpo le dolía. Había sido un día largo. Ya era pasada la medianoche y se dispuso a recoger el desorden que había hecho. También recogió el reguero de su hermana. Alineó los zapatos planos y feos que se requería que usaran las niñeras.

Recogió los uniformes rosados esparcidos entre los muchos libros abiertos en el suelo como aves que acababan de tocar tierra, con las alas abiertas.

Ayer, cuando estaban al lado de la carretera y Elena había hablado de entregarse, Laura sintió su cuerpo entero tensarse como si fuera un puño. Había sentido un resentimiento increíble y abrumador hacia Elena. ¿Cómo había sobrevivido a esta vida miserable que les tocó a ambas, pero terminó siendo tan diferente a Laura? Elena tenía un sentido de optimismo hermoso, infantil. Su hermanita siempre creía que las cosas se solucionarían, sin importar lo que fuera. Laura sabía que esto era, al menos en parte, obra suya. Había decidido proteger a su hermana de la dolorosa verdad de su realidad para conservar su inocencia.

Hace un año, a Laura la citaron a la estación de policía en nombre de su padre. Le había pedido a Pablo que la acompañara antes de saber el horror que les esperaba.

En la Cascada de la Paloma, la estación de policía y el centro de información turística alguna vez compartieron el mismo espacio. Incluso después de que el centro turístico se trasladara a su propio edificio, la estación de policía había conservado cierta ligereza y alegría, con murales en la pared de entrada destacando las atracciones locales: Ciudad Cascada de la Paloma, con sus gloriosas calles adoquinadas al estilo colonial; la Cascada de la Paloma con su interminable torrente de vapor blanco, enmarcada por aquellas rocas oscuras y un sereno lago verdeazul en su base; el bosque tropical con sus exuberantes árboles de caoba, el amazonas de La Española, de un verde esmeralda que brotaba hacia el cielo; las cuevas de estalagmitas con sus puntas afiladas como lanzas de vidrio. En otras paredes, se exhibían playas impecables de arena blanca.

Dentro de esa sala de espera tan luminosa, de espaldas al mural de la cascada, Laura observó una escena conocida, y le dio un codazo a Pablo para que levantara la vista de su teléfono. Habían arrestado a una pareja que seguía un camino predeterminado: después de ser fichada, la prostituta dominicana era llevada bruscamente a la parte trasera y colocada en una celda oculta, mientras que al turista, con el que la habían encontrado, le quitaban las esposas y le decían educadamente que se sentara en la Sala de Retención. Laura observó la muñeca del hombre y vio muchas pulseras de cuentas. Afortunadamente, ninguna de ellas era la pulsera tejida del Grand Paloma Resort. Notó la pulsera de plástico barata de uno de los hoteles en Cabarete. Este hombre había viajado muy lejos para llegar hasta aquí. ¿Por qué?

Un grupo de migrantes haitianos indocumentados fueron arrestados durante las redadas en los terrenos de construcción del resort ese mismo día. Sin embargo, nunca llegaron a la comisaría. Los mantuvieron en camionetas afuera, bajo el calor, con guardias armados, hasta que reunieron suficientes migrantes para que el viaje de cinco horas al Centro de Retención de Dajabón valiera la pena. Allí esperarían el proceso y luego serían deportados rápidamente en masa. A menos que llegaran cuando ciertos oficiales estuvieran a cargo del proceso y tuvieran a alguien dispuesto a pagar sobornos obscenos, en cuyo caso se les concedería la libertad. Esos sobornos no eran una protección real para los migrantes dispuestos a pagarlos; serían acosados nuevamente, arrestados otra vez, procesados otra vez, deportados otra vez. Los gritos de los haitianos en las camionetas llegaban a Laura como si estuvieran sentados junto a ella en una de esas sillas de plástico. Pedían agua y alguien necesitaba ir al baño. Una voz marcadamente joven, la de una niña no mayor de seis años, decía que tenía hambre. Ninguno de los oficiales de la estación de policía reaccionó ante sus llamados.

El gringo borracho caminó torpemente hacia el escritorio.

—Eso no está bien —dijo balbuceando en español con acento británico—. Deberían dejar que esas personas coman algo, beban agua y vayan al baño. Ellos tienen derechos humanos.

La mujer en el escritorio le aseguró que los migrantes tenían descansos a intervalos a lo largo del día.

—Nosotros les damos comida —dijo—, les damos agua. Algunos de ellos están mejor aquí que en ese sitio de construcción en el resort, créame.

Con eso asintió, despachando al hombre rápidamente, quien volvió a su asiento. Después de unos momentos, se estiró sobre varias de las sillas de plástico y se quedó dormido.

En la sala de espera, Laura suspiró exasperada. Primero, esa mujer nunca había pisado el resort, así que no tenía idea de lo que estaba hablando. Segundo, ¿cómo era que este hombre, arrestado por tener sexo con una prostituta, quien probablemente había viajado aquí solo para eso, que en unos momentos saldría de allí sin que quedara rastro de que hubiera cometido un crimen, les estaba dando lecciones sobre derechos humanos?

Pablo, sentado a su lado, rozó su rodilla contra la de Laura.

—Estos gringos ahora se están esforzando. ¿Será Rosetta Stone? ¿O Duolingo?

Laura no pudo sonreír porque estaba molesta. Cuando las redadas nacionales llegaron al resort semanas antes, Elena había organizado a todos los empleados contra las condiciones injustas hacia los haitianos. Como era de esperarse, solo los más jóvenes de los trabajadores se unieron, se pusieron en huelga y exigieron que el hotel usara su influencia para detener las deportaciones. La presión no ayudó a detenerlas, pero sí frenó el trabajo en el sitio de construcción. Entonces un grupo de trabajadores haitianos habló con Elena. No necesitaban que los empleados dominicanos protestaran en solidaridad y les quitaran el trabajo. Necesitaban trabajo. Cuando Elena les preguntó qué podía hacer para ayudarlos, los migrantes se alejaron, enojados.

—¿Viste? —Laura le había dicho a su hermana—. El que trata de ayudar siempre termina jodido.

Era tan típico de su hermana actuar con el corazón y no con la cabeza. Incluso los mayores de su pueblo les habían advertido a los más jóvenes que no se unieran a las huelgas. Se suponía que eran lo suficientemente inteligentes como para saber que debían evitar a los dominicanos racistas tanto como evitaban a los haitianos a toda costa.

Muchos de los trabajadores dominicanos, aquellos que habían nacido lejos de Pico Diablo, actuaban como si los haitianos no existieran, mirándolos con altanería, con el mismo desprecio fácil con que los turistas miraban tanto a haitianos como a dominicanos por igual. Pero había una minoría activa que denigraba constantemente a los migrantes, que repetía la venenosa retórica del movimiento conservador de extrema derecha sobre cómo los haitianos eran una plaga, alimañas, violentos y capaces de hacer las cosas más viles si se les daba la oportunidad. Esa opinión alimentaba la atmósfera gubernamental actual, que imponía medidas definitivas y abruptas para deportar masivamente a los haitianos que no pudieran demostrar residencia legal.

—Ellos son nuestros vecinos —había exclamado Elena—. Merecen trabajo. Merecen nuestra solidaridad.

Laura ya se había acostumbrado a las respuestas emocionales de su hermana. Elena estaba inconsolable después de que el grupo de migrantes haitianos se apartó de ella y tocaba la canción "Snowman" de Sia una y otra vez, negándose a volver a sus labores de niñera o a dejar su casita. Miraba todos los libros que había leído para la escuela: *Hermana otra* de Audre Lorde, *Mujeres, raza y clase* de Angela Davis, *El largo camino hacia la libertad* de Nelson Mandela, como si todos ellos la hubieran engañado.

Laura había esperado que la huelga fallida le enseñara a su hermana la gran diferencia entre las ideologías abstractas de justicia y libertad y las aplicaciones del mundo real. Debía aprender a no meterse en los asuntos de los demás.

Aunque su padre era un perdedor, Elena había mantenido la esperanza de su redención con una obstinación infantil. Solía ir rutinariamente a su pueblo en las montañas en sus días libres, a su antigua casa en Pico Diablo que daba al mar, para llevarle comida, ropa limpia y darle algo de dinero para su próxima búsqueda de libertad. Desde que él se fue en junio para su último intento de entrar a los Estados Unidos, Elena había estado recibiendo un mensaje de texto cada pocas semanas de algún número desconocido. Laura le había dicho a Elena que no quería escuchar nada al respecto. Elena insistió en contarle de todos modos, aunque la regañara. ¿Qué te pasó en el pecho? ¿Qué pasó en la cavidad de tu corazón que terminó por calcificarlo y convertirlo en piedra? El juego es una adicción. El alcoholismo es una adicción. La gente tiene derecho a empezar de nuevo. A reinventarse.

Cuando Laura fue citada a la estación de policía en nombre de su padre ese día, no podía creer que su padre le había dado su nombre a la policía. Pero luego se dio cuenta de que Elena no le había dicho que su padre había regresado al pueblo, o sea que ella no lo sabía. Como no habían tenido noticias de él en semanas, Elena había comenzado a pensar de manera mágica. De repente, decía: "Tengo un buen presentimiento; este es el coyote que lo ayudará a cruzar y entrar". Laura no le había respondido.

Cuando el gringo comenzó a roncar, Laura se sintió aliviada de ser ella quien había dado la cara por su padre en lugar de su hermana.

Ella lo sacaría de la situación embarazosa en la que él se había metido. Su padre solía meterse en encrucijadas criminales y su hermana no merecía que él le rompiera el corazón otra vez.

Un cadete desconocido, de piel clara, trasero plano y la actitud de alguien que de repente ha adquirido un mínimo poder, le pidió a Laura que lo siguiera. No era un local. Llevó a Laura lejos de los murales cálidos y del gringo que roncaba, pasando junto a una bandera dominicana roja, blanca y azul, donde alguien había pintado sobre las palabras *Dios, Patria* y *Libertad* el mensaje *Por favor, vuelva pronto*. La pintura que cubría las palabras originales era clara, casi transparente, por lo que *Dios* se veía como la sombra de *Por favor*. *Patria,* como la sombra de *vuelva.* Y *Libertad,* como la sombra de *Pronto*. Pablo murmuró algo que no se entendía. Laura se volvió hacia él, sorprendida de que caminara detrás de ella, porque había asumido que él se quedaría en la sala de espera.

—¿Qué dijiste? —preguntó Laura.

—Estos lambones —dijo— convirtieron la estación de policía en otra atracción turística. Esto es como Tinder.

Laura asintió y forzó una sonrisa. No había notado lo que estaba ocurriendo en las celdas por las que pasaban. Policías aburridos deambulaban por los pasillos y se quedaban junto a las celdas de detención. El cadete la condujo por una puerta por la que nunca había pasado antes, por un camino estrecho y laberíntico con una bajada empinada. La luz del sol permaneció al otro lado de la puerta. Cayeron en una oscuridad espesa y sofocante. Olía a basura rancia, a carne podrida.

Cuando finalmente llegaron al final del pasillo oscuro, el cadete abrió otra puerta y sobre una mesa metálica en el centro de la habitación había una bolsa plástica para cadáveres.

—¿Necesitará ayuda para disponer de los restos? ¿Llamaron a la morgue?

Laura dio un paso atrás, topándose con Pablo. Notó las bolsas de cadáveres adicionales, apiladas de manera desordenada sobre el suelo alrededor de la mesa. No tenía idea de que guardaran muertos allí. El olor era repugnante; le picaban los ojos. Se aguantó las ganas de vomitar.

—Debe haber un error —dijo Pablo, acercándose a ella—. La llamaron por algo de su padre. Tal vez él esté en una de las celdas.

El cadete levantó una etiqueta grande en la bolsa negra. Laura no entendía lo que estaba pasando. La bolsa era demasiado plana, demasiado pequeña. No podía ser el cuerpo de su padre.

—¿Ezequiel Moreno? —dijo el cadete, volteando la etiqueta para que Pablo pudiera verla.

¿Qué impulsó a Laura en ese momento? Se acercó a la bolsa, la abrió hasta la mitad. El cuerpo humano dentro de esta era irreconocible. Parecía que quienquiera que fuera esa persona, había sido atropellada por un camión y luego pasada por una picadora de carne. Nunca había olido algo así antes: algo penetrante, ácido. Un hedor que la envolvió hasta cegarla.

Abrió la bolsa por completo. Ahí estaba la mano de su padre, intacta con excepción del dedo meñique, que había perdido en un intento anterior de entrar a Estados Unidos. Así que Laura pudo identificar a su padre no por lo que estaba dentro de la bolsa, sino por lo que faltaba.

—¿Qué le pasó? —preguntó en voz baja, con los ojos cerrados y la piel de gallina.

—Lo encontraron después de un intento fallido de cruzar el Río Grande —leyó el cadete de manera robótica de un formulario—. Causa de la muerte: ahogamiento.

Siguió leyendo como si estuviera mirando una lista de suministros de oficina.

—Lo recuperaron después de que su cuerpo se atorara en unas boyas —dijo—. La extracción fue difícil, lo que explica el aspecto de carne molida del cuerpo.

—Bárbaro —dijo Pablo—. Estás hablando de su padre, coño. Ten un poco de respeto.

El cadete lucía preocupado, finalmente percatándose de Laura. Frente a ella, se transformó en un niño pequeño. Los dedos de Laura tenían una extraña sensación de electricidad antes de entumecerse por completo. Un zumbido extraño surgió desde lo más profundo de su cuerpo. Demasiados recuerdos a la vez. No recuerdos de los tiempos terribles. No. Él, bailando con su madre en la galería trasera de su casa. La risa de su madre, su voz diciendo "no tan rápido, E.Z., no tan rápido". La luna que ocupaba todo el cielo, reflejada en el mar debajo de ella. Elena, tan solo una bebé, aplaudiendo con alegría y botando baba de sus encías sin dientes sobre los muslos desnudos de Laura. Elena mirando a Laura con adoración, tocando su barbilla con sus dedos mojados y regordetes. El sonido de la mecedora mientras Laura plantaba sus pequeños pies contra la tierra dura y se impulsaba. Había deseado la muerte de su padre por muchos años, pero nunca había anticipado esta reacción. La envolvía un dolor aplastante, absoluto.

En la casita, Laura terminó de limpiar su habitación. La dejó impecable. Parecía imposible que su hermana hubiera puesto en peligro la vida de las niñas. Con lágrimas cayendo por su rostro, seguía preguntándose: *¿Qué hice?*

Capítulo 19

La red de pesca, atrapada en el agua, se sacudió cuando Pablo tiró de ella. No había dormido nada, pero era un nuevo día. El movimiento del barco hizo que la náusea subiera por su garganta. Pensó que ya había aprendido a no beber tanto como la noche anterior. La resaca le pasaría factura todo el día. No tenía fuerzas para tirar contra lo que mantenía a la red atascada. Cubrió su cara con un sombrero y se recostó sobre la cubierta. El agua de mar empapaba su camisa, fresca por el frío de la mañana. Cerró los ojos.

Había ido a la casita de Elena y Laura, la más grande en el área de los empleados, tan pronto como ayudó a las gringas a subir al transporte para el aeropuerto. Pensó que era lo correcto. Afuera, el aire de la mañana cargaba el olor rancio de los baños que aún no habían sido limpiados. Le recordó a su casa en Pico Diablo, a los días que pasó agachado sobre un hoyo en el suelo para ir al baño. Temía que después del último día de trabajo, su propio olor corporal no estuviera lejos del hedor impregnado en el aire. Además de las vísceras de pescado y el licor derramado, ahora tenía un inconfundible olor a sexo. Estaba a punto de golpear la puerta cuando se detuvo momentáneamente por la voz de Laura cantando, tan diferente a su voz chillona al hablar. Era clara y melódica. Imaginó lo rápido que Laura lo despediría en cuanto sintiera su olor.

En lugar de eso, le envió un mensaje de texto. **¿Puedes hablar un momento? ¿Qué vamos a hacer con Elena? ¿Y las niñas?**

Del otro lado de la puerta, Laura dejó de cantar cuando escuchó la notificación del mensaje.

—A la mierda con todo esto —dijo en voz alta.

Pablo no recibió respuesta a su mensaje. Se dio la vuelta, contento de no haber tocado. Regresó a su barco a dormir.

Ahora Pasofino lo despertaba.

—Tenemos que tirar la red una última vez —dijo—. Estuvimos buscando a las niñas todo el día y tú estuviste demasiado ocupado bebiendo con las turistas para ayudarnos.

—No me jodas. Déjame en paz —dijo Pablo.

—Con gusto —dijo Pasofino, devolviéndose hacia su propio barco.

El sol había atravesado la niebla. El aire a su alrededor estaba pesado. El calor del sol calentaba su cuerpo mientras el barco se movía de un lado a otro. Había un dolor detrás de sus ojos cerrados.

Pablo tiró de la red nuevamente, y esta vez la pudo sacar sin resistencia. Se encontró con cientos de camarones que se retorcían y un pulpo de piel radiante que brillaba en tonos rosa, morado y azul neón mientras sus tentáculos se encogían y expandían. Tomó su pesca y la colocó en una de las hieleras en un costado del barco. Luego vio una hermosa cinta de seda para el cabello. No había duda de que era el tipo de cinta trenzada que Vida había aprendido a hacer. Sacó su teléfono y confirmó sus sospechas. Era igual a las que llevaban las niñas en el cabello en la foto que Elena había publicado el día anterior.

Miró a su alrededor, con miedo de ver los cuerpos de las niñas flotando en el mar. Pero no había señales de ellas. Pablo se inclinó sobre el costado del barco, sobrecogido de repente por las ganas de vomitar. Cuando terminó, sintió cómo su cuerpo entero se entumecía.

—¿Qué encontraste? —gritó Pasofino.

Se acercó de nuevo al barco de Pablo y le arrebató la cinta de las manos.

—Podría ser de cualquiera —dijo Pablo.

—No la habrías encontrado si no fuera de ellas —replicó Pasofino.

Lo que dijo no tenía sentido alguno.

Pasofino se llevó la cinta de cabello sin molestarse en explicarle a Pablo lo que iba a hacer ni hacia dónde se dirigía. Saltó a su barco con una gracia sorprendente. Encendió el motor fuera de borda y se alejó rápidamente en dirección al Beyond Proof. Pablo no iba a seguirlo. En cambio, arrojó lentamente la red de vuelta al mar, esperando no tocar el vómito que había atraído a un banco de pequeños peces brillantes, demasiado pequeños y preciosos para comérselos, manteniéndose alerta en caso de que los cuerpos de las niñas de Dulce salieran a la superficie.

Capítulo 20
Nosotros, los trabajadores

El problema con el Locals' Night en el Beyond Proof era que la playa a menudo quedaba hecha un desastre al día siguiente. Muchos de nosotros pasábamos nuestras horas despiertos cuidando a otras personas; atendiéndolos; alimentándolos y limpiando sus regueros; frotándoles sábila en la piel quemada por el sol; alisándoles el cabello solo para que se dieran vuelta y se lanzaran al mar; cargando a sus bebés regordetes sobre nuestras caderas adoloridas. En contraste, nosotros no movíamos un solo dedo para limpiar nuestros propios regueros. Pero sí limpiamos a la mañana siguiente de que las niñas desaparecieran. No había botellas de cerveza vacías, ni envoltorios de comida de ningún tipo. Hasta el lugar en la arena donde las llamas de la fogata se habían levantado cinco pies en el aire estaba libre de cualquier rastro de carbón o cenizas. Nos quedamos allí hasta la madrugada del viernes.

Laura había estado con nosotros durante varias horas antes de que la luz del sol abriera el cielo. Estuvo de acuerdo, aunque a regañadientes, cuando dijimos que estábamos demasiado enfermos para ir a trabajar. Habíamos buscado toda la noche a lo largo de millas y millas de playa; en los caminos y bosques cercanos; un grupo de nosotros incluso se dirigió a la cascada casi al rayar el alba. Antes de que ese grupo se separara del resto, Laura se acercó a cada uno de nosotros, mostrándonos las camisetas que las niñas llevaban cuando corrían por la playa. El nombre del equipo de fútbol alemán sería imposible de recordar, pero memorizamos los detalles importantes: Niña llevaba una camiseta negra sin mangas, y Perfecta, una camiseta de un rojo brillante. Cuando llegamos al silencio de los árboles, donde el único sonido era el ensordecedor golpe del agua sobre la superficie de la laguna expectante, el asombro nos obligó a hacer una pausa. El agua bioluminiscente lanzó destellos de luz verdeazul que se disiparon casi tan rápido como aparecieron, una exhibición brillante más hermosa que cualquier espectáculo de fuegos artificiales que haya iluminado el cielo. Esto nos distrajo momentáneamente, recordándonos que la belleza existía incluso en las circunstancias más terribles.

Bueno. Nadie tenía tiempo que perder. Y menos con las niñas desaparecidas y Pasofino pasando por el Beyond Proof justo cuando el sol luchaba contra ese oscuro cuenco invertido de cielo gris. Pasofino trajo la cinta de seda, que ya no tenía su forma original; estaba floja y manchada por el mar. Se la entregó a Dulce, que estaba en un estado de aturdimiento, mirando hacia la superficie plana y reflectante del mar. Al ver la cinta, lanzó un grito desgarrador.

La forma en que Dulce agarró esa cinta de cabello, como si intuyera que su descubrimiento significaba que lo peor ya había pasado, nos rompió el alma. ¿Cuántos de nosotros, durante los años que habíamos trabajado en resorts por todos lados, en Punta Cana, Samana, Cap Cana, Cabarete, Puerto Plata, Pedernales, Barahona, Boca Chica, Juan Dolio, La Romana, Bonao, Constanza, Santiago, La Vega, Montecristi y más allá de nuestro país, en las islas Turcas y Caicos, Santa Lucía, Islas Caimán, Barbados, las Bahamas, St. Barts,

St. Kitts y Nevis, Antigua, Curaçao, St. Martin y St. Maarten, Aruba, Guadalupe, Jamaica, Cuba, Puerto Rico, Trinidad y Tobago, en las ciudades, en las playas, habíamos sido testigos de primera mano, una y otra vez, cómo nuestras mujeres y niñas desaparecían y nunca las encontraban?

Algunos de nosotros fuimos con Dulce a la comisaría después del amanecer. La policía había ignorado tajantemente su preocupación la noche anterior. Le dijeron que todavía no habían pasado veinticuatro horas, pero todos estábamos de acuerdo en que no era razonable esperar hasta la noche. No después de que Pasofino llegara con la cinta de cabello. Tenía que organizarse una búsqueda en el único lugar donde no habíamos pensado buscar: el mar.

Un manto oscuro cubrió el cielo. El viento se tornó violento. Esperábamos mal tiempo debido a nuestra cercanía a Puerto Rico, donde se suponía que el huracán iba a tocar tierra. Podría ser cuestión de vida o muerte enviar un equipo de búsqueda en barcos. Obligamos a unos cuantos hombres a acompañar a Dulce y a Pasofino. El hombre a cargo se mostró hostil de inmediato, sumamente grosero, y le informó a Dulce que las regulaciones no habían cambiado solo porque ella estuviera "preocupada".

El tipo era un idiota, lo admito, pero gracias a él supimos que la tormenta había cambiado de curso. Se dirigía directamente hacia nosotros; su ojo ya no estaba en Puerto Rico, sino que pasaría por el Canal de la Mona, a solo 61 millas de distancia. Habían acelerado los envíos porque la tormenta afectaría todo el tráfico hacia y desde el Canal de Panamá. En otras palabras, un caso de niñas desaparecidas no iba a desviar los preparativos para la tormenta, no importaba cuán rico fuera su padre.

Dulce parecía traicionada y confundida. Cuando se sacó la lotería con Fabien —el turista alemán rico que le construyó una mansión, quien antes de eso había construido una hermosa ciudad y la había llamado Ciudad Cascada de la Paloma, poniéndonos en el mapa por ser digna de los compradores más ostentosos y ricos del mundo—, ella juraba que estaría a salvo, que sus hijos siempre estarían protegidos.

Pero esa mañana, mientras trataba de mantener la calma, apelando al sentido de justicia y orden de este policía, recordándole que había helicópteros disponibles, que quizás las niñas y Elena solo estaban perdidas en la montaña, se dio cuenta de que él no podía ver más allá de su piel o de su español dominicano. Si ella hubiera estado con Fabien, con su acento alemán, o con uno de los ricos que hace una década decidieron construir un paraíso entero al otro lado de un pantano, o al menos si tuviera el apellido de Fabien, este policía comemierda no la estaría mirando con desprecio.

Dulce se desplomó ante nuestros ojos. Algunos sentimos una presión en la nuca y sabíamos que ella la estaba sintiendo también, por la manera en que su mirada permanecía fija en el suelo. La mayoría de nosotros conocíamos la sensación de ese pie invisible sobre nuestro cuello. ¿Alguno de nosotros le había deseado el mal en algún momento? Claro. Hasta ahora, ella había vivido una vida que envidiábamos. Cuando la vimos desinflarse, fue como si finalmente entendiera lo que significaba sentirse indefensa, ahogarse en la desesperación. Pero ninguno de nosotros le deseaba mal si tenía que ver con sus niñas. Ella fue la que creó intencionalmente una subcategoría de mujeres y hombres que no encajaban ni en círculos decentes ni en los círculos de prostitución que muchos de nosotros conocíamos (algunos de nosotros de manera íntima) y que venían de diferentes partes de nuestro país y de otros lugares del Caribe. Hubo un momento en que todos en la Cascada de la Paloma adorábamos a Dulce. Pero ese tiempo había pasado. Cuando las niñas desaparecieron, hacía tiempo que la mayoría de nosotros solo sentíamos resentimiento hacia ella. Viéndola desmoronarse, indefensa, quedó claro que una relación con un extranjero rico no era una protección segura, especialmente cuando el hombre no estaba por ningún lado.

Regresamos de la Cascada de la Paloma a la mansión de Dulce. A pesar de esta calamidad, ese lugar todavía nos dejaba sin aliento. Tuvimos que bajar una pendiente para llegar a la playa, a una casa de cuatro pisos casi toda de vidrio, con una piscina en el techo que derramaba agua por toda la pared trasera. A casi ninguno de nosotros nos habían invitado a entrar. La casa tenía una arquitectura similar a la del Grand Paloma Resort.

Nos preguntamos por qué no levantaba el teléfono y simplemente llamaba a su hombre. Podría haber utilizado su influencia para hacer que este policía desgraciado hiciera lo correcto. Así que muchos de nosotros nos fuimos para cuidar de nuestras propias familias, o para regresar al resort y asegurar nuestra posición. Nadie podía predecir el nivel de daño que traería la tormenta. Lo que sabíamos es que se necesitaban años y años para que algunos hoteles se recuperaran después de un desastre natural devastador.

No importa lo que digan de los turistas, nosotros necesitábamos el dinero que traían y sabíamos que solo volverían si no veían lo que pasaba fuera del ambiente seguro de su escape vacacional. Recordarían que había un huracán en alguna parte y simplemente quitarían esa isla de su lista de viajes. Había tantas otras islas para elegir. ¿Podían notar la diferencia? ¿Les importaba?

Echamos un último vistazo a la playa privada de Dulce, a la arena blanca y limpia. Ya las olas eran más altas de lo habitual, más seguidas e implacables. Las palmas estaban erguidas, casi inmutables por el viento. Admiramos la mansión, donde ella podría estar más segura que la mayoría de nuestras familias, y la vimos mirando hacia afuera, pero sin notar a los que ya comenzábamos a alejarnos.

Capítulo 21

Dulce había escuchado a las mujeres de Pico Diablo hablar sobre la presión que sentían de vez en cuando en la piel, justo donde la curva de la columna vertebral subía hasta la línea del cabello. Había escuchado a su madre hablar de este dolor, y antes de ella también a su abuela. Dulce nunca lo había experimentado hasta que Pasofino le entregó los restos de la cinta de seda de Perfecta, hasta que corrió a la estación de policía y el jefe de la estación la miró con desdén y le dijo que, de hecho, no podría ayudarle a encontrar a sus hijas.

De regreso a casa, miró por las ventanas que abarcaban desde el piso hasta el techo y cómo sus empleados, amigos y vecinos se alejaban, apresurados. Se avecinaba una tormenta sobre la isla. Sus hijas estaban en algún lugar allá afuera.

Habían buscado a las niñas durante toda la noche sin descanso. Dulce había subido a Pico Diablo, directamente a la antigua casa de madera de Elena y Laura, pensando que tal vez estarían allí. La casa estaba vacía y la vecina de al lado no había visto a sus hijas, pero sí había visto a Elena pasar sola más temprano ese día, llevándose un pequeño bolso lleno de ropa. Eso debió haber sido antes de que Elena fuera a su bar.

Los pies de Dulce estaban hinchados y magullados. Trató de sacudirse el aturdimiento, de pensar estratégicamente en qué debía hacer a continuación. Necesitaba a Fabien, el padre de las niñas, para que ejerciera su influencia sobre la policía. Sabía que el tiempo se le escapaba. Fabien no había respondido a sus llamadas ni a sus mensajes. Su hija mayor se casaba ese fin de semana y, la última vez que hablaron, el jueves por la mañana, habían acordado que él se pondría en contacto tan pronto como pudiera. Si supiera lo que estaba pasando, ya estaría en un avión rumbo a la isla. De eso no le cabía duda.

Afuera de su enorme casa, el mar chocaba contra la orilla una y otra vez, sin descanso. Frente a ella había un armario lleno de vestidos pomposos. Encajes, tul, algodón, incluso seda. La tarea que le esperaba era gigantesca. Había una maleta en el suelo, a medio llenar pero aún desinflada. La apartó de una patada. Ayer había comenzado a vaciar el armario, sacando los vestidos que las niñas habían dejado de usar. Había querido hacer esto durante los últimos meses para llevarlos a Pico Diablo; siempre había niñas que tenían tan poco y que podían aprovechar esos hermosos vestidos. Simplemente no había encontrado el momento para hacerlo.

Tocó la tela, separó las perchas. Había un par de vestidos de gasa brillante en un tono amarillo chillón. Ayer, Niña le había rogado que la dejara usar uno de estos vestidos.

—¿A dónde vas? —le preguntó Dulce.

—Al colmado —respondió la niña con un leve ceceo, ya que el viento se colaba por el hueco que había dejado su diente delantero recién mudado.

—Es un vestido especial —le recordó Dulce.

—Por eso quiero ponérmelo, mamá —respondió la niña con ese tono arrogante que había aprendido de su padre.

—Estos vestidos son demasiado pequeños, demasiado elegantes. Ponte una ropa normal —le dijo Dulce.

Pensó en todos los errores que había cometido como madre. En todas las veces que había estado ausente cuando debería haber estado presente. En los momentos en que se había enojado con sus hijas en lugar de brindarles amor y consuelo. ¿Y si algo horrible les hubiera sucedido?

Sus ojos recorrían la habitación como las manecillas de un reloj, marcando lo que encontraba. Un conjunto de dibujos; marcadores líquidos, en su mayoría sin tapas; dos tazas con restos de una bebida roja brillante ya endurecida en el fondo; Cheetos a medio comer (los favoritos de Perfecta) y algunos pretzels cubiertos de chocolate (los favoritos de Niña), que habían dejado manchas marrones en la superficie de la mesa de centro blanca; y un solo zapato Croc morado con los dijes que las niñas habían estado coleccionando obsesivamente: un estetoscopio, Poppy de *Trolls*, un balón de fútbol porque su padre había jugado semiprofesionalmente después de la universidad. Eso fue antes del trabajo corporativo, antes de la esposa y antes de convertirse en uno de esos hombres ricos que pasan su tiempo en el Caribe buscando maneras de hacer aún más ricos a otros hombres ricos.

Agarró los vestidos, uno por uno, y los colocó frenéticamente dentro de la maleta hasta llenarla, hasta que el cierre de la maleta estuvo a punto de romperse. Fabien les había comprado estos vestidos a las niñas; a pesar de sus casi interminables ausencias, ellas amaban a su padre por la forma en que las consentía cuando finalmente regresaba, por su piel blanca y sus ojos color miel (los ojos verdes de las niñas tenían destellos del color miel de los suyos). Dulce llegaba a casa del trabajo en plena noche y las encontraba en un mar de tela, brazos y piernas entrelazados, usando vestidos que no les quedaban.

Ahora hacía espacio en el clóset para la ropa más grande que tendría que comprar para acomodar sus cuerpos en crecimiento. Las niñas volverían ilesas. Crecerían. Se dirigió a su oficina en casa, al final del pasillo. Frenéticamente, pasó la siguiente hora comprando en tiendas en línea de Estados Unidos, enviando todos los paquetes a una dirección especial en Miami. Había contratado un servicio que recibía los paquetes y se los enviaba a través de una agencia de mensajería. Envió un correo a su contacto allí.

—Necesitaré esta ropa lo antes posible —escribió. Cuando encontraran a las niñas, la ropa estaría ahí, esperándolas.

Claramente, la policía no la ayudaría a encontrar a sus hijas, a menos que lograra que su amante rico ejerciera su influencia. Él podía llegar a los policías que realmente sabían buscar a personas desaparecidas, los que pondrían helicópteros en el cielo y botes en el mar. ¿Cuántas veces le había advertido Fabien, diciéndole que estaba jugando con fuego? Que dirigir un negocio donde las mujeres locales se acostaban con hombres por dinero era una mala idea cuando ella misma era madre de dos niñas. A propósito, nunca les había hablado a sus hijas de los verdaderos peligros que representaban los hombres. Quería preservar su inocencia, segura de que esos horrores nunca las afectarían. Explicarles la verdad probablemente las habría traumatizado, se decía. Les habría hecho más daño que bien. Fabien tendría razón en culparla. Se lo había advertido muchas veces, pero aun así él estaría tan preocupado como ella y podría hacer mucho más para encontrarlas de lo que ella podría hacer por su cuenta.

Lo llamó una y otra vez. Pero, al igual que la noche anterior, no hubo respuesta. Le había enviado un mensaje cuando llamó a la policía por primera vez y luego cada dos horas. Ahora intentó enviarle otro. Los textos seguían sin ser leídos. Angustiada, se convenció de que él los estaba borrando sin leerlos. O tal vez la había bloqueado por unos días para evitar que su esposa viera su nombre en una notificación de mensaje. Si ese era el caso, no podría contactarlo por días.

Desesperada, le escribió al mejor amigo de Fabien, quien había estado con él en República Dominicana un par de veces. Escribió en mayúsculas: **POR FAVOR, DILE A FABIEN QUE ME LLAME DE INMEDIATO. NUESTRAS HIJAS ESTÁN DESAPARECIDAS.** Ese mensaje también quedó sin leer.

Dulce salió de su oficina y caminó por el balcón que rodeaba todo el primer piso. Le dolía el cuerpo, especialmente los pies. Estaba segura de que si algo terrible hubiera sucedido, su cuerpo lo sabría. Lo sabría. Su vientre, que las había albergado tanto tiempo atrás. Sus brazos, que las cargaron mientras ella las amamantaba, mientras dormían plácidamente. Sus piernas, que habían corrido tras ellas cuando dieron sus primeros pasos; preocupada, tan preocupada, de que chocaran contra una esquina afilada. Sus ojos, que habían llorado junto a ellas cuando les empezaron a salir los dientes, diminutos fragmentos serrados que abrían sus encías tiernas, que encontraban un espacio en sus pequeñas bocas, tanto dolor en el acto de crecer. ¿Sería su corazón el que lo sabría? Un corazón que se había expandido la primera vez que dio a luz y de nuevo al nacer su segunda hija. Cuando eran bebés, había anticipado que podrían sucederle cosas terribles. Su cuerpo había permanecido en un estado constante de ansiedad, siempre esperando lo peor.

No había ningún mensaje dentro de su cuerpo que le dijera algo sobre sus hijas desaparecidas.

Las baldosas del balcón estaban calientes. La humedad la arropaba con fuerza. Aunque apenas eran las diez de la mañana, quedaba muy poco oxígeno para respirar.

En algún lugar, amortiguado por las puertas de vidrio corredizas, sonó su teléfono. Corrió, pero cuando lo encontró ya había dejado de sonar. El nombre de Fabien apareció en la pantalla como una llamada perdida. Lo llamó de inmediato, preocupada de haber desperdiciado esa oportunidad. La pantalla de su teléfono se iluminó con la última foto que él había tomado con las niñas.

—Mujer —dijo él. El ruido de fondo era apagado y distante. Una vez más, se había escabullido a un baño remoto o, quizás, a un armario grande para sábanas—. ¿Qué pasa? Sabes que no puedo hablar.

—Las niñas desaparecieron —gritó ella—. ¿Por qué no me habías respondido? ¿Por qué no me llamaste?

A Fabien le tomó un momento entender lo que ella decía. Y luego vino una ola de preguntas: ¿Qué había dicho la policía? Que no ayudarían. ¿Había intentado comunicarse con su amigo, el alcalde del municipio? No le había devuelto la llamada. ¿Dónde exactamente había buscado? Ella enumeró los lugares donde había estado, donde sus amigos habían ido. No quedaba ningún sitio por revisar.

Lloró desconsoladamente en el teléfono.

Finalmente, él dijo:

—¿Esto habría pasado si hubieras estado ahí?

Dulce escuchó la saliva salir de su boca. El veneno en su voz era tan espeso que hacía que todas sus palabras sonaran húmedas.

—Esto no habría pasado si *tú* hubieras estado aquí —escupió ella de vuelta.

—Tomaré el próximo vuelo —dijo él.

Finalmente un alivio. Pero, ¿quién sentía alivio? ¿Él o ella? No estaba segura.

—Gracias a Dios que vendrás ¿Vendrás de todas formas?

Entonces, como si acabara de recordar que era viernes y que al día siguiente era la boda de su hija mayor, donde debía entregarla en el altar, gruñó.

—Buscaré la forma después de la boda —murmuró apenado—. Mientras tanto, haré algunas llamadas.

Ella había tomado tantas malas decisiones.

—Entiende que no puedo salir de aquí. Ni hoy ni mañana. Probablemente, lo más pronto que pueda ir sea el lunes.

Ambos guardaron silencio en la línea por un rato. Cuando las niñas eran bebés, Fabien había tratado de convencerla de mudarse a Alemania. Creía que sería mejor para las niñas estar cerca de él y también para ellos dos. Su corazón se había acelerado ante la posibilidad de que estuvieran juntos, de que formaran una familia real. Pero se había topado con el mismo silencio cuando le preguntó si las cosas serían diferentes. "¿Así que me ofreces la misma situación, solo que en un país donde no hablo el idioma, no tengo amigos y probablemente me tratarán como basura porque soy negra?". Él la había observado con tanta atención cuando dijo eso, como si estuviera notando por primera vez una marca de nacimiento justo en el centro de su boca. Tal vez ese había sido el primer abismo real entre ellos. La incapacidad de Dulce de aceptar que su situación era permanente, inmutable.

El temperamento de Fabien había estallado de vez en cuando durante los años que estuvieron juntos. Cuando se enteró de lo que había sucedido en su ausencia, de cómo las fiestas que él mismo había fomentado entre sus colegas y sus amigas hermosas se habían transformado en algo completamente distinto, se enfureció. No había forma de convencerlo de que las niñas no estaban en peligro. Las mujeres que ella contrataba conocían a los turistas frente a su playa, sí, pero de inmediato subían a los botes y viajaban casi un kilómetro mar adentro, lejos del bar. Todo ocurría durante el día, cuando sus hijas estaban en la escuela, en el campamento de natación o en clases de piano. Le había jurado, con su vida, que nada malo les pasaría jamás. Para ella era importante darles a las mujeres de su pueblo la oportunidad de hacer las cosas a su manera. No de ser explotadas por sus cuerpos, sino de tomar decisiones que les permitieran construir una vida mejor. Y muchas lo habían logrado. Muchas.

—¿Y las cámaras del bar? —preguntó ahora Fabien. Ante su silencio, debió haber asumido que ella estaba llorando. Pero no estaba llorando.

Estaba agotada.

—Nunca las arreglé.

—Yo instalé cámaras nuevas. Están grabando las veinticuatro horas. Debería haber un registro de setenta y dos horas antes de que se borre.

—¿Cuál es el nombre de la aplicación? Envíame tus credenciales.

Fabien guardó silencio.

—¡Coño, por el amor de Dios! —dijo ella.

—Lo que sea que haya pasado en el bar —dijo él— está en la computadora de arriba.

Dulce no tenía tiempo para enojarse. Él había manipulado la instalación a propósito para ocultárselo, para tener acceso a sus vidas, para espiarlas sin que ella lo supiera. En el segundo exacto antes de reaccionar, echó un vistazo a su lujosa casa. Se preguntó cuántas cámaras más habría escondido Fabien en su hogar. Entonces colgó el teléfono sin despedirse y echó a correr.

El bar estaba a solo un kilómetro a pie por la playa. Dulce no estaba segura de cómo había llegado hasta allí, pero se encontró sentada en la barra, con la pantalla de su computadora portátil opaca por el resplandor del día. Pronto, la computadora se ajustó automáticamente y pudo ver la transmisión de la grabación. Había un marcador que le permitía retroceder hasta la mañana del jueves, hasta el momento en que Vida trenzaba las cintas, dividiendo el cabello de las niñas en partes perfectas. Dulce detuvo el video, amplió la imagen. Presionó *play*. Ella misma estaba fuera del encuadre todo el tiempo en que Vida arreglaba el cabello de sus hijas. Aunque no había audio, sabía que había estado conversando, bromeando, coincidiendo con Vida en que era mejor no decirle a Pablo sobre el embarazo todavía. Las niñas miraban sus tabletas, deslizando los dedos hacia arriba, riendo con algún ridículo creador de contenido de YouTube. Dulce lloró desesperada. No entendía cómo, tan solo la mañana anterior, todo había estado bien, perfecto.

Finalmente, logró controlarse. La parte más relevante del video duraba solo unos minutos. El hombre, que llevaba su pulsera tejida del Grand Paloma, con el ave de platino brillando bajo la luz inclinada del sol, bebía tragos y hablaba en silencio con Elena. Pausó el video.

—¿Cómo puedo escuchar el audio? —le preguntó a Fabien.

Él respondió que no había audio. Solo video.

Sintió cómo la furia le hervía por dentro. Reprodujo el video nuevamente. Observó todo el tiempo que las niñas pasaron correteando por la playa. Luego, se acercaron y se sentaron en la barra. Elena tomó todo ese dinero y lo guardó en sus bolsillos. El hombre salió del área, dirigiéndose en dirección al baño, o quizás había subido al piso de arriba. Luego, Elena desapareció del encuadre, posiblemente se había marchado. Las niñas fueron al baño, después volvieron a la playa y nadaron un rato. Pasaron varios minutos antes de que volvieran a aparecer en la grabación. Se hablaron entre ellas, demorándose en la arena. Cuando comenzaron a moverse en dirección al bar, estaban tomadas de la mano, caminando en la dirección opuesta a la que había tomado Elena. Parecían estar respondiendo al llamado de alguien. A partir de ese momento, no hubo más rastro de ellas. El turista tampoco volvió a aparecer en la pantalla. Dulce rebobinó el video y amplió la imagen de las caras de las niñas en los últimos momentos en que fueron filmadas. No parecían asustadas en absoluto.

Dulce corrió a casa y se subió a su Jeep descapotado. Tenía que encontrar a ese hombre con la pulsera del Grand Paloma. Cuando trató de pensar en Elena, el dolor era tan grande que ni siquiera podía comprenderlo. Esperaba que sus ojos la estuvieran engañando, que Elena en realidad no hubiera vendido a sus hijas a ese turista.

Capítulo 22

Pablo le cortó la cabeza al pulpo, le dio vuelta y con una cuchilla afilada despegó cuidadosamente las entrañas. Su tinta negra y luminosa le cubrió las manos, creando guantes pegajosos. Las gotas de tinta que caían de sus dedos mancharon la barra de su estación de trabajo. Abrió el grifo y le enjuagó la cabeza. El mundo giró. Sentía la bilis todo el tiempo en su garganta, amenazando con salir de su cuerpo. Dejó que el agua fría corriera por sus dedos. Aunque la tinta se deslizaba, la sensación viscosa quedó pegada en su piel. La piel multicolor del pulpo se había desvanecido a un blanco perla ahora que estaba muerto. Era suave y esponjoso. Pasó a los tentáculos, encontró el pico, duro como el de un ave, y trató de quitarlo con sus manos desnudas. Pero el pico no cedía, así que usó la cuchilla. Pablo pensó en cuántos cangrejos, caracoles, almejas y peces había consumido ese pulpo con la ayuda de ese pico tan duro.

Una vez, había visto a un pulpo comerse una estrella de mar. La había envuelto en un abrazo, y luego, en un instante, la estrella estaba muerta. Pero eso no fue tan sorprendente como la vez en que vio a un pulpo adulto grande comerse un pulpo de menor tamaño. Pablo era solo un niño, lo suficientemente pequeño como para tenerle miedo a un pulpo hambriento. Para temer que se girara hacia él, lo abrazara con sus múltiples tentáculos y lo hiciera desaparecer en una gran nube polvorienta de tinta. Este miedo lo obligaba a nadar hacia la superficie y encontrar a su padre parado sobre el bote, desenrollando la línea de pesca. Recordó que su padre lo tranquilizó diciéndole que los pulpos no se comían a los humanos. Los humanos se comían a los pulpos. Para calmarlo, su padre le explicó que un pulpo podía meter todo su cuerpo por donde cupiera su pico. "Los pulpos pueden parecer grandes", le dijo su padre, "pero solo son tan grandes como la parte más dura de su cuerpo. Vamos a atrapar al que te asustó". Y lo hicieron. Nadó con su padre bajo la superficie del mar, el sol ardiente sobre ellos, un destello intermitente que hacía que el mundo subacuático fuera lento y mágico. Pablo vio cómo su padre sostenía al resbaladizo animal con ambas manos. El pulpo se escapó fácilmente, bailó, giró y disparó su tinta en hongos polvorientos que se expandieron antes de dispersarse y desaparecer. Más tarde, atraparon al pulpo con una red.

Se transportó desde ese recuerdo de vuelta a su propio bote, a la sensación de la cinta de seda. No podía creer que aún estuviera aquí, en el hotel, parado en el mismo lugar, manteniendo la misma postura que había tenido ayer cuando vio a Elena por última vez. Rápidamente cortó los tentáculos, separándolos unos de otros. Colocó todo en la nevera portátil y justo cuando limpiaba la tinta con un trapo empapado en cloro, levantó la vista y encontró a Laura observándolo. Hoy llevaba un traje con falda. Su cabello estaba ondulado y perfecto. Su maquillaje, impecable. Ambos se quedaron en silencio, mirándose.

Ella estaba a punto de llorar. No tenía que preguntar nada; sabía que Elena no había llamado, que no había respondido a los intentos de Laura por contactarla. Pablo recordó que su jefa también era una muchacha con la que había crecido. Que ella era tres años más joven que él. Pablo se secó las manos y se acercó a ella.

—¿Qué puedo hacer? —le preguntó—. Estaba pensando en tomar el día libre. Iré a ayudar con la búsqueda. La tormenta se acerca, así que tenemos que encontrarlas, donde sea que estén. Elena estaba mal cuando vino ayer. Tenía barro y sangre en el uniforme.

Sus palabras sacaron a Laura de su estado de tristeza. Se irguió de inmediato.

—Te tengo buenas noticias —dijo en su tono de jefa.

Pablo estaba desorientado. Un minuto estaba a punto de quebrarse y al siguiente sus ojos estaban claros y alertas. Pero lo que Laura le dijo a continuación, produjo una oleada de felicidad que recorrió todo su cuerpo, una esfera brillante que lo iluminaba desde dentro. Cuando ella le entregó una nueva placa con su nombre completo, Pablo Frost, y la palabra ENCARGADO grabada en el metal, sintió que se hacía más alto y fuerte. Ella necesitaba que se dirigiera fuera de la ciudad, hacia el Yellow Paloma, con una familia americana como sus acompañantes en el resort. Tendría que irse de inmediato para evitar la tormenta, ya que el hotel hermano estaba en Jarabacoa, tierra adentro, a seis horas de allí.

—La familia te estará esperando en el vestíbulo en media hora —le dijo ella—. Así que apúrate.

La llave magnética para su nueva habitación con vista al jardín eclipsó todas las preocupaciones sobre cintas para el cabello y niñas perdidas. Había mucha gente trabajando en esa tarea. La mitad de los empleados locales del resort se habían tomado el día libre para ayudar con la búsqueda. ¿Qué más podría hacer?

Laura condujo a un Pablo recién bañado, vistiendo un uniforme azul claro, para encontrarse con la familia con la que viajaría al Yellow Paloma. Su corazón dio un salto cuando reconoció al hombre como el mismo que había pasado por el bar de Dulce anoche buscando su pasaporte. Pero el hombre lo miró como si nunca lo hubiera visto antes, y Pablo se sintió aliviado. Estaba feliz con pretender que nunca se habían encontrado y le explicó que iría a buscar su vehículo y en poco tiempo estarían de camino.

Mientras se dirigía a la oficina de seguridad para recoger las llaves de la camioneta del resort, Pablo disminuyó el paso. Tuvo que caminar cerca de medio kilómetro desde el edificio principal, pasando por las enormes bugambilias de brillantes flores amarillas, rosadas y moradas. Intentaba mantener la mente en blanco. Unos días fuera de aquí le vendrían bien. Esperaba que la pareja lo despidiera tan pronto como llegaran al Yellow Paloma y que pudiera relajarse con los otros empleados hasta que fuera hora de traerlos de vuelta.

Cuando llegó, encontró a Guillermo Taveras esperándolo. Ese hombre bajo, con una cabeza extrañamente cuadrada, consideraba que su trabajo como jefe de seguridad en el Grand Paloma Resort era lo más importante en su vida. Siempre había sido hostil con los empleados de Pico Diablo y actuaba como si aquellos que crecieron en los alrededores del resort fueran inferiores. Pablo siempre había ignorado su actitud y su sentido de superioridad; le parecía igual a todos los demás dominicanos que de alguna manera apoyan ese racismo tan evidente y anticuado. *Disfruta de tu piel y tus ojos claros*, pensó, sin querer confrontar directamente la incomodidad que sentía con Guillermo y los de su tipo.

Guillermo le entregó a Pablo una pistola cargada y las llaves de una camioneta Escalade de siete pasajeros. El auto era tan grande que parecía estar a cuatro pies del suelo. Con indiferencia, Pablo comprobó que el seguro del arma estuviera activado, luego la metió en la parte trasera de su pantalón. El metal frío se sentía reconfortante en su espalda baja.

—Ha habido una serie de robos en la carretera —dijo Guillermo con voz grave—. Creemos que conocen nuestros autos y suponen que las personas que transportamos tienen mucho dinero. El mes pasado, le dispararon a dos personas durante un encuentro. Juan José perdió un ojo. Por favor, no hagas paradas. Tienes que llevarlos directo al Yellow Paloma de manera segura. Ese es tu trabajo.

Pablo asintió, sabiendo que el trabajo de este hombre era hacer que todos estuvieran paranoicos sobre su seguridad. Claro que todos estaban a punto de que les robaran y los asesinaran. De lo contrario, ¿quién lo necesitaría a él? Era ridículo pensar que conducirían seis horas tierra adentro sin parar.

Se subió al auto y anduvo por el camino ondulado que llevaba al vestíbulo principal, donde la familia lo esperaba. Le abrió la puerta a la niña pequeña y, sujetándola por las axilas, la ayudó a subir al auto. Se sorprendió no tanto de que el esposo se metiera en el auto, sino de que eligiera el asiento del pasajero delantero. El hombre, con gafas de aviador y un sombrero que le cubría media frente, se acomodó en el asiento y de inmediato se concentró en su teléfono. A la luz del día, Pablo pudo ver que el rostro del hombre tenía rasguños recientes. Intentó recordar si esos rasguños estaban allí la noche anterior. Volvió a sentir náusea. Quizás no sería capaz de soportar este viaje sin enfermarse. Pablo fue hacia el otro lado del auto para abrirle la puerta a la esposa, quien esperaba al lado de la puerta. Le tendió la mano para darle un impulso. Ella parecía algo nerviosa, como si estuviera aterrada de tocarlo. Le dio su sonrisa más afectuosa, sabiendo que algunas mujeres, aunque él fuera delgado e inofensivo, lo encontraban intimidante. Intentó hacerse pequeño, encogerse como si fuera un pulpo pasando por una ranura. Tras una pausa incómoda, ella tomó su mano y subió. No le devolvió la sonrisa ni movió los labios. Y sin más, partieron.

Capítulo 23

Mientras conducía hacia el Grand Paloma Resort, Dulce deseaba tener un portal que le permitiera ver a Fabien en Francia en ese momento, verlo caminar de un lado a otro, lidiando con una tristeza que no podía compartir con nadie en su vida real. La carretera estaba extrañamente silenciosa. No había ni un solo pájaro en el cielo ni escarbando en la basura que las personas dejaban en la playa todo el tiempo. En el asiento trasero, no se oían sus hijas, que nunca dejaban de hacer ruido, incluso mientras usaban sus tabletas y auriculares; que siempre estaban cantando, riendo, hablando demasiado alto, imitando el horrible croar de los pájaros mientras daban vueltas; que corrían afuera en cuanto uno de esos pájaros chocaba con sus ventanas de vidrio completamente transparentes. Había sido un error de diseño tan grave como el consumo de energía necesario para mantener fresca la casa de vidrio. Los pájaros a menudo morían porque cuando volaban hacia la casa, lo único que veían en su fachada era el reflejo del cielo. Sus hijas lloraban cada vez que esto sucedía.

Se las imaginó juntas ahora, en algún lugar cercano, tomándose de las manos.

En la radio, hablaban de la tormenta.

¿Causaría terror o estragos? ¿O pasaría sin que cayera ni una gota de lluvia como la última?

Cuando se acercó al hotel, vio una de las camionetas del resort, con las ventanas polarizadas, conduciendo con cautela debido al viento. El auto frenó al cruzarse con Dulce, quien también se detuvo. La cara de Pablo apareció cuando bajó la ventana. Conducía para un hombre blanco, que no levantó la vista de su teléfono, con gafas de aviador puestas incluso dentro del vehículo sombreado.

—¿Alguna novedad? —preguntó Pablo.

Dulce negó con la cabeza.

Estiró el cuello para mirar dentro del vehículo y ver la cara del hombre que estaba en el asiento delantero. Pero él volteó la cara hacia el mar. No había manera de verlo. Dulce oyó una voz infantil y pensó que era la de Niña. Se tensó contra su cinturón de seguridad, tratando de ver a través de las ventanas tintadas hacia los asientos traseros.

—¿Quién está ahí atrás? —gritó a Pablo, sonando descontrolada incluso para ella misma.

—Son huéspedes del hotel —dijo él en tono bajo, comenzando a subir la ventana.

—Vamos hacia el Yellow Paloma. Tenemos que tratar de adelantarnos a la tormenta. Te llamaré más tarde, ¿está bien?

Dulce se quitó el cinturón de seguridad, lista para acercarse al auto, abrir la puerta trasera y exigir que le mostrara quién estaba ahí. Pero justo en ese momento, una niña se asomó entre los asientos delanteros.

—Vamos al parque acuático —decía emocionada—. Mamá, quiero montarme en un Jeep —agregó, dirigiéndose a una madre que Dulce no podía ver.

Dulce le dio a la niña una sonrisa forzada. Cayeron sobre el parabrisas unas gotas grandes de lluvia. Pablo se despidió mientras cerraba la ventana, como si no pudiera alejarse de ella lo suficientemente rápido. Dulce miró cómo su propio reflejo en la ventana se alejaba de ella a gran velocidad. Siguió su camino hacia el resort.

※※※※※

En el puesto de vigilancia del hotel, mostró su identificación como distribuidora de licor. Revisaron una tableta electrónica y dijeron que no figuraba en el horario del día. Ella se encogió de hombros.

—Puedo irme —dijo—. Lo último que necesito es estar aquí con la tormenta que viene.

Los guardias se miraron en silencio, pensando en lo que solía suceder en los bares del hotel durante largos periodos de mal tiempo. Subieron la reja y dejaron entrar a Dulce.

El vestíbulo del hotel era un caos. Los huéspedes intentaban hacer el check-out, para irse antes de que llegara la tormenta. Los representantes se mantenían tranquilos. Dulce intentó localizar a Laura en medio del caos.

—Es demasiado tarde —escuchó decir a uno de los representantes con calma—. Todo el tráfico aéreo ha sido suspendido. Nadie saldrá de la isla hasta que pase.

La gente quería saber cuánto duraría la tormenta.

—Es difícil de predecir —dijo otro representante—. Pero prometemos mantenerlos informados a través del canal de televisión del hotel, en nuestra página web y en nuestras redes sociales, o, si prefieren un mensaje directo, ¿quieren que los inscriba ahora?

Los huéspedes querían saber qué tan fuerte iba a ser la tormenta.

—Por ahora, dicen que parece de categoría cinco —dijo el representante.

Los huéspedes querían saber cuántas categorías había.

—Cinco —dijo el representante.

Los huéspedes querían saber si estarían a salvo.

—Esperamos escombros voladores, inundaciones y vientos de más de 160 millas por hora. Mientras se queden dentro del resort, estarán bien. Este hotel fue construido con materiales de última tecnología. Puede soportar vientos de hasta 200 millas por hora.

Dulce se abrió paso entre la multitud, esquivando a las personas hasta llegar a la galería exterior donde, justo un día antes, sin saberlo, las hermanas Vargas habían bebido una cantidad exorbitante de champán. Habían roto un récord. Dulce se sentía como el viento, ganando fuerza, girando fuera de control. ¿Sus hijas desaparecidas en una tormenta de categoría cinco? Pero tenía una pista: ese hombre con la pulsera del Grand Paloma. Y Laura le diría dónde encontrarlo. Si intentaba ocultarle la verdad, Dulce la mataría, luego encontraría a Elena y le haría lo mismo. Esto no era exageración ni hipérbole.

Laura no estaba por ninguna parte. Dulce se abrió paso entre la multitud, empujando a las personas fuera de su camino.

Capítulo 24

Elena anticipaba las sirenas de la policía y a los oficiales armados y uniformados que irían a capturarla y tirarla contra el suelo para ponerle esposas en las muñecas. Pero cuando llegó a inmigración en el Aeropuerto de Heathrow, no hubo más que miradas de admiración de pasajeros cansados en la fila —que esperaban que los dejaran salir a disfrutar la tarde, uno tras otro mientras examinaban sus documentos y les hacían preguntas que ella no alcanzaba a escuchar—, que la confundieron con una de esas estudiantes de intercambio que ellos mismos habían sido hacía ya mucho tiempo.

Elena se transportó momentáneamente al Grand Paloma Resort, a la realidad surreal de que justo aquella mañana (*no, la mañana de ayer*) había estado caminando descalza sobre los suaves pisos alfombrados de una suite presidencial, de la mano con una niña turista de ocho años que no dejaba de pedir que le hicieran helicóptero por toda la habitación. "Más rápido, más alto, más rápido, más alto".

En la fila de aduanas e inmigración, todo avanzaba de manera tan mecánica y con tal fluidez que llegó a convencerse de que el hombre que la atendería (todos en los cubículos eran hombres) sería quien la enviaría de regreso, de vuelta a la Cascada de la Paloma para encerrarla. A su derecha, pasada la cuerda que la mantenía a ella y a los demás visitantes en una fila organizada, se erguían varias pantallas de aspecto futurista. Algunos viajeros afortunados, incluyendo al hombre de barriga prominente que se había sentado a su lado en el avión, pisaban unas enormes huellas pintadas en la alfombra desgastada, mirando fijamente a una pequeña luz verde antes de avanzar. No era necesario hablar con otro ser humano mientras pasaban por la zona de aduanas e inmigración. Ella creyó que, en algunos años, los hombres dentro de los cubículos de vidrio que hablaban, sonreían y recibían a los visitantes serían solo un recuerdo nostálgico. Elena, absorta en ese pensamiento mientras sujetaba el frío broche metálico que mantenía la cuerda en su lugar, consideraba lo que significaba estar viva en un momento de transición tan grande. Estaba agradecida por la persona que le indicó que avanzara. Tenía la esperanza de que un ser humano no notara que era una criminal buscada, un error que una computadora difícilmente cometería.

En su estado distraído, no vio los gestos del hombre que la llamaba desde dentro del cubículo de vidrio, y la persona detrás de ella pasó agresivamente, tomando su lugar frente al inspector de inmigración disponible.

Casi de inmediato, otro hombre la llamó hacia adelante. Cuando se acercó al hombre de piel oscura, con cabello brillante y ojos húmedos, este parecía sorprendido al verla. Hojeó su pasaporte y hubo una pequeña escena mientras intentaba revisarlo en el espacio tan pequeño. Cuando logró recuperar la compostura, comenzó a escribir rápidamente en la computadora. Luego levantó los ojos, mirándola fijamente, yendo de su rostro real a la imagen en el monitor de la computadora. Elena contuvo la respiración. Estaba ligeramente hipnotizada por sus cejas, cómo se encontraban suavemente en el centro, con algunos folículos rebeldes disparando los pequeños vellos en espiral.

—¿Elena Moreno? —preguntó con un fuerte acento británico.

—Mis amigos me llaman Lena —dijo ella con la garganta seca.

Él la miró por un buen rato. Ella se preguntó si podría notar que era la primera vez que pronunciaba ese nombre para referirse a sí misma. Durante su escala en el JFK de Nueva York, había corrido al baño para examinar su rostro, preocupada de que el rasguño en su mejilla pudiera haber comenzado a sangrar por lo mucho que había llorado. Se sorprendió al descubrir que casi había desaparecido. En su lugar, había un pequeño punto rojo que podría haber sido una marca de nacimiento, o quizás un truco de maquillaje para resaltar un hoyuelo que estaría exactamente en ese punto si sonriera.

—¿Cuál es el propósito de tu visita? —preguntó con un tono profesional que parecía contradecir a su rostro amable.

—Vengo a trabajar —dijo ella—. Como *au pair* —agregó, mientras una imagen de la niña turista rubia, quien había pasado de ser una navaja rígida a una muñeca de trapo flácida en cuestión de segundos, interrumpía su currículum mental.

Las manos de Elena estaban tan sudorosas como su rostro.

El hombre pidió algunos documentos laborales. Ella se los entregó. Él fingió leer los papeles cuidadosamente, pero ella sospechaba que su mirada estaba fija en su fotografía. Había tenido el cabello largo y recto cuando se tomó esa fotografía hacía seis meses. Llevaba los pequeños aretes de perla que Laura había dicho que la harían verse más presentable cuando solicitara ser admitida a otro país como trabajadora contratada.

Escribió algo en un pedazo de papel que deslizó entre las páginas de su pasaporte, pero no sin antes cubrir el gesto con una palma abierta. No la miró mientras lo hacía. Tecleó, tecleó, tecleó. Escribía solo con dos dedos, los índices. A diferencia de Laura, quien tecleaba furiosamente usando todos los dedos y que usaría la nariz y los labios para escribir más rápido si hubiera podido. Laura, que siempre mordía sus labios mientras sus dedos volaban sobre el teclado. Finalmente, el hombre sacó un sello. Lo presionó con un fuerte ruido en su pasaporte nuevo. Impreso en la página quedó un rectángulo con un conjunto de números rojos brillantes, que le daban permiso para entrar a este nuevo país, con autorización para quedarse un año antes de tener que renovar la visa. Dejó salir todo el aliento que había estado conteniendo. Él le sonrió de manera tímida, dejando entrever sus dientes. Su diente frontal izquierdo estaba astillado, cortado en un ángulo perfecto hacia adelante.

—Espero que disfrutes tu estadía —dijo. Luego soltó una palanca y la puerta de vidrio frente a ella se abrió. Su nueva vida estaba a solo unos pasos.

Al alejarse, sintió que él se habría volteado a mirarla, pero otra persona ya ocupaba su lugar frente a él. Se detuvo, mirando el pedazo de papel que había deslizado en su pasaporte con su nombre, Michaelangelo, y cómo los números que había escrito parecían palpitar. Sintió un calor que le subía por el estómago. Este pedazo de papel, decidió, sería su amuleto de la suerte. Devolvió el papel al mismo lugar donde él lo había puesto.

Elena avanzó con confianza por la larga pasarela móvil, como si supiera hacia dónde se dirigía. En casa, luchaba con partes de sí misma que se contradecían. Siempre había sido buena para motivar a la gente a cambiar sus vidas, a luchar contra el pensamiento racista y colonialista. Sabía que sin ella, su hermana no habría trabajado tan duro por los derechos de los empleados del resort. Ella simplemente habría bajado la cabeza, agradecida por el salario y las migas que les daban a ambas. Cuando su padre desapareció, Laura había comenzado a perder energía. Elena había sospechado que algo malo le había pasado a su padre. Y esa constante preocupación de que él estuviera sufriendo en algún lugar, solo, hambriento y con frío, había sofocado a Elena, empujándola a buscar una pastilla más, solo una más, para sentirse ligera y bien. Cuando Laura le pidió que actuara de acuerdo a su edad, quería que Elena actuara como la Laura de diecisiete años, que había sido una adulta cansada desde los catorce. Elena no veía nada malo en tomar algunas pastillas. Todos sus amigos de la academia global habían hecho mucho más; usaban cocaína y hongos, y algunos de los chicos más alocados habían probado heroína y metanfetamina. Ella estaba actuando de acuerdo a su edad. Claro, Laura no entendía eso. Pensaba que tomar una copa durante el horario laboral era un comportamiento salvaje.

Elena todavía sentía la tensión del día anterior, incluso mientras su cuerpo daba esos grandes y largos pasos. Había una pesadez que le ahogaba la garganta, que le arropaba el cuello, que se le metía por debajo del cabello; no sabía si alguna vez podría librarse de ella. Trataba de no pensar en las niñas de Dulce, pero sus caras seguían interrumpiendo sus pensamientos. ¿Qué habían hecho cuando salieron de la playa? ¿En qué dirección habían ido? ¿El turista las había alcanzado? Si lo había hecho, ¿habían logrado escapar de él? Durante la primera parte de su viaje, Elena le había prometido a Dios que dejaría de fiestar tanto, que dejaría las drogas a cambio de la seguridad de las niñas. Si se esforzaba por ser una mejor persona, tal vez eso sería suficiente para evitar otra catástrofe como la que había causado con la niña turista.

Concentrada en cada paso, se abrió camino en el aeropuerto. Al igual que en el hotel, allí había gente de todo el mundo. Hablaban idiomas que no entendía, tratando de llegar a sus destinos. Intentó canalizar esa misma vibra. No tenía equipaje que recoger, ya que solo traía su pequeño bolso. A lo largo del viaje, había mantenido el Wi-Fi de su teléfono apagado, preocupada de que si lo encendía, su hermana (y tal vez las autoridades) pudieran rastrearla. Solo cedió una vez, cuando tomó una foto de las nubes esponjosas desde el asiento junto a la ventana del avión. ¿Qué la había impulsado a publicar la foto? La borró en menos de cinco minutos. Luego tomó la última pastilla que aún tenía en su bolsillo, decidiendo flotar con esa ligereza hasta llegar a Londres.

Cuando pensó en el plan para su llegada, le preocupaba que tendría que encender el Wi-Fi de su teléfono para encontrar a su amiga Socorro. Habían acordado que ella saldría del aeropuerto por el área de reclamo de equipaje y Socorro la estaría esperando allí. Pero el reclamo de equipaje estaba abajo y no había salida en ese piso. Para salir del aeropuerto, tuvo que subir una escalera mecánica equivalente a dos pisos por lo menos. Su corazón comenzó a latir con pánico mientras subía la escalera. ¿Y si no encontraba a su amiga? Le escribió a la agencia con la que había hablado el año pasado para decir que ya estaba en Londres y necesitaba trabajo. Respondieron en un abrir y cerrar de ojos: la demanda de *au pairs* estaba en "su nivel más alto". Acordaron que ella iría el lunes por la mañana. Se obligó a respirar profundo y calmarse. Nunca imaginó que sería tan fácil hacer una nueva vida. Y, sin embargo, ahí estaba. Después de comenzar desde cero, había logrado llegar a Europa. Había escondido todo su dinero en un compartimento interior de su bolso. Nunca lo declaró mientras pasaba por los diversos procedimientos de aduana y llenaba todos esos formularios. Ahora lo mantenía cerca de su pecho. Si lo peor llegaba a suceder, simplemente cambiaría dólares por libras y encontraría un hostal para pasar la noche. Tal vez tendría que comprar un teléfono desechable, o alguna otra cosa absurda para asegurarse de que nadie la encontrara.

Sus preocupaciones desaparecieron cuando atravesó la puerta de salida.

—¡Elena! —gritó Socorro al fondo, exhalando una bocanada de humo, pisando rápido el cigarro e ignorando a las personas que parecían molestas por el volumen de su voz.

Su amiga corrió hacia ella y cuando estuvo lo suficientemente cerca como para tocarla, Elena notó que Socorro todavía conservaba el aroma de casa: de un mar amplio, de un cielo azul, de una brisa que se llevaba la mayoría de las cosas malas, después de todos esos años. Cuando esa brisa se calmó, había un aroma menos agradable, un hedor sucio, un olor amargo que *también* era hogar. Socorro era más alta de lo que Elena recordaba. Su cabello, también voluminoso, le hacía lucir más alta, con rizos perfectamente ondulados que enmarcaban su cara en forma de corazón. Tenía los labios pintados de un rojo brillante, y obviamente habían sido aumentados con rellenos; las uñas le brillaban en la luz tenue del pasillo del aeropuerto. Tenía una nariz de botón y unos ojos grandes e inconfundiblemente felinos que le habían ganado el apodo de "La Gata".

Elena permitió que su amiga la abrazara. Era viernes, al final de la tarde en Londres. A pesar de la multitud de personas que pasaban por la salida, el aire no llevaba consigo ningún aroma. Pero cuando se humedeció los labios por los nervios, Elena sintió un sabor a tiza en la boca.

—No puedo creer que estés aquí, Elena —dijo Socorro.

—Creo que ahora soy Lena —dijo Elena, con algo de inseguridad.

Socorro le dio un fuerte apretón en el hombro.

—¡Veo que ya comenzaste a reinventarte! Me encanta —dijo.

Socorro tomó el pequeño bolso de Lena. Lena lo soltó a regañadientes.

—Y yo pensaba que *yo* viajaba ligera —murmuró Socorro.

Caminaron un poco, cruzaron una calle y entraron en un edificio que resultó ser un estacionamiento. Había algo extraño en su amiga. Caminaba demasiado rápido, hablaba sin hacer pausas para respirar. En un área abarrotada donde la gente esperaba sus transportes compartidos, se inmiscuyeron entre maletas y niños llorando hasta llegar a un auto de dos puertas tan pequeño que tuvieron que plegar el asiento delantero para que pudieran entrar en el asiento trasero. Socorro entró primero. Lena tuvo que entrar al auto de espaldas, agachándose casi en cuclillas. Casi no podía mirar la cara de su amiga. El largo discurso de Socorro ahora tocaba el tema del clima de Londres, cómo en un momento estaba cálido, luego ventoso, luego llovía, luego hacía frío. Pero siempre húmedo, así que no podían olvidar que aquí, también estaban en una isla.

—Un lugar con el temperamento volátil de una mujer —dijo el conductor en inglés.

El conductor tenía grandes rastas, pero era de piel clara. Su cara estaba parcialmente oculta por su cabello, aunque su teléfono iluminaba su perfil. Su pantalla mostraba un mapa. Murmuró algo sobre *el puto tráfico* y Elena escuchó en su voz que no era dominicano. Era argentino. No le habló ni le prestó atención a Elena. *Lena*, se dijo a sí misma, *ahora eres Lena*. Hojeó su pasaporte. ¿Tal vez podría elegir un nuevo nombre de verdad? ¿Hacer un cambio radical? Tocó el número de teléfono del inspector de inmigración, Michaelangelo.

Socorro le quitó el papel de las manos.

—Esa hermosa sonrisa nunca te falla —dijo—. ¿De quién es este número?

Lena dijo algo rápido sobre el inspector de inmigración.

Socorro arrugó el papel y presionó un botón en el lado del conductor de la puerta del auto. El vidrio se deslizó hacia abajo, desapareciendo dentro de la puerta. Socorro tiró el papel arrugado por la ventana.

—No viniste a Londres a pasar el rato con un trabajador gubernamental sin un peso, ¿verdad? —dijo.

No. No había venido a Londres a pasar el rato con hombres pobres. Había venido a alejarse de un error del tamaño de su vida. Quería deshacerse del calor infernal, del irritante sonido de las olas, de la asfixiante decepción que Laura sentía por ella, de su insistencia en que Elena ordenara su vida y madurara. Había venido a Londres para liberarse.

Pensó en las niñas de Dulce. Imaginó al turista, con sus grandes manos, abarcando a las niñas, arrancándoles la ropa y lastimándolas. Sacó esos terribles pensamientos de su mente. Las niñas tenían que estar bien. Tenían que estar bien. Desearía poder abrir la puerta del auto y recoger el papel. ¿Y si la supervivencia de las niñas dependía de que tuviera ese pedazo de papel, de aferrarse a un poco de buena suerte?

—¿A eso viniste? —insistió Socorro—. ¿Viniste aquí para ligar con hombres pobres?

—¡No! —dijo Lena, diciéndose a sí misma que no necesitaba ser supersticiosa, no necesitaba un amuleto de buena suerte. Ella crearía su propia buena suerte. Sí. Lo haría.

—No puedo creer que estés aquí, papi Chulo —dijo Socorro, dirigiéndose al conductor—. Cuando éramos niñas, soñábamos con mudarnos a Europa. Decíamos "Vamos a dejar este maldito campo y vamos a ser mujeres sofisticadas y ricas en Londres".

Lena no corrigió a su amiga. Sus planes nunca habían incluido Londres. Habían hablado de Nueva York, Ibiza, Río de Janeiro, París, Singapur. Nunca Londres.

—Vamos a divertirnos tanto —dijo Socorro—. ¿Me crees?

Lena asintió. Socorro siempre había sido la reina de la diversión. Lena nunca había conocido a una persona a quien le importara menos lo que pensaran los demás, que realmente bailara solo al ritmo de su propia melodía. Como si fuera una respuesta, Socorro metió la mano a través del reposacabezas del conductor frente a ella y le acarició el cuello.

—Pon buena música —dijo—. Deja de obsesionarte con el tráfico. ¡Vámonos!

El hombre encendió el auto. "Coco loco" de Maluma retumbó desde los altavoces, comenzando a mitad de la canción. Los pasajeros que aún esperaban sus autos los miraron disgustados. Socorro actuó como si nada, cantando, poniendo su brazo alrededor del cuello de Lena. Chulo soltó una carcajada y Lena no estaba segura de qué le parecía tan gracioso. Él se unió a Socorro y comenzó a cantar. Tenía muy buena voz. Eso la hizo pensar en Laura, en lo mucho que le gustaba escuchar a su hermana cantar.

Lena hizo como si no le importara que el conductor la estuviera ignorando. Ella no hizo caso a la corazonada creciente de que tal vez el conductor estaba terriblemente desfigurado y por eso no se volteaba a verla. Era un miedo infantil latente que insistía en que tal vez, en lugar de una cara, no tenía más que piel tensa modelada alrededor de los huesos de su cráneo.

—Vete por el camino largo, Chulo —dijo Socorro.

El auto salió en reversa del espacio de estacionamiento y se alejó a gran velocidad. Lena finalmente cedió, cantando para apartar los pensamientos aterradores de Socorro y su hombre sin rostro. Estaba muy cansada. ¿A quién le importaba si él estaba desfigurado? Era más probable que el hombre solo fuera feo. Estaba exactamente donde quería estar, y nada iba a cambiar eso. Socorro apretó su brazo aún más alrededor de su cuello, impidiéndole cantar.

Socorro le pidió al hombre que le diera un *tour* a Lena. El camino largo resultó ser un paseo por Piccadilly Circus. El pequeño auto se curvó con agilidad alrededor de la estatua que se erguía pequeña en el cielo gris, tejiendo peligrosamente entre el tráfico, acercándose lo más posible para que Lena pudiera observarla. Con su arco y flecha y alas extendidas, una pierna en el aire como si estuviera lista para la batalla, la estatua le dio a Lena la sensación de que esta ciudad la entendía. Ella, al igual que la estatua, estaba en pleno vuelo.

Lena le preguntó a Socorro qué representaba la pequeña estatua.

—¿A quién le importa? —respondió Socorro, luego, como reconsiderando, sacó su teléfono y escribió con la mano izquierda mientras su brazo derecho seguía enganchado alrededor del cuello de Lena.

—Anteros es el dios del amor desinteresado.

—Como tú, nena —dijo Chulo.

Socorro se quedó en silencio ante eso. Desenganchó su brazo del cuello de Lena.

Siguieron adelante, dejando atrás las brillantes luces intermitentes de los gigantescos monitores en los altos edificios de Piccadilly Circus, una visión que le evocaba a Lena la imagen de Times Square en Nueva York que había visto en demasiados videos en YouTube. Después, condujeron muy cerca del Westminster Bridge y Lena estaba genuinamente boquiabierta. Esta ciudad era asombrosamente hermosa, un lugar verdaderamente majestuoso. Cada edificio se erguía regio, teñido del color de la arena mojada. Había una luz suave que flotaba sobre la ciudad y cada cuadra era de una escala grandiosa, algo que la transportaba a otro lugar. Lena apretó la mano de Socorro en señal de gratitud. Socorro la apretó de vuelta y comenzó a cantar nuevamente.

Lena no había hecho nada malo. La niña rubia se había despertado y ahora la entretenía otra niñera. Niña y Perfecta se habían escapado del pedófilo, que ni siquiera las había tocado. Todos estaban bien. Todo estaba bien. ¿En qué mundo habría sido recompensada con este milagro de lugar si realmente hubiera hecho algo terrible? Había llegado a una tierra de reinas y reyes, príncipes y princesas.

Sintió cómo su estómago gruñía.

—¿Podemos ir a comer? —le preguntó a Socorro, su voz compitiendo con la música alta.

Socorro siguió cantando en voz alta, ignorando lo que Lena le había pedido. Metió una mano nuevamente a través del reposacabezas, agarró una rasta gruesa y la envolvió alrededor de su muñeca.

Capítulo 25

Las dos mujeres se enfrentaron en el PH7, la suite desocupada por la familia que Pablo había llevado al otro resort. Cuando Dulce le pidió a Laura que viera el video en el vestíbulo, Laura paró el video inmediatamente. Sabía exactamente quién era el huésped en ese video. Le había dicho a Dulce que podían ir a la habitación de la familia, ver el video allá arriba, incluso revisar la suite.

Dulce estudió a Laura mientras miraba el video. Laura sintió la intensidad de su mirada mientras trataba de entender lo que veía. Cuando el clip de dos minutos terminó, volvió a darle *play*.

La primera vez que lo vio, había quedado completamente sorprendida, horrorizada. Hubo una conversación que no pudieron oír, que resultó en un intercambio de dinero. Luego, el turista salió del cuadro en dirección al baño o las escaleras que conducían al apartamento de arriba. Cuando se fue, Elena seguía en la barra, hablando con las niñas, y ellas estaban bien. Las niñas fueron al baño, nadaron, regresaron a la playa y se quedaron allí un rato. Luego parecían irse en la dirección opuesta a la que había tomado Elena.

La segunda vez que Laura vio el video, pensó en la responsabilidad. Dios no lo quiera, pero si algo terrible les pasó a las niñas, su hermana no estuvo cerca de ellas cuando sucedió. El video no mostraba al huésped del hotel tocando a las niñas. Así que el hotel también quedaba libre de culpa. Luego, dándose cuenta de su propia frialdad, miró a las niñas en la pantalla. Corrían, estaban felices. Esta pudo haber sido la última vez que las filmaron con vida.

—¿Puedes poner el audio? —pidió Laura.

—No —dijo Dulce, tomando su teléfono—. No hay audio.

—No sé qué significa este video —dijo Laura—. Ese hombre es el padre de la niña que Elena estaba cuidando en el resort. ¿Tal vez le dio dinero para comprar algo? ¿Para conseguirle algo?

Laura sabía por qué su hermana había aceptado el dinero del hombre: para escapar. ¿Había acordado Elena encontrarse con él en el bar de Dulce? No tenía sentido. Ella pensaba que era responsable de la muerte de su hija. ¿Por qué lo llamaría? A menos que supiera que la niña estaba bien. Pero los ojos del hombre no daban indicios de familiaridad, no estaban hablando como si se conocieran. ¿Quizás el hombre no sabía que era ella, y Elena decidió seguirle la corriente? Por primera vez, Laura se sintió aliviada de que estos malditos turistas nunca las miraran realmente; en cambio, las miraban sin prestar atención, pasándolas por alto, como si fueran un mueble cualquiera. A su hermana no le hubiera sorprendido que este hombre, con quien había compartido durante toda una semana, no la hubiera reconocido sin su uniforme, fuera del contexto de su trabajo. Eso sucedía todo el tiempo.

—¿Y dónde está él? —dijo Dulce, con voz frenética, caminando de un lado a otro.

—Pablo acaba de llevarlos al Yellow Paloma.

—¿Entonces por qué me trajiste aquí? Si sabías que era él, ¿por qué pierdes tiempo?

Dulce no pudo controlar el temblor de sus manos, que se extendió hasta que su cuerpo entero temblaba.

—Porque las niñas no estaban en el auto con ellos, Dulce. Pensé que podíamos empezar aquí, ya que ellos se fueron.

—Los vi en la carretera. Tal vez podamos alcanzarlos. —Dulce desbloqueó su teléfono y llamó a Pablo.

Él no contestó.

—Llama a Pablo. Dile que se devuelva.

—Siéntate —dijo Laura.

—No, no quiero sentarme. Llama a Pablo ahora, dile que se devuelva. Si no lo haces, voy a llamar a la policía. Le voy a decir a Fabien que llame al director ejecutivo del hotel.

Laura marcó su propio teléfono de oficina, haciendo como si estuviera llamando a Pablo. Estaba preocupada por lo que el hombre pudiera decir sobre su hermana. Quería llegar hasta él, pero no con Dulce cerca. Cuando el buzón de voz contestó, habló con autoridad al teléfono.

—Pablo, por favor devuélveme la llamada cuando escuches este mensaje. Necesitamos que te devuelvas, regresa al hotel. Es una orden.

—Busca el número de teléfono del hombre. Llámalo directamente.

—Tengo que ir a mi oficina para eso e iniciar sesión en el sistema.

Laura se fue hacia el área del bar. Tomó cuatro pastillas para dormir y, con un vaso, las trituró hasta convertirlas en polvo. Echó el polvo en un vaso, vertió una cerveza Presidente fría en él. Luego vertió el resto de la cerveza en otro vaso.

Colocó dos pastillas en la palma de su mano y se las extendió a Dulce.

—¿Por qué no te tomas estas pastillas?

Dulce no las tomó.

—¿Qué son?

—Pastillas para dormir. Obviamente necesitas descansar.

Dulce le tiró el teléfono a Laura, golpeándola en el pecho. Le dolió. Sorprendida, dejó caer las pastillas en el piso alfombrado. El teléfono resbaló debajo del sofá. Ninguna de las dos se molestó en recogerlo.

—¿Estás loca? —gritó Dulce—. Viene un huracán. Mis hijas están perdidas allá afuera. ¿Crees que voy a dormir? El hombre se fue con Pablo y no se llevó a las niñas con él. Así que deben estar por aquí, en algún lugar.

Dulce se dirigió por el pasillo hacia el dormitorio principal. Abrió las enormes puertas del vestidor y tiró toda su ropa al suelo. Caminó hasta el baño y abrió de golpe las puertas de la ducha. Salió de nuevo al pasillo y entró en la habitación de la niña. Los vestidos habían sido doblados y organizados sobre el gavetero por el personal de limpieza. Sus pequeñas sandalias estaban junto a las puertas dobles del balcón.

El primer rayo de la tormenta iluminó el exterior, alumbrando el perfil de una palmera y deteniendo los frenéticos movimientos de Dulce. Unos segundos después, la palmera se rompió con la fuerza del viento y la lluvia. Se escuchó el sonido del agua golpeando los cristales de las ventanas, el aullido del viento. Por un momento, fue como si una ola hubiera salpicado las ventanas, pero sabían que el mar no llegaría a este piso. Era solo lluvia.

Laura tocó con una mano el lugar adolorido donde el teléfono la golpeó, y señaló hacia afuera con la otra.

—No podemos ir a ningún lado ahora. Trata de dormir un poco, y cuando despiertes, la tormenta habrá pasado, el hombre habrá vuelto y llamaremos a la policía.

Dulce soltó una risa irónica.

—Voy a bajar. Conseguiré su número yo misma.

Laura asintió.

—Iremos juntas —dijo—. Déjame buscar algo de beber.

De vuelta en la sala, tomó el vaso de Presidente que se había servido y se lo tomó. No se dio vuelta durante varios momentos. Cuando finalmente lo hizo, Dulce ya había bebido la cerveza que le había servido de un solo trago, como Laura esperaba.

—Esta cerveza sabe a mierda —dijo Dulce.

—Solo necesito orinar —dijo Laura, dirigiéndose por el pasillo hacia el baño de la niña.

Se tomó todo el tiempo posible antes de regresar a la sala.

—Tiene que haber una explicación —dijo Laura—. ¿Has hablado con Vida?

—No —dijo Dulce. Estaba sentada en el sofá blanco, con la cara entre las palmas de las manos. Lloraba—. Vida está embarazada. No quería molestarla con esto.

—Vida estaría feliz de ayudarnos —dijo Laura, levantando las cejas—. Sé que estás desesperada, pero te juro que vamos a encontrar a las niñas. Esto tiene que ser un gran malentendido. Ellas están a salvo y felices en algún lugar.

Dulce imaginó a sus hijas en un lugar seguro. Las visualizó felices, incluso gozosas, como habían estado mientras bailaban bajo la lluvia en el video. Dulce sintió que sus párpados se volvían pesados.

—Si alguien le hizo daño a mis niñas, lo voy a matar —trató de decir.

Laura no tenía idea de lo que significaban esas palabras arrastradas, balbuceadas. Afuera, el ruido era cada vez más fuerte. Pero las pastillas eran tan fuertes que ningún ruido despertaría a Dulce. Al menos descansaría un poco. Laura le sostuvo la mano y observó cómo caía en un sueño profundo.

Laura se preguntaba si la lección que había intentado enseñarle a su hermana menor fue lo que terminó creando esta situación desastrosa. Si fuera cierto, Laura era responsable de lo que le sucediera a esas niñas.

Llamó a su hermana otra vez. Y otra vez. No había buzón de voz para dejarle un mensaje. Le escribió un texto. Le dijo que había visto el video, que Dulce estaba en el hotel. **Por favor Elena, llámame. Tienes que decirme dónde estás. Al menos déjame saber que estás bien.**

Intentó llamar a Pablo, esta vez de verdad, pero tampoco contestó. La llamada fue directo al buzón de voz.

Su hermana había publicado una foto desde un avión. No tenía muchos amigos en el extranjero. Laura llamó a La Gata, la antigua amiga de Elena que se había mudado a Londres. La llamada fue directo al buzón de voz. Un momento después, llegó un mensaje de texto.

¿Qué pasa, Laura?, escribió La Gata. **No puedo hablar ahora.**

¿Elena está contigo?, respondió Laura.

No, Elena no está aquí, respondió La Gata de inmediato. ¿Qué pasa?

Laura cerró el mensaje de texto.

En el teléfono de Laura apareció un mensaje de uno de sus empleados: ¡EMERGENCIA! ¡EMERGENCIA! UNOS TURISTAS SE DIRIGEN A LA PLAYA CON TABLAS DE SURF.

Laura cubrió a Dulce con una manta cálida. Se había quedado dormida. Al menos podría superar ese día y resolver algunas cosas, sin preocuparse por el estado maníaco de Dulce.

Bajó las escaleras, salió a la playa, enfrentó las enormes olas que chocaban y los vientos que arremetían. Un poco más adelante en la playa, vio a Pasofino haciendo señales a los turistas para que regresaran a la orilla. Su voz se perdió en el viento. Sin pensarlo, se metió al mar y su cabello, vuelto un montón de mechones que volaban en el viento, la golpeaba una y otra vez. El agua solo llegaba hasta sus rodillas, pero la corriente era tan fuerte que la arrastró y le hizo perder el equilibrio. Cuando se aferró a la arena para ponerse de pie nuevamente, sacó un puñado de lo que inicialmente pensó que eran algas, pero no lo eran. Era una camiseta roja de tamaño adulto con el logo del equipo de fútbol alemán que Fabien amaba. Era la camiseta que Perfecta había usado el día anterior. Lanzó la camiseta de vuelta al mar.

Luchó por ponerse de pie. Estupefacta, hizo señales a los surfistas para que salieran de la maldita playa, les gritó. Pero se quedaron donde estaban, ignorándola como si no estuviera allí. Hizo movimientos más y más notorios con los brazos; no era seguro estar allí. Tenían que regresar a la orilla. Eventualmente, Pasofino la sacó del agua, arrastrándola hacia la orilla. Pero ella se negó y se mantuvo firme.

—Esto es peligroso —dijo él—. No vale la pena arriesgarte por ellos.

Ella miró a los turistas con preocupación. Tenían palos para selfies y grababan su idiotez. Pensó en la camiseta. ¿Estaban muertas las niñas? Las niñas debían estar muertas. ¿Pero dónde estaban sus cuerpos? ¿Qué había hecho?

—Vamos —dijo Pasofino, volteándole suavemente la cara y arrastrándola hacia la orilla. Ella cedió y dejó que la llevara adentro, donde uno de sus compañeros de equipo los esperaba con toallas secas y calientes.

Capítulo 26

Con su esposo sentado junto al chofer, absorto en su teléfono, y su hija profundamente dormida, agotada por la emoción de prepararse para visitar el otro resort, Sophie se sentía agradecida de haber elegido el Grand Paloma como destino. No había estado allí en nueve años, no desde que trabajó allí el primer año que abrió, y le costaba creer que el Grand Paloma Resort siguiera siendo tan lujoso después de una década, cuando la mayoría de los resorts comenzaban a mostrar problemas. Pero la administración se había esforzado en reemplazar los muebles y los materiales; incluso mantenían los jardines y árboles meticulosamente cuidados con un nivel de atención que rara vez había visto en las docenas de resorts Paloma que había visitado. No podía entender cómo generaban ganancias. Por supuesto, la empresa no pagaba alquiler ni impuestos por el terreno. El gobierno había expulsado a los lugareños sin darles ni un centavo, asegurándoles que habría tanto trabajo disponible que ni siquiera extrañarían la tierra. Les pagaban una miseria a los trabajadores locales. Nada sorprendente. Si el resort seguía abierto, era porque tenían ganancias.

Ese primer año, el resort prácticamente había regalado las reservaciones. Había sido una estrategia diseñada para generar entusiasmo entre los más adinerados. Y había funcionado. Como asociada de satisfacción del cliente, Sophie había pasado muy poco tiempo fuera de los terrenos del resort. Habían sido solo dieciocho meses en la región del Caribe, entre Jamaica, Turcas y Caicos y la República Dominicana. En aquel entonces, su prioridad era garantizar que cualquier necesidad de los huéspedes fuera atendida. Desde vestidos de Oscar de la Renta pedidos con un solo día de antelación hasta el traslado en helicóptero de una pareja sobre las cascadas, las montañas o cualquier otro escenario hermoso para una sorpresa de cumpleaños improvisada. Había aprendido que prácticamente no existía nada que una persona rica no pudiera obtener si lo deseaba. En aquel entonces, Sophie sentía un subidón de adrenalina al resolver cualquier problema y satisfacer cualquier deseo, por más extravagante que fuera. Verse capaz de resolver cualquier cosa la llenaba de orgullo.

Cuando la mujer vestida de Oscar de la Renta decidió que no estaba lista para dar el "sí" a una vida de matrimonio, su futuro prometido se quedó solo en una suite presidencial. Sophie decidió llevarle algunas bebidas, dispuesta a escuchar lo que anticipaba serían los lamentos de un hombre con el corazón roto. En cambio, lo encontró tranquilo, imperturbable. Al principio se sintió preocupada, luego complacida. Él se convirtió en su esposo.

Aunque las carreteras por las que transitaban eran amplias y lisas, con el asfalto todavía negro como el azabache y señales electrónicas en inglés avisando sobre peligros en el camino, el paisaje que los rodeaba parecía sacado de *Condé Nast Traveler*. Se extendía interminable, deshabitado, desolado y sereno, de una manera que desafiaba la época actual.

Pablo conducía rápido. Maniobraba con agilidad en las curvas cerradas y traicioneras, algo emocionante de ver, pero estresante para el que lo experimentaba. A su lado, Pelusita dormía profundamente, con un poco de baba escurriéndose por su barbilla. Se salió con la suya. Llegarían al parque acuático con suficiente luz del día y se lanzarían por toboganes tan altos como la ventana del quinto piso desde la que miraba en su casa en Central Park East, en Nueva York.

El esposo de Sophie parecía estar en otro lugar, mirando por la ventana durante las muchas horas que llevaban en la carretera. Incluso cuando hicieron una breve parada para ir al baño, estaba distraído. A estas alturas del viaje, normalmente estaría tranquilo y satisfecho. Pero lo que fuera que quería, aún no lo había conseguido. Sophie lo sabía por lo tenso y perturbado que se veía. Estaba decidida a que él se divirtiera. Estos viajes lo tranquilizaban y le daban una felicidad que nada más podía igualar. Antes, eran otras mujeres las que lo hacían sentir así, hasta que Sophie descubrió sus infidelidades. Él había anticipado su indignación, un costoso divorcio, pero Sophie se sintió aliviada. Nunca había creído en la monogamia y las relaciones a menudo la aburrían. Lo que otros veían como un final claro, ella lo vio como el comienzo de su verdadera vida juntos. Liberados de la necesidad de esconderse y mentir, se permitieron la libertad de ser ellos mismos. Por supuesto, no fue fácil hacer que funcionara. Intentaron incluir a una tercera persona; Sophie también disfrutaba del sexo con mujeres. Pero la situación siempre terminaba en algún tipo de drama. Les llevó un tiempo darse cuenta de que la clave era subirse a un avión. Vivir salvajes y libres por un par de semanas hasta que pudieran hacerlo de nuevo.

Sophie disfrutaba una sensación de tranquilidad con el cambio de paisaje; el mar borroso, la exuberante montaña, las copas de los árboles que tornaban todo más oscuro y fresco. Sentía como si estuviera sola en el auto. Bueno, sola en el sentido de que las únicas dos personas que importaban eran ella y el conductor que la llevaría a su destino. Y pensar que su madre le había advertido que no viajara a la República Dominicana. "Todos los días hay robos y secuestros. A la gente le disparan en la cabeza por unos tenis usados", le había dicho su madre. Sophie le recordó que ella había vivido allí y nunca le había pasado nada malo. Aun así, las advertencias de su madre resonaban en su mente durante la primera parte del viaje; se preocupaba por Pelusita. Aunque debía quedarse dentro del resort con la niñera, Sophie temía que algo terrible les ocurriera durante alguna de sus aventuras.

Había guardado bajo llave la obscena cantidad de dinero en efectivo que trajeron al país, se quitó los aretes de diamantes, su anillo de compromiso y sus alianzas de boda; llevaba tres en su dedo anular, como se estilaba en el Upper East Side. Tomó el reloj Hublot de su esposo, el que ella le regaló en su más reciente aniversario de bodas y lo envolvió en uno de sus calcetines antes de guardarlo en la caja fuerte.

Él le había recordado el porqué de sus viajes. Había una inquietud que los carcomería a ambos si no la dejaban salir en este lugar. Habían contratado a una niñera las veinticuatro horas, decididos a salir del resort. A Sophie le había sorprendido que él no le prestara atención a la niñera bonita y joven, pero ella tenía la cabeza rapada, y ese espacio entre los dientes. No era su tipo.

En su primera salida del resort, fueron a una cantina local, (batey, los corrigió el *bartender*, un extranjero británico que les recordó que no estaban en México) por recomendación del mejor amigo de su esposo, quien había estado visitando la región durante los últimos cinco años. Habían tenido sexo con la mujer negra más hermosa que Sophie había visto en su vida. Una mujer que le abrió las piernas a Sophie con una picardía encantadora, le plantó un beso suave sobre su ropa interior, justo en ese punto mágico, y luego usó los dientes para bajarle la tanga de encaje.

Habían vivido muchas aventuras durante la última semana, todas con mujeres hermosas de piel color cacao intenso. Y no habían tenido ni un solo momento desagradable. Incluso los arrestos resultaron ser solo un pequeño inconveniente.

Sophie presionó el botón para bajar la ventana; sus anillos de diamantes brillaban bajo la luz del sol mientras el viento la empujaba. Sus aretes estaban bien sujetos. Su bolso descansaba en el suelo junto a sus pies con pedicura francesa. No tenía miedo de viajar por esta tierra seductora. Afuera, más allá de sus dedos extendidos, el denso bosque se hacía más espeso. La copa de los árboles ocultaba el cielo. Comenzó a decirle algo a su esposo, pero justo en ese momento, él hizo pequeños sonidos con la garganta. Alguien en el trabajo lo estaba sacando de quicio. Era mejor dejarlo tranquilo por ahora.

Siguieron conduciendo a través de una tierra plana, árida y desértica, donde la hierba chamuscada, casi tan rubia como su cabello, permanecía rígida e inmóvil. El polvo se levantaba del suelo como sábanas, moviéndose con delicadeza. Sintió la textura arenosa de la tierra en sus manos. Momentos después, Pablo tosió levemente.

—Tienes que cerrar la ventana —dijo. La humedad exterior había empañado todas las ventanas.

—Uy, disculpa —dijo ella, cerrando la ventana.

Le preguntó a Pablo por qué esa parte del país era tan diferente. Él respondió que la tierra calcinada era el resultado de la sequía, de la temperatura cada vez más alta, del sol implacable. Le explicó que, durante la pandemia, muchos agricultores habían muerto y gran parte de la tierra había sido abandonada.

—Pero el césped en nuestro hotel es tan verde —dijo ella.

—Se necesita un océano entero de agua para mantenerlo así —respondió él, y luego la miró como si temiera haber dicho algo incorrecto.

A lo lejos, había grupos de árboles que se mantenían verdes por algún milagro de la naturaleza. Sophie tomó su teléfono y les sacó fotos. Pablo le explicó que los árboles más resistentes eran los que daban mangos y naranjas. No podía ver a su esposo, quien se había inclinado hacia adelante y de lado en un ángulo que le hacía imposible alcanzarlo. Su postura corporal le indicó que estaba molesto por su conversación animada con el chofer.

Siguieron conduciendo en silencio por un buen rato. A lo largo de los años en que habían estado tomando sus "vacaciones de placer", como las llamaban, Sophie se había preguntado si, cuando él insistía en tomarse uno o dos días para explorar por su cuenta los lugares exóticos que visitaban, en realidad lo hacía para acostarse con otros hombres. Aunque nunca había mostrado interés en los hombres, disfrutaba mucho del sexo anal y no dudaba en pedirle que lo penetrara con juguetes de distintos tamaños. Pero la última vez que lo hicieron, cuando estuvieron en Curazao y ella le preguntó si quería que invitaran a un hombre a su cama, él negó con la cabeza.

Una hora más tarde, Sophie escribió el nombre Yellow Paloma en la aplicación de GPS de su teléfono, solo para asegurarse de que no los estaban secuestrando. Sería típico de ella distraerse tanto con el paisaje tropical que no se diera cuenta de la situación hasta que fuera demasiado tarde.

La aplicación emitió un sonido molesto, alertándola de que estaban a una hora de distancia.

Sophie exhaló, algo avergonzada. Su esposo se rio. Incluso Pablo sonrió y su rostro se iluminó tanto que sintió un repentino deseo de tocarlo. Él le lanzó una mirada de complicidad, y ella se preguntó si era porque estaba acostumbrado a que sus pasajeros verificaran que no los estaban secuestrando o si la sonrisa era una señal entre ellos, mientras su esposo seguía con la nariz enterrada en su teléfono.

Pasaron junto a casas de colores brillantes construidas justo al borde del camino. Sophie se preguntó por qué la gente elegiría vivir tan cerca del ruido y la contaminación de una calle tan transitada, especialmente cuando podían estar junto al mar o en las montañas.

—¿Dónde estamos ahora? —le preguntó a Pablo.

—Cerca. Estamos a una hora de *La Línea Fronteriza*, la frontera entre Haití y la República Dominicana. Deberíamos llegar al hotel en menos de una hora.

No mencionó que la frontera de 224 millas estaba dividida por el río Masacre. Sophie apreció que no tocara temas políticos. Incluso cuando pasaron por ciudades donde varios operativos reunían y expulsaban por la fuerza a personas negras muy parecidas a él, Pablo actuó como si nada alarmante estuviera ocurriendo. Como si no fuera gran cosa que arrojaran a los niños bruscamente a la parte trasera de camionetas de inmigración, que los gritos de sus madres fueran silenciados con puñetazos en la cara. Sophie valoró el compromiso de Pablo de asegurar que tuvieran un viaje tranquilo.

Ya ella había googleado todo eso, pidiéndole a su teléfono que le explicara qué estaba pasando en la República Dominicana. Rápidamente, se enteró del colapso del gobierno en Haití tras el asesinato de su presidente unos años atrás. Del éxodo masivo de haitianos hacia su país vecino, a otras islas cercanas y a los Estados Unidos. Apagó su teléfono. Era terrible ser espectadora de tanto sufrimiento, pero aún no habían visitado una isla donde no fueran testigos de alguna trágica manifestación de pobreza. ¿A quién engañaba? Incluso en Estados Unidos, los haitianos eran deportados en masa regularmente. Recordó una imagen barbárica de un hombre a caballo, un látigo en el aire y un hombre negro aterrorizado huyendo por su vida. Lo que sucedía al otro lado de La Española era una crisis humanitaria tan grande, tan aparentemente interminable, que lo único que quedaba por hacer era mirar hacia otro lado.

Pero mientras observaba el paisaje, era fácil fingir que nada horrible sucedía allí. Lo que dominaba la vista era la tierra roja y un cielo completamente despejado. En la radio, el locutor hablaba del huracán que se acercaba desde el este. Su esposo había estado inquieto esa mañana y había dicho que tal vez debían evitar la tormenta y regresar antes a casa.

—Pero aún nos quedan seis días —le recordó ella.

—Ya nos divertimos bastante —dijo él.

—No —dijo ella, mirando fijamente los arañazos en su rostro, los mismos que él no le había explicado—, tú te has divertido. Yo merezco divertirme de verdad antes de irnos.

—Como quieras —respondió él.

Desde entonces, había estado frío y distante con ella. Sabía que su acuerdo tácito exigía que mirara hacia otro lado; que no hiciera preguntas, que aceptara las acciones de él sin indagar demasiado; que diera propina a las personas adecuadas cuando la situación lo requiriera. A cambio, él la protegía, la cuidaba y se aseguraba de que nunca le faltara nada.

Imaginaba que por eso él había pedido un acompañante masculino. Tal vez solo quería que ella se divirtiera y luego regresara a casa. O quizás podía convencerlo de que no sentiría vergüenza si él quería acostarse con un hombre. Nunca antes habían estado con un hombre.

—Qué suerte tuvimos de habernos ido hoy —dijo ella—. Se supone que el clima está terrible en la Cascada de la Paloma.

Su esposo siguió escribiendo en su teléfono, como si quisiera dejar claro que no tenía tiempo para sus charlas irrelevantes.

Sophie extendió una mano y le apretó el hombro. Estaba segura de que él estaría menos irritado si le dijera quién era responsable de los arañazos en su cara. Honrando su acuerdo de años, Sophie no insistió, no preguntó. Simplemente se mantuvo al margen. Cuando le dijo que bien podría quedarse en el Grand Paloma mientras ella y Pelusita iban al Yellow Paloma, lo notó inquieto. Se imaginó que todas las advertencias de su madre sobre el crimen le habían afectado a él también.

Pablo esperó a que el esposo de Sophie respondiera al comentario que claramente había sido dirigido a él. Cuando no lo hizo, Pablo miró a Sophie con cara de lástima y al ver que eso la disgustó, rápidamente volvió a concentrarse en la carretera.

Sophie sintió cómo su piel ardía.

¿Vas a decirme qué demonios te pasa?, le escribió por mensaje a su esposo.

Él le respondió con un emoji de pulgar abajo.

—Hubiera sido genial ver el huracán —dijo su hija.

Sophie se sobresaltó. No se había dado cuenta de que la niña estaba despierta.

—¿Cuánto falta? —le preguntó su hija al conductor mientras se estiraba, levantando los brazos por encima de la cabeza.

Pablo giró el cuello hacia atrás.

—Estamos cerca. Deberíamos llegar en media hora o menos, si no encontramos burros en la carretera.

Su hija se rio.

—Quiero ver un burro.

—Entonces encontraremos un burro —dijo él.

—Tengo sed —dijo su hija.

—Necesitamos buscarle algo de beber —le dijo su esposo a Pablo.

Sophie tomó a su hija en brazos. La niña suspiró dramáticamente y trató de susurrar, pero terminó gritando: "¡Mamá, llevamos demasiado tiempo en este auto!".

Sophie asintió y luego volvió su atención al paisaje. Pasaban por una pequeña aldea. Había chozas de madera con techos de zinc y niños caminando en pequeños grupos, vistiendo camisas azules y faldas o pantalones cortos color caqui, con el cabello prolijamente trenzado y las rodillas cenizas. Al lado de la carretera, en una curva, vacas flacas deambulaban cerca de hombres agrupados, demasiados hombres, apoyados en motocicletas, fumando cigarrillos, al son de una bachata en una bocina portátil.

Esto no parecía una escena de un país del tercer mundo. Los hombres tenían cuerpos fuertes y esbeltos, sus cuellos eran largos y sus labios gruesos. Llevaban voluminosas joyas de oro en el cuello y anillos imponentes en los dedos. Algunos lucían parrillas en los dientes con joyas que competían con el brillo de los diamantes en los anillos de Sophie.

Los hombres vestían camisas ostentosas de marcas de lujo: Gucci, Prada, YSL. Los que llevaban botones los habían dejado casi todos desabrochados para mostrar sus pechos musculosos y lampiños. Pablo detuvo el auto y tocó la bocina.

Delante de ellos, un grupo de niños pequeños jugaba béisbol en medio de la carretera. No vestían uniformes escolares.

—Me muero de sed —se quejó su hija.

—Es mejor que vayamos directamente al resort —dijo Pablo, tocando la bocina con más insistencia—. Estamos muy cerca.

—Me voy a morir —dijo su hija.

Algunos de los niños se volvieron hacia ellos. Gritaban y hacían gestos obscenos. Sophie notó que lucían agresivos, con gestos de hombres adultos.

—Necesitamos buscarle algo de beber —repitió su esposo, molesto por tener que decir las cosas dos veces.

Pablo le explicó que había agua en una nevera en la parte trasera y que estaría encantado de detenerse una vez que pasaran la aldea. Había una tensión evidente en su rostro.

—Ella no quiere agua —dijo su esposo—. Búscale una Coca-Cola. Hay una tienda justo en la esquina.

Señaló detrás de ellos, a menos de media cuadra, donde el grupo de hombres seguía apoyado en sus motocicletas.

—No hay problema —dijo Pablo—. Por favor, no salgan del auto —añadió antes de irse, asegurando la puerta detrás de él.

—¡MAMAGÜEVO! —le gritó uno de los niños mientras se dirigía al colmado.

Los siguientes momentos transcurrieron muy lentamente y, luego, demasiado rápido.

De la nada, un burro intentó cruzar la carretera, justo al lado del grupo de niños. El burro tenía un vientre enorme.

Al verlo, su esposo dijo:

—Mira, ahí está tu burro.

Su hija dejó escapar un grito de emoción.

—Papá, ¿podemos acariciarlo?

—Claro —dijo él. Solo esperemos a que el chofer regrese.

—Tal vez no deberíamos tocar animales salvajes así —dijo Sophie.

Uno de los niños tomó su bate y lo levantó por encima de su cabeza, pero en lugar de golpear la pelota, le dio una patada en el vientre al burro. El animal soltó un chillido de dolor antes de desplomarse. Su hija salió del auto y corrió hacia el niño con el bate antes de que Sophie pudiera reaccionar. El auto no tenía seguro para niños y la puerta se abrió en cuanto ella tiró de la manija.

Sophie gritó el nombre de su esposo en estado de pánico. Él tardó en reaccionar, así que ella salió disparada del auto y su esposo la siguió mientras ella corría hacia su hija.

El sol brilló más fuerte y Sophie sintió que estaba fuera de sí. Todos los niños permanecieron inmóviles, observándolos con esos ojos de hombres adultos. Los hombres en la esquina, con sus ropas llamativas y dientes enjoyados, empezaron a acercarse. Desde las casas cercanas a la carretera, algunas mujeres miraban por las ventanas. Sus rostros mostraban una mezcla de enojo y fastidio; les gritaban a los niños. Sophie esperaba que les estuvieran diciendo que dejaran en paz al burro.

Su hija había alcanzado al niño y, entre lágrimas, le gritaba que parara, que dejara al burro en paz. Su esposo se las arregló para esquivar a Sophie, llegar hasta su hija y apartarla del burro, que seguía en el suelo rebuznando, y del niño, que aún tenía el bate en mano. El niño giró lentamente su cuerpo en dirección a su esposo y su hija. Su esposo entonces agarró al niño, le arrebató el bate y lo tomó en sus manos, posicionándose como si estuviera listo para pegarle.

Algo estaba a punto de suceder y Sophie supo que iba a terminar en una desgracia. Pero entonces, Pablo se llevó dos dedos a la boca y silbó un sonido agudo y penetrante. Cuando ella se volvió hacia él, vio que tenía un arma en la mano y la sostenía con la misma facilidad con la que llevaba dos botellas de Coca-Cola bajo el brazo.

Pablo caminó hacia ellos y le entregó a Sophie los refrescos.

—Por favor, regresen al auto —les dijo sin apartar la vista de los niños.

Su esposo parecía incapaz de moverse, congelado con el bate en alto. Sophie avanzó con piernas temblorosas hasta alcanzarlos y tomó a su hija de la mano. Trató de no correr, aunque su cuerpo le decía que lo hiciera. Al pasar junto a su esposo, le dio un leve empujón para que se moviera. Tenían que entrar al auto.

Algunos de los hombres de la esquina avanzaron hacia ellos, deslizando sus brazos hacia sus espaldas bajas. Pablo tomó el bate y le pidió al esposo que volviera al auto.

Desde el auto, Pelusita les gritó a los niños: "¡Por favor, no lastimen al burro!".

Pablo no prestó atención a los hombres ni a los gritos de Pelusita. Levantó el arma y disparó al cielo.

—No estamos buscando problemas —dijo Pablo—. Solo necesito llevar a estos extranjeros al Yellow Paloma.

Sophie tradujo rápidamente en su mente.

—No queremos problemas. Estoy llevando a estos extranjeros al resort.

Los hombres miraron a Pablo de arriba abajo y luego, como si reconocieran algo familiar en su rostro, uno de ellos hizo un gesto rápido con la muñeca hacia los demás hombres. Se fueron corriendo en la dirección en la que había ido el burro. Algunos de los hombres cruzaron los brazos sobre el pecho, otros regresaron a su esquina. Las mujeres que habían estado mirando desde sus ventanas se apartaron.

De vuelta en el auto, Pablo arrancó lentamente. Sus manos no temblaron ni por un segundo. Sophie estaba segura de que, si hubiera sido necesario, él habría disparado para mantenerlos a salvo. Pero su esposo, por el contrario, habría escalado la situación de una manera que probablemente habría llevado a todos a la muerte. Él se dejó caer en el asiento junto a ella, como si estuviera demasiado avergonzado para seguir viajando adelante con Pablo. Le temblaba el pómulo y rápidamente lo ocultó con sus gafas de sol. Durante el resto de su matrimonio, Sophie supo que nunca olvidaría que su esposo había dudado en salir del auto para proteger a su hija.

—¿Esos niños lastimarán al burro? —le preguntó la niña a Pablo, entre lágrimas.

—No —dijo Pablo, con una voz tan serena como sus manos en el volante—. Los niños lo patearon para sacarlo del camino. A veces, algunos animales de granja mueren atropellados por cruzar la calle. A veces, lo que parece cruel en realidad es amor.

—Debe haber otra forma de sacarlo del camino sin patearlo —insistió Pelusita.

Pablo no le respondió. En su lugar, mordió sus labios mientras aceleraba el auto. Sophie notó que Pablo tenía una boca atractiva, con labios gruesos y carnosos. Su hija se recostó, indecisa. Su llanto se convirtió en quejidos esporádicos. Giró la tapa de su refresco y el sonido del gas liberándose, tan placentero, llenó el interior del auto.

Gracias a Dios por Pablo, le escribió Sophie a su esposo. Él leyó el mensaje y luego miró a Pablo con tanta intensidad que este finalmente lo miró de vuelta, con una expresión de confusión y temor. Cuando su esposo continuó mirándolo fijamente, Pablo volvió a concentrarse en la carretera. Presionó con fuerza el acelerador y el motor rugió. Tocó la pantalla, presionando algunos botones para poner una lista de canciones. El sonido de "Hotel California" de The Eagles retumbó antes de que bajara el volumen. *Some dance to remember, some dance to forget.*

Creo que tienes razón, le escribió Sophie a su esposo después de que él aún no respondiera a su mensaje. **Probablemente deberíamos regresar a casa lo antes posible.**

Su esposo desvió su atención de vuelta a su teléfono y ella sintió cómo su cuerpo se relajaba contra el suyo mientras leía y comenzaba a responder correos del trabajo. Pablo la miró a través del espejo retrovisor y le ofreció una pequeña sonrisa, como diciendo: "Todo estará bien". Un deseo desconocido la recorrió completa, desde su corazón acelerado hasta el centro de su cuerpo. Sophie le devolvió la sonrisa.

Capítulo 27

Las ramas golpeaban el suelo de su jardín. Llovía a cántaros y el agua retumbaba contra el cristal de las ventanas. Vida abrió los párpados lentamente. Luchó por ver en la oscuridad que la rodeaba. Tardó unos momentos en situarse en su sala, frente a la puerta de su patio trasero, que de alguna manera se había abierto y seguía golpeando contra la pared. Fue ese sonido aterrador el que la sacó de su estado inconsciente. ¿Cómo había regresado del baño?

Afuera, más allá de la lluvia y el viento, había una tenue luz blanca. *Debe ser luna llena en un cielo sin nubes,* pensó. Lo cual era ilógico en una tormenta de esta magnitud.

Intentó levantarse y descubrió que los cojines del sofá contra los que se apoyaba estaban mojados, tan mojados como la parte delantera de su vestido. Perpleja, sintió un engrudo con trozos y el olor a vómito le llenó la boca. Entre sus piernas, una ola húmeda. Se agachó para olerse, esperando que fuera orina, pero no. Inmediatamente reconoció el dulce y metálico olor a sangre. "Oh, no".

Se levantó y tuvo que volver a sentarse inmediatamente. El mareo la tumbó.

—Robot —gritó al vacío—. Enciende todas las luces.

El robot hizo su trabajo y toda su casa se iluminó, convirtiendo el exterior en la boca de una cueva.

Vio el desastre que había causado al llegar a casa. Había tropezado y varias de sus plantas de interior se habían caído, dejando al descubierto la tierra y las raíces. Recordó haber sacado algo de comida de la nevera, que ahora estaba rancia en la isla de su cocina. ¿Cuánto tiempo había estado inconsciente?

—¿Qué día y qué hora es? —preguntó en voz alta, pero el robot no respondía a menos que lo llamara por su nombre.

—Robot, ¿qué día y qué hora es? —repitió.

—Es viernes, 5:25 de la tarde —dijo la computadora.

Había estado fuera de sí durante la mayor parte del día.

Afuera, el sonido de unos pasos se acercó y luego el viento turbulento lo ahogó.

La madre muerta de Vida apareció en la puerta. Vida se llevó los dedos mojados a los párpados y se los frotó. Su madre se acercó y se puso en cuclillas junto a su cara, abrumándola con los aromas que solo le pertenecían a ella: nuez moscada y la dulzura de la caña de azúcar.

—'Ta fea pa la foto —dijo su madre, con un aliento a café amargo y tierra húmeda.

Vida intentó hablar, pero no pudo. ¿Ya estaba muerta? Su madre se dio la vuelta, le dijo que necesitaba dormir.

—Voy a hacer un remedio para curarte —dijo su madre.

Su madre se hablaba a sí misma en voz alta, como solía hacer cuando estaba viva. Mencionaba todos los ingredientes que necesitaba y la secuencia que había que seguir para que el remedio funcionara. Así es como su madre le había enseñado a hacerlo, articulando cada paso mientras preparaba el remedio. Vida quería pedirle a su madre que fuera más despacio. Necesitaba recordar esto.

—¿Conoces estas plantas? ¿Serás capaz de encontrarlas en la oscuridad? —preguntó su madre con el mismo tono abrupto.

Vida no creía que pudiera levantarse y seguir estas instrucciones. Entonces hubo un movimiento borroso. Su madre no le estaba hablando. Vida trató de enfocar su visión, de entender lo que estaba viendo. Había una niña, una niña pequeña que se parecía a la mayor de Dulce. Pero, ¿qué hacía ella aquí? ¿Y por qué estaría sola?

La niña dijo que sí, que conocía las plantas, que sabía cómo arrancarlas de la tierra sin alterar las raíces, en qué etapa de brotación había que cortar las flores. Cuando estaba viva, la madre de Vida había pasado innumerables Días de la Libertad enseñando a todos los niños sobre las plantas, sobre cómo sobrevivir en la naturaleza si alguna vez necesitaban hacerlo. Recordaba haber llevado a las niñas de Dulce con ella. Era el legado de su pueblo, un pueblo que había viajado tan lejos en barcos para ser libre. "Habría sido terrible haber escapado de la muerte a manos de los esclavistas solo para morir a causa de las picaduras de mosquitos u otras complicaciones relacionadas con sus frágiles cuerpos", solía decir Doña Fella, su maestra, caminando junto a la madre de Vida.

La madre de Vida se acercó a ella, la besó en la frente con esos labios duros y luego salió por la puerta trasera, cerrándola tras ella.

Vida intentó ponerse de pie una y otra vez, pero la oleada de náuseas la inmovilizó.

Un escalofrío le recorrió desde la planta de los pies hasta la frente, haciéndole sudar frío. Se sintió muy pequeña, como una niña, temblarosa y febril, esperando que todo saliera bien. Como si lo hubiera imaginado justo en ese instante, oyó los sonidos de niños afuera, apagados pero inconfundibles: corrían descalzos por el camino enlodado.

Cerró los ojos. Deseaba que Pablo estuviera allí con ella, que se le apareciera en esta alucinación onírica. ¿Por qué su mente no le daba lo que realmente quería? Tal vez porque las cosas nunca salían como ella quería. Después de todo, no creía que fuera mucho pedirle a Pablo que renunciara a su vida de putas. Un deseo tan simple. Solo ellos dos, disfrutando una vida sencilla, cuidando la tierra que los rodeaba, criando con amor a media docena de niños. Su madre le había dicho una vez que los sueños eran poderosos, que a veces la solución que encontrabas en sueños seguía siendo la misma al despertar.

Hablando hacia ese lugar lejano, le preguntó a su madre si su bebé estaría bien. Sin cuerpo, su madre le respondió.

—Mi nieto estará bien. Pero estuviste a punto de perderlo. No vuelvas a ser tan estúpida.

Su madre, siempre tan firme y directa, incluso después de muerta.

Capítulo 28

Por primera vez en muchos días, Pablo no estaba pensando en Vida. Cuando él y la familia de turistas llegaron a la suite presidencial del Yellow Paloma, Pablo pretendió conocer a la niñera mientras se la presentaba a la familia para tranquilizarlos. Entendió su trabajo de manera más profunda. En el Grand Paloma Resort, le habían enseñado cómo rescatar la estadía de alguien. Pensó que esto sería necesario si algún huésped se intoxicaba luego de comer alimentos contaminados o que no estuvieran bien cocinados, o quizás tras un encuentro desagradable con alguien fuera del resort. Pero mientras la niñera se apresuraba a ponerle el traje de baño a la niña y se dirigían al parque acuático, los padres no se movían del sofá. Ninguno había dado un paso hacia el balcón para contemplar la puesta de sol rosada que se acercaba ni habían preguntado por sus créditos para el spa ni le habían pedido que programara sus tratamientos. Ambos estaban sentados en el sofá, sin hablar, sin moverse, obviamente esperando a que él los dejara solos. Pablo entendió que sería un desastre si ellos hablaban sobre lo que sucedió sin que él estuviera presente para ayudarlos a ver la situación desde otra perspectiva. Rescatar su estadía significaba rescatar al resort.

Sin saberlo, esta fue la ocasión en que Pablo comprendió más profundamente la mentalidad de Laura. No solo esta pareja se negaría a volver a su resort o a esta isla, sino también todas las personas en su círculo. Cada vez que pensaran en esta experiencia, la recordarían aún más grotesca, incalculablemente más aterradora. Muy pronto, la sola mención de esta isla, o del Caribe en general, evocaría en la familia y sus amigos la imagen de niños armados, listos para mandar al infierno a cualquier turista que pisara su tierra. Pablo comprendió que tenía una pequeña oportunidad para actuar, influir y corregir su narrativa. Gracias a Dios que en ese momento estaban demasiado conmocionados como para decirle que se fuera.

Pablo sintió un alivio momentáneo de su soledad, de la angustia que había estado combatiendo. Él, un embajador, era responsable de salvaguardar la santidad de su patria. ¿Qué tenía a su disposición? Solo un patio de recreo de categoría Diamante llamado resort y su cuerpo.

Pablo llamó a la recepción y pidió que subieran dos jarras de Paloma Palomas a la habitación, junto con una botella extra de mezcal en una bandeja con todos los ingredientes para que la fiesta continuara. Las bebidas llegaron increíblemente rápido. Acababa de poner algo de Maluma y, con la esperanza de que hubiera mensajes subliminales, puso "Borro Cassette". Se desabrochó la camisa y les sirvió shots a todos: pa'bajo, pa'arriba, pa'fuera, pa'dentro. Sin presionar a la pareja de ninguna manera, empezó a bailar, moviendo las caderas, y con la energía contagiosa de una buena música, empezó a sentirse mejor.

Las bebidas hicieron su trabajo. La esposa se sonrojó. El marido se quitó los mocasines Gucci. Los hombros de ella comenzaron a moverse de un lado a otro con un ritmo sorprendentemente preciso. Pablo le hizo un gesto al marido, preguntándole si estaba bien que sacara a bailar a su esposa. A modo de respuesta, el hombre recostó su cuerpo atlético con brazos extendidos en el sofá de bouclé color ostra y procedió a mirarlos.

Pablo mantuvo una distancia respetable con la mujer, pero ella seguía acercándose más. Se volteó y le puso el culo en la entrepierna. Tosiendo, Pablo se alejó de ella y extendió una mano hacia el marido para que bailara con ellos. El marido entrecerró los ojos, mirando a su esposa borracha con una sonrisa espontánea. Le negó con la cabeza a Pablo e hizo un gesto con los brazos para que siguieran bailando y se puso de pie.

—¿Qué tal otra ronda de shots? —dijo el marido.

La esposa se quitó el camisón de algodón con botones después de tomarse ese shot. Debajo, llevaba una delicada *chemise* de seda del color del interior de una concha marina, el mismo color de su lengua al humedecer sus labios. No llevaba sostén. Sus pezones estaban erectos, tal vez por el baile, tal vez por el deseo. Pablo se asombró cuando ella se le acercó lo suficiente como para que él pudiera sentir esos duros capullos a través de la tela suave. Se quedó aún más atónito cuando ella lo besó en los labios. Ocurrió de forma tan inesperada que él le devolvió el beso sin pensarlo. Pasaron unos segundos antes de que volviera en sí, se alejara de ella y se preparara para que el marido se levantara del sofá y le diera un puñetazo en la mandíbula. Pero cuando miró el sofá blanco, el marido ya no estaba. La esposa atrajo a Pablo hacia ella una vez más, mordiéndole el labio inferior, tomando su mano con la suya y deslizándola bajo su suave camisa para tocar sus senos apenas perceptibles. Dejó que su cuerpo hiciera lo que sabía hacer, quitándole fácilmente la camisa, pellizcándola, devolviéndole el mordisco en el hombro, dejando un rastro de saliva mientras su lengua jugaba con ese pequeño capullo. Ese delicioso rastro de saliva le puso la piel de gallina. La hizo gemir.

Desde el fondo del pasillo, Pablo oyó la voz del marido llamándolos a ambos.

—Vengan a la cama —dijo el marido.

La esposa caminaba delante de él, abriendo camino. Echó el brazo hacia atrás, con el meñique de la mano izquierda en forma de gancho, con todos esos anillos de diamantes en su dedo anular brillando bajo las luces del techo. El movimiento estaba tan coordinado que parecía que lo había hecho muchas veces antes. Pablo dejó instintivamente que su meñique tocara el de ella. Desde algún lugar lejano en el pasado, oyó el mar rompiendo contra su viejo barco. Lo ignoró.

Esta noche resultaría ser la peor y más dolorosa experiencia sexual de su vida. Pero en ese momento, Pablo no lo sabía. Simplemente pensó: *No puedo creer que me paguen por esto. No puedo creer que este sea mi trabajo.*

Capítulo 29

Lena supuso que estaban en una parte diferente de Londres porque las calles se estrechaban y se curvaban bajo la luz fluorescente. Era un lugar rudo. Los colores no tenían armonía, eran demasiado vulgares. Las fachadas de las tiendas alternaban toldos amarillos con letras rojas, toldos azules con letras blancas, toldos blancos con palabras amarillas. Todo incoherente y llamativo. Los edificios eran igual de horribles. Ladrillo blanco junto a piedra roja junto a un edificio marrón. Chulo se detuvo en un callejón estrecho, y salieron del auto a una oscuridad absoluta. Lena agarró su bolso con firmeza, cuidando de no tocar el auto ni las paredes del edificio a su alrededor. Todo tenía un aspecto húmedo y viscoso.

Cuando subieron, unas enormes puertas de madera dieron paso a una sala gigante. Dondequiera que Lena mirara, había parejas: estaban sentadas en grandes cojines, bailaban pegados, bebían, reían. Al adentrarse más, encontró pequeños grupos reunidos alrededor de una mesa de futbolín; junto a ellos, había algunas personas con la cabeza agachada, aspirando polvo sobre unos espejos. Pero el lugar tenía un olor dulce; el aire estaba impregnado con canela y especias. Había unos colchones en un rincón, y debajo de las sábanas, algunas parejas estaban teniendo sexo. Hombres con hombres. Mujeres con mujeres. Hombres con mujeres.

—¿Aquí es donde vives? —preguntó Lena, aturdida.

Socorro asintió y la llevó por otro lado. Chulo había desaparecido.

—¿Toda esta gente vive aquí? —preguntó Lena.

—Algunos se quedan, otros se van —dijo Socorro—. Todos los que están aquí vienen de otro lugar —añadió—. Algunos con papeles, otros no. La mayoría no tiene a nadie más en el mundo. No somos familia de sangre, sino algo más fuerte que la familia. La adversidad nos une y entre nosotros hay lealtad. ¿Me entiendes? Algo mucho más profundo que la relación con esos imbéciles que la mayoría de nosotros heredamos al nacer. Estas son mis verdaderas bendiciones. Familia de hueso. Chulo y yo tenemos una política de puertas abiertas. Los que se quedan encuentran una forma de contribuir. Los que solo necesitan un lugar donde quedarse siempre son bienvenidos.

El rostro de Lena se iluminó con una sonrisa, genuina por primera vez. Sonaba como lo más cursi y ridículo que había escuchado en su vida. Pero al fijarse en Socorro y ver sus grandes ojos marrones a punto de romper en llanto, entendió que no era una broma.

Lena sabía que Socorro había estado distanciada de su familia durante mucho tiempo. Cuando había comenzado a trabajar en el Grand Paloma Resort, le había confesado a Lena que solo tenía quince años, aunque de alguna manera había conseguido papeles que decían que tenía veintiuno. Se hicieron amigas al instante, no solo porque tenían la misma edad, sino porque tenían disposiciones similares. Querían divertirse y disfrutar de la vida al máximo, pero también poseían una fuerte convicción de ser agentes de cambio. Era evidente que Socorro y Chulo habían creado un lugar realmente seguro para las personas que lo necesitaban. Socorro había vivido su destino, ser el cambio que quería ver en el mundo, como dijo Mandela. O al menos Lena pensó que fue Mandela quien lo dijo.

—Esto es hermoso —dijo Lena.

Socorro le presentó a varias personas, docenas de personas, y Lena sabía que no retendría ni un solo nombre. Cuando pasaron por otro par de puertas de madera mojadas, Lena se preguntaba cómo podría dormir en un lugar así. Al otro lado de las paredes viscosas había una gran cocina industrial con muchos hornos en una pared, y el aire estaba impregnado con un olor agrio a levadura. Pero la fuente del olor estaba justo adelante. Un chico guapo, delgado, tal vez de quince o dieciséis años, estaba volteando donas en una gran sartén de hierro fundido. Sus uñas eran del mismo dorado brillante que las de Socorro.

—Justo a tiempo —dijo en portugués.

Tenía el tabique perforado con una fina cadena que colgaba de su labio inferior. Tomó una malassada aún humeante, que ya había comenzado a comer de un plato cercano, y luego se la pasó a Socorro. El chocolate o Nutella se derramó en cuanto ella dio un mordisco.

Socorro tragó, cerró los ojos y suspiró de placer.

—Padre eterno —dijo.

Sopló la dona para enfriarla y luego la llevó a la boca de Lena. A Lena no le gustaba comer cosas que otras personas ya habían mordido, pero sabía que Socorro se sentiría insultada si la rechazaba. Abrió la boca, dio un pequeño mordisco y murmuró sus cumplidos, incluso cuando sintió que la deliciosa masa frita le quemaba la lengua.

Lena notó a una pareja en un rincón. La mujer llevaba una falda, pero era obvio que estaba montando al hombre, que estaban teniendo sexo.

—¿Eso es higiénico? ¿La gente teniendo sexo tan cerca de donde cocinas? —preguntó Lena.

—¿Quién piensa que el sexo es sucio hoy en día? —dijo Uñas Doradas, volteando otra malassada en la sartén.

Socorro estudió a Lena detenidamente.

—¿Alguien que aún no lo ha hecho? ¿Todavía suspiras por Pablo? ¿Sigues esperando que responda a tus sentimientos?

Lena se sonrojó. Cuando has perdido bastante en la vida, se vuelve más fácil viajar ligero. Lena recordó la clavícula izquierda de Pablo, cómo el lugar donde el hueso sobresalía era también donde tenía una marca de nacimiento, un punto perfectamente redondo. Cuando él la había rechazado amablemente hacía unos meses, justo después de que Vida rompiera con él, ella había notado la marca por primera vez. "Elena, eres una niña. Yo soy un hombre adulto. Eres como una hermana para mí". Había notado lo definida que estaba esa forma, entendiendo por qué esa marca había sido elegida como símbolo de un punto final. El contorno circular podría haberse prolongado infinitamente si no fuera por el absoluto silencio de la oscuridad que consumía su corazón.

—No seas ridícula —dijo Lena, riendo al ver a la mujer en el rincón tirar la cabeza hacia atrás en éxtasis—. Ya superé lo de Pablo.

Después de que su estómago estuvo a punto de estallar por la media docena de enormes malassadas rellenas de Nutella, Lena comenzó a sentir sueño. Socorro le ofreció un cóctel y ella lo bebió de un trago. A través de altavoces inalámbricos, alguien comenzó a poner "People" de Libianca. No quería llorar hoy, el primer día de su verdadera independencia, pero se sentía desorientada y al borde de las lágrimas. Esa canción la hizo sentirse sola.

—Solo tienes *jet lag* —dijo Socorro, y luego le ofreció unas golosinas con cannabis. Ella comió algunas y sacó los restos elásticos de entre sus dientes.

Lena le pidió éxtasis a Socorro y ella fue a buscarlo.

Pareció que solo segundos después Socorro la sacudió bruscamente y la levantó del sofá. Lena se había quedado dormida.

Se alejaron de todos los demás hasta llegar a un lugar con una mesa baja. Había un espejo con líneas de cocaína. Socorro bajó la cabeza. Cuando la levantó, algunas de las líneas habían desaparecido.

Haló a Lena hacia ella para que también probara. Lena nunca había probado cocaína. Miró la sustancia nevada, que no era muy diferente del azúcar que había cubierto las malassadas. Inclinó la cabeza y aspiró profundamente por cada fosa nasal, primero una, luego la otra, notando que la droga no olía a nada. Una amargura desagradable bajó por su garganta, asentándose en su lengua.

La somnolencia de Lena desapareció.

El departamento ahora estaba lleno de gente y algunas de las personas que había conocido esa noche seguían acercándose para hablar con ella. Las personas llevaban tops y pantalones cortos, con las nalgas colgando de los blue jeans rasgados, su piel resplandeciente con sudor. Tenían sonrisas hermosas, incluso aquellos con dientes podridos o torcidos. Desde lo más profundo del pasado, la imagen de su madre sonriendo vino a su mente. Su madre, cuya sonrisa con dientes separados Lena había heredado.

Alguien la sacó a bailar. Ahora estaban poniendo canciones de Bob Marley en honor a ella, su caribeña recién llegada. Socorro había desaparecido. Lena bailó por un buen tiempo y luego se dio cuenta con un sobresalto de que no veía su bolso. Corrió de vuelta a su silla y se sintió aliviada de encontrarlo allí. Cuando otra persona vino a invitarla a bailar, dijo que no, aferrándose al bolso.

Lena comenzó a preocuparse de que si se quedaba dormida de nuevo, alguien podría llevarse su bolso. Tenía que encontrar un lugar seguro donde esconder su dinero.

Se deslizó desde su silla hasta el suelo. Trató el bolso como una almohada y puso la cabeza sobre él. Miró la hora iluminada en su teléfono, tratando de calcular las horas y minutos. Había dejado su casa y ahora estaba aquí, y en Londres eran cinco horas más tarde. Ya sería poco después de las diez de la noche en su casa.

Socorro apareció con el delgado cocinero con piercings. Lucía muy satisfecha consigo misma. Cada uno tomó a Lena por un brazo y la sentaron como si fuera una muñeca de trapo. Socorro le dio una pastilla.

—Estoy tan cansada —dijo Lena.

—Dormirás cuando estés muerta —dijo Socorro, y se rio.

Lena también se rio, aunque pensó que los muertos probablemente no necesitaban dormir. Intentó recordar la sonrisa de su madre muerta, pero el rostro que seguía apareciendo era el de Laura.

No importaba cuánto lo intentara, no podía conjurar la imagen de su madre. Lena se permitió sentir lo que sentía. Estaba triste. Tenía miedo. Metió la mano en su bolso, sacó su teléfono, encendió el Wi-Fi. Socorro le compartió la contraseña que le permitió conectarse al mundo. A Lena no le importaba si eso se usaba para rastrearla. Laura le había estado enviando mensajes constantemente. Había docenas de llamadas perdidas. Lena tragó la pastilla que Socorro le había dado.

Leyó el último mensaje. **Solo quiero saber que estás bien**, había escrito Laura.

Estoy bien, le escribió de vuelta a su hermana. Laura la llamó inmediatamente, pero ella rechazó la llamada. ¿Qué le iba a decir?

Pablo también le había estado enviando mensajes, haciéndole muchas preguntas. Las niñas de Dulce estaban desaparecidas. Dulce estaba aterrada. Las cosas no estaban bien. Muchas personas no estaban bien.

Ella llamó a Pablo. Su voz la saludó. Sonaba como si su llamada lo hubiera despertado. Pero eso era extraño. Solo eran las diez de la noche en la República Dominicana.

—Me siento muy mal por esa niña —confesó Lena—. La del PH7.

—¿Por qué? —dijo Pablo—. Esa niña está bien. Estoy con sus padres en el Yellow Paloma. Son las niñas de Dulce por las que deberías preocuparte. Están desaparecidas.

¡La niña turista estaba viva! Saber esto la hizo romper en llanto. No podía dejar de llorar. No sabía si era alivio por no ser responsable de la muerte de la niña o rabia por el engaño de Laura para que dejara la República Dominicana.

—¿Dónde estás? —preguntó Pablo—. ¿Estás en una fiesta?

Ella se quedó en silencio mientras el ruido a su alrededor retumbaba.

—Estoy en Londres.

—¿Londres? ¿Por qué? ¿Cómo? —dijo Pablo seriamente.

Lena tarareó algunos sonidos ininteligibles. Socorro, a su lado, escuchaba atentamente.

—¿Qué pasó con las niñas de Dulce? —exigió Pablo.

—Nada les pasó —dijo ella—. Estaban bien cuando las dejé en la playa.

—¿Sabes lo que pudo haberles pasado a las niñas? —preguntó Pablo seriamente—. ¿Alguna idea de a dónde podrían haber ido?

—Estaban bien —dijo ella—. Estaban nadando en el mar cuando las dejé. Estaban bien.

Pero Elena no tenía esa certeza. Recordaba estar sentada en el asiento del conductor, retrocediendo, aterrada de que, si se iba, lo peor podría pasar.

Como si percibiera su preocupación, Pablo dijo:

—¿Estás segura, Elena? ¿Estás segura de que las niñas estaban bien cuando las viste por última vez?

Mierda. No estaba segura en absoluto. Le contó a Pablo sobre el hombre de ojos verdes, el padre de la niña a la que ella cuidaba. Él había estado cerca de las niñas cuando las dejó.

—¿Cómo así cerca de ellas? —preguntó Pablo—. ¿Estabas fiestando con ese tipo frente a las niñas? —le dijo, asqueado.

—Tomamos unas copas juntos —dijo ella—. Pero no estábamos fiestando.

—¿Y entonces? ¿Lo dejaste ahí con las niñas? ¿Por qué?

¡Ella había pensado que la niña turista estaba muerta! Y le había enviado un mensaje a Pablo diciéndole que se apurara y llegara al bar cuanto antes.

—Elena, no puedes culparme por esto —dijo Pablo.

—Solo necesitaba suficiente dinero para comprar un vuelo —dijo Elena.

Él dijo algo sobre las pastillas que le había dado ese mismo día, que cuando ella estaba drogada probablemente no tenía concepto de la realidad ni sentido común. Tal vez ni siquiera supiera quién era realmente el hombre.

—El éxtasis no me impide reconocer la cara de las personas, Dios mío —logró decir finalmente, a la defensiva.

—¿Estás cien por ciento segura de que no estás equivocada? —preguntó él.

No entendía por qué Pablo estaba tan empeñado en hacerle decir que ese no era el tipo. Ella sabía que era él. Pero ¿quién podría estar cien por ciento seguro de algo? En su lujosa escuela privada que había pagado el Grand Paloma Resort, pasaron un trimestre entero discutiendo la inexactitud de los testimonios de testigos. En un congreso virtual de modelos, argumentó que valía la pena sacrificar la privacidad personal por la vigilancia gubernamental con IA si esto ayudaba a combatir los prejuicios humanos en el sistema carcelario.

Había ganado. Así que no, nunca diría que estaba cien por ciento segura de nada que hubiera visto con sus defectuosos ojos humanos.

—¿Crees que las niñas están muertas? —preguntó Lena.

Pablo guardó silencio. Cuando finalmente habló, sonaba como si estuviera sufriendo.

—No creo que las niñas estén muertas. Son inteligentes. Conocen el terreno, saben a dónde ir para estar seguras. Pero hay una gran diferencia entre estar vivas y estar bien. Deberías haber hecho todo lo posible para asegurarte de que estuvieran seguras.

Elena contempló la seriedad de esa declaración. Tenía razón. Pablo siempre tenía razón.

—Por favor, ¿me llamas cuando sepas que las niñas están bien? —pidió ella. Pero solo hubo silencio en la línea. La llamada se cortó, o tal vez Pablo había colgado.

Su hermana le había mentido para deshacerse de ella, pero ahora era su hermana la que estaba en apuros. Gracias a las mentiras de Laura, Lena había logrado lo imposible, llegar a un lugar nuevo lista para ser una persona nueva y pasar el mejor momento de su vida.

Solo le tomó unos minutos más a la droga hacer efecto. Todo a su alrededor se volvió brillante, hermoso; el tiempo se movía en olas lentas y su cuerpo se sentía eléctrico. Dijo la palabra en voz alta y solo decirla se sintió armonioso. El lenguaje fue creado para expresar sentimientos y eso era algo tan maravilloso. En ese momento, este era el sentimiento que había estado persiguiendo, el que antes no tenía palabras para expresar. Ser joven y estar entre personas que no la juzgaban ni querían nada de ella. No como Laura, que siempre se había sentido encadenada a ella.

—Libertad —susurró, cerrando los ojos, sintiendo su cuerpo volverse resbaladizo y suelto. Estaba en armonía con el universo.

Cuando sintió el tirón de pequeños dedos mojados en el meñique de cada mano, sus ojos se abrieron de golpe. Las niñas de Dulce se alejaban de ella. Les gritó, pero no se dieron vuelta. Estiró los brazos, rogándoles que volvieran. Esos enormes rizos, resplandecientes con agua de lluvia que brillaban como joyas, reflejando un arcoíris interminable, se movían entre la multitud de cuerpos. Lena cerró los ojos, convenciéndose de que no estaban realmente allí. Esto terminaría en cuestión de minutos. Pero como si quisieran presumir, las niñas se dieron vuelta y de repente estaban sobre ella, tirando, jalando, multiplicándose, llenando el espacio a su alrededor hasta que ya no podía respirar.

Se despertaría el sábado por la mañana con la luz brillante del día ardiendo en los ojos y un apartamento vacío y silencioso. Sin música, sin drogas, sin malassadas, sin bolso. Sin Socorro. Sentiría que un escalofrío la envolvía, algo como nunca antes había vivido. Las palabras de Pablo de la noche anterior retumbarían en su cabeza. Debería haber hecho todo lo posible para asegurarse de que las niñas estuvieran seguras. Elena se levantaría del suelo, decidida a encontrar su camino de regreso a casa, a corregir lo que había estropeado tan magníficamente.

Pero justo en ese momento, mientras sentía que las niñas fantasmas la rodeaban, Socorro vino a su rescate.

Le frotó los brazos.

—Solo tuviste un mal viaje —le aseguró a Lena.

Socorro trajo el espejo con más líneas y Lena bajó la cabeza. Inhaló.

SÁBADO

Capítulo 30

Cuando Elena llamó, Pablo se había zafado con cuidado de la pareja de turistas desnudos, que estaban dormidos en la cama. Sophie era la cucharita, y el esposo, la cuchara grande. Pablo había estado en el medio. Se puso el uniforme y salió del dormitorio principal, cerrando la puerta en silencio detrás de él. El aire estaba cargado con el denso olor de su semen, de su mierda, incluso en el pasillo. O tal vez el olor estaba en sus dedos, impregnado en su piel.

Cruzó la sala hasta la habitación de servicio. Era diminuta, sin ventanas, sin armario, sin espacio para respirar. En una suite de cuatro mil pies cuadrados, el personal supuestamente debía sentirse afortunado de tener un dormitorio donde apenas cabía una cama individual. Se sentó en el colchón delgado para escuchar mejor las insistencias de Elena de que las niñas de Dulce estaban *bien bien bien* cuando las dejó en la playa. Sintió un dolor agudo en el ano. Quizás necesitaba ponerse hielo. Cuando la llamada se cortó, salió del penthouse presidencial del Yellow Paloma en completo silencio. Probó el ascensor de servicio, pero tardaba demasiado. Se dirigió a la escalera, bajando de dos en dos a pesar del dolor, apoyándose pesadamente en la barandilla mientras descendía los doce pisos.

Volvió a llamar a Elena. Le envió un mensaje.
¡Llámame de vuelta!
Esperó una respuesta. Nada.

Qué imperdonable que Elena hubiera aceptado dinero de un hombre, fuera quien fuera, a cambio de las niñas de Dulce. Pablo negó con la cabeza, frustrado con ella y consigo mismo. Al llegar a la planta baja del Yellow Paloma, esquivando a los huéspedes bien vestidos y perfumados, se negó a creer que el mismo hombre cuya cama acababa de abandonar pudiera haberle hecho daño a las niñas de Dulce. Recordó cómo el hombre cuidaba de su propia hija. Cómo insistía en comprarle refrescos para calmar su sed; cómo corrió directo al peligro para protegerla, sosteniendo un bate en alto, listo para golpear a quien fuera con tal de mantenerla a salvo.

Y en la cama, el turista había guiado a Pablo, dirigiendo sus dedos sobre la hinchazón de Sophie sin apartar la vista de su boca entreabierta. Había sostenido las cuentas anales, girándolas de un lado a otro para que Pablo las viera bien. Cuando preguntó y Pablo asintió, dudoso de querer continuar, el hombre le preguntó de nuevo, dejando claro que necesitaba un consentimiento verbal. Él sabía que Pablo estaba incómodo, así que necesitaba asegurarse de que los tres estuvieran de acuerdo, y de que hubieran pedido y recibido permiso de Pablo. Se hundieron en la oscuridad artificial de las cortinas opacas, la esposa jadeando, todos aún esperando la respuesta de Pablo. Él tuvo miedo. Odiaba el impulso extraño que lo obligaba a decir que sí, sintiendo una presencia espectral, una masa invisible compuesta por las almas de todos aquellos que harían cualquier cosa por conservar ese trabajo. Cuanto más prescindible se sabía, más fuerte era la urgencia de entregarse por completo para volverse valioso. Sintió el autocontrol del turista. Si Pablo hubiera dicho que no, el turista se habría detenido. Pero incluso sabiendo que lo que seguiría sería terrible, había esperado encontrar placer en la sumisión.

Un hombre así, meticuloso y calculador, rico y poderoso, no tenía necesidad de hacer algo tan atroz como hacerle daño a dos niñas. Era posible que Elena se hubiera equivocado sobre la identidad del hombre con quien dejó a las niñas. Pero en el mismo aliento, Pablo recordó al hombre que había regresado al bar de Dulce por su pasaporte, un hombre cuya frialdad demostraba que control y precisión, sumados a riqueza y poder, siempre llevaban al mismo resultado: él conseguiría lo que quería sin importar el costo. Probablemente nunca había tenido que pagar por lo que estaba dispuesto a tomar, porque sabía que se saldría con la suya.

Pasaba la medianoche. Aun así, le envió un mensaje a Laura.

Hablé con Elena. Tengo información nueva.

Segundos después, Laura lo llamó. Había ruido de fondo. No entendía lo que decía.

—Espera, espera, dame un segundo —dijo, hasta que finalmente encontró un lugar tranquilo—. Cuéntamelo todo.

Pablo obedeció.

—¿Está en Londres? —gritó Laura.

En efecto.

—¿Te dijo que tomó el dinero del hombre y dejó a las niñas con él para que hiciera lo que quisiera?

No exactamente.

—Tomó el dinero porque estaba segura de que alguno de nosotros llegaría al bar antes de que algo malo pasara. Pensó que la niña turista estaba muerta.

Laura consideró las palabras de Pablo antes de responder.

—Pero está lejos de aquí. Eso es bueno. Dulce está exigiendo que traigamos de vuelta al hombre. Despertó furiosa y presentó una denuncia formal contra el turista y contra Elena. La única razón por la que la policía no está aquí ahora mismo es por la tormenta.

En el Yellow Paloma la noche era clara y luminosa. A seis horas de distancia, un huracán categoría cinco azotaba la región. Dulce había acusado formalmente a Elena.

—Tienes que traerlo de vuelta mañana —ordenó Laura.

—Laura —dijo Pablo—, el hombre está aquí, pero las niñas no. Silencio.

—¿Dónde están las niñas? —preguntó Pablo.

—No lo sé.

Más silencio. Pablo sintió que iba a vomitar.

—La policía investigará cuando lo traigas de vuelta —dijo Laura.

—¿Cómo voy a hacer eso? —preguntó Pablo—. La niña está emocionada con el parque acuático. No va a querer irse después de un solo día.

—Sé honesto —dijo ella, agotada—. Dile que hay un video que lo ubica en el bar, el último lugar donde se vio a las niñas desaparecidas. Dile que el padre de ellas es tan rico y poderoso como él. Que le conviene cooperar. Si la esposa y la niña quieren quedarse, pueden hacerlo.

—Esto suena como un mensaje que deberías estar entregando *tú* —dijo Pablo.

—Te estoy preparando para mi puesto —dijo Laura—. ¿No lo entiendes? En menos de dos semanas me iré y planeo recomendarte.

Pablo guardó silencio. No estaba convencido. Pero si eso era cierto, significaría un ascenso importante.

—Si supieras con lo que estoy lidiando aquí —continuó ella—. Una pesadilla caótica. Solo dile que el mensaje es de mi parte. La gerencia quiere resolver sin mayores inconvenientes, sin involucrar a las autoridades. Tu jefa no puede hablar con él directamente porque está lidiando con la tormenta. Confía en que le darás bien el mensaje. Si pone resistencia, avísame y yo lo llamo. ¿Entendido?

—¿Qué pasará con Elena? —preguntó Pablo.

—Nada, siempre y cuando se mantenga lejos de aquí. Pero trae a ese hombre mañana. Tu trabajo depende de ello.

Ella colgó el teléfono.

Pablo se encontró en la galería junto al vestíbulo, sobre la piscina rectangular iluminada, que era una réplica exacta de la piscina del Grand Paloma. También había un Río aquí, tocando una hermosa melodía en el violín. La piscina estaba bordeada por palmeras que proyectaban sombras largas y elegantes sobre el agua. A su alrededor, los huéspedes hablaban alemán, francés, ruso, italiano, polaco, inglés, serbio, danés, sueco, checo. Doña Fella, su vieja maestra, siempre decía que las fronteras existían para controlar el flujo de los pobres, porque los ricos podían deslizarse por cualquier puerta, pararse en cualquier tierra. La visa de Elena fue aprobada tan rápido únicamente por su trabajo en el resort. Ella también había logrado deslizarse. Sería libre mientras se mantuviera alejada de casa. Laura tenía razón en eso. Pablo alzó la vista y localizó la suite donde se alojaban la pareja y su hija, y notó las figuras esbeltas de los adultos que se desplazaban adentro. Los chorros de la piscina se encendieron, desviando su mirada. Desde allí arriba, el rápido movimiento del aire forzado sobre la superficie de la piscina hacía que pareciera como si cientos de alas batieran, aves líquidas escapando del confinamiento, elevándose.

No volvería a subir allí esa noche. Tendría que excusarse por la mañana. Laura se saldría con la suya, pero solo después del amanecer.

De la nada, un par de brazos suaves pero fuertes lo empujaron. Giró el cuello para ver a quién pertenecían. Vio a una joven que había estado usando un uniforme de niñera cuando la había visto más temprano ese día, al llegar a la propiedad. Ahora llevaba un corsé negro, pantalones cortos de cuero y sandalias tipo gladiador que le llegaban hasta las rodillas.

—Estás sangrando —dijo ella.

Pablo puso la mano en la parte trasera de sus pantalones, sintió la humedad espesa allí. Intentó apartarse de ella, avergonzado.

—No es nada —dijo ella y siguió empujándolo hacia adelante.

Subieron por una escalera curva estilo Santorini que se enroscaba sobre ellos y siguieron un camino suavemente iluminado hasta llegar a un umbral. Terminaron caminando por un pasillo brillante con un colorido bosque tropical pintado en las paredes. Caminaron tan rápido que Pablo no tuvo oportunidad de hacer preguntas. Simplemente se dejó guiar por los brazos que lo empujaban por el pasillo. La mayoría de las puertas estaban entreabiertas y Pablo vio a jóvenes atractivos preparándose para la noche. Se percibían los olores de café fuerte y amargo, de marihuana dulce, los sonidos de botellas de cerveza chocando y un bossa nova alto viniendo de una habitación, mientras que en otra sonaba un dembow. Alguien hablaba con el acento melódico de St. Kitts y Nevis, y otra persona respondía con un marcado acento jamaicano. Aquí, había trabajadores de todo el Caribe.

Cerca del final del pasillo, la joven giró la perilla de una puerta sin seguro. Rápidamente se dirigió a una gaveta y comenzó a buscar algo. Pablo notó la amplitud de la habitación, la puerta entreabierta que conducía a un baño privado. Una ráfaga de aire enfrió su cuerpo sudoroso.

—¿Este es tu cuarto? Pensé que eras empleada aquí —dijo Pablo.

—Lo soy —respondió ella, girándose hacia él.

—¿Te descuentan el sueldo por quedarte en una habitación de huéspedes normal? —preguntó él.

Ella se rio.

—No, tonto —dijo—. Estas son las habitaciones del personal. Cada uno tiene la suya. ¿No es lo mismo en el Grand Paloma? *¡Ajá!* —exclamó triunfantemente y le entregó un frasco con una pomada de color verdoso.

La administración del Grand Paloma siempre había insistido en que las casitas eran temporales, que eventualmente construirían mejores alojamientos para los empleados, pero habían dejado de invertir en el resort. Pablo vio que aquí, la administración del hotel había hecho el lugar lo suficientemente cómodo como para que nadie quisiera irse. ¡Las habitaciones de los trabajadores incluso tenían aire acondicionado! ¿Pero cómo lograron Laura y los demás en el Grand Paloma mantener oculta esta noticia a los empleados?

—Ponte una buena cantidad en la zona afectada —dijo ella, mientras sacaba un par de cervezas de un mini refrigerador en la esquina de la habitación—. Iré a buscarte un uniforme. Tú eres Pablo Frost, ¿verdad?

Él asintió, confundido, pero tomó un trago largo. ¿Cómo sabía ella quién era él?

—¿Y tú eres? —preguntó.

—Pilar Santos —dijo ella. Le guiñó un ojo y salió de la habitación.

Cuando Pablo salió de la ducha, se secó con una toalla y usó la pomada de Pilar. Al ponérsela, sintió una punzada de dolor agudo, seguida de un frescor reconfortante. La piel adolorida y sensible comenzó a encogerse de inmediato. La hemorragia se detuvo.

La puerta del baño se abrió y Pilar le entregó un uniforme negro sencillo. Pablo se lo puso y salió. Pilar se aplicaba un lápiz labial azul brillante y con destellos.

—¿Mejor? —preguntó.

Él asintió.

—Si te contara cuántas veces estos turistas imbéciles se me lanzan bruscamente... —dijo, riendo un poco.

A Pablo le pareció extraño lo fácil que Pilar hablaba sobre ser agredida. Son animales. Pero este medicamento lo arregla todo, sana y adormece. Lo hago yo misma. Quédatelo.

—Gracias —dijo Pablo, tras darle otro sorbo largo a su cerveza.

El reloj de Pilar sonó.

—Hora del tercer turno —dijo, poniéndose de pie y tirando su cerveza a medio terminar en la basura—. Nos falta gente en el bar. ¿Te molestaría ayudarnos? Sería solo por un par de horas.

No tuvo la oportunidad de decir que no. Antes de darse cuenta, las sorprendentemente fuertes manos de Pilar lo empujaban por el mismo pasillo por el que habían venido. Podría haberla detenido. Podría haber dicho que no. Pero pensó que tal vez sería mejor tomarse unos tragos, adormecer el dolor que sentía en el resto de su cuerpo, en las partes a las que ninguna pomada podía llegar.

Pilar llevó a Pablo a un hermoso salón. Unas cortinas suaves y translúcidas cubrían las tumbonas, y algunas mesas rodeaban un escenario donde un apuesto dominicano de cuerpo esculpido tocaba el saxofón. Junto a él, un esbelto guyanés tocaba la trompeta. A su lado, un hombre blanco ágil tocaba el piano. Improvisaban entre ellos, sonriendo cuando alguno hacía algo atrevido o inesperado. Parecía que tocaban el uno para el otro, y no para la audiencia de turistas de mediana edad que los miraban embelesados. Había algo absurdo en el bar: en un extremo, tenía un aire elegante y sofisticado, pero en el lado donde él y Pilar preparaban tragos, había una energía bulliciosa.

Pero ¿quién era él para cuestionar los espacios sociales del resort? Trabajo era trabajo, sin importar si tenía sentido o no. Le fue fácil encontrar su ritmo. Preparaba tragos, los servía, sonreía y bromeaba con Pilar, quien le dijo que, después de pasar su primer turno en la estación de omelets y su segundo turno cuidando niños, estaba feliz de servir tragos a personas "éticamente no monógamas". Le dio un codazo para que mirara a la mujer blanca al final de la barra. "Está aquí solita", le dijo Pilar, moviendo los labios pero sin emitir sonido alguno.

—Las solteras son las más locas —confesó en inglés—. También las que dejan las mejores propinas —añadió frotando los dedos en el gesto universal del dinero.

A Pablo le pareció gracioso que Pilar estuviera constantemente articulando palabras sin voz. Pero imaginó que la gerencia probablemente desaprobaba que los trabajadores hablaran español, ya que ella solo hacía eso cuando hablaban en su lengua materna. Pilar tenía algo, una ligereza que le recordaba a Elena. Sintió el mismo peso de decepción que cuando no pudo volver a comunicarse con Elena por teléfono, solo que ahora venía acompañado de un sentimiento de responsabilidad. ¿Qué le habían hecho a Elena para que pensara que dejar a dos niñas con un desconocido era aceptable? Cerró los ojos y rezó en silencio para que las hijas de Dulce estuvieran bien. Pero tenía que ser honesto: comenzaba a perder la esperanza de que las encontraran.

—Cambia esa cara triste —le gritó Pilar.

Él asintió. Allí no había lugar para la tristeza. Hizo un gran espectáculo bebiendo shots con Pilar y algunas parejas alrededor se acercaron tímidamente a la barra para pedir tragos. Él se sintió más ligero al servirles. Apenas sentía el dolor en su cuerpo, ya no le preocupaba la posibilidad de que la sangre se filtrara a través de su ropa.

Luego, se acercó a la mujer al final de la barra. Era pequeña, con grandes ojos verdes y un cabello rubio, ondulado y voluminoso, como el de una muñeca. Cuando se giró por completo, notó que parte de su rostro estaba desfigurado. La cicatriz parecía una gran quemadura que había sanado hacía mucho tiempo. Pero aun así, era una mujer impresionante. Su piel tenía el rubor y el resplandor dorado de alguien que había pasado la mayor parte del día bajo el sol.

—Estoy celebrando mi cumpleaños número cuarenta —dijo ella.

—Feliz cumple —dijo Pablo, pensando que no parecía tener cuarenta—. Te voy a preparar un trago especial de cumpleaños.

Ella asintió, observándolo con atención. Él se permitió mirarla mientras mezclaba la bebida. Llevaba ropa de diseñador cara y joyería fina y de buen gusto. Decidió prepararle algo ácido. Cuando regresó con el trago, la miró mientras daba el primer sorbo. Ella cerró los ojos al tragar, emitiendo pequeños sonidos de placer.

—Perfecto —dijo en español con acento.

Él asintió en señal de aprecio. Le enorgullecía dar placer a las mujeres.

—Raenna —dijo ella, dándole la mano. Se sentía suave, como cera caliente.

—Encantado de conocerte, Reyna —dijo él.

Ella se rio de su pronunciación.

—¿De dónde eres? —preguntó él.

—Esa es una pregunta complicada —dijo ella.

—No tengo prisa —respondió, mirando a Pilar, quien le hizo un gesto indicando que podía encargarse de los demás clientes.

Raenna era una abogada de renombre en Nueva York que había crecido en Chicago. Aunque claramente podía pasar por blanca, había sido criada creyendo que era una mujer negra. Sin embargo, para celebrar su próximo cumpleaños, se había hecho recientemente una prueba de ADN y había descubierto que era mitad blanca, mitad dominicana. Se reía, como si todo fuera una locura.

—No puede ser —dijo Pablo, examinando sus rasgos. No tenía nada de dominicana.

—Mi pelo es algo rizado —dijo ella.

Él acortó la distancia entre ellos inclinándose sobre la barra, aspiró el delicioso aroma de su perfume y tocó suavemente las raíces de su cabello. Fue cuidadoso de no rozar las secciones donde las extensiones estaban cosidas a su cuero cabelludo. Se aseguró de no tocar la piel con cicatrices.

—Tu pelo no es rizado —dijo él.

—Ese no es el pelo al que me refiero —respondió ella, sonrojándose.

Él le tiró del lóbulo de la oreja juguetonamente.

—¿Y porque viniste a RD?

—Para conectar con mis raíces —dijo ella y luego se cubrió la cara por el mal chiste.

—¿Viniste a un resort de lujo fundado por una empresa estadounidense para conectar con tu herencia dominicana?

Ella se encogió de hombros.

—Necesitaba relajarme. Tengo un trabajo muy estresante.

Él se rio.

—La prueba de ADN incluye una aplicación que te permite conectarte con familiares, si quieres. Voy a conocer a unos primos antes de irme del país —dijo ella—. No estoy aquí para explotar la tierra de mis antepasados. Estoy aquí para ser parte de ella.

Sintió una ternura inesperada por esta desconocida. Recordó la misma sensación repentina que tuvo por Christine dos días atrás, pero apartó el recuerdo de cómo había terminado todo.

—¿Quieres otro trago? —preguntó él.

Ella asintió.

—Pensé que Paloma Negra era un lugar salvaje. Ha sido bastante tranquilo.

Pilar escuchó el comentario. Se inclinó hacia Raenna mientras señalaba un estante lleno de libros.

—Si eliges *Cosecha de Huesos* de Edwidge Danticat o *En el tiempo de las mariposas* de Julia Álvarez, se abrirá una puerta secreta. Si no eres parte de una pareja, tienes que entrar con un empleado. Pero te advierto —dijo, frunciendo el ceño—, es un lugar increíblemente decadente. Cada fantasía sexual, cumplida. Cada deseo, satisfecho.

—Qué siniestro —dijo Raenna.

Pilar y Pablo la miraron, desconcertados.

—¿Libros que son portales? —dijo—. ¿Uno sobre la Masacre del Perejil de 1937 y el otro sobre el asesinato de las hermanas Mirabal?

Pablo notó que Raenna había leído bastante mientras se preparaba para venir a la tierra de sus ancestros. En todo el tiempo que llevaba trabajando en el resort, nunca había conocido a alguien que se tomara el tiempo de aprender sobre el país. Ahora, en el transcurso de un par de días, había conocido a dos.

—No, no entiendes. Los diseñadores lo hicieron como una forma de rendir homenaje a la historia del país. Es una manera de reconocer el terrible pasado de una forma significativa.

—¿Como una forma de abrir la puerta a una mazmorra sexual? —replicó Raenna.

—Porque algunas personas bajan ahí y no ven la luz del día hasta que es hora de regresar a casa.

Ante la expresión horrorizada de Raenna, Pilar cedió.

—Quiero decir, hicieron lo mejor que pudieron. Es un resort, no el Memorial del Holocausto.

Pilar se alejó, encogiéndose de hombros, como si hubiera cumplido con su trabajo. Raenna se quedó en silencio unos momentos. Giró en su silla en el bar, mirando alrededor como si no estuviera segura de cómo diablos había terminado allí. Pablo sabía que debía aligerar el ambiente, que tenía que usar su encanto. Pero en ese momento, se sentía demasiado agotado y triste para hacer otra cosa que no fuera terminar de prepararle su segundo trago.

—¿Cuál es tu historia? —preguntó ella cuando él regresó con su cóctel.

Una hora después, Raenna iba por su quinto trago y estaba completamente ebria, escuchando atentamente mientras Pablo le confesaba su desamor por Vida. Al principio, Raenna pareció decepcionada, pero rápidamente se recuperó.

—¿Qué le dirías si ella estuviera aquí?

—Que nunca he amado a nadie como a ella. Y que nunca lo haré.

—Wow. Te lo tenías ahí guardado, ¿eh? También tienes que decirle cómo piensas cambiar. En el fondo, sabes lo que ella quiere de ti. Dáselo. Nunca vuelvas a mentir, a menos que quieras perderla para siempre.

Su teléfono vibró. Era Laura. Pablo se disculpó con Raenna.

—¿Dónde diablos estás? —gritó Laura—. La esposa llamó a la recepción diciendo que llevas horas desaparecido. Nadie tiene tu número, así que me llamaron a mí. No puedes perder de vista a ese hombre. ¿Estás de fiesta?

Pablo sintió el efecto alarmante de sus palabras. Se volteó para mirar a Raenna, pero ya el saxofonista grande y musculoso estaba hablándole. La vio tocar el brazo flexionado del hombre mientras la guiaba hacia la pared con las pesadas cortinas de terciopelo, ya con todos sus pensamientos sobre masacres e injusticia social fuera de su mente.

Mejor así, pensó Pablo.

En su oído, Laura seguía hablando. Su voz era todo estática.

—La conexión está mala —dijo Pablo.

—Claro que la conexión está mala. El huracán ya tocó tierra.

Pablo le hizo una seña a Pilar de que tenía que irse. Salió del salón y se encontró bajo una noche húmeda y oscura. Pero aún no había señales de tormenta tropical allí. Ni una sola gota de lluvia.

Laura continuó, sin darse cuenta de que la atención de Pablo se había dividido.

—Pablo, vuelve y haz tu trabajo. Ese hombre es la clave para que sepamos qué pasó con las niñas. Él puede decirnos dónde están.

Pablo se quedó en silencio. Ambos se preguntaban lo mismo. Si las niñas estaban vivas o muertas.

—Entendido —dijo.

Pablo colgó y miró la pantalla negra de su teléfono, que mostraba su reflejo envuelto en sombras oscuras. Recordó haber levantado esa pistola al cielo, la imagen de esos niños negros a solo unos metros de distancia; lo rápido que había asumido que los niños, y los hombres dispuestos a protegerlos, eran capaces de hacer un daño indescriptible. Lo rápido que había juzgado las acciones de Elena. Cuánto se resistía a creer que el turista era culpable de causar algún daño.

Regresó al bar, le agradeció a Pilar por todo y le dijo que tenía que irse. Entonces se dirigió a la suite de la familia turista, listo para hacer lo que fuera necesario.

Grand Paloma Resort
Cascada de la Paloma, República Dominicana

¡ALERTA DE CLIMA ADVERSO EN VIGOR!

El huracán Consuelo, que ahora es una tormenta de categoría cinco, está avanzando a gran velocidad por nuestras playas. Estamos completamente preparados para un impacto directo. Esperamos salir ilesos de esta tormenta, pero la situación es grave. Por seguridad, es muy importante que todos los huéspedes permanezcan en sus habitaciones. Hemos proporcionado agua, meriendas y dos botellas de nuestro mejor Malbec para que el tiempo en sus suites sea lo más agradable posible. Nuestro personal está disponible para satisfacer todas sus necesidades. Agradecemos el compromiso y concentración de nuestros empleados, incluso en un momento en que sus propias familias están en riesgo.

Gracias de antemano por su cooperación,
Su equipo en el Grand Paloma Resort

Capítulo 31

Ninguno de los huéspedes del Grand Paloma Resort prestó atención a la solicitud de quedarse en sus habitaciones. El vestíbulo se había transformado en unas pocas horas. Laura había tomado el control de los miembros de la banda: Angie, la que tocaba la güira, Caro, la acordeonista, Lilliam en las maracas y Jaquira en la tambora mantenían el ambiente animado y divertido. Les dijo a los presentes que era tradición hacer #HURRICANEPARTIES cuando llegaba un clima verdaderamente catastrófico a la isla. ¡Se lo acababa de inventar en el momento! Pero era cierto para muchas personas. Laura describía de manera hermosa cómo las familias se refugiaban juntas en las casas con los cimientos más fuertes, compartían comidas, cantaban y transmitían las tradiciones del relato oral. Los niños se quedaban despiertos hasta tarde en la noche.

—Juntos, podemos superar cualquier cosa —concluyó—. En este país, la comunidad lo es todo.

No se molestó en decirles a sus huéspedes que la única vez que su familia había necesitado desesperadamente refugio durante una tormenta como esta, la gente buena de Pico Diablo les dio la espalda, se hicieron los sordos. Laura pidió a los *bartenders* que tomaran el ron de Dulce y ofrecieran tragos a los huéspedes. Quería que estuvieran felices y borrachos. Funcionó tan bien que apenas parecían darse cuenta de la tormenta que rugía afuera. Oyó a uno de los huéspedes decir que sería genial si tuvieran una bola de discoteca. Inmediatamente, Laura ordenó a uno de los empleados que cruzara el resort hasta la discoteca, para tomar luces de colores y algunas bolas de discoteca que colgaban del techo. El empleado la miró como si hubiera perdido la cabeza y luego se dirigió a hacer lo que le había pedido.

Incluso las hermanas Vargas se estaban divirtiendo, señalando desde sus sillas en la barra a los jóvenes que movían sus cuerpos de un lado a otro sin saber cómo bailar la música local. Nadie se preocupaba por el huracán ni por los vientos que azotaban afuera a ochenta millas cuando la tormenta recién comenzaba. Aún tenían algunas horas antes de que la tormenta alcanzara su máximo poder. No podían ver cómo el viento golpeaba las palmas ni cómo las tumbonas, sombrillas de playa, kayaks, canoas y tablas de paddle que estaban sueltas se convertían en armas al ser lanzadas cientos de pies al aire, cayendo con suficiente fuerza para herir o matar a cualquiera en su camino. Laura no tenía tiempo para averiguar quién había olvidado poner los muebles de exterior y el equipo de deportes acuáticos en el almacén. Se encargaría de eso al día siguiente. Se sentía inquieta en la multitud y notó que algunas personas comenzaban a mirar sus teléfonos y otros intentaban abrir las puertas cerradas de la galería que llevaba a la piscina infinita. Sabía que tenían que cambiar la dinámica. Después de unas canciones, hizo una señal para que la banda parara y el DJ continuara.

Con la bola de discoteca suspendida desde el magnífico pájaro en vuelo, muy por encima de ellos, se armó una verdadera fiesta. Y poco después, la celebración se salió de control. Las mujeres jóvenes estaban bailando sobre la barra y las mesas de café, y todos posaban para las cámaras de sus teléfonos mientras transmitían en vivo en sus redes sociales. Había intentado que estas personas se quedaran en sus habitaciones, pero no había forma de controlar a la multitud. Miró alrededor, buscando desesperadamente al resto del equipo de administración, a quienes deberían haber estado ayudándola, manteniendo el control de la situación. Cuando tuvieron una reunión de emergencia con Miranda, quien se unió a la videoconferencia con la cámara apagada, ella le había dicho a Laura que estaba permitiendo que los de administración con familias se desplazaran a partes de la isla menos afectadas por la tormenta. Los únicos que se quedaron fueron Laura y Astrid. Pero no había visto a Astrid desde la reunión.

Buscó en las redes sociales desde su celular, con la esperanza de ver si Elena había publicado algo. También buscó las publicaciones de La Gata, para ver si había mentido. Pero no había nada. Volvió a la cuenta de su hermana en Instagram y rápidamente escaneó la lista de sus seguidores, tratando de recordar el nombre de alguno de esos amigos que había hecho en la academia global. Pero no hubo forma. Su hermana tenía cientos de seguidores; le tomaría horas revisar a todos. Había esperado que la escuela fuera un portal para que su hermana entrara en otra vida. Y lo había sido.

Laura seguía inmóvil, sintiéndose sola y desolada, cuando Ida Vargas se acercó.

—Mija —le dijo—, parece que necesitas un abrazo.

Laura negó con la cabeza, fingiendo una sonrisa. No valía la pena hacer que los huéspedes se sintieran mal por ella porque eso, a su vez, los haría sentirse mal por ellos mismos, por su propia impotencia.

—Laura. —Un empleado se le acercó, empapado. Normalmente se encargaba de la seguridad de la entrada en el turno de noche—. Hay un montón de gente de Pico Diablo aquí. Están preguntando si hay alguna posibilidad de que puedan quedarse con nosotros para refugiarse de la tormenta.

Laura recordó el edicto que Miranda había reiterado durante su llamada. Estaba absolutamente prohibido permitir que alguien que no fuera huésped registrado se quedara en el hotel, sin importar el clima.

Pensó en todos los huéspedes que se habían ido en masa al primer indicio de que la tormenta sería peligrosa, en todas las habitaciones que estarían vacías durante la noche. Pensó por un momento en ella y en Elena, cuando eran niñas. En cómo la mayoría de las personas que estaban en la puerta buscando refugio probablemente eran de las familias que se negaron a abrirles las puertas a ella y a su hermana. Elena tenía solo cuatro años cuando eso sucedió. Habían tocado puerta tras puerta, pidiendo ayuda. Su madre se había desmayado por el dolor de sus brazos rotos. Su padre estaba dormido, ajeno al daño que había causado.

Sintió que una frialdad se apoderaba de ella, el mismo temple de acero que mostró cuando tuvo que reclamar los restos de su padre el verano pasado. Solo había podido identificar a su padre por el dedo faltante de su mano. La imagen de los niños esperando bajo la lluvia la perturbó. En un momento, eran ella y su hermana pequeña hace años. Al siguiente, estaba bombardeada por imágenes de niños que había visto en el pueblo, en las galerías de las casas de madera que probablemente ya habían sido destruidas por el viento; de los ancianos que habían estado demasiado enfermos o débiles para llegar al hotel. Pensó en las decisiones de aquellos que habían arriesgado sus vidas en ese clima para venir aquí, creyendo que sería imposible que los rechazaran.

Pensó en Dulce, que se había despertado más temprano esa noche, que había estado furiosa al darse cuenta de que Laura le había dado somníferos para quitarla de su camino. Laura no había negado que la había drogado.

—¿En qué te has convertido? —le había preguntado Dulce. Luego, se había enfurecido y le dijo que llamaría a la policía y les mostraría el video. Pagaría el precio una vez que pasara el mal tiempo. Dulce se había ido del resort y adentrado en la tormenta. Laura había decidido no contarle a su amiga sobre la camiseta que encontró. Decidió que la línea entre ella y Dulce ya estaba claramente marcada. Ya no estaban en el mismo lado de esta situación.

—No pueden quedarse en el hotel —le dijo a su empleado con claridad, agradecida de que su voz no temblara.

Los ojos de Ida se abrieron. Se sujetó del brazo del empleado, que, sorprendido y sin palabras, se disponía a irse.

—Pero ¿por qué? —dijo—. Vi que hoy muchos huéspedes hicieron check-out. Debe haber espacio para acomodar a algunos, si no a todos.

Justo en ese momento, Amber Vargas se acercó, moviendo los hombros al ritmo del hip-hop que sonaba a todo volumen en las bocinas.

—¿Qué está pasando? —preguntó Amber, feliz.

—Hay algunos lugareños pidiendo refugio —dijo Ida.

—En un resort con miles de hectáreas de terreno, seguramente pueden encontrar un lugar para que las familias se queden.

Laura oyó el tono de autoridad en la voz de Amber. Las hermanas estaban acostumbradas a hacer lo que querían. Podían tener el mismo color de piel que Laura, pero era claro que estas mujeres vivían de manera muy diferente. Laura sintió la bilis subir por su garganta, podía saborearla en su lengua. Qué bonito sería vivir con moral y escrúpulos. Tener la libertad de elegir la alta moral que la riqueza les otorgaba. La riqueza de Ida y su hermana —tan abundante que podían permitirse cerrar ambos hoteles en temporada alta y relajarse con sus familias o emborracharse al lado de la piscina— les impedía ver que Laura estaría poniendo en riesgo su trabajo si dejaba que estas personas se quedaran en el resort. ¿Quién podía ser humano? ¿Quién podía ser generoso? Quería gritarles.

Se preguntó si su jefa manejaría esta situación de manera diferente. Si rompería las reglas, si mostraría misericordia a las personas en la puerta. Pero estaba casi segura de que Miranda nunca haría eso. Las reglas se establecían con cabeza fría, para que nadie olvidara que estaban dirigiendo un negocio, no una organización benéfica. Su jefa había dicho eso muchas veces.

—Lamentablemente, no puedo hacer nada —dijo Laura—. Nadie que no sea huésped registrado puede estar en las instalaciones del hotel.

Las hermanas se volvieron hacia Laura y recuperaron la sobriedad de inmediato. Ella ya se había dado la vuelta para irse cuando una de ellas dijo:

—Maldita sea. No puedes estar hablando en serio, Laura.

No tenía idea de cuál hermana dijo esto; recién notaba que tenían la misma voz.

—Nadie sin una reservación puede quedarse en este hotel —respondió Laura fríamente.

—En una crisis como esta, debes pensar en la comunidad —dijo Amber—. Todos somos familia. Un desastre personal se convierte en un desastre comunitario.

—No tengo la autoridad para tomar esa decisión —dijo Laura.

Ida sacó su billetera, extrajo una tarjeta de crédito y se la tiró a Laura.

—Pagaremos por cada persona que necesite una habitación para quedarse —dijo.

Laura asintió solemnemente, sosteniendo la fría y pesada tarjeta de crédito en su mano. Miró a su empleado y le susurró que llevara a los lugareños al cine, los contara y le enviara un mensaje de texto para informarle cuántas habitaciones necesitarían. Ella enviaría a alguien con las llaves de las habitaciones. No era necesario alarmar más a los huéspedes con la llegada de personas que probablemente lucían como si la tormenta les hubiera pasado por encima.

Cuando volvió a mirar a las hermanas Vargas, ellas la observaban con tal decepción que Laura sintió cómo se le cerraba la garganta y se le aguaban los ojos. Las lágrimas llegaron sin que ella lo deseara y se sintió mortificada y avergonzada de que la vieran así. Sería mejor que pensaran que era una persona despiadada, una robot corporativa. El mundo no tenía respeto por los débiles.

—A veces tienes que liderar con el corazón, mija —dijo Amber—. No con miedo. A veces, un momento como este define de qué estamos hechos.

Laura quería explicarles lo que había vivido, explicarles que las personas que ellas consideraban amables y merecedoras de generosidad ante un desastre natural eran seres humanos terribles. Cuando tuvieron la oportunidad de extender una mano amiga a dos niñas, habían fingido no escuchar sus golpes, no escuchar sus súplicas desesperadas.

Pero se limpió la cara mientras las miraba, les agradeció en voz formal por su generosidad y se marchó. Fue a procesar las reservaciones en un escritorio cercano. Cuando su empleado le mandó un mensaje de texto con el total de personas, ella se dio cuenta de que no habría suficientes habitaciones. Desactivó el sistema. Le respondió diciéndole que podía ofrecer el cine a los que querían quedarse, ya que esos asientos se reclinaban, y también que si querían compartir habitaciones, él debía hacerse el tonto y dejarles usar los baños del gimnasio para ducharse si lo necesitaban, así como las cálidas y suaves batas que normalmente mantenían bajo llave para los miembros Platinum. Él tenía su permiso para coordinarlo con el servicio de habitaciones. Ninguna de esas decisiones la hizo sentirse mejor.

Laura les devolvió la tarjeta de crédito y el recibo de las habitaciones a las hermanas Vargas. Esta vez, no la miraban con lástima o tristeza. Lucían agotadas. Después de confirmar que había acomodado a los lugareños, se dieron la vuelta y se dirigieron a su suite presidencial. Iban de hombros caídos. Laura se preguntó si habían agotado sus cuentas de jubilación con este acto de generosidad. ¿Acaso se habían metido en un lío tal que tendrían que pedir un préstamo o declararse en bancarrota? Estaba desconcertada por cómo habían reaccionado las mujeres en ese momento. ¿Quién sabe qué sacrificaron por personas que nunca habían conocido? En todos los años que habían visitado el Grand Paloma Resort, nunca las había visto fuera de los terrenos del resort.

Laura se dirigió a un baño. Bajó la tapa del inodoro y se sentó allí, aturdida. Se escuchó el sonido del aerosol perfumado automático y, momentos después, la habitación se llenó de una rica fragancia. Llamó a su hermana. El teléfono sonó y sonó. Llamó otra vez, otra vez, otra vez, de manera maníaca, deseando que su hermana contestara. Había dolor en su interior, una tristeza que se desató cuando se permitió llorar frente a las hermanas Vargas. Pensó en su hermana. Deseó que Elena estuviera aquí, donde pudiera verla y reírse de sus historias tontas sobre las últimas desventuras de la autoproclamada peor niñera del mundo. Todas sus historias terminaban igual: los niños a su cargo estaban bien y ella corría con ellos como si fuera una niña grande. "Todos me quieren, pase lo que pase", diría Elena, perpleja.

Seguramente pudo haberle dado una lección a su hermana de otra forma. Si las niñas de Dulce estaban muertas, era culpa de Laura, de nadie más. Su hermana no era mucho mayor que una niña.

Pensó en lo que pasaría al día siguiente. Pablo traería a ese hombre de vuelta. Estaba segura de ello. Esperaba que el turista tuviera una explicación razonable al intercambio con su hermana que había quedado grabado en video. Esperaba que él revelara qué había sucedido con las niñas después del punto en el video donde ya no se las veía.

Invocó el espíritu de Elena, su bondad. Permitió que la forma en que su hermana se movía por el mundo despertara algo en ella. "¿Y si un acto de misericordia pudiera inspirar otro?", solía decir su hermana. Laura se preguntó qué no había considerado, qué no se le había ocurrido todavía. La respuesta surgió como si hubiera estado allí todo el tiempo, lista para aparecer de la nada. Si estuviera aquí, Elena se habría asegurado de que los empleados en la ciudad de carpas estuvieran a salvo, de que hubieran salido de sus casas deterioradas y encontrado refugio en el hotel horas antes.

Capítulo 32

El verano anterior, cuando el desastre que enfrentaba Laura había sido personal, no meteorológico, algo privado y silencioso y no una emergencia pública que aullaba, la habían llamado a la casa con piso de tierra de Doña Fella el día después de haber identificado el cuerpo de su padre. Pronto quedó claro que su antigua maestra no tenía idea de que su padre estaba muerto. Más bien, la había llamado porque suponía que su padre había decidido no regresar.

Al mirar a Doña Fella, Laura se sintió impresionada por las profundas arrugas en su rostro de noventa y cuatro años, por el brillo de sus ojos redondos, por la agilidad con la que aún manejaba el fuego de carbón sobre el cual asaba las berenjenas. La mujer tenía una pipa colgando de la boca y trabajaba, hablaba y se movía con la pipa en los labios.

Esa casa, ese patio trasero, había sido el lugar donde Laura había pasado casi todos los días de su infancia cuando no estaba trabajando con su madre. Allí, Doña Fella enseñaba a los niños a leer y escribir, y les educaba sobre su historia, no centrándose en lo que otras escuelas del país enseñaban, sino en una historia alternativa de la República Dominicana. La historia más profunda y verdadera. Una en la que las tradiciones taínas les enseñaban a amar y respetar la tierra. Donde el país reconocía la caída de la ocupación haitiana no como una causa de celebración, sino como el fin de la oportunidad de liberación comunal. Pero esa mañana, aún sensible por su reacción inesperada ante la muerte de su padre, por el dolor impresionante que la había inundado, miró el patio con otros ojos. Laura recordó cómo, en cada Día de la Libertad hasta que tuvo catorce años, Doña Fella se acercaba a todos los estudiantes, desde los niños pequeños hasta los adolescentes, y les hacía repasar el Sendero de la Libertad: playa, cascadas, bosque y Pico Diablo. Cada uno debía inventar una respuesta a la pregunta de qué harían si alguna vez estuvieran en peligro. "Seguir el camino para encontrar comida y seguridad", decía Doña Fella.

La última vez que participó como estudiante, recordó que Pablo se había puesto de pie, gritando que si los esclavizadores regresaban a tratar de recapturar a sus ancestros, él pelearía con ellos. Con sus brazos delgados, había hecho una espada con una rama de aguacate, pretendiendo clavársela al enemigo. Vida, a un lado, tres años mayor que él, se había reído de sus payasadas. Ella había dicho que preferiría esconderse y esperar a que el peligro pasara antes de salir a la seguridad. Cuando Doña Fella se había volteado hacia Laura, miró su propio patio trasero, que albergaba el perfil de piedra que se parecía a un diablo. Fue esta formación rocosa, con forma de pico de cuerno, la que le dio al pueblo su nombre. Tras enfrentar la muerte de su madre recientemente, Laura había dicho entonces que no lucharía, que no se escondería, que preferiría saltar.

Pero ese día, con la partida todavía reciente del único padre que le quedaba, más de una década después de la muerte de su madre, observó cómo la vieja mujer giraba lentamente la berenjena, chamuscando la piel morada hasta que se ampolló y se volvió negra.

Finalmente, la mujer le indicó a Laura dónde buscar una caja construida con metal corrugado, muy parecido al material del techo de la casa de Doña Fella.

—Ábrela —dijo la anciana.

La piel de la berenjena echaba humo, y el viento lo arrastraba hacia los ojos de Laura mientras abría la caja, haciéndolos arder y llenándolos de lágrimas. Comenzó a llorar, incluso antes de entender el horror del secreto que había heredado de su padre, el secreto que juraría guardar hasta su último día. En la caja había una serie de dibujos y cartas, algunas de más de ochenta y cinco años, dijo Fella. La mayoría de las primeras cartas habían sido escritas en un idioma que Laura nunca había aprendido, y ella seguía esperando que la anciana explicara exactamente qué era lo que tenía en las manos.

—Es criollo haitiano —dijo la mujer, como si eso lo explicara todo.

Luego, irritada porque Laura parecía no comprender, Doña Fella dejó caer el palo con el que había pinchado la berenjena y agarró a Laura del antebrazo. Dentro de su casa sencilla, se sentaron en sillas mecedoras.

Doña Fella explicó que la última carta era de su padre, que la ayudaría a entender todo, y que, como la mayor de la familia Moreno en Pico Diablo, ahora era su deber llevar el secreto del pueblo. Laura recordó la siguiente parte como en cámara lenta. Sintió que se caía. Como si hubiera dado un paso y el suelo hubiera desaparecido, abriéndose algo en ella.

"Mi hija", decía la carta de su padre, "sabes mejor que nadie cómo algunos de nosotros seguimos fallando, por lo mucho que te he fallado".

En una nebulosa causada por el humo punzante o quizás por las palabras de su padre, no estaba segura, Laura leyó que el pueblo no había sido fundado por los esclavos estadounidenses que buscaban la libertad, de quienes todos pensaban que descendían. Más bien, Pico Diablo había sido fundado por una pareja estadounidense mestiza que había acogido a niños huérfanos, niños afro-dominicanos y haitianos perseguidos durante la Masacre del Perejil de 1937.

"Guardamos el secreto fuera del alcance de todos en el pueblo para mantenerlos a salvo", había escrito su padre.

—¿Qué diablos significa eso? —preguntó Laura, leyendo la última frase en voz alta a Doña Fella.

—Algunos de nosotros —dijo Doña Fella— descendemos de haitianos.

—¿Algunos de nosotros? ¿Quiénes? ¿Yo y Elena? —preguntó Laura.

—No, ustedes son dominicanas. Dominicanas de piel oscura.

—¿Quién es haitiano? ¿Pablo? —preguntó Laura.

Doña Fella asintió.

—¿Vida? ¿Dulce?

Doña Fella asintió de nuevo.

—¿Pasofino?

—Todos los demás, excepto tu familia —dijo Doña Fella, exasperada—. Tu familia es la única en Pico Diablo que no desciende de haitianos. Todos los demás en este pueblo son de ascendencia haitiana.

Laura comprendió la gravedad de la situación. En ese momento, ni siquiera pensó en las redadas de inmigración o en la pérdida de ciudadanía para los habitantes de su pueblo. Pensó en cambio en lo devastador que sería enterarse de que, en lugar de ser estadounidenses negros descendientes de guerreros en busca de libertad, descendían de personas que se habían escondido y huido, que apenas habían sobrevivido a una masacre. En la República Dominicana, solo se percibía una clase baja: los haitianos.

—Cuando llegamos aquí, tenía siete años —dijo Doña Fella.

Esa afirmación dejó a Laura paralizada. Siempre había pensado que la masacre de 1937 había ocurrido tanto tiempo atrás que cualquier afectado ya debía haber muerto hacía mucho tiempo. De alguna manera, se corrió la voz de que una pareja estadounidense estaba acogiendo a niños huérfanos por la masacre. Se habían adueñado de toda la montaña y las autoridades los dejaron en paz. Una pareja sin hijos, el esposo era blanco y la esposa era negra. Se habían ido de Estados Unidos porque donde vivían era ilegal que estuvieran juntos. Quién sabe cómo terminaron aquí, cómo crearon un lugar seguro para los niños. Pero eso fue lo que pasó. Acogieron a los niños, los registraron discretamente con certificados de nacimiento, y, por supuesto, debido a cómo funcionaba todo en ese entonces, el hombre simplemente iba a la oficina más cercana, sobornaba a quien tuviera que sobornar y pagaba la tarifa, y si había preguntas o problemas con eso, nunca nos enteramos. Solo sabíamos que él regresaba y que nosotros seríamos nuevos: cada uno con nuevos nombres y apellidos ingleses, todos registrados como recién nacidos en 1937. Con el tiempo, no solo eran niños. Era un lugar donde los sobrevivientes llegaban y encontraban refugio.

—¿Por qué eligieron a mi familia? ¿Por qué tenemos que ser los guardianes del secreto? —preguntó Laura.

—Es un privilegio ser el guardián del secreto —dijo Doña Fella con severidad.

Salió y regresó con la berenjena ahora chamuscada, que colocó en un plato cercano. Se quitó la pipa de la boca antes de sentarse nuevamente en la silla mecedora. Se impulsó hacia adelante y hacia atrás con la fuerza de sus pies sobre el suelo de tierra.

—Los Moreno —dijo— heredaron la responsabilidad porque, en un cierto momento, nos dimos cuenta de que la persecución de los haitianos nunca terminaría aquí. Que necesitábamos dejar de enseñarles criollo a los niños para protegerlos. En su lugar, les enseñamos inglés. El punto es que también se decidió que era importante que alguien guardara el secreto, la verdad, porque si alguna vez ocurría lo peor, necesitaríamos una familia que hiciera lo que fuera necesario para mantener a salvo a los más vulnerables. Mantener el secreto para mantenerlos a salvo.

—¿Qué significa eso? ¿Si pasara *qué* otra vez?

—Si volviera a ocurrir una masacre. Laura, no seas tonta. Significa que, aunque tu familia esté en riesgo por ser de piel oscura, tendrías más posibilidades de sobrevivir a una masacre porque a ustedes se les considera dominicanos de verdad. Sus certificados de nacimiento y linaje pueden ser rastreados desde el momento en que existe el registro. Su derecho de nacimiento nunca podría ser cuestionado ni arrebatado. Ustedes están a salvo. Serían capaces de acoger a las personas, esconderlas, mantenerlas con vida.

Laura le devolvió la caja de metal a Doña Fella.

—Si una masacre estuviera ocurriendo, ¿crees que me quedaría para asegurarme de que los demás estuvieran a salvo? Agarraría a mi hermana, mi única familia, y me largaría de aquí.

Doña Fella negó con la cabeza.

—Tienes que ampliar tu definición de familia —dijo.

Desde entonces, Laura se había negado a volver a la casa de Doña Fella, sin importar cuántas veces la mujer le exigiera que la visitara. Si no leía lo que había en la caja, si no aceptaba la responsabilidad de guardar el secreto, era casi como si no lo supiera. En las semanas posteriores a la muerte de su padre y a la revelación de Doña Fella sobre el secreto del pueblo, se despertaba con frecuencia bañada en un sudor frío, sacudida por pesadillas en las que siempre corría a través del bosque de la montaña Pico Diablo, siempre escapando de un enemigo invisible junto a un grupo de personas, sujetando la mano de una Elena mucho más joven, tratando de salvar a ambas. Al despertar, se calmaba. Se recordaba que los peligros estaban en el pasado.

Cuando eran niñas, nunca les dijeron que, además de correr y escapar a través del Sendero de la Libertad, de plantarse y luchar o de saltar a la muerte desde el pico más alto y afilado de la montaña, también existía otra opción: unirse al enemigo, servirle. Que también había libertad en no pelear, en no huir, en no esconderse, en no morir. Que quizá la libertad más dulce de todas era la que se obtenía al someterse en silencio como siervos indispensables.

Ahora, impulsada por la preocupación por su hermana desaparecida, motivada por la posibilidad de que las hijas de Dulce estuvieran muertas, Laura se dejó llevar por una obligación que había ignorado deliberadamente desde el año pasado. Salió por una entrada lateral y se adentró en la tormenta. El viento era poderoso, increíblemente fuerte. La lluvia caía con furia, las palmeras se doblaban peligrosamente hacia el suelo. A Laura le costaba moverse contra el viento, pero este cambió de dirección y se calmó por un momento.

Se movió rápido, sin saber que estaba siguiendo en reversa los pasos que su hermana había tomado con la niña turista inconsciente en brazos hacía menos de dos días. Cuando llegó a la ciudad de carpas, tambaleándose y empapada, descubrió que no había nadie allí. El viento había catapultado las tiendas lejos. Atónita, se dirigió a los dormitorios de los empleados. Allí, por una ventana tras otra, vio a los trabajadores del Grand Paloma acurrucados en las casitas, cada una albergando a una familia haitiana de la ciudad de carpas. No habían esperado el permiso de un gesto de bondad, de humanidad.

Se limpió la cara, desconcertada, sorprendida al notar las lágrimas calientes que corrían por sus mejillas, mezcladas con la lluvia. Golpeó con fuerza la puerta de la primera casa, gritó lo más alto que pudo, pero nadie respondió. Fue a la siguiente y ocurrió lo mismo. No podían oírla. Por más que gritara. El viento aullante era demasiado fuerte, superaba cualquier voz humana. Laura pensó en sí misma de niña, llevando de la mano a su hermana pequeña de puerta en puerta, gritando que necesitaban ayuda. Los habitantes del pueblo no habían mentido. Nunca escucharon sus llamados de auxilio.

Llegó a una casita que no estaba cerrada con llave y logró abrir la puerta. Gritó, mientras el viento volvía a ganar fuerza y rugía a su alrededor, que debían ir al edificio principal cuanto antes. Esas casitas no eran resistentes a la tormenta. Fue impresionante lo rápido que la noticia pasó de casita en casita, cómo la gente recorría las estructuras, agitando los brazos hasta que alguien los notaba, pateando puertas si nadie lo hacía. Pronto, todos estaban corriendo, los ancianos y los jóvenes, cuerpos de piel oscura y piel clara indistinguibles en la oscuridad de la tormenta. Cientos de personas dirigiéndose al hotel principal.

Laura esperó a que todos entraran al edificio para luego entrar ella. Mientras esperaba, su teléfono vibró con una nueva alerta de mensaje. Elena le había respondido: **Estoy bien.**

Sintió una oleada de alivio al saber que su hermana estaba a salvo y sus ojos se llenaron de lágrimas. Presionó el nombre de Elena, la llamó, pero no hubo respuesta. Los últimos en llegar ya habían entrado. Laura sostenía la puerta abierta sin razón. La casi certeza de que las hijas de Dulce estaban muertas se convirtió en una verdad innegable en su mente. Su hermana estaba bien. En cambio —porque así era como el mundo cruel siempre funcionaba para las personas como ellas—, Laura estaba segura de que esas dos niñas habían sido violadas, asesinadas, y sus cuerpos arrojados al mar por aquel turista.

Sobre ella, las luces parpadearon y luego volvieron a encenderse. Luego parpadearon una vez más y se apagaron definitivamente.

Revisó el Wi-Fi. No había conexión. Estaban en la oscuridad, desconectados del resto del mundo. Desde el vestíbulo llegaban los gritos histéricos y borrachos de cientos de huéspedes, mezclados con las voces de los lugareños que necesitaban ser acogidos en habitaciones por las que otros visitantes habían pagado una fortuna.

Se puso de pie y avanzó lo más rápido que pudo en la oscuridad, sin saber qué la esperaba al doblar la esquina de una pared afilada.

Capítulo 33

Las hermanas Vargas habían sido inteligentes al huir del vestíbulo después de que Laura les devolviera su tarjeta de crédito. Habían llegado a su piso y se sentaron en un rincón del pasillo, a solo unos pasos de su suite, en uno de esos espacios tipo sala de estar con estanterías y grandes ventanales en los que nunca se sentaba nadie. Estaban hipnotizadas con la aterradora vista afuera cuando las luces parpadearon por primera vez. El viento azotaba el paisaje, y no les sorprendería que toda la isla quedara arrasada. Como no habían nacido ayer y sabían perfectamente lo que significaría un apagón en un lugar tan vasto, Ida y Amber se movieron con una destreza que desmentía su edad. Ida sacó su llave magnética y la pasó rápidamente por la cerradura para que, cuando una última oleada de energía recorriera los circuitos durante unos segundos antes de extinguirse, pudieran entrar a su habitación. Se bañaron antes de que se acabara el agua caliente, se cepillaron los dientes con la iluminación de sus teléfonos y se metieron en la cama, envueltas en la suavidad de las mantas aún frescas y blancas como la nieve, y se quedaron dormidas antes de que las cosas abajo se salieran de control, lo cual sucedió rápidamente.

Las hermanas no hablaron de Laura. No se detuvieron a analizar lo que habían presenciado ni a discutir la cantidad de dinero que habían gastado. A las hermanas el dinero les importaba un bledo. Al día siguiente, reflexionarían con calma sobre lo que todo esto significaba para sus planes futuros y cómo se adaptarían a la luz de lo que acababa de ocurrir.

Capítulo 34
Nosotros, los trabajadores

La oscuridad en la que cayó el vestíbulo del hotel permitió que nuestros ojos se adaptaran. Pudimos ver lo mal que estaban las cosas afuera. Pero también pudimos ver las cosas con más claridad adentro, como si en las sombras que caían nos hubiéramos despojado de nuestros uniformes, y todos nosotros, huéspedes, lugareños, empleados, obreros, fuéramos una misma cosa.

Afuera, un sofá seccional de un balcón voló por el aire y se estrelló contra el suelo, la madera astillándose por todas partes. Más tarde, la gente diría que había hecho un sonido aterrador. Pero el viento rugió tan fuerte que no había manera de que alguien hubiera oído el sonido de un sofá desbaratándose. Aun así, la visión de un proyectil gigantesco en forma de L hizo que el miedo penetrara en nuestras almas. Alguien en la multitud gritó. Podría haber sido uno de nosotros. Nuestros corazones latían con fuerza mientras pensábamos en nuestras casas, nuestras familias, nuestros animales. Habían pasado décadas desde que la isla había visto una tormenta de esta magnitud. Los mayores recordábamos cuánto tiempo le había tomado a nuestra isla recuperarse la última vez que esto sucedió. La desesperanza y la angustia era palpables. Aún había algunas casas que nunca se restauraron. Algunas personas, al tener que empezar de nuevo con casi nada, decidieron irse y nunca regresaron. Muchos murieron.

Tratamos de no enfurecernos por la reacción de los turistas. Estaban atrapados por una adrenalina emocionante; ver el peligro de la naturaleza tan de cerca, mientras estaban a salvo adentro, los hacía sentirse invencibles, poderosos e imprudentes. Un grupo de ellos comenzó a empujar contra las puertas cerradas. Estaban gritando que tenían derecho a salir si lo deseaban.

Miramos a Laura con una sensación de anticipación, preguntándonos cómo manejaría todo esto. Ella dio un paso hacia un área con una iluminación inesperada; en medio de toda la oscuridad dentro y fuera, por un breve momento, la luna arrojó un destello de luz a través de las puertas de tres pisos de altura. Con una voz fuerte e inquebrantable, dijo: "Nadie va a salir".

Taveras estaba en su elemento. Sabíamos que había estado preparándose para este momento durante años, tal vez toda su vida. ¡Qué magnífico se veía, de pie junto a Laura, con un arma en cada mano levantada por encima de su cabeza! Como las ovejas que eran, los turistas se dejaron guiar y se alejaron de las puertas. La mayoría se dirigió de nuevo hacia el bar.

Desde algún lugar arriba, pudimos escuchar a un hombre gritar que el sistema magnético estaba caído, que nadie podía entrar ni salir de sus habitaciones. Su voz sonaba histérica. De nuevo, Laura se veía serena y en control, asegurando a todos que por supuesto había una llave maestra para dejarlos entrar a sus habitaciones, un generador para proporcionar energía, un plan de contingencia bien preparado. Les dijo que no había absolutamente nada de qué preocuparse, y vimos cómo la multitud se relajaba. Nosotros, los trabajadores, sin embargo, conocíamos las señales evidentes de que Laura estaba a punto de perder la calma. El tono alto de su voz, el teléfono inútil apretado en su mano y la sonrisa tensa pegada en su rostro nos advertían que nos apartáramos más, que no dijéramos nada, que nos abstuviéramos de hacer contacto visual, que pretendiéramos estar ocupados.

Una palmera chocó contra la enorme claraboya sobre nosotros, el impacto seguido por el inconfundible sonido del cristal cuando se rompe. La sala se quedó en silencio. La lluvia que atravesó el cristal roto fue una gota antes de convertirse en un arroyo. Cuando el infierno se desató con un coro de personas gritando y corriendo por todas partes, incluyéndonos a nosotros, Laura abandonó el intento de calmar a la gente. En cambio, fue ella quien levantó las manos como si recibiera una ofrenda y atrapó el agua de lluvia en sus palmas extendidas.

Capítulo 35

Las águilas pescadoras habían estado muriendo de hambre. Su número disminuía rápidamente ya que los peces que consumían perecían en las aguas cada vez más cálidas del Caribe. Como resultado, en los últimos años, las aves habían comenzado su migración desde las playas de Carolina del Norte, pasando por Georgia, Florida y llegando al Caribe cada vez más temprano.

En los últimos días de su vida, el padre de Pablo le había dicho a Vida que cuando él era niño, las águilas pescadoras no llegaban a sus playas hasta finales de septiembre, a veces incluso en octubre. En aquellos tiempos, los arcos que marcaban las aves al lanzarse al mar para atrapar presas siempre habían sido una buena señal para los pescadores. Significaban que habría una cosecha abundante de peces. Pero en esos días sofocantes de agosto que marcaron el final de su tiempo en la tierra, el viejito se había parado en las montañas y había visto que el número de aves había aumentado considerablemente. Aunque esto le preocupó, pues sabía que era una señal de cambios en el planeta, también lo tomó como algo positivo: las aves no estaban tan atadas a su calendario migratorio como para no reconocer cuándo debían moverse y buscar alimento. Las criaturas más inteligentes, les dijo a Pablo y Vida, entendían cuándo su existencia estaba en riesgo y era hora de moverse. "Tienes que saber cuándo cambiar, cuándo moverte", había dicho. "Solo las criaturas más tontas permanecen en su sitio, muriendo de hambre, creyendo que lo que funcionó en el pasado siempre será una solución en el presente".

"Pero el cambio en su comportamiento no garantiza su supervivencia", dijo Vida. Sus palabras se disiparon en el aire entre los tres, sin respuesta. Pablo asintió con vehemencia a su padre, con los ojos fijos en sus manos vacías, como si acabara de recibir un gran regalo.

Vida entendió que no estaban hablando de aves. Estaban hablando de las tradiciones de Pico Diablo. Vida sentía un fuerte deseo de proteger sus antiguas costumbres, pero siempre había sabido que Pablo las consideraría obsoletas y que, tras la muerte de su padre, se apresuraría a adoptar un pensamiento más moderno. Como la madre de Pablo había muerto en el parto, Vida temía que él no tuviera una voz firme que contrarrestara la lógica inflexible de su padre.

Saber cuándo cambiar, cuándo moverte, había dicho el padre de Pablo.

Esas fueron las palabras que resonaron en la mente de Vida cuando el batir de miles de alas, un sonido húmedo, a piel desnuda, finalmente la sacó de su estado de sueño la mañana del sábado. La puerta que daba acceso a su patio trasero y su jardín estaba abierta. Su cuerpo estaba fuerte y su mente, clara. Había sobrevivido. Se llevó una mano al vientre, sabiendo que la semilla que Pablo había plantado también había sobrevivido. Fue solo un pequeño movimiento, nada que pudiera considerarse cercano a una patadita. Pero era la sensación inconfundible que siempre había asociado con sus sentimientos por Pablo: el aleteo de alas de mariposa.

Sintió una inquietud profunda al pensar que Pablo no estaría allí con ella cuando llegara el momento de ser madre. ¿Cómo podía explicárselo a sí misma? Tal vez porque había estado tan cerca de la muerte, de perder al bebé dentro de ella. Su pérdida casi inminente la había llevado a ver los errores de Pablo con ojos más bondadosos y tiernos. El miedo de que su inmadurez y falta de comprensión la condenaran a una vida de trabajo sin fin ahora le parecía superficial. Si tan solo él estuviera dispuesto a darle lo que quería —fidelidad, lealtad, aceptación de su forma de vida como el camino a seguir para ambos—, podrían construir una vida juntos. Lo perdonaría. Estaría dispuesta a hacer el esfuerzo para ayudarlo a convertirse en un hombre mejor.

La tormenta había pasado. La niebla era espesa en el aire y el olor a tierra removida se volvía abrumador. Se prometió a sí misma que, cuando los caminos estuvieran despejados, encontraría a Pablo, le hablaría de su bebé y le daría la oportunidad de entrar en razón.

Vida se puso de pie con las piernas temblorosas. Se daría una ducha con el agua de su cisterna. Luego bajaría por el camino para ver cómo estaban los ancianos de Pico Diablo y trataría de ayudarlos, como agradecimiento por su propio regalo de vida abundante.

Capítulo 36

Laura no había dejado de moverse durante casi tres días. Su equipo tampoco. Trabajando como una sola unidad, los obreros y empleados despejaron los escombros y repararon lo que pudieron de las áreas afectadas. Colgaron las telas más festivas, de un color aguamarina vibrante, reservadas para ocasiones especiales. Cuando los huéspedes salieron el sábado temprano en la tarde, apenas podían creer que un huracán hubiera pasado por allí. Los empleados habían sido así de meticulosos, así de eficientes. Por supuesto, bastaron unos segundos para que los huéspedes fruncieran la nariz. El olor del mar causaba náuseas instantáneas en quienes no estaban acostumbrados: era un hedor putrefacto y penetrante. Laura les explicó a los huéspedes inquietos que el olor rancio era completamente normal, que tenía que ver con la marea de tormenta y que las bacterias que habían emergido del lecho marino pronto serían arrastradas de vuelta al mar. En un día, quizás menos, desaparecería. Algunos huéspedes corrieron de vuelta a sus habitaciones, llamaron a las aerolíneas para adelantar sus vuelos y pidieron hacer el check-out antes de tiempo. Sin embargo, se anunció que las carreteras no estarían despejadas hasta más tarde ese día. No tenían opción: debían quedarse. A los más impacientes se les informó que la administración estaba buscando un medio de transporte alternativo.

Pablo llamó a Laura para decirle que no había forma de pasar. Tendrían que esperar hasta el día siguiente, el domingo. Laura pensó en aquel turista, se preguntó en voz alta si estaría asustado por lo que le esperaba al regresar. Pero Pablo le dijo que no parecía preocupado en absoluto por el interrogatorio que tendría que enfrentar con la policía. Tanto la esposa como el marido habían acordado cooperar plenamente. La mujer aseguraba que su esposo había estado a su lado todo el viaje. Pablo y Laura guardaron silencio ante la evidente mentira. Estaba claro que la prioridad de la pareja era irse lo antes posible.

Miranda convocó una reunión con los miembros de alta gerencia del equipo. Aquellos colegas de Laura que habían huido durante la tormenta parecían indiferentes ante el desastre y el impacto en el terreno. En cambio, se dedicaban a criticar con facilidad la forma en que Laura había manejado la situación, lamentándose de manera retrospectiva sobre las condiciones del hotel, la inaceptable falla de electricidad y la necesidad urgente de encontrar transporte para los huéspedes que querían marcharse. Astrid, la colombiana que había decidido quedarse, se conectó a la reunión desde la suite que ocupaba, disfrutando de un croissant y tomando café dentro de su recuadro de video. Laura, en cambio, no había desayunado. Ni siquiera recordaba la última vez que había bebido un vaso de agua.

—Sería bueno sacar del Grand Paloma a tantos huéspedes como sea posible —dijo Miranda mientras caminaba por las puertas del aeropuerto de Burdeos.

Detrás de ella, el cielo azul brillante y el resplandor de las luces fluorescentes hicieron que a Laura le dolieran los ojos. No tenía energía para preguntarle adónde se dirigía. Incluso Miranda había olvidado agradecerle por su esfuerzo.

Dulce no había parado de llamarla y enviarle mensajes. Finalmente, Laura respondió que Pablo estaba intentando regresar. Le dijo a Dulce que llevarían al turista directamente a la estación de policía y que se mantendría en contacto. **Hoy no pasará nada,** le aseguró. **No estarán aquí hasta mañana en la mañana.** Luego bloqueó el número de Dulce. Necesitaba un respiro de aquella madre frenética.

Desde su oficina, Laura miró a través de los impecables ventanales, exhausta. Cuando las águilas pescadoras comenzaron a llegar, deslizándose sobre la superficie del mar gris y sumergiéndose en busca de alimento, sintió una pizca de esperanza. Si la naturaleza encontraba la manera, ellos también podrían hacerlo. Una vez que las aves atrapaban su alimento, descansaban en la playa, inmóviles. En cuestión de minutos, miles de águilas pescadoras cubrían la orilla. Laura tuvo una extraña sensación de que así había sido en el pasado. Tal vez antes no hubo tantos muertos; tal vez los hogares no habían sido destruidos. Tal vez no tendrían que enfrentar un resurgimiento del dengue, el zika o la chikunguña. Tal vez el huracán había llegado para equilibrar la larga sequía del mes, para darle a la tierra lo que necesitaba.

—Laura —dijo Miranda—, ¿me escuchaste?

Laura volvió en sí.

—¿Puedes repetir la última parte?

Miranda asintió con empatía.

—Sé que ha sido interminable. Solo necesito que sigas conmigo unas horas más y luego podrás descansar. ¿Puedes ayudar a Astrid? Está tratando de coordinar con la policía local para usar sus helicópteros y transportar a los huéspedes al aeropuerto. Las carreteras no estarán despejadas en uno o dos días.

Laura asintió y le escribió a Astrid por el chat privado de la videoconferencia, diciéndole que estaría disponible para lo que necesitara.

No te preocupes, respondió Astrid. **Yo me encargo. Descansa un poco. Te ves fatal.**

DOMINGO

Capítulo 37

El domingo, el día después del huracán, el hedor de la playa se había intensificado hasta tal punto que muchos de los huéspedes que habían perseverado durante la tormenta finalmente comenzaron a hacer arreglos para irse. La fetidez se filtraba por los conductos de ventilación del Grand Paloma Resort, mezclándose con el aroma de los difusores que rociaban cada diez minutos el vestíbulo, los pasillos y todos los espacios públicos, resultando en un olor simplemente repugnante. Laura intentó contener la respiración mientras cruzaba el vestíbulo, pero solo logró llegar a la mitad antes de tener que dar una gran bocanada de aire. Cebollas, huevos hervidos, carne podrida, pies apestosos, todo subió por sus fosas nasales y se instaló en la cavidad de su boca. Tuvo que hacer un gran esfuerzo para no vomitar.

La mayoría de los huéspedes, especialmente aquellos con sensibilidad a los olores, ya se habían marchado. Los que habían persistido tras la reapertura de los aeropuertos no duraron mucho después de ver el agua marrón que salía de los grifos y las duchas. Aunque el personal de la recepción les aseguró que solo sería cuestión de unas pocas horas que el agua recuperara su claridad habitual, pocos estaban dispuestos a correr el riesgo. Entre los que quedaban, muchos se quejaban de dolores de cabeza. Se encerraban en sus suites y habitaciones, que eran más tolerables siempre y cuando no salieran al balcón ni abrieran una puerta que dejara entrar el aire del interior del hotel. Mientras tanto, Patrick, el vicepresidente de interiores (el romance fugaz que Laura tanto lamentaba), se negaba a apagar los difusores. Alegaba que apagarlos empeoraría aún más la situación. Nada sorprendente. También era de los que pensaban que aplicarse desodorante era un buen sustituto de bañarse.

Para la mañana del domingo, la ocupación del resort había alcanzado un mínimo histórico del veinte por ciento. Y pronto sería aún menor, a juzgar por las largas filas de personas esperando para hacer el check-out cuando Laura pasó por la recepción.

Los ingenieros y contratistas habían terminado su inspección esa mañana. Cuando Laura organizó una videoconferencia con Miranda para evaluar el impacto de la tormenta en el hotel, descubrieron que el costo de una restauración completa ascendía a decenas de millones de dólares. Considerando la escasez de mano de obra causada por las deportaciones masivas, el precio podría ser aún mayor. Las casitas donde vivían los empleados habían sido devastadas y estaban inhabitables. Las carpas habían sido arrastradas por el viento. El centro de bienestar, con su fachada toda de cristal, estaba destruido y requeriría una renovación total. Del mismo modo, el centro de negocios y el spa, que incluía el gimnasio de varios niveles, necesitarían reparaciones que tomarían muchos meses en completarse. La impresionante claraboya había sufrido grietas y requeriría un vidrio hecho a medida desde México. La única buena noticia era que el agresivo sargazo, que había sido un problema durante muchos meses, había desaparecido. Después de la limpieza inicial, la playa, que era el peor lugar para estar debido al fuerte hedor, tenía la arena más prístina y hermosa que alguien pudiera haber imaginado.

—No puedo creer esto —dijo Miranda desde la pantalla de la computadora de Laura—. Se suponía que esa tormenta ni siquiera tocaría la República Dominicana.

Había una pregunta circulando entre los miembros de alta gerencia, una que Laura desconocía debido a su rango salarial. ¿Valía la pena la inversión para restaurar el hotel a su capacidad total, o tenía más sentido cerrarlo por completo y venderlo a la parte interesada? Paloma Enterprises ya se había consolidado como el mayor proveedor de descanso comercializado en el Caribe. En los últimos cinco años, habían llevado a la mayoría de la competencia a la quiebra. Ahora era evidente que podían reducir su presencia y ofrecer menos opciones a sus huéspedes en las islas. Claro, aunque eso significaría menos empleo para los lugareños. Pero desde un punto de vista estratégico y empresarial, era crucial saber cuándo recortar pérdidas. Ya los huéspedes recién llegados estaban siendo trasladados al Yellow Paloma, y el astuto equipo de ventas incluso había convencido a algunos de pagar por mejores alojamientos. La agilidad con la que lograban reorganizar todo en cuestión de horas hacía que la opción pareciera obvia.

Las decisiones se tomarían en cuestión de días. La verdad era que, en un mundo postpandemia, los recursos eran limitados, los contratistas estaban en alta demanda y los precios de los materiales de construcción seguían en aumento. Aunque Laura no sabía que el futuro del hotel dependía de personas que estaban de vacaciones con sus familias, tampoco sabía que los líderes de alta gerencia estaban a un escándalo de decidir abandonar por completo el Grand Paloma Resort.

Esa ignorancia significaba que, tan pronto como terminaron de discutir el estado del resort, Laura le informó a su jefa sobre la situación con las hijas de Dulce. Le explicó que el padre de las niñas debía llegar en uno o dos días. Era un empresario poderoso y adinerado. Aunque tendría que manejar la situación con discreción debido a que las niñas eran fruto de una aventura extramatrimonial, no cabía duda de que utilizaría toda la influencia que su estatus le otorgaba para agilizar las cosas. Un hombre así no aceptaría que sus hijas estuvieran desaparecidas por casi setenta y dos horas y que la policía decidiera que había cosas más urgentes que encontrarlas. Ni siquiera habían enviado una patrulla a buscarlas. Su única esperanza, que se desvanecía con cada hora hasta parecer desgarradoramente imposible, era que las niñas fueran halladas con vida.

Miranda casi se atragantó con su café.

—¿Y estás segura de que este hombre en la grabación es uno de nuestros huéspedes?

—Segura —respondió Laura—. La policía lo interrogará hoy.

—Deja que la policía haga su trabajo —dijo Miranda—. Esperemos que todo haya sido un error y que esta situación no nos implique.

<hr />

Los empleados del resort se sintieron aliviados al ver que los huéspedes se iban. Eso significaba que la negativa de Laura a concederles el permiso para irse a casa era injustificada. Ella les había dicho que tal vez sus trabajos ya no estarían disponibles cuando quisieran regresar. La mayoría apretaron los dientes, la maldijeron, le dieron la espalda y se fueron de todos modos.

No podía decirles que la gerencia había decidido reducir el personal antes de septiembre debido a que los ingresos disminuirían entre un setenta y un ochenta por ciento. Probablemente solo conservarían a una cuarta parte de los empleados. En los próximos días, tendría que dar la mala noticia a quienes regresaran esperando encontrar sus trabajos, solo para darse cuenta de que, además de haber perdido sus hogares, ganado y familiares, también tendrían que buscar nuevos empleos.

Laura se sintió aliviada cuando logró salir por las puertas principales, subir a una de las camionetas del resort y largarse del lugar. Lo que no la aliviaba era la tarea que tenía por delante. Había planeado el tiempo para que, cuando Pablo llegara a la estación de policía, ella ya estuviera allí. Hoy descubrirían qué relación tenían los huéspedes del PH7 con la desaparición de las hijas de Dulce.

Laura era una mujer de palabra, pero no era tonta. Necesitaba saber qué diría ese hombre sobre la implicación de su hermana. Elena debía estar protegida a toda costa. Le había enviado un mensaje a Pablo, quien le confirmó que él y la familia de turistas ya habían salido del Yellow Paloma hacía horas. El camino era lento debido a los escombros y las inundaciones en la carretera. La familia había decidido que ya era hora de volver a casa, le dijo. Al final, fue más fácil de lo que había anticipado. No hubo resistencia alguna ya que en Jarabacoa también comenzó a llover.

Cuando terminó la conversación con Pablo, consideró qué hacer a continuación. Sabía que era arriesgado llamar a Dulce, pero ella se daría cuenta de que el turista había vuelto a la ciudad en cuanto él se registrara de nuevo en el hotel. Tenía que intentar hablar con ella sin alterarla más. Llamó a Dulce y le dijo que se dirigía a la estación de policía, que el turista del video estaría allí.

—Nos vemos allá —dijo Dulce.

—No es buena idea que vayas —insistió Laura—. Pablo y yo estaremos allí. Defenderemos el caso. Nos aseguraremos de pasarte la información lo más rápido posible.

Dulce no respondió. Luego dijo:

—No puedes esperar que me quede en casa mientras la única persona que sabe qué pasó con mis hijas está tan cerca de aquí.

—Dulce, tu presencia ahí no va a traer nada bueno —insistió Laura—. Puedo ir a tu casa en cuanto sepamos qué ocurrió. Iré a recogerte.

Dulce murmuró algo que no se entendía. Luego dijo:

—No quiero que te acerques a mí ni a mi casa. Eres una maldita víbora.

—La policía no tomará en serio nada de lo que digas —respondió Laura, sabiendo que tenía que ser más dura de lo que quería con su amiga—. Ni siquiera hicieron el esfuerzo de buscar a tus hijas, por el amor de Dios. Quédate en casa y déjame al menos intentar usar la influencia del hotel para conseguir información real.

—No confío en nada de lo que dices —respondió Dulce antes de colgar.

Laura lamentó haberla llamado. Mientras se dirigía a Ciudad Cascada de la Paloma, esquivó un gran árbol caído en medio de la carretera. Eso la obligó a soltar el teléfono. Lo último que necesitaba era tener un accidente camino a la estación de policía. La carretera asfaltada seguía inundada en algunos tramos, y donde no lo estaba había acumulaciones de arena y pequeñas piedras que la marea había arrastrado desde la playa. Se sintió aliviada de que el huracán no hubiera derribado tantos árboles como temía. Más adelante, una bandada de esas feas águilas pescadoras, que el día anterior habían rodeado la playa, cruzaba de un lado a otro del bosque. Se habían refugiado entre los árboles, y mientras ella conducía por la carretera principal que partía la isla en dos, bajó la ventana. Los gritos de las aves eran estridentes, perturbadores. Explicaban perfectamente su estado de ánimo.

En Ciudad Cascada de la Paloma, encontró a Pablo caminando de un lado a otro por la calle adoquinada. Las tiendas de diseñadores de lujo seguían cerradas con tablas en las paredes y ventanas. Probablemente permanecerían cerradas por semanas. Había muchos lugareños en la zona, algo inusual, entrando y saliendo de la estación de policía con expresiones de preocupación. Según lo poco que alcanzó a oír de sus conversaciones, buscaban ayuda para contactar a familiares que habían quedado atrapados en las partes inaccesibles de la montaña. La policía seguía repitiendo que no tenían acceso a helicópteros. Laura pensó en la escena que acababa de dejar en el hotel, en la manera organizada en que sus empleados priorizaban las necesidades de los extranjeros: por supuesto que llamarían para organizar vuelos y transporte a los aeropuertos. Los helicópteros policiales estaban siendo utilizados en el Grand Paloma Resort para llevar a los ricos a sus vuelos. Las miradas de desesperanza de quienes salían de la estación le indicaron a Laura que estas personas estaban recibiendo la misma respuesta que Dulce había recibido el viernes. *Qué mala suerte. Lárguense de aquí.*

Se sintió aliviada al ver que Pablo la esperaba. Se veía un poco pálido, algo cansado, pero no peor de lo que esperaba.

Pablo le contó que todo había sido muy civilizado. Cuando le dijo al turista que debían ir directamente a la estación de policía, el hombre asintió sin inmutarse. La esposa también se mostró indiferente, fingiendo no escuchar la conversación mientras observaba cómo el paisaje se difuminaba a su paso. Cuando llegaron, el jefe de la policía le dio la mano al turista y lo llevó a un cuarto trasero. Pablo dijo que todo esto había sucedido en los últimos diez minutos.

—¿Los seguiste? —preguntó Laura.

—Claro —respondió Pablo.

—¿Y? —insistió Laura con impaciencia.

Pablo cambió de postura.

—Le mostraron el video. Dijo que no era él.

—Pero es obvio que es él —dijo Laura.

—Lo sé. El jefe de la policía dijo que tenía que salir mientras hablaban. Lo último que escuché es que había motivos suficientes para retenerlo y que tendría que responder algunas preguntas y hacer una declaración.

Laura sintió cómo le subía la presión. Le hizo una señal a Pablo para que la siguiera y se abrieron paso entre todos los cuerpos que se habían aglomerado en la pequeña sala de espera. Algunas personas le gritaron que esperara su turno. Laura los ignoró. No estaba dispuesta a esperar. El aire acondicionado no estaba encendido, aunque había electricidad. El ambiente se volvía cada vez más sofocante a medida que avanzaba hacia la parte trasera. Con una seguridad que en realidad no sentía, se abrió paso hasta una oficina destinada solo para empleados. Nadie la detuvo.

Sus ojos se fijaron en la pared donde colgaba la bandera dominicana. Los dominicanos a menudo presumían de que la República Dominicana era el único país con una Biblia en su bandera nacional, en el corazón de su escudo de armas. Abierta en el Evangelio de Juan 8:32: *Y conoceréis la verdad, y la verdad os hará libres*. Laura se fijó en cómo una invitación turística había sido sobreescrita en la cinta azul sobre el escudo. *Dios* se veía como la sombra de *Por favor*. *Patria*, como la sombra de *Vuelva*. Y *Libertad*, como la sombra de *Pronto*. Doña Fella había enseñado a cada niño en Pico Diablo a rechazar la idea de la santidad de la historia tal como la mostraba esa bandera. Los propios colores eran sospechosos, decía ella: ¿Azul para simbolizar la libertad de quién? ¿Rojo, la sangre derramada por qué héroes? Blanco como salvación, ¿en serio?

Laura había tratado con los policías de esta estación muchas veces. Y como sabía que el turista ya había sido arrestado en dos ocasiones por sus fiestas desenfrenadas la semana anterior, sintió que ella y Dulce estaban en desventaja. Seguramente, el turista ya sabía cómo funcionaban las cosas aquí. No necesitaba mirar la bandera para comprender su significado histórico y descartarlo. Para saber que el único color que importaba aquí era el verde de sus dólares.

—¿Dónde están la esposa y la niña? —preguntó Laura.

Se preguntó si podrían convencer a la esposa de hablar con el hombre y hacerle entrar en razón. Tal vez se decidiría a ayudar si entendía lo que estaba en juego, si sabía que esas niñas, tan cercanas en edad a su propia hija, llevaban tres días desaparecidas.

—Están esperando en el auto —dijo Pablo—. El esposo le dijo que la llamaría si necesitaban su declaración como coartada.

Se apartó de ella, luciendo incómodo. Parecía estar ocultándole algo. Laura se preguntó si había hablado con Elena.

—Causaste una gran impresión en el Yellow Paloma —dijo Laura—. Una de las gerentes me llamó esta mañana. ¿Pilar? Me pidió que te dijera que tienen un trabajo para ti, si lo quieres.

No estaba segura de que Pablo la hubiera escuchado. Parecía distraído, como si estuviera lejos.

—Oye —dijo ella—. ¿Has sabido de Elena? ¿Te volvió a llamar?

Él negó con la cabeza.

—Coño, Pablo —dijo Laura, exasperada—. ¿Qué te pasa?

Laura sintió el calor de la habitación arder en su cuero cabelludo. Le picaba en un punto al que no alcanzaba a rascarse. Deseó arrancarse las extensiones de raíz. Temió desmayarse, gritar.

—Oye —dijo Pablo—, sé que estamos lidiando con otras cosas, pero ¿has sabido algo de Vida? Le he estado mandando mensajes y llamando desde que empezó la tormenta, pero no he logrado comunicarme con ella.

Laura suspiró. Recordó que Dulce había mencionado que Pablo no sabía del embarazo de Vida y, por un momento, sintió ternura por él. Pero enseguida recuperó la claridad. No podía decírselo ahora. Saldría corriendo y entonces se quedaría sin nadie en quien confiar para ayudarla.

—No he sabido nada de ella —dijo Laura—. Estoy segura de que, si quisiera que la encontraran, ya lo habrían hecho. En Pico Diablo no hay electricidad y las torres de comunicación no se repararán hasta la próxima semana o quizá la siguiente, según el trabajo que requiera restaurar la energía aquí.

Señaló afuera, a través de la multitud y las paredes que bloqueaban la vista de las tiendas lujosas.

—¿No hay Wi-Fi ni electricidad en el hotel? —preguntó Pablo, sorprendido.

Laura lo miró como si fuera tonto.

—Claro que hay —dijo—. Esa fue la primera parada de la compañía eléctrica. Vendrán aquí después. Una vez que restauren la electricidad aquí, entonces irán a las zonas rurales. La montaña no es prioridad para nadie.

Pablo pensó en lo que significaría para Vida quedarse atrapada sin agua, electricidad, Wi-Fi ni acceso a comida por más de un día. Negó con la cabeza. Esperaba que se hubiera quedado con alguien en el pueblo y no que se hubiera ido a la montaña a esperar la tormenta. Todos en la Cascada de la Paloma sabían lo traicionero que podía ser ese lugar con solo un poco de lluvia. Tenía una sensación persistente de que algo no estaba bien. De que debía ir a la montaña. Era un instinto que su padre le había enseñado a cultivar. A veces, cuando estaba en el mar en una mañana fría, tenía la sensación de que debía ir en una dirección o en otra, y su padre siempre le decía que confiara en eso. *Hay cosas que nuestros cuerpos saben y nuestras mentes no pueden comprender.* Con eso, Pablo decidió que iría cuando saliera de allí. No iba a pedir permiso. Dejaría a los turistas en el hotel y luego iría a buscar a Vida.

Cuando el jefe de la policía y el turista salieron del cuarto trasero, Laura no podía creer lo que veía. El jefe de la policía intentaba mostrarse serio, pero en su paso había un aire de alegría que le dijo a Laura todo lo que necesitaba saber. El turista estaba en libertad. ¿Cuánto dinero había costado esta vez? se preguntó. Intentó controlar su respiración acelerada; sabía que estaba agitada. Se sintió asqueada de sí misma, en parte, porque se sintió aliviada por ese resultado. Sabía que no había forma de que este turista cayera sin arrastrar a su hermana con él.

—Puedo ponerla al tanto, licenciada —le dijo el jefe de la policía a Laura, mientras le extendía la mano al turista. Laura miró con incredulidad cómo los dos hombres se daban la mano.

—Todo en orden —dijo el turista. Laura se interpuso en su camino, bloqueándolo. Él la rodeó y se paró frente a Pablo.

—¿Qué descubrieron sobre las niñas? —preguntó Laura—. ¿Qué dijo él?

—Lamentablemente, este no es el hombre que estamos buscando —dijo el jefe de la policía. Luego, llevándola un poco más lejos, agregó en un tono más bajo—: Pero tuve que emitir una orden de arresto contra tu hermana por presunto tráfico de personas.

Laura intentó procesar lo que el jefe de la policía estaba diciendo. Estaban dejando ir al hombre del video. Y la orden de arresto era para su hermana, quien aparecía en la grabación aceptando dinero de este hombre, pero que se había marchado después de que las niñas usaran el baño, después de que se les viera corriendo por la playa. No tenía sentido.

—Podemos levantar la orden una vez que venga a dar su declaración completa. Ella es la única que puede decirnos quién es la persona del video.

Si había algo de lo que Laura estaba segura, era de que no importaría lo que Elena dijera. El video era claro como el agua. Sin duda, este era el hombre.

—¿Todo en orden? —repitió el turista, dando un paso hacia la salida.

El jefe de la policía lo detuvo con un gesto.

—No del todo —dijo el jefe de la policía, como si el hombre no estuviera siguiendo el papel que habían ensayado—. Recuerde que aún no puede salir del país por ninguna razón. Esperamos cerrar la investigación en los próximos dos días.

—Tenemos planeado irnos mañana —dijo el turista con firmeza.

—¿Puedes hacer que tu hermana venga hoy? —preguntó el jefe a Laura, que se sorprendió de que nadie le hubiera dicho al jefe de la policía que su hermana estaba en el extranjero.

—Está fuera del país —dijo Laura—. No estoy segura de cuándo regresará.

—Que me llame —dijo él—. Tienes mi número de teléfono.

Justo cuando Laura se preguntaba si debía conseguirle un abogado a su hermana antes de que hablara con ese hombre, Dulce corrió hacia ellos, seguida por el mismo cadete de policía de trasero plano que la había acompañado a la sala donde reclamó los restos de su padre. Dulce tenía los ojos irritados y lucía desesperada. ¿En qué estaba pensando Laura cuando le dijo a Dulce que estarían aquí? ¿De verdad pensaba que no iba a aparecerse en la comisaría?

—¿Dónde están mis hijas? —le gritó al turista.

El hombre lanzó una mirada al jefe de policía. Todos en la comisaría guardaron silencio.

—Fabien estará aquí mañana —le dijo Dulce al jefe—. Va a haber un infierno si dejan que este hombre se escape.

—No tenemos indicios para retener a este hombre —dijo el jefe con un tono razonable.

Laura sospechó que estaba jugando a dos bandas. No creía que un hombre rico y poderoso como Fabien se molestara en ocuparse de esta mujer o sus hijos. Si le importara, ya habría hecho algo.

—¿Dónde están? —volvió a gritar Dulce.

—Lamento tu situación —le dijo el turista. Estaba muy tranquilo—. Sé que estás muy preocupada. Pero el del video no soy yo. Nunca he visto a tus hijas.

—Eres *tú* en ese video —dijo ella desesperadamente. Buscó en el rostro de Laura alguna señal de aprobación. Laura quiso abrazarla, brindarle algo de consuelo, pero se quedó paralizada. Miró a Pablo con desesperación, intentando decirle sin palabras que abrazara a Dulce. Pero él tenía la mirada clavada en el turista.

—Señor —logró decir Laura—, si hay alguna posibilidad de que tenga la más mínima idea de dónde están esas niñas…

—¿Cómo voy a saber dónde están si nunca las he visto? —dijo el hombre bruscamente. Luego se giró hacia Pablo—. Vámonos.

Dulce se lanzó sobre el hombre. Ferozmente, le pegó y lo pateó, gritando que tenía que decirle qué había pasado.

—¿Les hiciste daño? Si lastimaste a mis niñas, te mataré.

Le mordió la cara. El cadete con acné, que estaba más cerca, intentó quitársela de encima, pero Dulce lo pateó en el pecho. Hicieron falta el jefe de la policía y otros dos agentes para separarla del turista. Rápidamente le colocaron las esposas y la alejaron a rastras mientras lloraba.

El turista se cubrió la mejilla ensangrentada con la palma de su mano. La herida sangraba entre sus dedos. Laura recordó cómo le había arañado la cara a su hermana con su pulsera. Había sido en el mismo lugar donde Dulce mordió a este hombre. Laura cerró los ojos, deseando que terminara el caos.

El cadete le preguntaba al turista si quería presentar cargos. El hombre miró sus manos ensangrentadas y asintió. Entonces Pablo reaccionó, suplicando clemencia, explicando que las niñas estaban desaparecidas desde el jueves. Habían pasado tres días. Esta mujer había sido una amiga querida desde su infancia. El turista parecía aturdido y no respondió a nada de lo que Pablo había dicho. Siguió al cadete, quien lo llevó a llenar los formularios correspondientes.

Dulce: arrestada por agredir a un oficial de policía y a un civil.

Elena: sería arrestada en cuanto pusiera un pie en este país por presunto tráfico de personas.

El turista salió de la comisaría, sangrando pero libre. Los policías que habían presenciado el ataque sintieron simpatía por su situación. Después de todo, había venido a la isla para unas vacaciones de descanso y había terminado sobreviviendo a un huracán de categoría cinco, solo para ser atacado por una madre negligente que todos sabían que dirigía una red de prostitución.

Cuando Laura llegó al hotel, fue directamente a su oficina. Pero había demasiados colegas allí, aquellos que finalmente habían regresado después de haberse marchado del resort. Muchas emergencias aún requerirían atención tras el huracán. Estaba el problema del agua no potable. Estaba el problema de las toneladas de comida que debían ser desechadas porque no había electricidad desde hacía más de doce horas. No podían arriesgarse a un brote de enfermedades. Ella revisó los cubículos, las salas de conferencias, hasta que recordó que había una sala libre. Los ejecutivos de Wall Street que habían pedido la impresionante sala de conferencias con paredes de vidrio y vista al mar, con capacidad para cien personas, habían terminado haciendo todas sus "reuniones de negocios" en el campo de golf. La sala estaría libre. Se habían ido apresuradamente tan pronto como la tormenta cambió de rumbo.

Laura se dirigió a la sala de conferencias, sorprendida de encontrar los cristales intactos y de que no tuviera mal olor. Debía ser por la forma en que el vidrio estaba sellado. Se sentó en la sala, sabiendo la importancia de la llamada que debía hacer. Pero al mirar el mar, con su oleaje sereno, con la espuma ondulando en la superficie, pensó en su padre. Su madre siempre decía que su padre era como el mar. Se iba, pero siempre volvía, igual que las olas que se retiran y regresan.

Laura entendió que había personas que nunca pagaban por sus errores, que ni siquiera necesitaban reconocer el daño o intentar repararlo. ¿Importaba si los que hacían más daño sentían remordimiento? No creía que alguna vez se perdonaría por lo que estaba a punto de hacer. Había escuchado mil veces que el camino hacia la libertad comenzaba con un paso: el perdón. Los que seguían encadenados eran los que se aferraban a la ira, el dolor y la tristeza. Cada vez que pensaba en su padre muerto, sentía la huella ardiente de la furia. Se alegraba de que estuviera muerto. El deseo de su padre de irse, de forjar una vida constantemente fuera de su alcance, lo había llevado a la peor desgracia. Pero antes de eso, había llevado a su familia a la peor desgracia. Laura nunca lo escuchó expresar remordimiento por la muerte de su madre. Era como si creyera que, si huía, si lo superaba, todo sería perdonado y olvidado. Antes del último viaje de su padre para buscar asilo en Estados Unidos, el viaje que finalmente le costó la vida, ella se había negado a despedirse. Deseó que este fuese el momento en que él lo lograría y desaparecería para siempre de sus vidas. Los días se convertían en semanas y luego en meses, y la preocupación que sentía cuando él desaparecía quedaba reemplazada por recuerdos vívidos de cómo solía golpear a su madre. Sentía simpatía por Elena; a veces era más permisiva con su hermana para protegerla de conocer lo peor sobre su padre, que también era lo peor de sus vidas. Incluso ahora, se sentía ferozmente protectora de la inocencia de Elena. Si alguna de ellas iba a tener una vida buena, llena de autonomía, abundancia y alegría, esa sería su hermana.

El turista estaba mintiendo y, dado que las niñas estaban desaparecidas y podrían seguir desaparecidas para siempre, él era el único que podía resolver el misterio de lo que había ocurrido. Su hermana se había ido cuando las niñas aún estaban vivas. Él había estado arriba, alejado de ellas y de Elena. Laura también entendía que cuando Fabien llegara al pueblo, el infierno se desataría y la policía rápidamente comenzaría a culpar a su hermana. No había forma de que ella dejara a Elena hacer ningún tipo de declaración. Que se jodan.

Laura secó sus mejillas húmedas. Necesitaba mantener la cabeza fría. Colocó las manos en sus caderas como Superman, como una vez había leído en un artículo que recomendaba hacerlo para sentirse poderosa. Se recordó a sí misma que justamente en esa sala de conferencias había aprendido, de las mentes más audaces en liderazgo global, todo lo necesario para salir adelante, sin importar lo sombrío del panorama.

Llegó el momento. Contactó a su jefa por videollamada. Miranda estaba sentada en un sofá de bouclé, rodeada de cortinas de tela fina. Era la suite del Paloma Resort que ya conocía. Estaba vestida elegantemente y no tenía mucho tiempo para hablar. Laura le explicó lo que había sucedido en la comisaría.

—Entonces la policía dijo que él estaba libre de sospecha —dijo su jefa.

—No del todo —respondió Laura.

Intentó pensar en la mejor manera de explicar que probablemente el jefe de la policía había sido sobornado. No había duda de que el hombre del video era el huésped que juraba ser inocente. El hecho de que no admitiera haber estado allí y que su esposa estuviera dispuesta a mentir por él, convenció a Laura de que, en efecto, había hecho algo criminal. De lo contrario, ¿por qué mentir?

—Lo último que necesitamos es un escándalo —dijo Miranda y luego le explicó a Laura lo que estaba sucediendo en el nivel más alto de Paloma Enterprises. Los jefes estaban considerando cerrar su sede. El Yellow Paloma podría absorber el exceso de clientes y rápidamente ser puesto en funcionamiento.

—Sería lo mejor para todos que este lío desapareciera en silencio —le dijo Miranda.

Laura asintió.

—Laura, resuelve el problema —le ordenó su jefa—. Te doy autoridad para hacer lo que sea necesario para resolverlo. Sabes la clave de la caja fuerte en mi oficina. Hay suficiente dinero en efectivo para cualquier multa.

Laura asintió. Volvería a la comisaría. Sería su turno de pasar un tiempo en el cuarto trasero para descubrir y eliminar cualquier restricción de pasaporte que pudieran haber colocado en el expediente del turista. Tomaría el dinero en efectivo y lograría que el hombre quedara libre de toda culpa. Después de todo, el video que mostraba a su hermana recibiendo dinero de él no probaba nada; en realidad, no podían acusarlo de nada. Pablo le había dicho que la última vez que su hermana había visto a las niñas, ellas estaban nadando en el mar. Tampoco había culpa en eso. Con suerte, estas personas estarían en el aeropuerto antes del final del día y nunca más tendría que lidiar con ellas por el resto de su vida. Quería que se fueran de su isla para siempre.

    Pensó en lo fácil que fue para el turista convencer al jefe de la policía de que no era culpable. En realidad, logró salirse con la suya sin mucho esfuerzo. Sintió una pérdida similar a la que su padre debía haber experimentado cada vez que regresaba, derrotado y herido. En su penúltimo intento, perdió un meñique; en el último, la vida. La amputación que Laura experimentaba ahora, al dar el primer paso para asegurar la libertad de alguien que no la merecía, sería invisible para los demás. Pero al dar la espalda a las vistas tumultuosas del sol y el mar, sintió como si, con esta decisión, hubiera mutilado la última parte de sí misma que la hacía humana. A partir de este día, caminaría con medio corazón. Incluso ahora, sentía que su galope acelerado disminuía hasta convertirse en un trote imperceptible. Pronto dejaría de latir por completo, dejando cada vena hueca, polvorienta.

Capítulo 38

Más tarde ese domingo, Pablo ignoró el hedor en los terrenos del resort tal como uno podría ignorar los desechos humanos al costado de la carretera. Se obligó a ignorarlo y sacarlo de su mente, aunque persistía y se intensificaba. Era ineludible. En su habitación con vista al jardín, el olor era imperceptible. Se hacía más prominente en los balcones de las suites presidenciales frente al mar, y así, los pocos huéspedes que se habían aferrado a la esperanza de que el infernal hedor desapareciera en unas horas se encontraron en la extraña posición de renunciar al lujo, optando por habitaciones lo más alejadas posible del mar, de la vista por la que habían pagado decenas de miles de dólares. A Pablo le habían pedido que se alojara en el piso doce y ahora tenía una de las vistas más caras de toda la isla.

Un hermoso bebé de piel morena caminó tambaleante hacia el amplio balcón contiguo al suyo. Una mujer asiática mayor, de cabello corto, fue tras él haciendo gestos como si fuera a vomitar. El bebé era mucho más rápido que ella y corría en zigzag.

—No, bebé —dijo en inglés—. Este aire es terrible para ti. Mami se enojará muchísimo porque estás respirando este aire terrible.

Lo agarró apresuradamente y volvió adentro, cerrando las puertas de vidrio con tanta fuerza que el marco de la suite de Pablo vibró. Ni siquiera se había percatado de él. Se preguntó si, al verlo con su impecable bata blanca, ella habría pensado que era un huésped y no un empleado como ella. Aunque al principio le molestó que Laura le prohibiera salir del resort hasta aclarar lo del turista, ahora se alegraba de haber llegado al piso más alto. Laura lo había elegido para recibir esa mejora durante la última oleada de salidas.

La única vez que había estado en esa suite había sido para dar un masaje y terminarlo con un satisfactorio polvo. Pero esta vez estaba allí porque se lo había ganado. Esa habitación era suya.

Doce pisos más abajo, la arena blanca resplandecía mientras el sol y el viento dibujaban una hipnótica ilusión de movimiento en su superficie. De un lado a otro, de adelante hacia atrás. El huracán se había llevado las piedras que la administración había depositado en la playa en un intento de deshacerse del agresivo sargazo. La playa era hermosa, si no te importaba el olor. Casi se rio al pensar que eso era lo que la alta gerencia había deseado durante tanto tiempo: costas limpias y libres de algas. Las palmeras destruidas ya habían sido reemplazadas por unas nuevas. ¿De dónde habían salido? Pablo no tenía idea. Mientras él llevaba a los turistas del Yellow Paloma a la estación de policía, con la ingenua esperanza de que finalmente explicaran lo que sucedió con las niñas de Dulce, sus colegas fueron enviados a esa playa y realizaron un trabajo tan meticuloso eliminando los escombros que, cuando los primeros huéspedes decidieron aventurarse en la orilla, no quedaba rastro de que un huracán hubiera azotado el resort.

Bueno, si podías ignorar el olor y los edificios aplastados por la tormenta. O si no te aventurabas más allá de los terrenos del resort, hacia la comunidad devastada por las pérdidas, donde Pablo sabía, por todas las tormentas a las que había sobrevivido, que la recuperación tomaría muchísimo tiempo. Algunas personas jamás se recuperarían.

Pablo sabía que tendría que abandonar el lugar cuando el aire contaminado se disipara del Grand Paloma Resort, pero en ese momento, mientras el cielo se tornaba de un gris cenizo, sintió que la añoranza por Vida lo atravesaba como una daga en el pecho. Vida bromearía sobre toda la mierda que había tenido que comer para llegar a ese piso, sin saber lo real que sería esa afirmación.

Vida a menudo decía que no le incomodaban los cuerpos en descomposición. Nunca parecía molestarle el olor de sus pacientes. Ahora, Pablo recordaba los últimos días de su padre. Él olía a muerte mucho antes de que su corazón dejara de latir. Pero Vida se inclinaba sobre su cuerpo, limpiándole suavemente la frente con compresas frías, acercando su oído para captar sus febriles murmullos. Por las noches, cuando ella se iba a casa, Pablo sacaba agua del pozo del patio trasero y hacía su mejor esfuerzo por limpiar el cuerpo esquelético de su padre. Demasiadas veces se había ensuciado con orina, excremento y vómito. Demasiadas veces había tenido que alejarse de su padre, sintiendo asco, pensando en las penurias que venían no solo con la mala salud, sino también con la pobreza. Estaba seguro de que un poco de dinero le habría dado a su padre la dignidad que merecía.

Meses después de la muerte de su padre, le comentó esto a Vida, pero ella no estuvo de acuerdo. Sí, el dolor se habría manejado mejor con dinero, pero cuando llegaba el momento de morir, la dignidad era escasa para todos por igual. "La muerte no es un asunto de dignidad", dijo ella. "Es todo saliva, mierda, sangre y orina. Nos vamos exactamente como llegamos. Lo que realmente importa", insistió, "es quién sostiene tu mano al final, cuyo amor ayudará a preservar tu recuerdo". Pablo veía sus palabras como un acto de bondad. Ella solo intentaba aliviar su culpa por no haber hecho más por su padre, por haberse aferrado a las limitadas tradiciones de los pescadores de su familia, por vivir una vida tan pequeña que a su padre no le quedo de otra que aceptar su muerte dentro de esas limitaciones.

Ahora se permitía sentarse con todo lo que había roto. Pablo, el primero en muchas generaciones que ya no necesitaba salir a pescar por la mañana.

Había intentado que se hiciera justicia con el turista. Después de dejar al hombre en la enfermería, regresó a la estación de policía. Le dijo al jefe de la policía que había estado en el bar la noche en que las niñas desaparecieron, que había visto con sus propios ojos el pasaporte que identificaba al turista que acababan de dejar en libertad. El jefe de la policía asintió y garabateó algunas notas en un cuaderno espiral desgastado, sin hacer ningún registro en la computadora. Cuando Pablo le preguntó si iba a arrestar al turista, el jefe le agradeció de manera cortante por su declaración, sin molestarse en responder su pregunta.

Cuando sonó el teléfono fijo de la suite, lo ignoró; seguro que la llamada era para los huéspedes que pagaban por la habitación. Pensó en Vida, en cómo no había llamado ni respondido a sus mensajes en tanto tiempo. Pensó que todo lo que venía después de un huracán, las enfermedades provocadas por el agua contaminada y los insectos, podría haberla obligado a buscarlo, aunque fuera solo por un lugar donde quedarse temporalmente. ¿Y si era ella quien llamaba? Pero cuando llegó al teléfono, ya había dejado de sonar.

El timbre de la suite sonó. Un altavoz inalámbrico que no había notado antes se encendió con una suave luz azul.

—Hay alguien en la puerta —dijo una voz electrónica en inglés con un elegante acento francés.

Pablo apretó el cinturón de su lujosa bata blanca.

Cuando abrió la puerta, entró Laura.

—Veo que ya te sientes como en casa —dijo.

—*Es* mi casa —respondió él, poniéndose en alerta, temeroso de que ella dijera que le habían quitado la habitación, que le habían quitado su estatus de Platinum Member Companion.

—¿Puedes vestirte? Necesito que vengas conmigo —dijo ella.

—¿Qué pasó con mi día libre?

—Olvídate de eso —respondió—. Solo date prisa.

Pablo accedió sin más preguntas. Entró en la habitación y se cambió al uniforme celeste de su segundo turno. Había reemplazado el que tenía manchas de sangre. Sus pensamientos sobre Vida y lo que haría después quedaron suspendidos, para retomarlos más tarde o para olvidarlos.

Cuando salieron del ascensor de huéspedes en la planta baja, Laura se quedó mirando las extrañas sombras en el suelo. Buscó a su alrededor hasta que entendió lo que eran. Sobre ellos, en la claraboya agrietada, estaban los cadáveres inertes de cientos de águilas pescadoras, esparcidas sobre el vidrio fracturado. Además del hedor esperado de la costa, que ya había disminuido, los pájaros muertos explicaban en parte por qué el hotel olía tan mal. Notó que todos sus trabajadores se movían de un lado a otro y que ninguno se detenía a notar las sombras a sus pies. Laura usó su radio para llamar al jefe del personal de mantenimiento. Gustavo necesitaba enviar a alguien allá arriba de inmediato.

Cuando miró hacia el pasillo, vio a un equipo de camarógrafos entrevistando a la vicepresidenta de servicios para huéspedes y relaciones con los medios sobre la generosidad del hotel al albergar a personas sin refugio durante la tormenta. Laura se detuvo en seco y la observó, sorprendida. Astrid estaba respondiendo preguntas. Astrid, la que había desaparecido la noche de la tormenta, la que nadie podía encontrar. Astrid, la que ahora agarraba el micrófono de su entrevistador para que el logo de la BBC quedara centrado a solo centímetros de su boca. Ese era el encuadre para el que se había preparado, una imagen que se convertiría en su foto de perfil en LinkedIn al final del día.

—Bueno —dijo Astrid—. Eso se logró realmente gracias a la generosidad de un par de huéspedes anónimos. Nosotros habríamos alojado a los afectados por la tormenta. La política de nuestro hotel es ser un refugio seguro en tiempos inciertos, tanto para los huéspedes como para nuestra familia local. Sabemos que en la industria de la hospitalidad existe la costumbre de darles mala fama a los turistas, especialmente aquí en la República Dominicana. Tenemos una relación de amor y odio con ellos. Pero a medida que la crisis climática hace que estas tormentas sean cada vez más poderosas y destructivas, la capacidad de nuestras comunidades para sobrevivir dependerá aún más de la ayuda internacional. Todo el mundo sabe que el futuro es un lugar aterrador si pensamos en los desastres naturales. No es solo la destrucción de hogares, negocios y cultivos. Todo lo que nos mantiene a salvo, desde los sistemas de alcantarillado hasta la filtración del agua, se ve afectado cuando perdemos el suministro eléctrico. No recuperaremos nuestra infraestructura a menos que movilicemos a nuestra comunidad internacional para que sea lo más generosa posible. Existe una intersección entre los desastres naturales, la resiliencia de la infraestructura y la justicia social. En Paloma Enterprises entendemos cómo estas intersecciones afectan a las personas en la realidad y no solo en teoría. Los miembros de nuestra sociedad que más se ven afectados suelen ser también los más vulnerables, los que tienen menos capacidad para abogar por sí mismos.

Entonces, como si estuviera ensayado, un grupo de trabajadores y turistas con camisetas, gorras y guantes del Paloma atravesaron el vestíbulo con palas en mano. Las hermanas Vargas lideraban la marcha.

—No estamos aquí para explotar la belleza natural de la isla —concluyó Astrid, radiante ante la sincronización de la entrada del grupo—. Estamos aquí para dejarla mejor de lo que la encontramos. Queremos recordarles a los que nos están viendo que solo unos pocos de nosotros estaremos alguna vez en posición de hacer una diferencia en el mundo. Podemos elegir hacerlo por el bien de la humanidad.

Laura cerró los ojos por un instante, con una vena palpitando en su frente, y luego salió apresurada del vestíbulo.

Capítulo 39

Por tercera vez el domingo, Pablo condujo la camioneta del resort en dirección a la Ciudad Cascada de la Paloma. Laura le había explicado que se dirigían a la estación de policía y le dijo lo que necesitaba que hiciera. Evitó mirarlo a los ojos y, sabiamente, insistió en que él condujera para limitar su capacidad de apartar la vista del camino.

—Laura —dijo él, cuando finalmente encontró su voz—, no puedes estar hablando en serio.

—Ya hice el cambio en la computadora. Solo tienes que decir que estuviste con ellos todos los días desde que se registraron.

—¿A la policía? —dijo Pablo—. ¿Quieres que le mienta a la policía y diga que estuve con la familia, con ese hombre, todo el día cuando las niñas desaparecieron?

—Sí —dijo Laura.

—¿Eliminaste todas las pruebas de que Elena era su niñera? —preguntó.

Laura giró su rostro de manera que él solo podía ver el enorme moño en su nuca. No sus ojos hinchados, no sus labios apretados, no su garganta contraída.

—La policía no va a hacer nada. Ya lo sabemos. Y no hay nada que nadie pueda hacer con el desastre que dejó el huracán. Cuanto antes saquemos a este hombre de la isla, mejor.

Pablo apretó el volante. No le había contado a Laura que había vuelto a la estación de policía. Ella probablemente tenía razón. A él le había sorprendido lo corrupto que era el jefe de la policía. Pero también creía que la verdad saldría a la luz, que las niñas estaban vivas y que el padre de ellas, con su propio dinero y poder, podría ofrecer un soborno mayor que el del turista. Si el turista se iba, la verdad nunca saldría a la luz.

—Pero si es responsable de algo terrible —dijo él—, nunca pagará por ello. Fabien debe aterrizar en unas pocas horas. Tal vez, con su influencia, pueda hacer que la policía se enfoque. Laura, tienes que asegurarte de que el turista se quede en la isla. Tienes que mantenerlo en el resort. Al menos hasta que podamos averiguar qué pasó.

—Las niñas están muertas —dijo Laura—. Eso es lo que pasó.

Pablo se estremeció.

—¿Qué quieres decir? ¿Las encontraron?

Laura negó con la cabeza.

—No —dijo—. Pero encontré una de sus camisetas en la playa. Estuvo en el agua durante días, rota. No hay forma de que esas niñas hayan sobrevivido.

—¿Por qué no le dijiste a la policía?

—Solo tenemos que concentrarnos en limpiar este desastre, Pablo. Es posible que nunca encuentren a esas niñas.

—Eso no lo sabes —dijo Pablo—. Hay un millón de razones por las que la camiseta pudo haber estado en el agua. Las niñas podrían estar vivas en algún lugar ahora mismo.

—¿Dónde están? Si estuvieran vivas, ¿no crees que alguien las habría encontrado ya?

La voz de Laura se quebró. Se llevó la mano a la boca, con los ojos llenos de lágrimas contenidas.

—La policía va a absolver a ese turista de cualquier culpa, pase lo que pase —dijo, recuperando el control de su voz—. Los hombres como él nunca pagan.

—Eso no es cierto —dijo él—. Aquí hay algo de corrupción, pero si tenemos pruebas sólidas de que hizo algo terrible, Dios no lo quiera, lo arrestarán. Pagará. Pero tengo un buen presentimiento de que las niñas están vivas, que no les pasó nada.

—Por el amor de Dios, Pablo. Ellos le creyeron. Eligieron creerle. Las niñas están muertas. ¿Cómo pudieron haber sobrevivido a la tormenta? Tres días, Pablo. ¡Han pasado tres días!

Laura lo miró fijamente. Pablo pudo ver que tenía los ojos irritados, saturados de venas rojas diminutas. Tal vez había estado llorando antes de ir a buscarlo. No paraba de parpadear. ¿Cuándo habría sido la última vez que durmió o que comió?

—La gente horrible se sale con la suya con cosas terribles todo el tiempo —dijo Laura, irritada—. Si hacemos esto, al menos tú y yo podremos mantener nuestros trabajos. Y Elena podrá mantener su expediente limpio.

Pablo estacionó el auto.

—No puedes estar hablando en serio —dijo, bajándose del auto—. Considera por un instante que las niñas puedan estar vivas. Estos son momentos vitales para encontrarlas. Si él se va, se llevará el secreto de dónde están con él.

—Sigue viviendo en las nubes —dijo Laura—. ¿Necesitas un villano? ¿Alguien que te diga lo que tienes que hacer para que no te sientas mal después?

Laura alzó las manos al aire.

—O me ayudas o te despido —dijo, sin salir del auto. Cruzó los brazos sobre su pecho—. Tal vez nos despidan a *todos*, Pablo. Están considerando vender el hotel. Si no logramos hacer que este desastre desaparezca, si se convierte en un escándalo, nos despedirán. Cientos de personas perderán sus trabajos. ¿Puedes vivir con eso? ¿Y todo por qué? ¿Para tratar de llevar a la justicia a alguien que nunca pagará por lo que hizo? Nada de lo que hagamos hará que las niñas regresen.

Pablo tardó unos momentos en darse cuenta de que habían llegado al lugar donde estaba el puesto de caña de azúcar de Don Quito. La cabaña de madera había sido levantada y barrida lejos. Solo por la peculiar colocación de las palmas detrás de ella, la forma en que se inclinaban hacia el centro formando un corazón, comprendió dónde estaban. Sintió que era un milagro que los árboles hubieran sobrevivido a la tormenta.

—Tienes razón —dijo Pablo, tratando de cambiar de táctica—. Es posible que él se salga con la suya con lo que hizo. Pero no podemos ser cómplices. No podemos ayudarlo a escapar.

Pablo habló sobre el legado de Pico Diablo, de sus antepasados. Sobre el orgullo y la fuerza que les había costado a las personas que, habiendo estado encadenadas y siendo forzadas a trabajar sin descanso, lograron escapar de la esclavitud. Le dijo que ambos tenían ese orgullo y esa fuerza corriendo por sus venas.

—Todo eso es una mentira —dijo Laura—. Nada de eso es cierto. Esa no es la verdadera historia de este pueblo.

Pablo la miró, esperando que dijera más. Casi le dijo que el pueblo fue fundado por haitianos y dominicanos que huían de una masacre. Pero de alguna manera, la obligación que sentía hacia el secreto, hacia su padre muerto, la detuvo.

—Olvídalo —dijo ella—. Vida está embarazada, Pablo. Está a punto de tener tu bebé. ¿Y qué vas a ofrecerle si pierdes este trabajo?

Meses atrás, cuando dejó que el amor de su vida se fuera, temiendo que nunca volviera, Pablo habría hecho cualquier cosa por conservar su trabajo. Incluso el jueves por la tarde, cuando Vida pasó por su estación mientras él descamaba los peces, cubriendo su cintura con los brazos, tuvo la sensación de que si le rogaba que lo aceptara de nuevo y le aseguraba que había terminado con todas las demás, ella diría que sí. Le asustó saber que lo que quería estaba al alcance de su mano, si tan solo tomaba la decisión correcta. ¿Pero cuál era la decisión correcta? La revelación de Laura tuvo un impacto no deseado. En lugar de pensar en el trabajo, o en la estabilidad, o en el dinero, pensó en cómo el cuerpo de Vida lo había estado llamando desde la ruptura. Lo que lo halaba hacia ella era algo que su amor había creado, *alguien* que su amor había creado. Miró el bosque, la montaña donde ambos habían crecido. Pablo sintió una tristeza que no había dejado entrar en su corazón desde que su padre murió. ¿Qué significaba vivir una vida con dignidad? Ojalá su padre estuviera allí para ayudarlo a entender cómo podía ser un hombre mejor. Siempre parecía equivocarse. ¿Debía quedarse o irse?

Había guardado silencio sobre lo que sabía. Había ignorado los ruegos de sus amigos para ayudar a buscar a las niñas, pensando que podría ser más útil si tenía un poco más de estatus, un poco más de poder. Se había permitido usar su cuerpo para olvidar, para alejar el amor que sentía por todos a quienes había querido, y este trabajo siempre requería más. Había dejado que el turista le hiciera cosas dolorosas, indescriptibles. Luego se volteó y dejó que la esposa lo montara. "No puedo creer que este sea tu trabajo", le había dicho. Esto debió haberlo hecho sentir grande, orgulloso, pero en cambio le había hecho sentir el peso de la vergüenza.

La casa de Vida estaba a seis millas montaña arriba. Si tomaba un atajo por el bosque, podían ser cuatro. Tendría que pasar por la cabaña donde creció, adonde nunca había regresado desde que enterró a su padre y se dirigió al resort a pedir ayuda a su vieja amiga de la escuela. La misma quien, muchos años atrás, apareció en su puerta empapada en medio de un huracán con su hermana pequeña, pidiendo ayuda para su madre herida. Laura había llorado de alivio cuando el padre de Pablo abrió la puerta y ella gritó que nadie más en su aldea las había ayudado. Recordaba cómo, de camino al hospital, trató de distraer a Laura, que parecía desconsolada, mientras cuidaba de Elena, que se quedaba dormida. "¿Sabías que si caminaras hasta la luna a tres millas por hora sin detenerte, te tomaría nueve años y medio llegar?". Laura salió del lugar en el que estaba su mente hasta ese momento, un lugar que él intuía lleno de desesperación y horror, y le dijo: "Pablo, eres un verdadero idiota. ¿Quién caminaría? ¿Quién podría? Lo único increíble de la luna es que no tiene su propia luz. Se ilumina con la del sol".

Trece años después, no sabía si eso era cierto. Pero cuando tocó la puerta de Laura, pidiendo que le consiguiera un trabajo, ella dijo que sí sin pensarlo dos veces. Laura, que era conocida por tomarse su trabajo demasiado en serio, que se rumoreaba que nunca hacía favores y que no daba empleo a cambio de sobornos, sorprendentemente cedió. Parecía aliviada, como si finalmente hubiera podido saldar una deuda que había esperado toda su vida poder saldar. En ese momento, pensó que Laura era la luz que iluminaba su pueblo. Todos los demás eran la luna y ella el sol invisible. Claro, ella no le caía bien a nadie, pero había ascendido. Ahora, parada frente a él, casi no la reconocía. ¿Había sido el resort lo que la había arruinado? ¿La pérdida de su madre? ¿De su padre? ¿La necesidad de cuidar a otra persona cuando ella necesitaba que la cuidaran y la atendieran?

—No voy a ir contigo a la estación de policía —dijo sin más. Le entregó las llaves.

Se adentró en el espeso bosque mientras Laura gritaba órdenes para que regresara inmediatamente. Trepó por algunos pequeños árboles y un techo de zinc ondulado que habían caído allí de quién sabe dónde. En el camino de regreso desde el Yellow Paloma, escucharon que el huracán había tenido los vientos más rápidos jamás registrados en el Caribe. Sintió un dolor agudo y punzante en el talón del pie izquierdo y pronto siguió una corriente de sangre. Se detuvo, se agachó, miró la herida. Era un corte feo. Las cosas no empezaban bien.

Cuando miró atrás, Laura había cruzado los brazos, como si esperara que él entrara en razón. Se dio la vuelta por segunda vez, sabiendo que también se estaba alejando de la camioneta brillante y limpia con el logo del Grand Paloma Resort estampado en las puertas delanteras. Se alejaba de la suite presidencial, de la habitación con vista al jardín, de las comidas calientes, de los uniformes bonitos. Pero en lugar de sentirse asustado, tuvo la sensación de estar envuelto en un cálido abrazo, como si, tal vez, solo esta vez, se dirigiera en la dirección correcta.

Para distraerse del dolor punzante en el pie y del rastro de sangre que dejaba, comenzó a pensar en cómo podría ganarse la vida. En verdad, no se había sentido realmente él mismo desde que dejó el barco, el mar y su trabajo pescando maravillas bajo la superficie del mar.

Un enjambre de mosquitos comenzó a devorar a Pablo. Miró a su alrededor, seguro de que había plantas que actuaban como repelentes naturales, pero cualquier conocimiento que alguna vez tuvo se había ido. En cambio, se sorprendió al descubrir que, a millas del resort, las peonías que habían crecido en el invernadero estaban esparcidas por toda esa tierra. Era como si una mano gigante las hubiera recogido y dejado caer, con raíces y todo, justo donde la tierra estaba húmeda. Pablo no notó que a solo diez pies de él, más allá de las peonías, crecían plantas de eucalipto, lavanda y menta en abundancia, cualquiera de las cuales habría mantenido a los insectos alejados. Pero Pablo las pasó por alto.

Avanzó lentamente, pensando en Vida. "No es tan difícil elegir una vida buena", ella le había dicho. "Lo que tú llamas pequeño, para mí es tan grande como el mundo entero". Ella tenía razón. Había estado obsesionado con puras tonterías.

Capítulo 40

Cuando Laura escuchó el timbre del teléfono y vio un signo de más seguido de demasiados ceros como para contarlos, suspiró aliviada. Primero, porque significaba que el servicio de telefonía móvil se había restablecido fuera del perímetro del Grand Paloma Resort y se había extendido hasta la Cascada de la Paloma. Segundo, porque había estado preocupada de que su hermana se negara a comunicarse. Mientras el teléfono sonaba, Pablo desapareció en el bosque delante de ella. Laura estaba considerando seguirlo y recordarle todo lo que le debía, pero el timbre del teléfono detuvo su plan.

Al otro lado de su "hola" estaba la voz de su hermana ahogada por la emoción. Habían pasado tres días desde la última vez que hablaron, pero se sentía como si hubiera sido mucho más.

—Hermana —dijo Elena—. ¿Estás bien después de la tormenta?

—Estoy bien —respondió Laura—. Todos aquí están bien.

—¿Y las niñas de Dulce? ¿Las encontraron?

—No, no hay rastro de ellas. El huracán ha retrasado todo.

—Acababan de terminar de nadar cuando me fui. Estaban felices, riéndose. Siento que lo perdí todo.

Elena sonaba tan joven.

—Yo estoy aquí —dijo Laura.

—Voy a volver a casa —dijo Elena, con un nudo en la garganta, a punto de llorar.

—¿Qué quieres decir? —preguntó Laura—. ¿Estás bien?

—La Gata me robó. Cuando la confronté, me devolvió mi pasaporte y mi ropa, fingiendo que no había dinero en mi bolso.

—¿Estás bien? ¿Te encuentras bien? —Laura repitió sus preguntas, con los ojos ardiendo por la preocupación.

—Necesito volver.

—¿Entiendes el problema en que estás metida? —dijo Laura—. El turista se irá mañana. Este lugar no es seguro para ti.

Ambas guardaron silencio. Laura esperó que Elena le dijera que todo era su culpa, por haber mentido desde el principio. Pero Elena solo lloró y lloró. Laura se apoyó contra el auto, aliviada de que al menos ese sonido le resultara familiar. Elena seguía instrucciones cuando estaba triste. Era menos propensa a actuar impulsivamente.

El sol había convertido la superficie del auto en una plancha ardiente. Laura giró su cuerpo para apartarse. La palma de su mano tocó el metal y se retiró al instante. Permitió que el dolor en su mano sirviera como un catalizador.

—Conozco a alguien que trabaja en el Paloma de Londres. Ella te ayudará. Déjame organizarlo todo. Quédate donde estás.

Al otro lado de la línea, Elena siguió llorando.

—¿Cómo se supone que el mundo mejore si nadie se hace responsable de sus errores?

El corazón de Laura se encogió al escucharla.

—Algunas personas sí pagan. Las personas como nosotras. Escúchame: quédate donde estás. Aquí no es seguro.

—No es seguro en ninguna parte —dijo Elena. Luego, con la voz derrotada, continuó—: Solo desearía que papá volviera. Él sabría qué hacer.

—¿Él sabría qué hacer? —Laura quedó momentáneamente aturdida por las palabras de su hermana—. ¿Cuándo nuestro padre hizo algo que no fuera hacernos la vida más difícil? Escúchame: papá nunca volverá a casa.

Laura habló lentamente, permitiendo que cada palabra tomara el peso adecuado en la conciencia de su hermana. Necesitaba que Elena se mantuviera lejos de allí. Si eso significaba romperle el corazón, que así fuera.—Papá murió hace un año. Está enterrado en lo más profundo de nuestra propiedad. Papi querría que estuvieras a salvo. Querría que siguieras siendo libre.

—Estás mintiendo —dijo Elena—. Igual que mentiste sobre la niña turista.

—No estoy mintiendo —dijo Laura—. No esta vez.

Elena guardó un completo silencio al otro lado de la línea. Cuando habló, su voz sonó diferente.

—No tuve la oportunidad de despedirme. De darle un último beso en la mejilla.

Laura no pudo permitirse la crueldad de decirle a su hermana lo poco que había quedado de su padre. No había quedado un rostro para besar.

—Elena, he cometido muchos errores contigo. Lo sé. Estoy haciendo todo lo posible para asegurarme de que sigas en libertad. Esto no es una mentira.

Todo lo que Laura había hecho el jueves para obligar a Elena a madurar había salido mal. Ahora sonaba más joven que nunca.

—Estoy cansada de huir —dijo Elena, y colgó el teléfono.

Laura la llamó de vuelta. Intentó una y otra vez. Pero sabía que Elena la ignoraría. Con impotencia, se dio cuenta de que su hermana podría dar media vuelta, a pesar de sus advertencias, y regresar a casa.

Subió a la camioneta y se dirigió a la estación de policía de la Ciudad Cascada de la Paloma.

Primero, Laura logró sacar a Dulce bajo fianza.

Cuando Dulce emergió de la parte trasera, había estado detenida durante varias horas, tiempo suficiente para que su enojo hirviera, pero no hubo furia. No agarró a Laura a bofetadas, ni le reclamó a gritos que la hubiera drogado y hubiera permitido que la policía dejara ir al responsable de la desaparición de sus hijas. Simplemente se sentó junto a Laura en aquellas duras sillas de plástico.

—¿Y si están muertas? —preguntó Dulce. Parecía destrozada.

—No están muertas —dijo Laura, esperando sonar convincente—. Las niñas están vivas. Solo tenemos que encontrarlas.

Dulce dejó salir un grito desgarrador.

—Es domingo —dijo—. Desaparecieron el jueves. No sé qué voy a hacer si las perdí.

Laura sentía lo mismo por Elena. Pero tuvo cuidado de no mencionar su nombre.

Necesitaba que Dulce se enfocara en su dolor, en la búsqueda y el rescate. La desesperanza llevaría a la resignación, la resignación a la aceptación, y la aceptación estaba a medio paso de la furia.

—¿Has hablado con Fabien? —preguntó Laura.

—Sí —respondió Dulce—. Finalmente hablamos esta mañana. Llega esta noche.

La llegada de Fabien no sería una buena noticia para Elena.

Escucharon a los residentes de Pico Diablo suplicar a la policía que enviara ayuda a la montaña. Tenían padres ancianos que necesitaban ayuda y que sus medicinas fueran refrigeradas. La policía explicó que estaban trabajando lo más rápido posible para enviar asistencia. En solo un día más, los helicópteros serían entregados a la Cruz Roja para ayudar. No podrían hacer mucho más hasta la mañana del lunes.

—A él no lo ignorarán —dijo Laura—. Solo enfócate en eso.

—Tienes razón —dijo Dulce, poniéndose de pie—. Haré lo que sea necesario para encontrar a mis hijas. Deberías rezar para que no estén muertas.

Dulce ya no sonaba destrozada. Había una determinación en su voz que hizo que Laura apretara los puños. Asintió solemnemente, observándola salir de la estación.

Se levantó con su bolso lleno de dinero y se dirigió a la parte trasera de la estación. Dulce debía de haber olvidado que Laura no era de las que rezaban a Dios.

Capítulo 41

En el patio trasero de Vida, el aire estaba limpio y fresco. El suelo estaba cargado de humedad. Pronto, las plantas lo suficientemente fuertes para sobrevivir a la tormenta se aferrarían a la tierra, erguidas.

Vida salió al camino y avanzó cautelosamente unos cientos de metros entre la maleza. Cuando lo había intentado antes, se dio cuenta de que estaba demasiado débil para recorrer siquiera la corta distancia hasta la casa de Doña Fella. Los árboles de caoba habían sido derribados por la tormenta y eran imposibles de escalar. Al menos en su estado. Puso una mano en su vientre, hablándole al bebé de los árboles, de cómo habían logrado mantenerse en pie por cientos de años, cómo tal vez habían estado allí en el tiempo de los taínos.

Era imposible que volvieran a ver árboles así en su vida. Pero ella plantaría algunos y le encargaría a su bebé la responsabilidad futura de cuidarlos. Y luego tal vez su bebé, si decidía tener hijos, podría encomendar a sus futuros descendientes el cuidado de los árboles.

¿Te gustaría eso?, le preguntó a la semilla en su vientre. En respuesta, sintió un revoloteo de mariposas, una sensación que comenzó en su barriga pero terminó como una vibración en sus tímpanos.

Caminó pacientemente alrededor de los árboles caídos, encontrando ramas más pequeñas que podía trepar. Cuando llegó a la calle donde vivía Doña Fella, se dio cuenta de que todos los que no habían podido bajar la montaña se habían reunido en este refugio seguro. La casita de madera había quedado milagrosamente intacta. Allí estaban los miembros mayores de Pico Diablo, quienes cuidaban de los niños cuyas madres habían viajado al extranjero, y aquellos que estaban demasiado enfermos o heridos para hacer la peligrosa caminata cuesta abajo durante la tormenta. Había viejitas con las que Vida había crecido cocinando en fogones de leña y niños jugando a los yaquis, riendo, mientras otro grupo corría jugando al topao. Todos vestían la ropa sencilla que había pasado de los hermanos mayores a los menores, de vecino a vecino, remendada y reparada durante años. Toda la bulla y alegría la llenó de energía. Entre ellos, notó a dos niñas de piel dorada con los moños más grandes y cintas en el pelo que ella misma había tejido a mano. Las cintas ahora estaban lacias, pero las niñas las habían mantenido sujetas a su cabello. Una de ellas tenía solo una de las cintas, la que tenía la tela roja más intensa. De perfil, esta niña se veía exactamente como Niña, la hija mayor de Dulce. Vida recordó su sueño, donde creyó haber visto a una de las niñas, haber oído sus pies chapoteando en el barro mientras la tormenta cogía fuerza. ¿Había estado alucinando? ¿Estaba alucinando ahora?

Una niña jugaba a los yaquis con los dedos rígidos, incapaces de barrer bien el suelo para recoger las piezas metálicas lo suficientemente rápido o lanzar la pelota de plástico con la habilidad necesaria para ganar. Los otros niños se burlaban de ella con cariño y luego le mostraban cómo se hacía. Como si sintieran su mirada ardiente, los niños se giraron hacia Vida al mismo tiempo.

Vida jadeó de sorpresa. Vio a Niña y a Perfecta entre ellos. Las hijas de Dulce. Las niñas se levantaron del suelo y corrieron hacia ella. ¿Qué diablos hacían allí? Ambas la abrazaron.

—¿Qué hacen aquí? —les gritó Vida.

Sabía que no había manera de que Dulce hubiera permitido que las niñas pasaran el fin de semana allí durante una tormenta. Niña tenía una sombra oscura en el pómulo. Perfecta tenía moretones alrededor de su delgado cuello. Ambas tenían arañazos en los brazos y en las piernas.

—¿Y *tú* qué haces aquí? —le preguntó Doña Fella a Vida—. Estaba segura de que estabas en el resort con Pablo, o esperando a que pasara la tormenta donde Dulce.

Vida negó con la cabeza. Le había tomado días para que su cuerpo se recuperara. Pero estaba concentrada en las niñas. Sus cuerpos mostraban signos de que habían sido agredidas.

—¿Qué les pasó? —les preguntó Vida, tocándoles suavemente la cara y el cuello—. ¿Quién les hizo esto?

—Un hombre intentó hacernos daño —dijo Niña, la mayor de las dos—. Peleamos con todas nuestras fuerzas, como nos enseñó Toqui.

—Nos escapamos de él —interrumpió Perfecta—. Seguimos el Sendero de la Libertad.

—Solo vinieron cuando la tormenta se puso fea —dijo Doña Fella—. ¿Puedes creerlo? ¡Han estado fuera de su casa desde el jueves!

Vida se imaginó el infierno por el que debía haber pasado su amiga. Dulce debía de estar perdiendo la cabeza.

—Dios mío —murmuró Vida—. ¿Tu teléfono funciona? ¿Alguien tiene señal?

Doña Fella, la mayor de la comunidad, negó con la cabeza. Habían intentado comunicarse con la gente que vivía montaña abajo sin éxito. Los ancianos decían que casi no les quedaba agua ni comida. Vida notó que Fella estaba pálida.

—No te preocupes por mí —dijo Doña Fella.

Miró fijamente el vientre de Vida. Su barriga había crecido. Era obvio que estaba embarazada. Vida compartió un poco de agua con la anciana, porque, a juzgar por su aspecto, necesitaba atención médica. Luego dejó a las niñas al cuidado de la comunidad. Salió a buscar hierbas medicinales y preparó tinturas para quienes no se veían bien. Doña Fella le agradeció mientras bebía un poco de té. Luego entró a la casa para descansar del calor del día.

Al anochecer, Vida les deseó buenas noches a todos y rezó con ellos para que la ayuda llegara pronto. A lo lejos, oyeron el sonido de helicópteros, pero ninguno se acercó. Les agradeció a las mujeres mayores por cuidar a las niñas de Dulce, pero les dijo que se las llevaría a su casa.

Cuando llegaron a su casa, las estrellas brillaban en el cielo azul oscuro. Se veían tan cerca que parecía que se podían tocar. Y allí, en su sofá, Pablo las esperaba dormido. Por como se veía, entendió que acababa de llegar. Vida observó que sus brazos y piernas estaban cubiertos de picaduras de insectos. En su estómago, pecho y rostro, había muchos rasguños, algunos todavía sangrando. Sus pies estaban tan hinchados que parecían en carne viva. Incluso dormido, Pablo fruncía el ceño. El descanso no era alivio del dolor. Ella se acercó más a él, pasó la mano por su frente, por su mandíbula, y luego la colocó justo sobre su corazón. Él parecía una aparición, otra de sus alucinaciones. El amor que sentía por él se apoderó de ella, provocado por el hecho de que él había venido a buscarla, mientras que ella y las niñas parecían haber sido olvidadas por los demás.

Pablo despertó lentamente. La risa de las niñas fue lo primero que su conciencia captó. Intentó sacudirse el sueño. Cuando finalmente estuvo lo suficientemente despierto, no pudo creer lo que tenía frente a él. ¡Las niñas estaban vivas! ¡Mirándolo con sus sonrisas tímidas! Intentó levantarse, pero el dolor en su cuerpo y la hinchazón de sus extremidades lo paralizó. Vida se acercó a él y le tomó la mano.

—No te muevas —le dijo.

—No lo puedo creer. ¿Estuvieron aquí todo el tiempo?

—Las acabo de encontrar. Estaban escondidas.

—Tengo que regresar y conseguir ayuda. Debo decirles a todos que las niñas están vivas. Dulce está muy preocupada.

—Vino desde tan lejos —le decía Perfecta a su hermana mayor—. Como un príncipe a rescatar a su princesa.

—Él no es un príncipe —dijo Vida, levantando un trapo que ahora estaba manchado con su sangre y el barro que había traído, además de trozos de ramas y hojas. Ambas miraron toda la suciedad que había salido de su cuerpo.

—Lo siento mucho, Vida —dijo él—. Por todo.

—Lo sé —respondió ella.

—Necesito decirte... —empezó a decir él.

Ella lo calló.

—Ahora no. Hablaremos después.

Vida levantó una ceja, con una expresión que decía que él estaba equivocado si pensaba que arriesgar su salud, sus extremidades y su vida sería suficiente para que ella lo perdonara. Pero luego volvió a centrarse en sus heridas con una suavidad palpable, y en sus ojos había un profundo alivio, una ternura hacia él que los envolvía como una ola gigantesca, devolviéndoles la esperanza.

Él puso la palma de su mano sobre la suya, calmándola. Colocaron las manos sobre su barriga. Sus ojos se llenaron de lágrimas y ella entendió que él sabía, que lo que lo había traído hasta aquí era el impulso de proteger su futuro.

Envió a las niñas a dormir en su cama, pero cada pocos minutos seguían saliendo, la curiosidad hacía que sus bonitos ojos verdes se abrieran de par en par. Vida sacó un ungüento de un armario y comenzó a aplicarlo en las heridas de Pablo. Cuánto había extrañado su cuerpo. Cuánto había extrañado su rostro.

Él no tenía las palabras para decir lo que necesitaba decir. Pasaría la mayor parte de su vida agradecido por los últimos días, por la forma en que las decisiones más horribles de su vida lo habían llevado hasta aquí. Esta vida, este amor que era más grande que la luna brillando intensamente en la oscuridad que caía. Qué cerca estuvo de perderlo.

Después de comer algo, hablaron sobre lo que debían hacer a continuación. Pablo insistió en que tenía que regresar ahora, tratar de conseguir ayuda lo más rápido posible, y decirle a Dulce que sus niñas estaban vivas. Era un viaje de seis millas que podría acortarse considerablemente si él estaba dispuesto a lanzarse al mar saltando desde la formación rocosa de Pico Diablo en el patio de Elena y Laura.

—No parece que estés en condiciones de hacerlo —dijo Vida—. Si te equivocas, podrías estrellarte contra las rocas.

—Estaré en peores condiciones mañana —dijo él, levantándose—. No fallaré. Te lo prometo.

Vida intentó disuadirlo nuevamente. Tomó su celular, intentó llamar a Dulce, pero aún no había servicio en Pico Diablo. Sabía en el fondo que tenía razón. Las personas en la cima de la montaña en Pico Diablo a menudo estaban al final de la lista. Se quedaron juntos, mirando la noche que oscurecía y el reflejo plateado del mar a lo lejos.

—Volveré tan pronto como pueda —dijo él.

Se acercó a ella y la besó suavemente. Luego, Pablo, Vida y las niñas de Dulce caminaron la corta distancia hasta el patio de Laura y Elena. Vida rezó suavemente por su bienestar, se lo encomendó al viento, a los árboles, al mar. Pero cuando miró el enorme precipicio y el mar estrellándose contra las rocas afiladas, recordó las lecciones de Doña Fella. Saltar significaba la muerte. Esa era la razón por la que la formación rocosa se había convertido en una opción: no como una escapatoria, sino como un final.

Vida gritó el nombre de Pablo.

—Tienes que devolverte por donde viniste —le dijo—. No puedo arriesgarme a perderte.

—¿Entonces me perdonas? ¿Me darás otra oportunidad?

Ella negó con la cabeza. Le sonrió.

—No te aseguro nada. Pero no te mueras para que podamos averiguar si hay algo que valga la pena salvar.

Capítulo 42

Laura sintió que perdía el control y temió no poder soportarlo. Pero, por primera vez desde el jueves, no quería hacerle daño a nadie más. Solo a sí misma. Había pasado la mayor parte del día en la comisaría, hablando con funcionario tras funcionario para eliminar la estadía del turista del registro y permitir que el hombre saliera ese mismo día. Lo logró justo a tiempo para que tomara el último vuelo. También había conseguido que el nombre de su hermana quedara fuera de la investigación, al menos por ahora.

Su teléfono vibró. Elena le había enviado un mensaje para decirle que había abordado su vuelo de conexión en JFK, en Nueva York. Aterrizaría en Punta Cana en cuatro horas. Le envió el número de vuelo. Era el mismo avión que transportaría de regreso a Nueva York a la familia del turista.

Condujo la camioneta del resort durante la noche, para llevar al turista, a su adorable hija y a su esposa al aeropuerto de Punta Cana. Cuando llegaron, Laura empujó el enorme equipaje en un carrito con una rueda atascada que giraba en la dirección equivocada. Finalmente, se rindió y llamó a un par de maleteros, quienes rápidamente le dieron una mano. Sin consultar a la pareja, los dirigió a todos al check-in en la acera y le hizo un gesto al padre para que hiciera lo que debía hacer. Él no tuvo objeciones.

Laura tenía suficientes contactos en el aeropuerto como para pasar por seguridad sin boleto y sin pasaporte.

Se quedó con la familia en la sala VIP, que era menos lujosa de lo esperado, y observó a la pareja beber champán sin pagar un centavo. Los turistas dejaban botellas de agua medio llenas en las mesas, que los empleados dominicanos recogían y tiraban a la basura. La pequeña niña turista se hizo amiga de otros niños, y todos se sentaron en el suelo alfombrado. Alguien sacó un juego de yaquis, pero debido a la alfombra, la pelota no rebotaba. Aun así, los niños tenían Wi-Fi y electricidad. Jugaban juntos pero separados, cada uno en su propio dispositivo electrónico.

El padre le dijo a Laura que podía irse, pero ella se negó.

La madre le dijo que ya estaban bien, pero Laura insistió en que no era molestia.

Tenía que asegurarse de que abordaran el avión, de que dejaran su isla para siempre.

Pero, por supuesto, escuchó a la pareja hablar sobre cuánto les había encantado estar allí, a pesar de todo lo que habían pasado. La cara del turista estaba en carne viva e inflamada por los puntos de sutura. La marca de la mordida en su cara ahora tenía forma de anzuelo. A pesar de su lesión, dijo que regresarían. Pero no por un tiempo. Estaba Medellín, que había querido visitar durante años. Estaban las islas que aún no habían explorado: Trinidad y Tobago, Puerto Rico, Martinica, San Martín. No se detendrían hasta haber visitado todas las islas del Caribe, dijo.

A un lado, unos empresarios hablaban en voz alta, obviamente borrachos. Querían hacer más inversiones en la región. Hablaban de construir villas con vista al mar. Estaban frustrados porque los lugareños de Pico Diablo se habían negado a hablar con ellos, porque la tormenta había detenido sus planes de irse de allí como propietarios de tierras.

—A veces —dijo uno de los hombres—, creo que este país estaría mejor sin los dominicanos. Qué gente más codiciosa, estúpida y patética.

—Lo único bueno que tiene —dijo su amigo— es el buen ron y las putas baratas.

Laura tragó en seco, con la garganta irritada. Se obligó a permanecer en silencio.

Merodeó mientras se anunciaba la salida del vuelo. Sintió una oleada de adrenalina al ver a los recién llegados dirigirse hacia la puerta de embarque. Pero cuando decenas de personas pasaron, no había rastro de Elena. Finalmente, cuando la tripulación salió del avión, supo que el avión estaba vacío. Elena había mentido. No había estado en ese vuelo.

Siguió a la familia hasta la pista, sintiendo su cuerpo como si estuviera hecho de niebla. Cualquiera podría atravesarla sin esfuerzo. Debido a la tormenta, los pasajeros debían caminar hasta los aviones a pie. Los siguió a la distancia, notando las miradas curiosas que intercambiaban ambos al notar su presencia acechante, una centinela fiel a su misión hasta el final. Se negó a pensar profundamente en lo que estaba haciendo, en lo que se había convertido. Se negó a pensar en la mirada de decepción y repulsión que le había dado Pablo cuando se adentró en el bosque. No debería afectarle tanto haber perdido su respeto. Él volvería, rogándole que le devolviera su trabajo.

La esposa caminó hacia ella y discretamente le entregó un sobre grueso con dinero.

—Por toda tu ayuda —le dijo.

Laura rechazó el sobre.

—Somos un hotel sin propinas, señora —le respondió.

La mujer insistió. Su rostro estaba bronceado, sutilmente ruborizado por el sol. Sus labios brillaban con un color rosa natural.

—Para mi familia es muy importante apoyar a la gente local —le dijo—. En todos los lugares a los que vamos.

Laura cruzó los brazos sobre su pecho. Su mente regresó al día de ayer, que ahora parecía tan lejano, cuando esta mujer decidió quedarse en el auto mientras interrogaban a su esposo en la comisaría. Quizás imaginó que la conducta de su esposo había sido inapropiada, quizás recordó cuando él había sido demasiado agresivo con una de las cueros que vieron al inicio del viaje. Pero era más probable que esta mujer simplemente estuviese acostumbrada a ignorar los hechos, a negar las cosas que perturbarían su propia inocencia. ¿Podía Laura culparla? Cuanto menos supiera, menos tendría que enfrentar y perdonar. ¿Le importaría saber lo que todos pensaban que su esposo había hecho? Sintió un impulso perverso de destrozar la vida perfecta de esta mujer.

—Por favor, acéptalo —dijo Sophie, irritada. Parecía incapaz de entender por qué alguien en la historia del mundo rechazaría dinero gratis.

Laura quería abofetearla con fuerza, pero se obligó a calmarse.

Cuando Laura abrió la boca para decirle que no todo el mundo estaba en venta, la niña turista con sus rizos rubios apareció de la nada, tirandole de la mano, con el rostro sonrojado. El moretón que antes había florecido en su pecho había desaparecido, sin dejar rastro. Tiró de ella hasta que Laura entendió que quería susurrarle algo al oído. Laura se alejó de la madre y le prestó toda su atención.

—Dile a tu hermana que la extrañaré más que a nadie —susurró la niña, su aliento oliendo a helado de algodón de azúcar.

Antes, cuando la niña había corrido por un helado en el comedor, dos niñas se habían acercado a ella. Tenían aproximadamente su edad, con piel morena y grandes moños en el cabello. Podrían haber sido las hijas de Dulce. Laura consideró lo que significaría si las hijas de Dulce estuvieran a salvo, libres para servirse helado de la máquina como cualquier otro niño.

La mujer parecía haber renunciado a convencerla de aceptar el dinero. El sobre había desaparecido.

—Vamos a enviar una carta diciendo lo excelente que eres como empleada —dijo la esposa mientras se dirigían hacia el avión.

Tomó la mano de su hija y regresó con su esposo, que las esperaba unos pasos más adelante. Caminaron juntos y él abrazó a su esposa de manera protectora. Subieron por una escalera móvil que los llevó hacia su avión, con rumbo de regreso a la ciudad de Nueva York. El hotel, con gusto, había cubierto los costos del cambio de boletos, así como el transporte hasta el aeropuerto y el viaje a casa una vez que aterrizaran, todo para asegurarse de que se fueran temprano. Ella los imaginaba recostados en sus asientos de primera clase, la niña tocando la costra de su herida a través de su cabello, los padres chocando copas y diciendo "salud" a los demás ricos a su alrededor. Cada uno tomaría turnos preguntando: ¿Cómo estuvo tu viaje? ¿Dónde te hospedaste? Y la pareja respondería: Nos hospedamos en el Grand Paloma Resort. No hay lugar como ese. Nos trataron como reyes. Luego, al llegar a casa, dejarían todo el sufrimiento atrás.

Elena la llamó justo cuando el avión avanzaba por la pista. Laura encontró su bolso entreabierto y, junto a su teléfono, estaba el sobre blanco lleno de dólares. La *compraron*, aunque no quisiera admitirlo.

—¿Dónde estás? —preguntó Laura.

—Me sacaron del avión en cuanto aterrizó. La seguridad del aeropuerto me tiene detenida. Dicen que estoy arrestada.

Laura no lo podía creer. Había gastado tanto dinero para sobornar a todos esos hombres en la comisaría. Ellos le habían asegurado que no habría registro ni orden de arresto ni investigación, siempre y cuando la familia de las niñas no armara un escándalo. ¿Significaba esto que Fabien había llegado temprano? ¿Había Dulce presentado cargos contra Elena? Laura vio cómo el avión de la familia turista tomaba velocidad. Vio cómo la nariz del avión ascendía y las ruedas desaparecían en el vientre de la nave. En cuestión de unos instantes, tomaron altura y se esfumaron en la oscuridad, libres.

LUNES

Capítulo 43

Laura llegó al hotel pasada la medianoche con un cansancio que nunca antes había sentido. Sostenía la mano de Elena en la suya, tirando suavemente de su hermana. Habían tardado horas en arreglar todo, en lograr su libertad. Pero lo habían conseguido. Elena había dormido todo el camino de regreso al Grand Paloma Resort. Ahora se movía con lentitud, en estado letárgico.

Al pasar por el vestíbulo, vio a Ida y Amber Vargas vigilando desde el balcón. Las luces que iluminaban la piscina infinita creaban un efecto hipnotizante. El mar y el cielo eran de un negro profundo, como si el mundo terminara en el borde del hotel. No había huéspedes en el balcón, solo las hermanas Vargas. Otra vez, estaban bebiendo champán caro. Pasofino estaba sentado en un taburete bajo, masajeando los pies de Amber. Las mujeres aún llevaban las camisetas con el logo del hotel de esa mañana, y por la forma en que se les cerraban los ojos, Laura imaginó que había sido un día difícil. Se detuvo antes de acercarse. No podía enfrentarlas, aunque, por supuesto, ellas no tenían idea de lo que acababa de hacer. Pasofino asintió con rigidez y la saludó. Su movimiento debió llamar la atención de las hermanas, porque ambas abrieron los ojos y giraron el cuello para mirarla, y Laura sintió alivio al ver que en sus expresiones no había rastro de juicio ni desaprobación. Pero tampoco la invitaron a unirse a ellas.

Cuando llegaron a la suite presidencial que sería su habitación, llamó a recepción y pidió que les subieran algo de comer.

—¿Qué quiere ordenar, jefa? —preguntó uno de sus empleados.

—Algo que sea fácil y rápido —respondió.

Cuando se dio la vuelta, Elena estaba de pie frente a ella, alerta.

—Quiero ir a nuestra antigua casa en la mañana, para despedirme de Papi. Y luego quiero ir a ver a Dulce.

Los ojos enormes de su hermana estaban hinchados. Y no solo era por haberse quedado dormida en el auto. Probablemente había estado llorando sin parar por la muerte de su padre desde que Laura se lo había dicho esa mañana. Laura asintió.

—Lo que quieras —dijo Laura—. ¿Por qué no te das un baño? Yo te llamo cuando llegue la comida.

Elena no discutió, no respondió. Se fue por el pasillo hacia el segundo dormitorio.

Laura contempló la pérdida. Pensó en lo cerca que había estado de contarle a Pablo la verdad sobre el origen de su pueblo y en cómo, al final, no había sido capaz de hacerlo. Se sentía la protectora de Pablo, de la comunidad en general. Como si el silencio sobre la existencia del dolor fuera lo mismo que pretender que no existía. Sabía que, de algún modo, su impulso de mantener todo en secreto estaba conectado con hacer lo que fuera necesario para sacar a ese hombre blanco de su país. Había algo importante en todo esto, una revelación que podría cambiarle la vida si lograba entenderla con claridad. Pero Laura estaba demasiado cansada para examinar la frágil conexión entre los horrores del pasado, sus propias acciones en el presente y la dudosa capacidad que tenía para controlar su futuro y el de Elena.

Se sentó en el hermoso sofá blanco, con la intención de solo cerrar los ojos hasta que llegara la comida, pero se quedó dormida rápidamente.

Capítulo 44

Pablo entró en el vestíbulo del Grand Paloma Resort, cojeando y desaliñado, minutos antes del amanecer del lunes, acompañado de Dulce y Fabien. Cuando le dijo a Dulce que las niñas estaban vivas, ella quedó atónita, sin palabras. Fabien fue el que logró hablar, inquiriendo:

—¿Están vivas? ¿No les pasó nada?

Pablo recordó los moretones en el cuello de Perfecta. La sombra oscura en la mejilla de Niña. Quería saber exactamente qué les había sucedido a las niñas, pero no se atrevió a preguntar, temiendo que hacerlas revivir la experiencia pudiera traumatizarlas de nuevo. Los detalles eran algo que les concernía solo a sus padres.

—Les pasó algo —dijo—. Pero están vivas.

Pablo se acercó tambaleante a la recepción. Astrid, la ejecutiva encargada de las relaciones con los huéspedes, le dio la mano a Fabien.

—Señor, el helicóptero está listo —le informó. Luego los acompañó hasta un carrito de golf y condujo a los tres hasta el lugar de aterrizaje correspondiente.

Pablo observó la facilidad con la que Fabien subió a la helipista, extendiendo una mano para ayudar a Dulce a subir primero. Le había bastado una sola llamada para conseguir un helicóptero, una llamada que había hecho durante el trayecto hasta el resort.

Desde el otro lado del vidrio, Pablo vio a Dulce y a Fabien mientras las aspas del rotor se aceleraban, girando furiosamente hasta que el helicóptero se elevó del suelo. Se alegró de que fueran a llegar a la montaña en cuestión de minutos, en lugar de las largas horas que le había tomado a él subir y bajar. Lentamente, se dirigió hacia la enfermería.

Capítulo 45

Desde el helicóptero, Dulce fue testigo del magnífico amanecer que lanzaba sus rayos morados y naranjas sobre un océano tan vasto que le dolía captarlo en su totalidad. El azul del mar se volvía de un color turquesa hacia la orilla, las olas tornándose espuma blanca al tocar la arena. Volaron por encima del Grand Paloma Resort, y ella vio que muchas de las estructuras en la periferia del hotel habían sido aplastadas. Mientras ascendían hacia la montaña, vio el verde exuberante del bosque, pero también los muchos árboles que habían sido derribados por completo. En cuestión de minutos, llegaron a la cima de Pico Diablo. Desde allí, pudo ver la devastación causada por la tormenta. Muchas de las casas habían quedado arruinadas. Al llegar a un pequeño claro en la parte trasera del patio de Doña Fella, Dulce temió que todo fuera una mentira. Que no hubieran encontrado a sus hijas, que su peor miedo se hubiera hecho realidad y que sus niñas no estuvieran vivas, que bajaría del helicóptero solo para enterarse de que todo había sido una broma cruel. Pero justo cuando el helicóptero tocó tierra, sus hijas, Niña y Perfecta, salieron corriendo de la casa. Sonreían, felices de verla a ella y a Fabien.

Dulce sintió que las lágrimas le ardían en los ojos. No podía recordar la última vez que había sentido esa abrumadora sensación de alivio, de amor desbordante. Fabien, a su lado, también lloraba. Él alcanzó a las niñas primero, abrazándolas y besándolas como loco. Dulce bajó del helicóptero y abrió los brazos, recibiendo a sus dos hijas al mismo tiempo. Estaban fuertes y el vigor de sus abrazos la empujó al suelo. Las niñas cayeron sobre ella, se reían y lloraban, gritando cuánto la habían extrañado. Luego Niña, la hija mayor, comenzó a temblar. Perfecta retrocedió, sorprendida cuando su hermana comenzó a llorar y las lágrimas caían interminablemente sobre su rostro. Desde que se habían ido, huyendo del hombre malo, su hermana mayor no había llorado ni una sola vez. Dulce, percibiendo que su hija mayor había ocultado su miedo y dolor hasta ese momento, la abrazó más fuerte, besando sus lágrimas. Acercó a Perfecta hacia ella para que sus brazos sujetaran a sus dos hijas contra su corazón y les susurró: "Ya están a salvo, nadie podrá hacerles daño".

El día anterior, había pasado muchas horas investigando cuántas niñas y mujeres habían desaparecido en el Caribe. Había aprendido que, con frecuencia, los crímenes relacionados con la industria del turismo nunca se resolvían. Nadie era acusado, nadie era condenado. En las raras ocasiones en que alguien era detenido, era fácil para un acusado sobornar y salir libre. Había visto tantas fotos de los cuerpos de niñas, algunas mucho más jóvenes que sus hijas, lastimadas por el peligro del turismo, algo de lo que no se habla. Había derramado muchas lágrimas imaginando el dolor que esas niñas habían sufrido en sus últimos momentos de vida. No había podido evitar la imagen de sus propias hijas atacadas por ese hombre. Ahora, mientras envolvía a sus hijas en sus brazos, sintiendo su piel sudorosa, agradecía a Dios que sus hijas no hubieran sufrido ese destino terrible. Sentía una abrumadora sensación de gratitud. Pero también sentía un renovado sentido de propósito. El hecho de que sus hijas estuvieran bien no significaba que se permitiría olvidar el horror de la experiencia. No significaba que permitiría que aquellos que conspiraron para hacerles daño se salieran con la suya.

Vida lucía agotada y Dulce insistió en que debía regresar con ellos. Pero Vida se negó, diciendo que Doña Fella era quien necesitaba atención médica de inmediato.

—Lleva a Fella y a las niñas a ver un doctor —dijo Vida—. Yo puedo esperar a regresar en el próximo vuelo. Solo asegúrate de que los helicópteros regresen. Tenemos que sacar a todos estos niños y ancianos de la montaña.

Dulce reunió a la anciana y a sus hijas y subió al helicóptero junto a Fabien, subiendo a las alturas y dirigiéndose hacia el Grand Paloma Resort. Tan pronto como examinaran a sus hijas, averiguaría lo que ese hombre les había hecho. Y se aseguraría de que Elena y su detestable hermana pagaran por todos sus pecados.

Capítulo 46

Al despertarse con el insistente sonido de su teléfono, apenas unos segundos después de haberse quedado dormida, o al menos así le pareció, Laura se preguntó qué clase de ser humano horrible habría sido en una vida pasada para merecer esta incapacidad de descansar. Lo único que quería era salir de los terrenos de aquel resort, dormir sin preocuparse por las personas necesitadas a su alrededor. La llamada provenía de una de las oficinas del hotel principal.

Notó que habían traído una bandeja de comida dentro de la suite. Probablemente, los empleados habían decidido que ella necesitaba descansar más que comer. Revisó el reloj de su teléfono. Eran las ocho de la mañana del lunes.

—Habla Laura —dijo, tratando de no parecer cansada.

—Necesito que vengas a la sala de conferencias en treinta minutos —dijo Miranda—. Vamos a hacer algunos anuncios al equipo de alta gerencia.

¿Cuándo había llegado Miranda? ¿Por qué nadie en el equipo de Laura le había dicho que estaba allí?

Logró lavarse la cara rápidamente y la humectó para oler fresca. Su cabello, recogido en un moño, todavía lucía bien, aunque las raíces se rebelaban con mechones encrespados. Aplicó una cantidad excesiva de gel para peinarlo, aplastarlo y ponerlo lacio. Pero su cabello volvió a encresparse. Esperaba que los ojos de todos estuvieran enfocados en Miranda y sus anuncios.

Fue a ver cómo estaba Elena y la encontró profundamente dormida. Le tocó la frente y se acercó para besarla. En la cabeza de Elena, el cabello que recién crecía le rozó sus labios. Laura no estaba segura de lo que tendrían que enfrentar ese día. Se permitió reconocer lo feliz que estaba de tener a su hermana cerca, el alivio de que, aunque el infierno estuviera por venir, sería mejor tenerla cerca.

Elena abrió los ojos y tomó la caja de pañuelos en la mesa de noche para sonarse la nariz.

—¿Qué pasa? —preguntó.

—Miranda convocó una reunión —dijo Laura—. Voy a bajar. Te pediré algo de desayuno. ¿Mangú con los tres golpes?

—No —dijo Elena, mientras se sentaba—. Ahora soy vegana. Voy a bajar contigo. Quiero saber qué puedo hacer para ayudar con la búsqueda.

Llegaron al vestíbulo y vieron que Pasofino había comenzado su primer turno como *bartender* del vestíbulo, manteniéndose fiel a sus deberes incluso en un hotel casi vacío. Junto a él estaba Pablo, vendado y apoyado en la barra, haciendo una mueca de dolor. Lucía como si la tormenta le hubiese pasado por encima. Pero ambos hombres sonreían, relajados como nadie lo había estado en días. Cuando Pablo vio a Elena, pegó un grito y la recibió con los brazos abiertos.

—Me alegra que hayas vuelto a casa —dijo, aunque un pensamiento pasajero oscureció sus facciones.

—¿Qué demonios te pasó? —le preguntó Laura.

—Encontré a las niñas —le dijo—. Estaban en Pico Diablo con Vida.
—¿Vivas? —preguntó Elena.
—Vivas —dijo Pablo. Fijó su mirada en Laura—. Están muy vivas.
Laura se sonrojó de alivio. Momentáneamente, todo se detuvo.
—¿Dónde están ahora? —preguntó Elena.

Pablo explicó que ahora estaban de vuelta en casa de Dulce. Fabien había ejercido su influencia. Los helicópteros estaban haciendo viajes para traer a las personas restantes de la montaña. Vida aún no había llegado, así que Pablo la esperaba.

—Ojalá hubieras venido a mí primero —dijo Laura. Pensó en lo mucho que habrían mejorado las cosas para Elena si Laura hubiera estado involucrada en el rescate de las niñas.

—¿Por qué yo haría eso? —dijo Pablo—. Tú eres una persona terrible.

En ese momento, Miranda se acercó y la abrazó calurosamente. Laura esperaba que su jefa no hubiera escuchado lo último que dijo Pablo.

—Felicidades por tu ascenso —dijo Miranda, dándole la mano a Pablo.

Pablo asintió pero no respondió. Miranda no comentó sobre las heridas que él mostraba. En su lugar, le sonrió amablemente a Elena, tomando un momento para saludarla antes de darle una palmada en el hombro a Laura.

—Buen trabajo —dijo. Laura no estaba segura de si el elogio era por la respuesta al huracán o por haber sacado al turista y su familia de la isla.

Juntas, se alejaron de su hermana y Pablo. No hablaron hasta llegar a la sala de conferencias.

Allí, todos sus compañeros estaban sentados alrededor de la gran mesa de vidrio, la mayoría frotándose las manos por los nervios.

—Bueno, ahora que todos estamos aquí, iré al grano. La mayoría de ustedes saben que la alta gerencia estaba considerando una reestructuración. Ahora es evidente que no necesitamos dos hoteles en la misma ubicación. La decisión se consolidó aún más después de que este fuera golpeado por la tormenta y el otro permaneciera intacto. No hay interés por seguir invirtiendo en un proyecto de restauración. Habíamos estado conversando con una parte interesada y resultó que estaban aquí durante la tormenta. El acuerdo se finalizó durante el fin de semana.

Hubo murmullos mientras todos miraban a la persona a su lado, mentes rápidas en acción, preguntándose cómo los afectaría este cambio. Si el hotel era un paso hacia el éxito, ahora tendrían que volver a ser pisoteados o pisar a otros. Laura colocó ambas palmas sobre la mesa de vidrio. Se sintió desorientada. Gran parte de lo que había hecho era para garantizar la estabilidad del resort, para hacer de este lugar algo inviolable.

—Nuestros compradores están aquí —dijo Miranda. Hizo un espectáculo de caminar hacia las puertas y abrirlas de par en par, pero nadie ingresó.

Miranda dio un paso afuera y se rio, diciendo:

—Tómense su tiempo. Nadie los apura hoy.

La mirada de Laura cayó sobre la mesa de vidrio. Alrededor de sus propios dedos, había muchas huellas dactilares de otros. Nadie había ido a limpiar. Luego recordó que probablemente esas huellas eran las *suyas*. Había estado en esta habitación, sentada en esa misma silla, solo un día antes, cuando su jefa le había dicho que resolviera el problema. Ya se había desconectado de la conversación, indiferente de quién tomaría el control del hotel, cuando las hermanas Vargas entraron. Laura quedó boquiabierta, pero no tanto como las demás personas alrededor de la mesa de conferencias. No puede ser.

¿Podrían Amber e Ida Vargas ser las nuevas propietarias del Grand Paloma Resort?

—Sí —dijo Amber, con una sonrisa que decía que estaba acostumbrada a esas miradas, a siempre ser subestimada—. Somos las nuevas propietarias del Grand Paloma Resort.

Después de la reunión, las hermanas Vargas le pidieron a Laura que las acompañara a caminar por la playa. Allí, todas descalzas, contemplaron el mar brillante. Sería un día soleado y hermoso.

—Teníamos grandes esperanzas para ti, Laura —dijo Ida—. De hecho, debatimos si debíamos darte la sorpresa. Pero nos dimos cuenta de que estabas bajo una tremenda presión y no queríamos que esto te estresara más.

Si lo hubiera sabido, ¿habría tomado decisiones diferentes? No estaba segura.

—Te queremos mucho, pero tú, mija, has perdido el camino. Has perdido tu alma.

¿Ayudaría explicarles lo que había sucedido?

—Este es un lugar especial. Es un lugar mágico. Lo amamos mucho. Tal vez porque este es justo el lugar adonde nuestros esposos nos trajeron hace tantos años. Tiene un valor sentimental muy grande para nosotras. Hay muchos buitres rondando, listos para apoderarse de esta tierra.

Laura pensó en los empresarios en la sala del aeropuerto, y que parecían molestos de que los terratenientes locales se atrevieran a decir que no. Recordó que los llamaban codiciosos, pensando que esperaban un precio más alto.

—No hay lugar aquí para ti —dijo Amber—. Albergábamos algunas esperanzas de que tal vez, bajo otras circunstancias, podrías dirigir este lugar por nosotras. Esa chica que eras hace una década tenía una ética tan fuerte, tenía tanta ternura y fuego, pero ahora...

¿Quién había sido ella? ¿Realmente quería volver a ser esa persona?

—Tenemos una oferta para ti —interrumpió Ida—. Si nos ayudas a hacer la transición del hotel a otro equipo de gestión, te transferiremos a nuestro hotel en Mallorca. Puedes trabajar allí los próximos años y ver si hay alguna forma de que sanes. También podemos ofrecerle un lugar a tu hermana allí, para que puedan estar juntas de nuevo. Tenemos muchas conexiones. Elena necesita ir a la escuela, conseguir un título universitario. Ha trabajado aquí desde que era una adolescente. Dios, todavía es una adolescente, ¿verdad? Tal vez ella pueda ir a la universidad mientras tú trabajas, y así puedes averiguar qué quieres hacer después. Pensamos que esto podría ser una especie de... ¿cómo se dice?

—Período de prueba —dijo Amber.

Laura lo pensó. Una oportunidad para que empezaran de nuevo. Para que su hermana fuera a la escuela. Qué regalo.

—Realmente aprecio su oferta. De verdad. Pero he construido algo con esta empresa. Han invertido mucho en mí, yo he invertido mucho en ellos. Creo en mi lugar aquí.

Las mujeres se miraron entre sí. Amber dejó escapar un suspiro frustrado.

—Piénsalo —dijo Ida—. No tienes que darnos una respuesta ahora.

Había algo entre las hermanas, una especie de comunicación tácita que debería haber levantado una alarma. Seguramente, pensó Laura, no tenían idea de lo que había pasado con la familia turista, con Elena, con las niñas de Dulce. Seguramente no sabían que ella había mentido y conspirado, todo para mantener el resort que ahora poseían libre de culpa, para mantener un refugio seguro para personas de todo el mundo. Para mantener a su hermana libre. Pero la forma en que dejaban que el silencio se prolongara entre ellas le indicó a Laura que las hermanas sabían más de lo que aparentaban.

—Tu lealtad a esta empresa es admirable —dijo Ida, con la voz cargada de algo que Laura no podía identificar.

—Nadie conoce el funcionamiento de este hotel como tú —dijo Amber—. Incluso si decides seguir con Paloma Enterprises, nos encantaría que nos ayudaras un par de meses. Nuestro plan es reducir la huella del hotel. Las tierras aquí son sagradas, como estoy segura que sabes. Hemos rastreado los viajes de personas perseguidas aquí y más allá, en Brasil, en Panamá. Nuestra esperanza es emplear a la mayor cantidad de gente local posible para convertirlo en una reserva natural, como algunas ciudades están haciendo con la campaña Land Back de recuperación de tierras. Estamos tratando de averiguar cuál podría ser la mejor manera de devolver la tierra a la gente local. Pero también esperamos crear un lugar para el descanso y la meditación, donde, a través del amor por la naturaleza, podamos celebrar la herencia de aquellos que viajaron por supervivencia, libertad y liberación, cuyo trabajo agotador contribuyó a la riqueza de nuestra propia familia, a toda la riqueza. El capitalismo está construido a base de sangre y sudor humanos. Esto tomará mucho tiempo, probablemente más de lo que nos queda. Pero nuestro compromiso comienza ahora, para no poner ladrillo y cemento sobre tierras sagradas. Con el tiempo, esperamos encontrar a alguien que pueda ayudar a llevar esta misión adelante.

Laura notó que las mujeres no habían mencionado ni una sola vez los Estados Unidos. La forma en que hablaban de las personas perseguidas hizo que Laura sintiera que tal vez sabían los verdaderos orígenes de Pico Diablo. Sus preocupaciones se volcaron hacia su hermana. Pensó en cuánto ella amaba esta tierra, a la gente de su pueblo. Laura se dio cuenta de que sin los percances del último año, Elena podría haber estado arraigada en este lugar, cuidándolo, para luego ofrecérselo a otros. Ella y Vida serían geniales para esta tarea, abrazando árboles y bailando descalzas para celebrar la santidad de la vida.

Salió bruscamente de su ensoñación. ¿Quién sabía dónde estaría Elena en unos meses? Elena quería ver a Dulce para enfrentar sus errores, pero podría terminar en la cárcel. Laura sabía que, por más que intentara convencer a su hermana de huir, ella nunca lo haría.

—Vamos a elegir al nuevo vicepresidente del personal para la reserva natural, así que esperamos que también consideres ayudarnos con la logística —dijo Ida—. Hay un sistema que debe construirse, en el que las donaciones de los visitantes permitirán que la reserva se vuelva autosustentable. Ya veremos qué nombre le ponemos. También hemos estado considerando construir un monumento para honrar a nuestros esposos. Algo sutil pero, ya sabes, espléndido. Una forma de rendir homenaje a nuestras historias de amor.

Estas mujeres, que durante los últimos diez años habían sido expertas en hablar mal de los demás, encantadoras en su manera de ser porque, a pesar de su riqueza, eran sencillas, ahora hablaban en un lenguaje completamente nuevo. ¿Honrar a los muertos creando algo hermoso en el mundo? ¿No era eso lo que su hermana quería hacer? ¿Honrar a su padre siendo honesta, enfrentando sus errores de una manera en la que E.Z. nunca lo había hecho?

—¿Ya eligieron a alguien para el puesto de vicepresidente? —Laura trató de mantener su voz firme, pero estaba a punto de quebrarse.

—Sí, nos encanta Pasofino, como ya sabes. Le daremos una oportunidad. Si no puede con el puesto, entonces encontraremos a alguien más. Pero ha trabajado aquí, es comprometido, sabe cómo tratar a la gente y cuándo es momento de alejarse de este lugar. Lo más importante para nosotras es que nuestros empleados tengan un verdadero sentido de equilibrio. Es la única forma de que esto funcione a largo plazo. Créeme, lo decimos por experiencia.

—¿Y lo llaman vicepresidente porque habrá un presidente por encima de su puesto?

—Bueno, queremos que haya una conexión entre las reservas naturales, así que habrá cierta supervisión en la gestión, principalmente para que los visitantes tengan una experiencia en común. Ah, y nos encantan las pulseras. Estamos pensando en crear las nuestras... aunque quizás en lugar de pulseras, collares que se conecten entre sí. Una forma de que los visitantes muestren todos los lugares que han explorado y lo que han aprendido de cada uno.

Laura pensó en cadenas de oro enlazadas entre sí, aseguradas para siempre alrededor de un montón de cuellos blancos.

—Eso suena encantador —dijo Laura—. Me aseguraré de comunicarme con ustedes al final del día. Tengo una reunión con mi jefa en unas pocas horas. Para entonces, ya debería saber todo lo que necesito.

Capítulo 47

Miranda seguía posponiendo la reunión con Laura. Cuando finalmente la convocó, ya estaba haciéndose de noche. Miranda había movido el resto de sus reuniones a su casa. Hasta ese momento, había sido estricta con sus límites, manteniendo separados su espacio privado y su vida profesional. Laura nunca había estado en su casa y suponía que nadie más del equipo de gerencia había estado allí tampoco. Encontró la puerta principal sin llave y se sorprendió de lo hermosa que era la casa. Tenía una piscina en forma de riñón y una casita separada del edificio principal, que era lo suficientemente sólida como para haber resistido la tormenta. Sus colegas, los cuatro, estaban sentados en el patio y alguien había prendido la chimenea de piedra de gas propano. Aunque probablemente no era una buena idea sentarse afuera después de una gran tormenta, era evidente que el jardín había sido fumigado con poderosos insecticidas, ya que no había un solo insecto.

—Laura —llamó su romance del pasado, Patrick.

Todos sus colegas la saludaron a gritos. Todos estaban borrachos.

El fuego danzaba en el aire húmedo, iluminando los rostros animados de las personas con las que había trabajado durante muchos años. Estaba Astrid, la colombiana, que parecía muy contenta con la propuesta que le habían hecho. James, el vicepresidente de relaciones comerciales, la saludó brevemente antes de seguir en lo suyo. Él también estaba de buen humor, y lo oyó hablar sobre lo difícil que sería acostumbrarse de nuevo a los inviernos en Nueva York, y lo asustado que estaba por la infestación de ratas que anunciaban en las noticias. Estaba Michael, el jefe de finanzas y contabilidad, a quien nunca había visto fuera de una sala de reuniones o una videoconferencia. David, el jefe de asuntos legales, tenía los ojos rojos y parecía completamente borracho. Había tantos vasos vacíos por todas partes. Laura entendió que, a medida que las personas terminaban sus reuniones con Miranda, simplemente venían al patio trasero y se quedaban allí, bebiendo y conversando.

Lo que antes había sido una sensación de inquietud y miedo en el grupo, al anunciarse los próximos cambios, se había disipado como espuma sobre las olas chocando contra la orilla. Había una sensación de alegría, de *lo que será, será* entre estos hijos de puta. Eran personas que sabían que estarían bien, sin importar lo que sucediera. Laura se preguntó cómo sería ella si hubiera crecido con la mitad de esa certeza.

—Es una oferta bastante buena —le decía James a Astrid, mientras le pasaba a Laura un Paloma Paloma en un vaso limpio que alguien había traído al patio—. Serás la encargada de todas las relaciones con los medios de América Latina para Paloma Enterprises. Es un gran ascenso.

Laura levantó una ceja mientras tomaba un trago largo. El tequila bajó ardiente por su garganta y la pulpa fresca de toronjas y limones se sentía como pequeñas explosiones ácidas en su lengua.

Astrid decía que preferiría una ubicación diferente al Pura Vida Paloma, que se construiría en Arenal, Costa Rica. No quería estar cerca de un volcán activo.

—¿Has visto lo que ha pasado en Islandia los últimos años? —dijo Michael, entre carcajadas—. El mundo entero está en llamas. Siempre es así, ¿no? Cada día parece que estamos al borde de la extinción. Dios me libre.

Pero por la forma en que hablaba Astrid, jugando con su cabello con los dedos, parecía que no estaba preocupada. Laura entendió que la entrevista de Astrid con la BBC había sido su audición para el próximo trabajo; se estaba posicionando para ganar. Mientras tanto, Laura había estado corriendo como gallina sin cabeza, ayudando a criminales a escapar de la justicia.

Terminó su bebida y se sirvió otra, y luego, rápidamente, otra más. Le daba mala espina que Miranda la hubiera dejado para el final. Había aprendido en una de esas cumbres de liderazgo que, cuando se trata de calibración y desempeño laboral, los jefes deberían dejar la conversación más difícil para el final. No habló mucho, solo se rio mientras Astrid contaba una historia sobre un video en Insta. Unos atletas extremos decidieron ir a surfear durante el huracán, justo en su playa. Un pobre desgraciado del personal había tenido que ir allá a ayudar a traerlos a la orilla.

—No nos pagan lo suficiente para eso —dijo Patrick.

Laura recordó el orgullo que siempre había sentido por su ética de trabajo. Mientras todos reían, sintió una vergüenza abrasadora por haber sido tan ingenua, dándolo todo por este trabajo. También se rio. No dejó ver ni por un segundo que ella había sido esa idiota desgraciada.

Unas horas después, solo ella y Miranda quedaban junto al fuego. Astrid y algunos más habían entrado a la casa, quejándose de la creciente humedad. Miranda aún no le había mencionado a Laura cuál sería su futuro en la empresa. Laura sentía una sensación mortificante de que, al no decir nada, ya había hablado. Pero no iba a dejar que Miranda se saliera con la suya. Le contó lo que las hermanas Vargas le habían ofrecido, esperando que eso la impulsara a decirle qué estaba pasando.

—Hay peores lugares que Mallorca —dijo Miranda—. ¿Has estado allí?

Laura negó con la cabeza. Miranda no sabía el odio que el padre de Laura había sentido por España, el país colonizador. La única cosa que él había sentido con tanto ardor era su amor por los Estados Unidos. Laura estaba segura de que su padre se revolvería en su tumba si supiera que ese era el camino hacia el que se dirigía su hija.

—Preferiría quedarme con Paloma Enterprises —dijo Laura. Se enderezó, para darle más peso a sus palabras, pero su cuerpo estaba abatido, con ganas de descansar. Horrorizada, se dio cuenta de que estaba descalza. ¿Cuándo se había quitado los zapatos?—. Preferiría dirigir el Programa Platinum Member Companion a nivel mundial, como habíamos discutido.

Finalmente lo dijo. Miranda la miró con la misma expresión que había tenido más de un año atrás, cuando Laura explicó que la tendencia de su personal a pensar que todos los negros eran pobres no era racismo.

—Laura, no vamos a expandir el programa. No nos conviene económicamente. Los beneficios para los empleados superan cualquier beneficio para el negocio, más allá del impulso inicial de productividad y competencia. Fue una buena idea, pero sin tu manera genial de hacerle creer a los empleados que recibirían beneficios y su credulidad, el programa, lamentablemente, no funcionaría aquí.

Habían hablado unos días antes. Miranda había dicho que el plan seguía en pie. La perplejidad en la cara de Laura era evidente.

—Lo sé —dijo Miranda—. Las cosas cambian tan rápido que es difícil no marearse y vomitar.

—¿Qué me queda a mí en Paloma Enterprises? —Las palabras se sintieron pesadas en la lengua de Laura.

—No hemos podido encontrar un lugar para ti hasta ahora —dijo Miranda.

Cuando Laura se dio cuenta de que no habría un lugar para ella en absoluto, se sintió profundamente avergonzada. Incluso ahora, con la mirada distante de Miranda, mantenía la esperanza de recibir buenas noticias. Pero su jefa no habló. No explicó nada.

—No entiendo —dijo Laura—. Hablamos ayer. Dijiste que hiciera desaparecer el escándalo. Lo hice.

—Fabien es muy amigo de nuestro director ejecutivo. Yo no lo sabía. Estas lealtades vienen de mucho antes de que tú nacieras. No me di cuenta de que el hombre de negocios con una doble vida y una familia secreta era Fabien, una persona que ha fundado cientos de centros comerciales de lujo junto a nuestros resorts. Has tomado muchas malas decisiones desde que empezó esta maldita pesadilla. ¿Por qué no me dijiste que esto involucraba a tu hermana?

Laura recordó los puntos de Astrid sobre la interdependencia y la generosidad, sobre cómo el resort era como una familia, siempre listo para brindar ayuda cuando la necesidad era apremiante.

—Por favor, ayúdame —dijo Laura, con el rostro peligrosamente cerca del fuego entre ellas. Era la voz de su madre la que salía de su garganta, suplicando misericordia de alguien que parecía empeñada en hacerle daño.

—Puedo ayudarte a conseguir otro trabajo —dijo Miranda—. Eso no será difícil. Pero no entiendo por qué no aceptas la oferta de las hermanas Vargas. Tener gente poderosa de tu lado, gente que te conoce y se preocupa por ti es clave para que tu carrera avance.

—Le he dedicado diez años de mi vida a esta empresa. No entiendo cómo no puedes encontrar un lugar para mí. ¡Hay cientos de Palomas en todo el mundo! ¿Y a qué gente poderosa te refieres? Ellas son dos viudas retiradas. ¿Cómo tienen suficiente dinero para comprar este hotel?

Miranda se levantó y tropezó un poco al sentarse junto a Laura. Su rostro, de ángulos marcados y con cabello corto, se volvió más tierno.

—¿No las has investigado?

—Claro que las investigué —dijo Laura—. Las hermanas Vargas tienen una cuenta de Facebook con fotos de sus nietos. La mayoría de sus publicaciones son sobre olivos.

Miranda tomó su teléfono, escribió algunas palabras y abrió un sitio web que mostraba a las mujeres mayores, luciendo bien vestidas y años más jóvenes.

—Vargas es su apellido de solteras, obviamente. Ida estuvo casada con alguien en la industria de petróleo y Amber fue la directora y jefa ejecutiva de un fondo de cobertura de mil millones de dólares antes de retirarse. *Mil* millones.

Laura se rio con amargura. Todo lo que había hecho la había llevado a esto. Se excusó y se dirigió al baño. En la habitación bien iluminada, se echó agua fría en la cara, obligándose a recuperar la compostura. Pero la habitación giraba y giraba. No se detenía, sin importar cuánto se aferrara al lavamanos. Tocaron la puerta suavemente. Cuando la abrió, ahí estaba Astrid. De todas las personas que Laura no quería ver, Astrid estaba en el top cinco.

—¿Estás bien? —preguntó Astrid.

Laura asintió. Sus ojos ardían por la humillación. Astrid lo sabía. Todos sabían que a Laura no le habían pedido quedarse. Primero muerta que llorar frente a Astrid, una mujer que sabía cómo jugar el juego.

—Hiciste lo mejor que pudiste con lo que te tocó —dijo Astrid. Se aplicó un lápiz labial rojo brillante con mano firme. Laura vio que no estaba borracha como todos los demás. Astrid se paró frente a ella y usó su lápiz labial para aplicar color en los labios de Laura—. La queja que Fabien me pidió presentar contra ti y tu hermana se perdió en el caos de la tormenta. No habrá ningún rastro oficial que te vincule con nada de esto, a menos que lo pida de nuevo. Puedes venir conmigo a Costa Rica. Te contrataré. Seremos nosotras las que estemos surfeando en mal tiempo, gritando *pura vida*. A la mierda con estas personas.

Laura se dio cuenta de que todo el tiempo que Astrid la había abandonado, Astrid simplemente había salido de su camino para hacer lo que tenía que hacer.

—Gracias —dijo Laura.

Astrid puso algo del lápiz labial en la yema de su dedo índice y lo aplicó en las mejillas de Laura.

—Repite conmigo —dijo—. A la mierda con estas personas.

Laura lo dijo, y ese solo acto de solidaridad la hizo sentirse más fuerte. No había llegado tan lejos para rendirse ahora. Fortalecida, regresó donde Miranda.

—¿Te dieron un ascenso como parte de este nuevo trato? —preguntó, con voz firme—. ¿Por eso regresaste temprano, después de un huracán? ¿Para estar más cerca del trato con las hermanas Vargas?

—No —dijo Miranda. Miró a Laura con más respeto—. No tuve nada que ver con la venta de la propiedad. No seas absurda. Abogué por ti cada vez que tuve la oportunidad. Sé lo duro que trabajas. Todo lo que te mereces. Dios, nunca he conocido a nadie dispuesto a hacer más por un trabajo. Laura, esto pasará. Lo sé. Sé que debes sentirte como si el mundo se estuviera acabando, pero no es así. Solo tienes que mantenerte a flote por un tiempo. Tenemos que esperar a ver qué pasa con Fabien, si decide tomar acciones legales contra tu hermana, el hotel o contra ti. Las niñas están vivas. Están a salvo. En unos días,

Fabien y su mujer podrían decidir olvidar la mala experiencia. Justo como cuando la gente se enoja por el equipaje perdido y luego se va a casa sin siquiera presentar la queja. Todos están ocupados. Todos tienen cosas más importantes que hacer.

—¿Y si no lo olvidan? ¿Si deciden demandar o perseguirnos?

—Entonces estaremos todos jodidos. El hotel tiene que pensar en su bienestar, ¿entiendes? Pero pagaríamos por tus gastos legales. Esos son los beneficios de ser la directora ejecutiva. Estarás protegida. Pero tu hermana, no. En estas situaciones, hay ganadores y perdedores. Tu hermana, amiga mía, terminó en el fondo esta vez.

No solo esta vez. Siempre.

—Mi hermana tiene diecisiete años —dijo Laura—. Es una niña.

—No se ha comportado como una niña.

Miranda miró a Laura fijamente, sin titubear mientras dejaba clara su opinión. Pero su jefa no se daba cuenta de que no había diferencia entre Laura y su hermana. Lo que le pasaba a su hermana, le pasaba a ella. Y esta no era la primera vez que terminaban jodidas.

En su teléfono sonó una notificación de mensaje de texto. Dulce estaba exigiendo que Elena y Laura fueran a su casa a la mañana siguiente.

Estén aquí a las 11 de la mañana. Si no se entregan, la policía las recogerá, le escribió.

Capítulo 48

Ida y Amber Vargas bajaron la cabeza en señal de decepción. Pasofino y su novio, Río, estaban sentados con ellas en la galería, observando cómo la noche se volvía cada vez más oscura.

—¿Y no hay nada que podamos hacer para cambiar tu decisión? —preguntó Ida.

Pasofino tomó la mano de Río, apretándola un poco.

—Mi amor —dijo—. Este es un buen trato. Cuidar unas plantas y vivir de vacaciones para siempre.

Río suspiró frustrado, pateó el estuche de su violín. Había puesto toda su carrera en pausa por amor. Ahora que su lugar de trabajo ya no existía, era momento de que él tomara las riendas. Pero estaba preocupado. No estaba seguro de que Nueva York fuera un buen lugar para Pasofino. Pero sabía que si no tomaban esta oportunidad para irse, nunca se irían.

—Si quieres quedarte, quédate —dijo Río, alargando la pronunciación de cada palabra con tristeza.

—No seas ridículo —dijo Pasofino—. Ningún trabajo es más importante que tú. —Se giró hacia las hermanas Vargas y negó con la cabeza—. Lo siento mucho, pero no puedo aceptar el trabajo. Vamos a vivir en los Estados Unidos un tiempo. Vamos a intentarlo por allá.

Las hermanas asintieron, inclinando la cabeza hacia atrás en un gesto idéntico mientras terminaban sus Paloma Palomas. Antes de que pusieran sus vasos vacíos sobre la mesa, ya había aparecido una nueva jarra.

—Estas son malas noticias —dijo Amber—. Pero lo están haciendo bien. Las relaciones exitosas se basan en turnarse para hacer exactamente lo que no quieres hacer por la persona que amas.

Los dos jóvenes se rieron. Río se acercó a Pasofino y le dio un beso tierno en la boca.

—Quizás te sorprendas. Tal vez te guste.

Pasofino le cortó los ojos.

—No seas tonto.

—¿Una cancioncita? —dijo Río, sacando su violín del estuche.

Las hermanas asintieron con entusiasmo.

Río comenzó a tocar "Bésame Mucho" y Pasofino se unió, cantando el arreglo original tal como lo había escrito Consuelo Velázquez en los años cuarenta. Las dos mujeres aplaudieron, encantadas. Se unieron al canto mélodico e imponente de Pasofino con sus voces altas y desafinadas.

Quiero tenerte muy cerca, mirarme en tus ojos, verte junto a mí, piensa que tal vez mañana yo ya estaré lejos, muy lejos de ti.

Cuando Río terminó de tocar, las mujeres aplaudieron y aplaudieron.

—Bravo —dijeron.

—¿Y ahora qué? —preguntó Amber.

—No tengo idea de a quién podríamos escoger —respondió Ida.

—Conozco a alguien dispuesto a hacer lo que sea por este lugar —dijo Pasofino.

—Ya decidimos que Laura no es la opción correcta —dijo Amber.

—Me refería a Pablo —dijo—. Ese tipo ama esta tierra como nadie que haya conocido.

Las hermanas sonrieron, asintiendo.

—Pablo es una excelente opción —dijeron las hermanas al unísono.

MARTES

Capítulo 49

En el patio trasero de su antigua casa en Pico Diablo, Laura se quedó a unos pasos detrás de su hermana, que estaba sentada con las piernas cruzadas en la tierra sobre la tumba de su padre. Laura y Pablo habían marcado el lugar con una pequeña planta de sábila. Laura tenía la seguridad de que la tormenta destruiría todas sus plantas, pero cuando llegaron al terreno, descubrieron que la planta de sábila se había multiplicado. Como si su padre hubiera nutrido la tierra.

Elena lloraba con sollozos profundos y desgarradores. Lloraba por la ausencia de su padre y por las niñas que seguían vivas. Los últimos cinco días había oscilado entre la certeza de que estaban muertas y la esperanza de que aún vivieran. Saber que las niñas habían sobrevivido la llenó de alivio y optimismo, pero también de vergüenza y culpa. Le habían dado una segunda oportunidad y no estaba segura de merecerla. Niña y Perfecta se convirtieron en versiones múltiples de sí mismas, replicándose una y otra vez, pero esta vez no en su imaginación drogada. Fue su mente sobria la que la obligó a enfrentar las posibilidades, incluidas aquellas en las que otras versiones de ellas habían sido abandonadas por otra Elena en algún otro lugar y habían encontrado la muerte. El dolor que sentía no tenía justificación. No podía culpar a su madre muerta, ni a su padre muerto, ni a su hermana confundida. No podía culpar a los escritores que tanto amaba, que no la habían preparado para lo difícil que era cambiar verdaderamente el mundo. No podía culpar a los sistemas ni a los gobiernos, porque ¿de qué serviría eso?

La única verdad era que ella había tomado la decisión pensando en su propia seguridad y supervivencia. Cuando se fue y dejó a las niñas en la playa, se dijo a sí misma que estarían bien, pero, ¿realmente lo creyó? No importaba. Igual las había dejado.

Laura se sintió impotente al ver a su hermana temblar. Quería aliviar su tormento, abrazarla y hundir el rostro en su cuello para que nunca volviera a ver nada cruel ni dañino. Para que jamás sintiera dolor. Pero se contuvo. Elena necesitaba este momento a solas. Su hermana se había negado a contarle lo que le había pasado en Londres, más allá de que Socorro le había robado. No explicó por qué había regresado tan rápido. Laura temía que la hubieran agredido, que alguien le hubiera hecho daño. Pero Elena negó con la cabeza. "Nada de eso", dijo. Aun así, se lo había callado, algo que nunca había hecho con ninguna experiencia importante. Mientras acariciaba la tierra, sus lágrimas gruesas y pesadas hacían pequeños cráteres en el suelo.

Laura no dejaba de preocuparse por la reunión con Dulce. Su mente giraba en círculos, intentando encontrar el último movimiento posible, la estrategia que pudiera mantenerlas a salvo, pero no hallaba respuesta. La única opción que quedaba era huir. Pero antes, quería ver a las niñas. Asegurarse de que estuvieran bien. Tal vez entonces lo que había hecho para facilitar la salida del turista no se sentiría tan cruel. Las niñas no estaban muertas. Hasta donde sabía, no habían sido violadas. Estaban en casa con dos padres que las amaban, en una mansión donde todo lo que pudieran desear estaba al alcance de su mano. Tenían una vida por delante, llena de comodidad, alegría y amor. ¿Debería alguien pagar solo por la *posibilidad* de que algo terrible *pudiera* haber sucedido?

Laura observó la devastación en la naturaleza. La tierra les daba una lección sobre resistencia y perseverancia. Había sido golpeada, maltratada por las personas, por el clima, una y otra vez, y aun así volvía a renacer. Sintió dentro de sí una fuerza creciente, una dureza en su corazón tan firme como el vidrio templado a prueba de tormentas del hotel. Impenetrable. Inquebrantable.

Cuando su hermana comenzó a hablar de sus padres, Laura se sorprendió. Por la forma en que Elena había llorado, pensó que estaba reflexionando sobre lo que había hecho con las niñas. Pero no. Estaba atrapada en el pasado, un pasado que poco tenía que ver con la crisis actual. Laura quiso sacudirla, decirle que se enfocara en el aquí y ahora. Pero cuando Elena se puso de pie frente a ella, la obligó a escuchar.

—Laura, lo que quiero decirte es que tú no conociste a nuestros padres. Ellos vivieron en Santo Domingo muchos años antes de que nacieras. Papi me contó que compartían su vida con dominicanos, haitianos, con gente que, como ellos, venía de la pobreza y encontró la forma de salir adelante. Me dijo que entre ellos había doctores, abogados y empresarios. Que tú y yo podíamos ser lo que quisiéramos. Que si dábamos los pasos correctos para liberarnos, podríamos ayudar a los demás, con cosas pequeñas o de manera significativa. Se lamentaba tanto. Siempre decía: "Si el pasado no empuja, que el futuro tire".

Laura jamás había escuchado esas historias. No sabía si cambiarían algo, pero entendía que su hermana necesitaba creer en esa versión de su padre. ¿Cómo se podía tener esperanza en el mundo si aceptabas que la persona de la que venías no valía nada? Tal vez era cierto. Tal vez su padre había cambiado. Pero eso no borraba lo que había hecho, lo que había permitido. Su hermana, con su juventud y optimismo, no comprendía que lo único que realmente habían heredado de sus padres era la capacidad de tomar malas decisiones.

—Tenemos que irnos —dijo Laura.

Elena negó con la cabeza.

—La prisionera eres tú. De tu dolor. De tu resentimiento. Él ya no está.

Laura desvió la mirada. ¿Podía soltarlo? ¿Podía perdonarlo? ¿Y si lo hacía... qué quedaría de ella?

Subieron a la camioneta del resort. Laura sintió gratitud por el dinero y la influencia de Fabien. En un solo día, habían logrado despejar el camino por la montaña. Frente a ellas, grandes camiones retiraban árboles caídos. Aquellos que querían reconstruir sus casas tendrían fondos disponibles gracias a la promesa de Fabien de financiar la recuperación de Pico Diablo.

El camino estaba despejado. Bajaron la montaña con facilidad. En pocos minutos, estarían en la carretera, lejos de la Cascada de la Paloma.

Capítulo 50

Mientras cruzaban el resort y dejaban atrás el pequeño y lujoso pueblo de Ciudad Cascada de la Paloma, la playa se desdibujaba hasta volverse una estela a medida que su hermana aceleraba. Elena sintió alivio. Se alegraba de poder enfrentar a Dulce. Necesitaba pedirle perdón. Pero cuando llegaron a la bifurcación que llevaba a la mansión de Dulce frente al mar, Laura siguió de largo.

—Esa era la salida —dijo Elena, creyendo por un instante que su hermana estaba tan distraída que había olvidado a dónde iban.

—¿De verdad crees que vamos a entregarnos? —respondió Laura, incrédula.

—¿Adónde vamos?

—Al aeropuerto —contestó Laura—. Tengo contactos. Lo arreglé todo. En unas horas estaremos fuera del país.

—No puedes estar hablando en serio.

—Tenemos que escondernos —insistió Laura, llevándose los dedos a la sien, rascándose con frustración. Tengo conocidos en Costa Rica que pueden ayudarnos. Nos quedamos allí hasta que todo se calme y decidamos qué hacer.

—Basta —dijo Elena—. ¡Para!

Laura frenó la camioneta y se giró para enfrentarla.

—Llévame adonde está Dulce —dijo Elena—. Quiero ver a las niñas.

—No sabes lo que te conviene —respondió Laura, con ese tono lento y condescendiente—. No entiendes lo grave de la situación. Te van a acusar de intento de tráfico de personas. A mí de complicidad, encubrimiento y soborno. Nos van a meter a la cárcel por años, Elena. ¿Te acuerdas de lo que pasó en el aeropuerto? Te pusiste histérica por un simple control de seguridad. ¿De verdad crees que puedes enfrentar lo que viene? No te van a tratar como a una niña. Porque no te has comportado como una. Te juzgarán como adulta. Y no tendrán piedad. Ni contigo, ni conmigo.

—No es tu decisión —dijo Elena—. Es mi vida. Yo fui quien decidió dejar a las niñas con ese hombre horrible. Me fui sabiendo que estaban en peligro. No voy a huir esta vez.

—No querías hacer nada malo —dijo Laura, mordiéndose los labios. Quería convencer a su hermana de que un error no tenía que costarle la vida—. Fuiste irresponsable, inmadura y muy estúpida, pero nunca quisiste hacerles daño a esas niñas.

—Tienes razón —admitió Elena—. Confié en que alguien más intervendría. Que alguien más haría lo correcto. ¿No lo entiendes? *Les di la espalda.* —De repente, se vio otra vez en el auto del turista, justo antes de pisar el acelerador con todas sus fuerzas. ¿No había sido ese su error desde el principio? Creer que alguien más haría lo correcto. Que, de alguna manera, el mundo favorecería la bondad sin que ella tuviera que hacer nada—. La gente no aparece de la nada para hacer lo correcto —susurró.

Una brisa fresca envolvió a Elena. A su derecha, más allá de la ventanilla, el mar resplandecía con más intensidad, como un collar de diamantes en la garganta de esta tierra. A su lado, su hermana la miraba con miedo y desconcierto.

—Esta es mi vida —dijo Elena, con determinación—. Yo decido qué pasa después.

—No es solo tu vida —murmuró Laura—. También es la mía. No tienes idea de lo que he hecho desde que te fuiste. Todo para mantenerte a salvo y en libertad.

—¿Qué has hecho? —preguntó Elena, con la esperanza de que, si Laura decía la verdad en voz alta, al fin entendería cómo el pasado las había arrastrado hasta aquí. Tal vez así, Laura vería lo que nunca antes había querido ver.

Pero Laura bajó la mirada. No podía decirlo.

—Soy una guerrera en busca de libertad —empezó a recitar Elena—. Ante la injusticia y la codicia, me mantengo firme, como mis ancestros.

—Cállate, cállate —gruñó Laura, aferrándose al volante hasta que los nudillos se le pusieron blancos.

Abrió la puerta y salió del auto. Se quitó los zapatos y caminó hasta la playa. El sol ardía. La arena le quemaba los pies. Elena corrió tras ella y se paró a su lado. Las dos miraban el mar, tan azul y profundo.

—Todo es mentira, Elena. Todo. No descendemos de guerreros que buscaban libertad.

Elena frunció el ceño.

—¿De qué estás hablando?

—Pico Diablo fue fundado por gente que huía de la Masacre del Perejil. Ese es el origen de este lugar. Personas aterrorizadas que entendieron que la única forma de sobrevivir era esconderse.

—Dirías cualquier cosa para convencerme de hacer lo que tú quieres —le dijo Elena.

—No, Elena —respondió Laura, obligándose a sonar más tranquila de lo que se sentía—. Doña Fella me dijo la verdad hace un año. Estaba preocupada porque nuestro padre llevaba meses desaparecido. Esta es nuestra verdad. Nuestra familia ha sido un refugio para quienes corren peligro. Ese ha sido nuestro papel por generaciones: ser guardianes, proteger a quienes lo necesitan.

Los ojos de Elena se abrieron de par en par. Su mente giraba. De repente, todo tenía sentido. Recordó cuántas veces su padre había dicho que se sentía incapaz de cumplir con su verdadero propósito. Que un día, ella y su hermana harían lo que él no había podido. ¿Cuántas veces lo había escuchado decir que la verdadera seguridad solo era posible con dinero y poder? Ahora lo entendía: él hablaba de construir un refugio, para ellos y para otros. Por eso había intentado tantas veces llegar a Estados Unidos. Creía que allá alcanzaría la movilidad social que aquí le habían negado, y con eso, haría del mundo un lugar mejor. Elena sintió una punzada de dolor por su padre.

—Laura —dijo Elena, girándose completamente hacia su hermana—. ¿Sabes qué? No importa. Lo único que vale más que nuestras raíces es nuestra comunidad. Enfrentar a la gente que es la única familia que tenemos. Les hicimos daño. Tenemos que dar la cara.

—No —dijo Laura. Y, de repente, empezó a llorar. Sus labios temblaban. ¿Qué le estaba pasando?—. Le prometí a Mami que haría mi trabajo. Que te cuidaría. Que no dejaría que te pasara nada malo.

Elena se acercó y le secó las lágrimas.

—Mami está muerta. Los muertos no esperan nada de nosotros. Lo que hacemos, lo hacemos por los vivos.

"Los muertos no sienten vergüenza", le había dicho a Carmen. "No esperan nada", le decía ahora su hermana. Pero fue escucharla decirlo con tanta resignación lo que hizo que Laura se diera cuenta de que, en el fondo, no creía ninguna de las dos cosas. Sintió un llanto brotar desde lo más profundo. Solo tenía un trabajo que realmente importaba y había fallado de la peor manera posible. Había fallado en todos los sentidos.

—No eres mi madre —dijo Elena—. Eres mi hermana. No necesito que me críes. No necesito que me asfixies. No necesito que trates de arreglarlo todo. Siempre actúas como si supieras qué es lo mejor para mí. Pero yo sé qué clase de persona quiero ser. Tú tienes tu vida y yo tengo la mía. No es una sola vida. Son dos. Y te lo advierto: a menos que me drogues como hiciste con Dulce, voy a regresar.

Laura se apartó de su hermana, avergonzada. Elena había hablado con Dulce y ella le había dicho lo que hizo su hermana. O quizá había sido Pablo.

—Eres insoportable —dijo Elena—. Siempre tomas las peores decisiones. Y te justificas diciendo que es por mi bien, pero no es cierto. Eres una cobarde. Todos los adultos son unos cobardes, Dios mío. Siempre haciéndonos daño, dejándonos a los jóvenes la responsabilidad de arreglar lo que han dañado.

—Eres una ingrata —soltó Laura, con el estómago ardiendo de rabia—. ¿Tienes idea de dónde estarías sin mí?

—No peor de lo que estoy ahora —dijo Elena.

Laura dio un paso atrás, como si la hubieran herido. Elena acortó la distancia entre ellas. Levantó la mano hacia el rostro de su hermana y le secó las lágrimas que seguían cayendo, aunque Laura pretendiera ser fuerte. Su ira casi siempre era una fachada que ocultaba su dolor.

—Sé que te debo la vida. No soy una ingrata. Solo te pido que *me veas*. No a la niña que necesitaba protección, sino a la persona que te está diciendo que estaremos peor si huimos.

Lo que decía Elena era cierto. La única forma en que estarían peor sería si escapaban. Había sucedido. En cuestión de días, su hermana había madurado. Entonces, mientras Laura comenzaba a caminar de regreso al auto, se dio cuenta de que quizá no era que Elena hubiera madurado de repente, sino que ella nunca había sido capaz de verla como quien realmente era.

—Haz lo que quieras —gritó Laura por encima del hombro—. Vamos a ver a Dulce.

Capítulo 51

Llegaron a la mansión de Dulce, pero no había autos de policía. En cambio, encontraron a Vida, Pablo, Río y Pasofino brindando con champán junto a Dulce en su balcón al aire libre, con vista al mar. La casa de Dulce no había sufrido ningún daño durante el huracán. De hecho, ahora parecía aún más imponente en medio del paisaje devastado. Abajo, en la playa, Fabien nadaba con Niña y Perfecta, quienes reían y se salpicaban como si nada terrible les hubiera ocurrido.

Cuando Elena y Laura entraron al balcón, de repente todos quedaron en silencio.

—¿Cuál es la celebración? —preguntó Laura, fingiendo jovialidad aunque su corazón latía con fuerza.

—Las hermanas Vargas le ofrecieron el trabajo a Pablo —dijo Vida con orgullo—. Va a convertirse en el encargado del nuevo santuario.

—Felicidades —dijo Laura—. ¡Qué buena noticia!

Y lo decía en serio. Pablo era perfecto para ese trabajo, y se lo merecía.

—¿Pueden venir conmigo? —Dulce les pidió, poniéndose de pie y dirigiéndose al interior de la enorme casa antes de que las hermanas pudieran responder.

En el tercer piso, el agua en el borde de la piscina infinita se desbordaba con suavidad. Desde allí, podían ver a Vida y Pablo tomados de la mano dos pisos más abajo. Río y Pasofino debían de estar diciendo algo gracioso, a juzgar por las carcajadas del grupo.

—Tienen suerte de tener gente que las quiere —dijo Dulce.

Laura se quedó atrás mientras Elena corría hacia Dulce. Cayó de rodillas y enseguida rompió en llanto. Entre lágrimas, pidió perdón, dijo que nunca había querido que nada de esto pasara.

—Basta —dijo Dulce con frialdad—. No voy a permitir que vengas aquí a ponerte a llorar. No voy a permitir que te disculpes. Las niñas se ven bien, ¿verdad? Como si nada horrible les hubiera pasado. Pero no durmieron en toda la noche. Se despertaron una y otra vez gritando. Ese hombre le dio un puñetazo a Niña, trató de ahorcar a Perfecta, les arrancó la ropa. Si ellas no hubieran peleado, las habría violado. Puede parecer que salieron ilesas, pero este trauma las seguirá por el resto de sus vidas.

Laura tropezó y se dejó caer en un taburete cercano. A lo lejos, en la planta baja, donde el resto del grupo seguía bebiendo y hablando alegremente, unas cortinas se abrieron. Laura vio a Doña Fella moviéndose lentamente para dejar entrar la luz del sol en la habitación. Cuando la anciana notó a las mujeres en la piscina de arriba, desapareció de su vista abruptamente.

Elena no podía apartar la mirada de Dulce. Estaba pálida.

—Vida, Pablo, Río y Pasofino llegaron temprano a rogar por ustedes —continuó Dulce—. Me hablaron de todo lo que ya sabía. De todo lo que han sufrido. De la crueldad que las persigue a donde vayan. No sabía que su padre había muerto.

A Dulce se le aguaron los ojos.

—No voy a presentar cargos —dijo.

Laura se cubrió la boca con la mano, asombrada.

Elena se puso de pie y tomó las manos de Dulce.

—Gracias —susurró con voz temblorosa.

—Tienen que irse de este país —sentenció Dulce—. No quiero que vuelvan jamás, no mientras mis hijas y yo estemos aquí.

Elena dio un paso atrás, con el ceño fruncido.

—No puedes estar hablando en serio.

—Váyanse y no regresen nunca o prepárense para pasar mucho tiempo presas. Ustedes eligen.

—Tenemos obligaciones aquí —dijo Elena—. No podemos simplemente irnos.

—Pues encuentren la forma de cumplirlas desde lejos.

Laura reunió fuerzas para ponerse de pie y se enfrentó a Dulce por primera vez. No sabía qué decir. ¿Cómo podía explicar que la mayoría de sus decisiones habían sido tomadas suponiendo que la situación no tenía remedio? Que había creído que las hijas de Dulce estaban muertas. ¿Qué podía decir que no empeorara las cosas?

—Nunca quise que les pasara nada malo a tus hijas.

Dulce soltó una carcajada amarga.

—¿Nunca quisiste que les pasara nada malo? Qué conveniente. ¿Eso es lo que te dices a ti misma? ¿Que todo lo que hiciste fue para proteger a tu hermana? El amor a veces nos lleva a hacer cosas terribles. Fuera de mi casa. Tienen veinticuatro horas para largarse de esta isla.

Elena y Laura ya se estaban alejando cuando Dulce llamó a Laura de nuevo.

—Hay una última cosa que necesito que hagas —le dijo.

Laura asintió.

—Lo que sea —respondió. Luego miró a Elena y le dijo—: Espérame en el auto.

Capítulo 52

Elena no esperó en el auto. Mientras se dirigía a la planta baja, la puerta de una de las suites se abrió y Doña Fella apareció en el umbral. Le hizo un gesto para que se acercara. Elena entró en la habitación, siguiendo a Doña Fella hasta una amplia sala.

—¿Usted se mudó con Dulce? —preguntó Elena después de besar la mejilla de su antigua maestra y pedirle la bendición.

—Solo hasta que las cosas en Pico Diablo vuelvan a la normalidad —respondió Doña Fella.

Todavía no tenían electricidad ni agua corriente, ni señal de celular. Señaló la caja de metal corrugado que reposaba en el centro de la gran mesa de vidrio.

—¿Esta es la caja? —preguntó Elena, asombrada.

Doña Fella asintió. Extendió la mano en un gesto que decía: *Siéntete libre de abrirla y tocarla*. Durante el corto trayecto en auto después de su confrontación en la playa, Laura había puesto a Elena al tanto del resto de la conversación con Doña Fella de un año atrás, de los detalles que había aprendido sobre el pasado. El día que Laura descubrió que todos en Pico Diablo, excepto su propia familia, eran descendientes de haitianos, también fue el día en que rechazó la obligación de ser la guardiana del secreto. Le devolvió aquella vieja caja de hojalata a Doña Fella y se negó a asumir su deber con el pasado.

Elena abrió la caja. Con ternura y mucho cuidado, tocó los frágiles documentos, notando los dibujos, los poemas que aún no podía leer pero que algún día entendería, las cartas escritas para enseñar a las generaciones futuras cómo existir a pesar del odio, el dolor, la separación y la pérdida. Elena podía ver claramente que estos documentos eran un archivo de amor.

—¿Por qué no me lo pidió a mí? —dijo Elena.

—La tradición dice que debemos pedirle al mayor —respondió Doña Fella—. Pero veo que me equivoqué. A veces hay que romper la tradición. Seguí dando oportunidades a personas que no merecían una segunda oportunidad.

Elena no creía que eso fuera cierto. Incluso aquellos que se equivocaban y parecían perdidos merecían una segunda oportunidad.

—Espero honrar este deber en nombre de mi familia —dijo Elena, colocando los objetos con cuidado de nuevo en la caja—. ¿Me permite hacerlo?

—Aún no. Tendrás que trabajar rápido y demostrar que eres digna —dijo Doña Fella—. No estaré aquí para siempre.

Elena notó la expresión de su antigua maestra. Doña Fella la ocultó rápidamente bajo una mirada severa de desaprobación, pero Elena había alcanzado a ver la suave sonrisa que se dibujó fugazmente en su rostro. Como si, por primera vez, tuviera una razón para sentir esperanza por la desdichada familia Moreno. Elena no podía esperar para sentarse con ella, para aprender todo lo posible sobre el pasado. Para hacer algo práctico y significativo. Doña Fella le hizo un gesto para que la ayudara a levantarse y, juntas, a través del vidrio, observaron al grupo afuera.

—¿Y cómo funcionan las cosas con *su* trabajo? —preguntó Elena—. ¿Quién se convierte en el guardián de la historia?

—¿Quieres decir quién me va a sustituir? —dijo Doña Fella.

Elena asintió.

—Necesitaremos a alguien que sea parte del pueblo para proteger la historia y trabajar con el guardián del secreto —dijo, fijando la mirada en Pablo—. Estoy esperando a que él se gane su lugar también.

Elena asintió, comprendiendo todo. Sabía exactamente qué hacer para ayudar a Pablo a ganarse su lugar.

Pasofino y Río estaban al otro extremo del balcón, bailando una bachata rápida y enérgica. Sus pies se movían con la destreza que le había valido a Pasofino su apodo y cada paso era un despliegue de gestos elegantes y giros dramáticos.

Elena sabía que no tenía mucho tiempo. En cualquier momento, su hermana bajaría con Dulce y tendrían que irse.

Sentada entre Pablo y Vida, preguntó:

—¿Crees que podrías conseguirme un momento para hablar con Amber e Ida? ¿Hoy mismo?

Pablo frunció el ceño.

—¿Sobre qué?

—Creo que el santuario no debería ser solo un lugar para proteger las plantas, el mar y la vida silvestre. Deberíamos intentar convencer a las hermanas Vargas de usar todo ese dinero e influencia para ayudar a las personas más vulnerables en la República Dominicana.

Pablo recordó su viaje por el país con aquella familia de turistas, cómo había fingido no notar cuando pasaron junto a haitianos sometidos a redadas, obligados a subir a furgonetas, golpeados; se murmuraba que algunos eran asesinados a escondidas. Los peligros para esa gente eran reales. No le haría daño ayudar a Elena. Tal vez esta era su forma de intentar redimirse. Pablo había llegado a creer que, si le das a alguien suficiente responsabilidad y apoyo en el camino, realmente puede convertirse en la mejor versión de sí mismo.

—Nos reuniremos más tarde en la galería para ver el atardecer en el Grand Paloma —dijo—. Ven con nosotros. Haré lo que pueda para ayudarte.

Laura y Dulce se unieron al grupo justo cuando Pablo terminó de hablar. Laura hizo un gesto para que Elena la siguiera, prefiriendo irse rápidamente, sin despedirse. Elena se demoró unos momentos, abrazando a todo el mundo. Notó que Fabien se mantenía apartado del grupo. A las niñas no les habían dado permiso para acercarse ni a ella ni a Laura.

Cuando subieron al auto, Laura le entregó a Elena una botella de ron Beyond Proof con etiqueta roja.

—¿Este no es el ron que envenena? —preguntó Elena—. ¿Por qué te lo dio? ¿Quiere que nos envenenemos?

—No, no es para nosotras. Es una forma de ganarnos el derecho a volver.

—¿Haciendo qué?

Laura se encogió de hombros con un gesto evasivo. Pero su rostro reflejaba preocupación, una nueva y pesada obligación que debía soportar. Esta vez, Laura no estaba segura de poder ignorarla como había decidido ignorar el secreto de Pico Diablo.

MIÉRCOLES

Capítulo 53

Al final, despedirse de Pico Diablo y de Ciudad Cascada de la Paloma resultó ser más fácil de lo que Elena o Laura habían imaginado. Después de todo, ambas habían soñado con este día por muchos años. Ida y Amber Vargas estaban encantadas de acelerar el viaje una vez que Laura les aseguró que podría gestionar todas las transiciones de forma virtual, ya que ella y Pablo tenían una buena relación laboral. Los últimos huéspedes pagos habían partido del Grand Paloma Resort para regresar a casa o continuar sus vacaciones en el Yellow Paloma, por lo que ahora sería más sencillo cerrar oficialmente las operaciones. Sería fácil empezar de nuevo.

A Laura y Elena no les tomó mucho tiempo empacar sus pocas pertenencias. Laura envolvió el ron envenenado en algunos de sus viejos uniformes y se dijo a sí misma que, si las autoridades no lo confiscaban al llegar a España, tendría que tomarlo como señal de que Dios mismo quería que el turista muriera. Se dirigieron a la montaña para pasar su última noche en la casa donde habían crecido.

Esa noche, Vida y Pablo vinieron a visitarlas y trajeron una olla llena de pollo guisado y otro recipiente pequeño con rabo guisado. Prepararon arroz amarillo vegano con molondrones, maíz, pimientos, cilantro, ajo y cebolla, para que Elena pudiera disfrutar esta última comida con ellos. Pronto, las diferentes ollas llenaron la casa de madera con un olor a comida mucho más delicioso que la fragancia que se rociaba en el lujoso vestíbulo del Grand Paloma Resort.

—¿Entonces ustedes dos están juntos otra vez? —preguntó Laura—. ¿Lo perdonaste?

—Dejemos los errores del pasado en el pasado —dijo Pablo.

Vida se rio.

—Estoy obligando a Pablo a ser célibe hasta que llegue el bebé. Necesito ver que realmente ha cambiado. Que es capaz de crear una vida basada en lo que es importante para nosotros, en nuestros propios valores. Si puede hacer eso, entonces sí, voy a aceptar casarme con él.

—Yo le pregunté —dijo Pablo—. Y ella dijo que no.

—Dije aún no —respondió Vida, frotándose la pancita.

Laura se metió un dedo entre sus extensiones, intentando rascarse una picazón terrible que la estaba volviendo loca.

—¿Me vas a dejar quitarte esas extensiones ridículas? —dijo Elena.

—Te ves fatal —intervino Pablo, que le hablaba como solía hacerlo antes de que ella se convirtiera en su jefa. Ya no le tenía miedo.

Laura se levantó de la vieja silla mecedora y se miró en el espejo. A nadie le importaba cómo se veía ya, ni siquiera a ella misma, así que estaba lista para rendirse. Su hermana cortó cuidadosamente el hilo que sujetaba las extensiones de cabello falso a su propio cabello escaso y rizado. Al poco tiempo de comenzar el proceso, sintió una ligereza abrumadora. Cuando terminó, se dio un paso atrás frente al espejo. Las lágrimas salieron solas. Tenía varias partes calvas por la constante presión en el cuero cabelludo. Vida usó una máquina eléctrica para eliminar los pequeños parches de cabello que quedaban y frotó aceite de coco en el cuero cabelludo magullado de Laura. Murmuró algunas palabras que Laura no pudo entender, algo que parecía una canción. Pero poco después, empezó a sentir una gran esperanza. Con el paso de las horas y los días, su optimismo sobre el futuro seguiría creciendo.

—¿Quién hubiera pensado que te verías mejor con la cabeza rapada? —dijo Elena, mirándola asombrada—. Te ves como una muchachita.

JUEVES

Capítulo 54

El hotel que se convertiría en su hogar se encontraba en Platja de Alcúdia, Mallorca. Como estaba cerrado durante el mes de agosto, eso significaba que las hermanas Moreno estarían de vacaciones, por primera vez en sus vidas, durante toda una semana. Llegaron el jueves por la tarde, justo antes del atardecer. El cuidador las recibió y les mostró su nuevo hogar, y Laura y Elena quedaron asombradas ante la belleza de aquel lugar. Era un apartamento de tres habitaciones con un patio que tenía vista al mar y al cielo. La luz menguante del sol entraba por todas las ventanas altas, inundando el espacio con su cálido resplandor.

—Vamos a la playa —dijo Elena—. ¡Vamos! Antes de que oscurezca.

Laura asintió. Se dirigió a la habitación y abrió la maleta. La botella de ron con veneno había logrado pasar el control de seguridad. Le dio una palmada y la colocó dentro de la caja fuerte del hotel, que estaba dentro de una estantería llena de libros muy usados y queridos. Pensó que, para usarla, si alguna vez llegaba a intentarlo, primero tendría que pasar por otro conjunto de aeropuertos de camino a Nueva York. Si lograba superar los últimos dos tramos de su viaje, entonces la decisión ya habría sido tomada por Dios.

Se puso unos pantalones cortos y salieron.

Cuando llegaron a la orilla, se sorprendieron al ver lo abarrotada que estaba la playa. Nunca habían visto a tantos bañistas en un solo lugar. Caminaron por la arena, tratando de encontrar algunas tumbonas libres, pero no encontraron ninguna. Laura se acercó a un restaurante cercano y dijo su nombre completo. Un hombre mayor de ojos amables, que estaba en el puesto de anfitrión, se presentó como Eduardo, el dueño.

—Ida y Amber me pidieron que las cuidara bien —dijo—. ¡Bienvenidas a Mallorca! Mi esposa y yo hemos estado en República Dominicana muchas veces. ¡Nos encanta! ¡Son hermosas las dos!

Eduardo hablaba en un rico español castellano. En cuestión de minutos, había conducido a las hermanas a un espacio reservado con las tumbonas más cómodas. Poco después, les trajeron bebidas y más comida de la que cualquiera de ellas podría comer en una sola sentada. Cada pocos minutos, los meseros se acercaban a preguntar si necesitaban algo.

—Podría acostumbrarme a esto —dijo Laura.

—Míranos —dijo Elena, encendiendo la cámara de su teléfono. Se sentó, tomó una selfie con su hermana y la publicó de inmediato. ¡Turistas en Mallorca!, decía la publicación.

A poca distancia, un grupo de adolescentes reía y bromeaba. En la otra dirección, había un acantilado rocoso desde donde niños pequeños daban grandes saltos acrobáticos.

—*Wow* —dijo Elena—. Este lugar es increíble.

Laura casi se rio al escuchar esa reverencia en la voz de su hermana. Pero cuando miró el paisaje a su alrededor, no pudo negar que ella también estaba conmovida. El cielo allí tenía una textura diferente. Parecía más inmenso. El enorme sol dorado se escondía detrás de nubes abultadas que giraban frente a sus ojos. El mundo parecía moverse lentamente en un sueño surrealista. El agua del mar frente a ellas era increíblemente cristalina. A poca distancia había una pequeña isla, lo que la hizo sentir una nostalgia instantánea. ¿Quién hubiera pensado que extrañaría aquel miserable lugar donde había nacido? Dentro de ella, sintió una punzada, la parte de su ser que reconocía que estaban en un lugar lejano. El futuro estaba lleno de tantas posibilidades desconocidas.

—Quiero saltar desde el acantilado —dijo Elena.

—Ve —dijo Laura—. Yo me voy a relajar.

Observó a su hermana alejarse corriendo con una pisada fuerte y atlética. Elena llegó a la cima y se rio con los niños, quienes le hicieron espacio. Laura la vio lanzarse desde el acantilado rocoso con un gran salto al aire, como un cisne adentrándose en el agua, elegante y audaz. Tras entrar en la superficie del agua, Elena no salió de inmediato. Laura se puso de pie, preocupada. Pasó un rato largo y aún no había rastro de Elena.

Laura corrió hacia el agua. Se zambulló. Nadó con brazadas fuertes hacia donde había caído su hermana. Pero cuando llegó al lugar, Elena ya había emergido. Levantó los brazos triunfante.

—¡Lo hice! —dijo.

—¿Qué fue lo que hiciste? —preguntó Laura, aliviada de que su hermana estuviera bien. *No había de qué preocuparse*, se recordó a sí misma en ese instante. Elena era una nadadora hábil. Estaba bien por su cuenta.

—¡Toqué el fondo! Lo logré.

Laura se sintió conmovida por la alegría de su hermana. Estaba actuando como una niña orgullosa de sí misma.

—¿Quieres intentarlo? —preguntó Elena.

Laura miró el acantilado rocoso, tan alto sobre la superficie de la playa. De cerca, notó que no era una formación rocosa natural.

Había sido construido artificialmente, pensado para la diversión de los visitantes, como ellas.

—Está bien —dijo—. Vamos a saltar otra vez, juntas.

Momentos después, Elena y Laura se tomaron de la mano y saltaron desde las rocas, bañadas por la luz dorada del sol.

Epílogo
Seis meses después

El hombre de ojos verdes entraba al bar en la azotea del Grand Liberty Paloma en Nueva York todas las noches a las siete en punto. A veces con colegas, a veces solo. A Laura no le sorprendía que cada noche él iniciara una conversación con ella, mirándola directamente a la cara, sin reconocer quién era. Llevaba su cabello en un afro corto. A menudo le decían que parecía una adolescente, gracias a que había estado durmiendo como una bebé esas noches y a su nueva habilidad de reír más a menudo. Ella le había contado la verdad. La habían invitado a participar en un curso de capacitación en liderazgo de una semana de duración por parte de Paloma Enterprises; había viajado desde España gracias a su mentora, Miranda, quien había patrocinado generosamente su participación aunque no fuera empleada de la empresa. Le dio un nombre falso, en caso de que el hombre no muriera.

Laura había renunciado a actuar bajo el mandato de Dulce de buscar venganza, de detener a este hombre de manera permanente. Pero meses atrás, Dulce le había reenviado una publicación de Instagram de BELatina: *El lado oscuro del turismo en América Latina: Medellín refuerza sus medidas de seguridad tras el abuso de un turista a dos niñas menores de edad.* Esta vez, las niñas tenían doce y trece años. Como antes, el hombre había estado bajo custodia policial, pero había sido puesto en libertad a pesar de las pruebas contundentes. "¿A quién sobornó esta vez?", había preguntado Dulce. "¿Cuántas veces más este hombre hará esto a nuestras niñas?". Laura respondió de inmediato, diciendo que eso era horrible, pero que no tenían forma de saber si era la misma persona. Dulce le envió una avalancha de artículos de periódicos locales. En uno, un local sin nombre mencionó al hombre de los ojos verdes con una cicatriz en la mejilla que parecía un anzuelo de pesca. En un titular de NBC, el alcalde de la ciudad dijo:

—Es triste ver cuánta gente cree que puede venir a Medellín y hacer lo que quiera.

Ellos pueden ir a cualquier parte del mundo y hacer lo que quieran, escribió Dulce.

Laura sintió el peso de su responsabilidad. No pudo dejar de pensar en esto.

La primera noche que le compró una bebida, él soltó algo sobre su último viaje a Medellín. Ella sintió lo cerca que él estaba de confiarle lo que había hecho. Le gustaba presumir cómo había logrado salirse con la suya en sus crímenes una y otra vez. Pero era una persona inteligente. Lo más cercano que estuvo fue la quinta noche, cuando ella comentó sobre la explotación sexual en el Caribe.

—Si alguien está a la venta —dijo—, no puedes culpar al consumidor por comprar.

Esta noche, la sexta noche, Laura finalmente accedió a dejarlo subir a su habitación.

—¿Seguro que a tu esposa no le importará? —dijo, mirando su anillo de boda.

—Probablemente se uniría a nosotros si pudiera —dijo él—. Pero nuestra niñera está enferma con Covid esta semana. ¿Quién sabe? Quizá la próxima vez que estés en la ciudad, ella pueda acompañarnos.

Se recostó sobre la cama, observó cómo ella sacaba la botella de ron Beyond Proof de etiqueta roja de su bolso.

—He visto ese ron antes —dijo.

—Apuesto a que no —dijo ella—. Es ilegal sacar este ron de la República Dominicana. De hecho, es ilegal consumirlo allí.

—Entonces eres una criminal —se rio él.

Tomaron un trago y luego otro. Finalmente, un tercero. Laura guardó la botella.

—No puedes tomar más de tres tragos de esto; te puedes enfermar —dijo Laura.

El efecto del alcohol especial no había sido un mito. La sensación de euforia fue instantánea. Él se rio y, tal como ella lo había planeado, sacó la botella de su bolso sin pedirla. Se sirvió un vaso lleno de ron. Le ofreció un trago a Laura pero ella negó con la cabeza.

—Aún me queda mucha vida por vivir —dijo.

—El ron no te va a matar —dijo él.

Ella se giró, mirando hacia la ventana. Por la noche, la ciudad de Manhattan lucía gloriosa y majestuosa, como decía la gente; las luces parpadeantes le daban una sensación de asombro y posibilidad. Pero el cristal era reflectante. Tuvo que hacer un gran esfuerzo para ver más allá de su propio cuerpo y el del turista mientras él levantaba el vaso a sus labios. No podía dejar que tomara más. Se dio la vuelta y corrió hacia él, le tumbó el vaso de ron de las manos antes de que pudiera tragarlo.

—No puedes tomar más. Te va a hacer muy mal. Te matará.

—Eres una maldita perra —dijo él.

Y como si fuera lo más natural del mundo, la abofeteó con tal fuerza que ella cayó al suelo. Desde el suelo, vio al sujeto encima de ella. Ella no se levantó. El hombre no pidió disculpas por su violencia. Volvió a la botella, se sirvió un vaso más grande de ron que el que ella había derramado. Laura lo observó tomarse el ron. Observó cómo sus ojos se embotaban de deseo. La besó y le tocó los senos bruscamente.

—No me siento ni borracho —dijo él, balbuceando.

—Tienes que salir de mi habitación —dijo ella—. O llamaré a la policía.

Él le dio una nalgada.

—Qué lástima —dijo—. Pensé que serías buena compañía. Estoy seguro de que te gusta el sexo rudo. ¿Quizás mañana? Volveré. No le cuentes a nadie que estuve aquí.

Llevó un dedo a sus labios y dijo en voz alta: *Shhhh*. Tomaría entre veinticuatro y cuarenta y ocho horas que el ron hiciera su efecto. Empezaría a sentirse nauseabundo, vomitaría sin parar, se ahogaría, se quedaría cada vez más sin aliento, hasta que su corazón se detuviera. Para entonces, Laura estaría en Mallorca, felicitando a Elena por su aceptación en su universidad preferida en la soleada ciudad de California. Estaba lista para estudiar justicia social. Lista para enfrentar la crueldad del mundo.

Días después, saludaron amorosamente a Pablo y Vida en una videollamada. Su nueva hija pequeña estaría gritando a todo pulmón, su cara enmarcada por su cabello hermoso y abundante. Vida mencionaría que su madre se equivocó de género, algo que tenía que ver con la sangre que perdió durante el embarazo. La boda, programada para principios de junio, tendría lugar en el nuevo santuario, con Niña y Perfecta como damitas de honor, y la pareja insistiría en que las hermanas tenían que regresar por ella.

De vuelta en el Santuario Cascada de la Paloma el día de la boda de Vida y Pablo, Laura y Elena encontraron que la estructura de vidrio y metal del Grand Paloma había desaparecido. Una vez que se corrió la voz de que el santuario era un refugio que albergaba a todos los dominicanos independientemente de su descendencia, ofreciendo refugio legal a todas las personas perseguidas, el número de residentes había aumentado dramáticamente. Las personas que caminaban por el sendero de adoquines hablaban criollo y español, y de vez en cuando las hermanas oían francés o inglés. Pero todos eran dominicanos y haitianos. Los lugares que antes albergaban el centro de negocios, el centro de bienestar y el spa, e incluso el gimnasio de varios niveles, habían sido demolidos, y en su lugar había filas ordenadas de casas espaciosas, construidas por quienes ahora las habitaban. Estas casas estaban hechas de cemento y bambú, materiales pensados para ayudar a enfriar el planeta, con plomería y electricidad y aire acondicionado incorporado, alimentado por fuentes eólicas y solares.

La cantidad de donaciones que había recibido la fundación de las hermanas Vargas fue tan asombrosa que pudieron formar un nuevo superfondo. No era sorprendente que muchos políticos se hubieran dejado persuadir para unirse. Parecía que las personas corruptas también podían ser fácilmente convencidas de aceptar sobornos para causas humanitarias. E.Z. había tenido razón en algunas cosas, pensaba Elena mientras subía a Pico Diablo. Resultó que tener dinero y poder realmente hacía una diferencia cuando se trataba de crear un refugio. Los extranjeros ya no eran bienvenidos en el santuario. Ya no había turistas en la Cascada de la Paloma.

Fiel a su palabra, Fabien había redirigido algunas de las ganancias de Ciudad Cascada de la Paloma para ayudar a reconstruir casas en Pico Diablo. Simplemente les dio cheques a las personas, y Elena vio cómo se usaron esos fondos. Las casas ahora eran de cemento, con cimientos fuertes que ayudarían a los habitantes más antiguos de la zona a sobrellevar mejor las tormentas más severas que llegarían a la región en los próximos años.

Cuando Doña Fella le entregó a Elena la caja de cartón que confirmaba que ahora ella era la guardiana del secreto, había estado meciéndose en una casa que sobreviviría a su dueño, que albergaría a las muchas generaciones que vendrían después de ella. Doña Fella estaba contenta de que Elena hubiera demostrado ser una persona tan ágil e inteligente. El cansancio en sus propios huesos se había transformado en un impulso útil para enseñar a la niña más de lo que necesitaba saber. ¿Habría tiempo suficiente? Nunca había suficiente tiempo para prepararse para un mundo en el que los ciclos del pasado se apoderaban del presente.

—Mira —le dijo Doña Fella a Elena, que estaba absorta en los papeles de la caja. En el cielo, sobre el mar, había una sola nube oscura. Se movió rápidamente alejándose de ellas, viajando rápido, hacia el oeste, hacia la capital—. Honramos el pasado permaneciendo vigilantes en el presente —dijo Doña Fella.

Elena asintió solemnemente.

La recepción de la boda tuvo lugar en una noche clara y brillante en la playa con una arena sin piedras. La familia y los vecinos que asistieron se deleitaron con pescado que Pablo había pescado él mismo y con comida que habían cultivado en las nuevas granjas autosostenibles de Pico Diablo. Los grandes moños de Niña y Perfecta llevaban coronas de peonías que, tras el huracán, habían florecido por todo Pico Diablo, desafiando el calor caribeño con el aire fresco de la montaña. Vida había hecho las coronas ella misma. Coincidían con la corona de Vida y la de su bebé. Era fácil fingir que el Grand Paloma Resort nunca había existido, pero la tierra llevaba la evidencia. Nadine se quitaba la corona cada vez que alguien la ponía en su cabeza. Y cada uno de ellos trataba de volver a colocarla cuando la cargaban: primero Dulce, luego Elena, luego Laura, pensando cada una: *Haremos lo que podamos para crear un mundo mejor para ti, mi niña.*

Agradecimientos

Estoy inmensamente agradecida con los trabajadores que estuvieron dispuestos a hablar conmigo sobre su experiencia en la industria hotelera de la República Dominicana. Esas entrevistas fueron verdaderamente conmovedoras e iluminadoras. Salí de ellas con una perspectiva muy distinta sobre lo que significa reclamar un lugar como hogar cuando ese lugar puede ser hostil y peligroso, especialmente al hablar con dominicanos de ascendencia haitiana. También agradezco a los académicos por su extenso trabajo sobre la historia dominicana, quienes ayudaron a dar vida a la leyenda de Pico Diablo. Entre quienes más impactaron el proyecto de narrativa están el Dr. Edward Paulino, Soraya Aracena y Matthew Alexander Randolph. *The Farming of Bones* de Edwidge Danticat e *In the Time of the Butterflies/En el tiempo de las mariposas* de Julia Álvarez fueron puntos de inspiración fundamentales para esta novela.

Mi profunda gratitud a los editores y a las revistas que publicaron secciones de esta novela que originalmente fueron concebidas como cuentos: Nicole Terez Dutton publicó "Curandera" en *The Kenyon Review*. Morgan Frank publicó "The Odd Difficulty of Sinking" en *Memorious: A Journal of New Verse and Fiction*. Dawnie Walton, Deesha Philyaw y Mark Armstrong publicaron "Fog" en *Ursa*.

Tuve el privilegio de trabajar con tres editoras excepcionales cuyas preguntas y aportes transformaron este libro. Estoy profundamente agradecida con Chelcee Johns, Rita Jaramillo y Jennifer Hershey. Gracias a Erika Morillo por su maravilloso trabajo traduciendo esta novela al español. Agradezco al equipo de Ballantine Books por su arduo trabajo y dedicación: Kate Gomer, Sydney Collins, Anusha Khan, Abdi Omer, Kara Welsch, Kathleen Quinlan, Sophie Normil, Kimberly Hovey, Taylor Noel, Jennifer Rodriguez, Stephany Diaz, Pamela Alders, Nathalie Mairena, Taylor McGowan y Barbara M. Bachman. A quienes hayan contribuido a llevar este libro a las manos de los lectores y he olvidado reconocer aquí: gracias desde el fondo de mi corazón.

Mi gratitud más profunda para el mejor agente literario del mundo. ¡Te adoro, PJ Mark! Gracias a Madeline Ticknor, al equipo extendido de Janklow & Nesbit Associates, así como a Kerry-Ann Bentley.

Esta novela se completó gracias al regalo del tiempo otorgado por el Hermitage Artist Retreat, el Vermont Studio Center, el Virginia Center for the Creative Arts, el Rowland Writers Retreat y the Butternut Farm Writer Retreat.

Las personas y organizaciones cuya misión es apoyar a escritores han hecho muchísimo para impulsar mi trabajo: Laura Pegram de Kweli; Angela Abreu de la Dominican Writers Association; Marsha Massiah, Mellany Paynter y Melissa Harper del Brooklyn Caribbean Literary Festival; Nicholas Laughlin y Shivanee Ramlochan del Bocas Literary Festival; Lee Clay Johnson del programa M.F.A. de St. Joseph's The Writer's Foundry; Nicole Terez Dutton y Elizabeth Dark de *The Kenyon Review*; David Simpson del Fine Arts Work Center; Jennifer Grotz y Lauren Francis-Sharma del Bread Loaf Writers' Conference; Noy Holland, Betsy Wheeler, Saffron Turner y Jeff Parker del Juniper Summer Writing Institute; Lance Cleland y A.L. Major del Tin

House Summer Workshop; Elizabeth Knapp del programa M.F.A. de baja residencia en Hood College; Lisa Locascio Nighthawk y Alistair McCartney del programa M.F.A. de baja residencia en Antioch; Ken Chen en Barnard College; Helen Schulman y John Reed del programa M.F.A. de The New School for Social Justice. Jeremy Lopez, Peter Kingstone, Leslie Wilson, David Galef, Mark Rotella, Marta Lopez-Luaces y Johnny Lorenz de Montclair State University; Amelia Possanza de Lavender Public Relations.

Estoy asombrada por la generosidad y el amor de mi comunidad de escritura. Gracias: Angie Cruz, Sofija Stefanovic, Xochitl Gonzalez, Peggy Bourjaily, Carrie Cooperider, Joanne Ramos, Justine Van de Leur, Leila Mottley, Mitchell S. Jackson, Caleb Gayle, Kimberly King Parsons, Diana Marie Delgado, Nicole Treska, Robb Todd, Tracy O'Neill, Joseph Riippi, Yahdon Israel, Porsalin Israel, Alejandro Varela, Paul Tran, Dawnie Walton, Deesha Philyaw, Robert Jones, Jr., Kiese Laymon, Lupita Aquino, Naima Coster, Nadia Owusu, Mateo Askaripour, Caits Meissner, Nafissa Thompson-Spires, Suleika Jaouad, Maurice Carlos Ruffin, Dionne Ford, Kim Coleman Foote, Christine Pride, Maisy Card, Emillio Mesa, Lorraine Avila, Deirdre Sugiuchi, Carmen Tanner Slaughter, Sidik Fofana, Shaunna Edwards, Tanya Shirazi, Amanda Tien, Shivanee Ramlochan, Charmaine Wilkerson, Nelly Rosario, Myriam J.A. Chancy, Jennifer Baker, Mahogany L. Browne y Nicole Dennis-Benn. Agradecida también por los artistas y escritores cuyas charlas enriquecieron este libro: Elizabeth Flood, Samantha Hunt, Marie Helene Bertino y Adriana Corral.

A mis maestros y mentores, quienes me han dado tanto: Julia Álvarez, Tayari Jones, Steven Millhauser, Cristina García, Robert Eversz y Mat Johnson.

Mi familia y amigos queridos siguen siendo una fuente inagotable de apoyo y aliento. Gracias a Nicolasa Lucas, Josephine Tucker, Mary

Lucas, Jacqueline Lucas, Nuris, Cristian y Evelyn Natera, Cheryl y Kyle Tucker, Harry Marte, Katie Sciurba-Jenkins, Angel B. Pérez, Rhonda Buege, Kristen Lepore, Tory Neff, Judy Guzman, Evelyn Vasquez, Wendy Soto, Judy Francisco King, Elizabeth Francisco Calenda, Juana Trejo-Reyes, Rachelle Lahens Harris, Natasha Friedrichs, Amanda Perez Leder, Jean M. Reich, Wendy Allred, Amanda Goldman, Diane Tehranian, Madeline Rowan, Jamie Smith, Erin Gladney, Ashlee Wolf y Karen Ermler.

A Penelope y Julian: todo lo que hago es por ustedes. A Kevin, no podría hacer nada de esto sin ti. Te amo.